南飞雁/著

上海文艺出版社

序言

2016年3月的某天，我正在人大听杨庆祥老师讲阿兰巴丢的《世纪》，单位党办发来一份文件截图，红头是"中共河南省纪委办公厅"，正文大意是抽调"南飞雁同志"去写一个稿子，"请贵单位给予支持"。我看罢文件，又抬头看庆祥老师，顿时想微笑，因为此间的妙处不可言说。

其实这样的生活很分裂。而自从2002年毕业开始，已近十五年了，一直都是这么过的。上班，开会，写报告，做总结，申报立项，申请补贴，偶尔被抽走搞督导、巡视、培训。十五年中写下公文材料无数，差不多有一套《金瓶梅》了，不过只是字数近似，一切都与文学无关。持续到第六年，差不多到了第四十回《抱孩童瓶儿希宠　妆丫鬟金莲市爱》之际，我的公文材料写得越来越好，却感到即将被文学彻底抛弃。这时我来到鲁院学习，我暗中对自己说，四个月里，如果再写不出来一篇像样的小说，那便是露水夫妻情分已尽，就安心去写公文吧。此时的气氛有些悲壮，颇像西门庆和王婆的一番对话：

西门庆道:"干娘,周旋了我们则个,只要长做夫妻。"

王婆道:"这条计用着件东西,别人家里都没,天生天化,大官人家里却有。"

西门庆道:"便是要我的眼睛,也剜来与你。却是甚么东西?"

即便没学习过《金瓶梅》的,也知道王婆说的是"砒霜",因为西门庆开着家生药铺。王婆的回答忽然让我醍醐灌顶。其实也不是王婆的回答,而是王婆那句兜圈子的话:"别人家里都没,天生天化,大官人家里却有。"四个月后从鲁院结业,我写出了中篇小说《红酒》,成为"七厅八处"的第一篇小说。再往后,是《暧昧》、《灯泡》、《空位》。七年时间,四个中篇,这样的"系列"让我无地自容。尤其是去年起在人大读书,班里年纪比我大的写得比我好,年纪比我小的写得比我更好,正如西门庆听说武松来找,"吓得心胆都碎,便不顾性命,从后楼窗一跳,顺着房檐,跳下人家后院内去了"。我没有西门庆的身手,也没有人家后院可逃,更知道害怕也无用,只好勉强自己不再偷懒,于是就有了后来的《天蝎》。

六个中篇,不到二十万字,都发生在"七厅八处"。西门庆有他的生药铺,天生天化就有砒霜。我有我的"七厅八处",天生天化就有生活。如此的生活当然并非我独有,只因我没有其它的生活。我一直恐惧读同龄人的小说,也经常跟几位同学调侃,说我读来读去,发现只有一个主题可以写,而且可以写得很好,这个主题就是绝望。各路同辈强人们早已占下码头,抢了生意,圈走地盘,以至于抬头一望,各个题材的山头上都有"替天行道"的杏黄旗迎风招展,类似武松者熙熙攘攘。扭头再看,倒有一个去处人迹罕至,那便是我的"七厅八处"。此处无老虎,猴子也能立足,何况我又正好属猴。

人大创造性写作班里,班长张楚人缘好,时常有各路强人慕名来斗酒,我自认酒量尚可,自告奋勇去陪酒助拳,也得以放倒并结识了不少朋友。坦白地说,人大一年里,认识的作家、编辑比我之前十年认识的都多。我平常的朋友与文学基本无关,上至厅长下至司机,广泛分布在某厅某处中,这就是我天生天化的生活。接到省纪委借调函,我忙请了假去报到,发现要写的稿子是一个警示教育片的脚本,对象是一位双规中的原市委书记。省纪委提供的资料不许带走,只能在现场看,能拷贝带走的也都是加密文档。看了几十卷案宗,在看守所里见到了市委书记本人,采访,笔记,聊天,拍摄,几千字的脚本各级审阅,六易其稿。直到庆祥老师的课都结束了,梁鸿老师的课也结束了,姚丹老师的课也结束了,悦然老师的课也结束了,一个学期都结束了,这个脚本还没有最后过审。最后一稿前,我基本上处于思路崩溃的边缘,劳马老师端着酒杯对我耳提面命一番,于是乎思路顿开,迷浊不再,推翻一切重来。

这大概就是我天生天化的生活中的一个片段。

开生药铺的老板当然不止一个,善于使用砒霜的却只有西门庆一人。在这个意义上,我愿意学习西门庆,以卖药谋生,以砒霜谋爱,在如何用好砒霜的手艺上下多下功夫。所谓人有天赋,我有药铺,人有大笔,我有砒霜。同辈强人们各占山头,我只得困守一隅,看着他们大碗喝酒大块吃肉大秤分金银,我别无所求,只求养家糊口。前几天党校青干班同学聚会,烧烤卤肉烩面已毕,某厅某处同学问我,最近有什么好消息吗?我想了想,说,二儿子三岁矣。同学又问我,还是那个老婆生的?我没敢犹豫,忙点头称是。大家便哄堂大笑。其实我是想说,当然有好消息,今年第九期的《人民文学》发了我一篇小说,有幸被《中篇小说选刊》转载了。

  想到这里,我就跟着各厅各处的朋友们一起开怀大笑起来。

二〇一六年九月

目 录

红酒　1

暧昧　67

灯泡　139

空位　211

天蝎　277

皮婚　337

红酒

1

简方平其实并不老,说他老,是因为离过婚。他离婚时三十四岁。其实那年发生的事情真不少。提拔,离婚,这两件普遍意义上的人生大事一个在岁头,一个在岁尾,烘托得一年光阴姹紫嫣红。从正科到副处调,自然是提拔;既然是提拔,位置就高了些;既然是高了些,往上看就更方便。比如钟副厅长喜欢红酒,厅里人都知道,简方平也不例外。不过知道毕竟只是知道,还是初级阶段。厅里想在红酒上打主意的人不少,要么够不着,要么不得法。办公室里与他同时提拔的还有小李,比他大两岁,但看上去却是简方平显老。一次他俩陪钟副厅长出差,上车时小李抢着给领导开门,简方平只好主动要求开车,心里鄙夷得像湿毛巾,拧来拧去,怒火滴滴答答。旅途无聊,小李就往红酒上扯,显然是有所准备。钟副厅长兴致很高,两人你来我往,把简方平晾在一边。小李坐副驾驶,声音小了怕领导听不见,大了又怕显得太迫切,所以说话时只能侧身,扭头,好像生下来就是歪脖。简方平一听就知道他的斤两,无非是买了几本书,临时恶补来的。中途三人下车抽烟,小李还是死死霸着话语权。幸好钟副厅长鬼使神差地问简方平,小简对红酒有研究么?他谨慎地回答,没什么研究,还是从巴尔扎克那儿了解了一些。钟副厅长果然颇有兴趣。简方平解释说,我大学学的是中文,教外国文学的老师是巴尔扎克专家,讲课的时候提到了巴尔扎克跟红酒的典故。

还有典故?说来听听,边走边说吧。钟副厅长扔了烟头,三人上车。谈话未完,小李顺理成章地坐在驾驶座上。钟副厅长拍拍座位,说,小简坐后边,说话方便。简方平远远地坐下,心跳跌宕起伏。卢瓦尔河谷是法国著名的红酒产地,巴尔扎克就出生在卢瓦尔的图尔地区,对卢瓦尔河谷情有独钟,《幽谷百合》《高老头》是传世之作,就在那里写出来的。钟副厅长有些诧异地点头,不错,我去年到法国,接待方特意安排到卢瓦尔古堡群参观,是有个巴尔扎克的博物馆——叫什么城堡来着?简方平笑道,是萨榭城堡吧?钟副厅长点头,对,就是萨榭城堡。简方平说,城堡外边是不是大片的葡萄园,城堡里还有红酒老作坊?钟副厅长连连称是,眼光里带着欣赏。简方平恰到好处地感慨说,巴尔扎克那会儿就是如此,萨榭城堡是红酒产地,也是巴尔扎克的故居,研究法国文学的都把那儿当成圣地了。钟副厅长大笑,说,真没想到,我还冒充了一回文学爱好者呢。

晚上,简方平和小李一个房间。小李躺在床上,不停地捶脖子,表情很不自然。简方平故意问,李主任颈椎不好?小李苦笑着不说话。夜深了,还能听见小李翻身叹气的声音。简方平想,知识改变命运啊,谁叫你不是学中文的,谁叫你不知道巴尔扎克?他都快笑出声来了。他一边装着打鼾,一边又想,都说文学有穿透力,看来不假,巴尔扎克的确伟大,文学的确能救人,不但能救人灵魂,还能救人肉体。至少这个夜晚,他可以安然入睡。

出差回来没几天,厅里搞全省优秀地市局评比,钟副厅长点名要简方平一道下去考察,写材料。离婚就肇始于此。故事很老套,简方平的妻子杜萱葳寂寞难耐,红杏出墙了。他一直蒙在鼓里。杜萱葳提出离婚后,他着实难过了一阵,以为是忙于工作忽视了经营家庭,再三向她表白歉意,并及时付诸行动。结果花也送了,衣服也送了,手袋也送了,首饰也送了,这些统统成了杜萱葳再婚的嫁妆。除了儿子,她没有给他留下任何东西。离婚闹了将近一年,等协议一签,他领着儿子简晓威灰溜溜住进了厅老家属院,一间66平米的两居室。

简方平离婚后的第一件事,就是把父母从老家接来。一方面儿子需要人照顾,另一方面除了父母,他实在找不到任何同处一室,并能给他安全感的人。离婚不到两个月,杜萱葳就再婚了,据说婚礼还很热闹,小她三岁的新郎当众高呼终生相守。简方平这才知道离婚的真相。一个当律师的大学同学不无惋惜地告诉他,如果早点发现,房子,存款就都是他的了。简方平大度地一笑,脸上的安详让一切画像里的观音菩萨自愧不如。不过这个笑容也显得有些暧昧,有些不怀好意,有些动机不良。简单地说,有些坏。因为在座的有律师夫妇,还有一个女孩子。这样的场面在此后几年里以各种形式、各种借口经常出现,简方平知道,大家管它叫相亲。

女孩子姓刘,叫刘晶莉,三十岁了。似乎称呼这个年纪的女性为女孩子有些残忍,但律师夫人依然一口一个叫得很慷慨。比如"像她这样的女孩子,真是不多见了呢",比如"你们女孩子不知道,离过婚的男人才知道疼老婆"等等。简方平一开始不知道自己的使命,等确认了在场众人的人物关系后,一下子进入了角色。事后他自我总结,喜忧参半地发现了自己的确是个有暧昧天赋的男人。要命的是,他还有个不错的公务员头衔;更要命的是,他发现自己的天赋并不算太晚。

刘晶莉是一个公司的文员,律师同学的事务所与她所在公司有业务往来,使得这次相亲带有公私兼顾的性质。简方平还处在离婚后短暂的穷困潦倒中,距离吃喝行走签字报销尚有时日。虽然每月几十块钱的房租只是象征性的,但儿子上的是省里最好也是收费最高的幼儿园,每月工资大部分送给那个矮壮的女园长了,流动资金基本在500元的水平上下浮动。他敏锐地意识到,在这样的经济基础上奢谈暧昧是很滑稽,很没有安全感的,但他还是努力将这次暧昧尽可能延续下去。就当是练兵了。他的定位现实而准确,居高一望,就预见到了今后不知何时是终点的相亲生涯。

律师同学喝多了。律师夫人扶着丈夫,对简方平说,我们当家的不行了,你负责把人家女孩子送回去,不准打歪主意哟。

行不行只有你知道,真不行了我可以算个替补。他这句话忍着没说出来,笑道我已经过了打歪主意的年纪,我跟歪主意像是挡风玻璃上的雨刮器,距离很近,但你挨不着我,我也挨不着你。

花言巧语!律师夫人毫不客气地点评,你们老男人的心眼儿多着呢,小莉,你可别上他的当。

这是他第一次听到这样的评价,心安理得地摇头微笑,不予反驳,偷眼看着刘晶莉。她也没说话,倒是脸红扑扑的,或许是因为刚才的几杯红酒,也或许是对"上当"一词的生理反应。四人一起下楼。律师夫人带着歉意解释,自己的驾照刚拿到手,不敢开太久,恕不能送他们两个回家。刘晶莉忙说,不用麻烦,我家离这里很近的。简方平立刻觉得她话里有话,既然近,就可以散步回去;既然是散步,就给了双方进一步沟通了解的机会。果然,律师夫妇一离开,刘晶莉就低头说,我家真的很近,你不用送了,我自己走回去就可以。他当然说,那怎么行,我重任在肩,送人送到底,送佛送到西。她抬起头笑道,你真幽默,不像是个机关的公务员。

　　拜多年的秘书经历所赐,简方平习惯了分析对方言语背后的东西。像刘晶莉这句随口而出的话,他就看出了两层意思。第一,她欣赏自己的幽默;第二,她对自己的公务员身份很看重。欣赏意味着可能,看重代表了好感。都是好兆头。

　　散步持续时间不短,那段路也跟"很近"二字根本搭不上边。他一路走来,暗笑这个谎话的幼稚和刻意。刘晶莉站在小区外,有些被看穿把戏的心虚,说同住的女孩可能已经睡了,不方便请他上去做客。他宽容地一笑,挥手送她进去。回家路上,简方平想,这个女人大概是真诚的。三十岁了,还是个大头兵文员,还没有一个专有的卫生间。她太渴望命运的改变了,既然自身努力无效,就得依靠一个叫做"婚姻"的跳板上层次。因为如此,显得有些迫不及待;或者是心里迫不及待,脸上还要有矜持来伪装。可惜伪装到底是伪装,伪装是可以脱掉的,但表情连着脸皮,脸皮连着肉,肉连着心。一个表情,把什么心里话都说了。多年后的简方平总结道,暧昧的基础在于彼此有所求,谁求的更少更简单,谁就在暧昧的游戏里占据了主动,谁就可以做到安全生产无事故。任何游戏的玩家都需要安全感,没有安全感的游戏总让人忐忑。

简方平站在家门口,刚掏出钥匙,就听见里面的哭声。他心里一沉,钥匙像是锈在了锁眼里,艰涩难动。果然,儿子在母亲怀里闭着眼喊妈妈。六岁的孩子已经明白不少事情,想哄他不再轻而易举。母亲眼睛红红的,看着他轻轻叹气,一只手机械地拍着简晓威,想把那一身稚嫩的愁绪抖落下来。

父亲是个老烟民,遇到烦心事烟瘾更大,自从简方平离婚以后,烟就再没离过手。他站在父亲身边,一股烟味撑开他的鼻孔,使劲朝里钻去。阳台窗户开着,父亲脸冲外,只能看见烟雾渲染出的淡蓝色轮廓。父亲深深吸了一口,吐出来,话随着烟雾慢慢飞扬。你们离婚了,威威怎么办?

简方平感觉有些好笑。亲生儿子婚姻失败,他担心的却不是儿子,而是孙子。他沉默一阵,问父亲要了一支烟。他此前从不抽烟。父亲倒没觉得什么意外,递过来一根,点上。他无师自通地深吸一口,觉得身心一阵恍惚。父亲又问,你今后怎么打算?他说没什么打算,守着你们和威威过日子。父亲摇摇头,要是我们死了怎么办?他想不出答案,就大口地吸烟。父亲瞥了他一眼,继续摇头。抽吧,男人不抽烟,还像个男人么?

父亲是个军转干部,在一个地级市的纪委干了一辈子,正处级别上退休。办案办多了,他在家里也是不怒而威,胸有成竹地等着有人主动交代问题。或许见惯了坏人,父亲对一切好人都心存怀疑,认为他们徒有其表。简方平从小规规矩矩,任何调皮捣蛋的事情与他无缘。甚至上了大学,读了研究生,结了婚,依旧是循规蹈矩,烟酒不沾,生活得干干净净波澜不起。父亲在他家住过,观察一段时间后,大胆地向母亲预言这段婚姻维持不长。如今被他一语成谶,除了得意,更多的是担忧。父亲的担忧总是直捣要害。他听见父亲这句话,隐约有了些预感。不出所料,父亲转身关上阳台连接卧室的门,在新燃起的烟雾背后吐出一句话,你是不是——那里有问题,杜萱葳有意见了?

他吸烟本不熟练,差点把一口烟咽在肚里,忍不住咳嗽起来。父亲继续说要是真的,也别放在心上,爸有个老战友,研究一辈子中医了,啥病都能治好。他觉得不能再沉默了,上去拍拍父亲的肩膀,爸,你儿子没问题。父亲疑惑地看着他,真没问题?

我总不能找个鸡让你现场检查吧?

屌样!

父亲终于笑了。大凡父亲对某人赞许的时候,总会做出这样的评价。简方平想,似乎真的要证明一下了。鸡自然不用去找,现成的实验对象就有一个。

再找个吧,只要对威威好,离过婚的也无所谓。父亲迟疑了一下,又加上一句,要是没孩子的更好。

很晚了,简方平在床上翻来覆去。离过婚的?无所谓?在他的脑海里,再婚的念头像星星一样遥不可及。钟副厅长已经跟他暗示了,或许过不多久,他就有望将副处调的调字去掉,当上实职。厅里副处长的位置并不富裕,计财处,社管处,外事处,厅办,个个都是众目睽睽的处室,钟副厅长又要怎么安排他呢?就算信息处也行,就算厅里直属的某个事业单位也行,离过婚的老男人必须跨过这个关口。厅里熬一辈子副处调的大有人在,就像一辈子没有破茧而出的蛹,只能看着别人扑扇五颜六色的翅膀。生活本来就是五颜六色的,混在一起就是一团漆黑,分开来就是色彩缤纷。他大学四年,研究生三年,婚姻九年,两个抗战都打过去了,抱着副处调终老一生,落个一团漆黑的下场岂不恶心?何况他新近离婚,相亲伊始,父母苍老,儿子尚幼,那么多事情都急迫地需要一个安全的着陆点。暧昧离不开,父母离不开,儿子离不开,所有这一切都在挠着他的痒处。

第二天刚上班,律师同学的电话就来了,及时通报昨晚的练兵情况。刘晶莉没好意思直接对律师同学讲,而是转弯抹角地向律师夫人要简方平的电话。律师同学添油加醋地描绘一番,连简方平都觉得从奴隶到国王的转变是不是太快了。挂了电话,他干什么都没了兴致,给钟副厅长汇报工作的时候也屡屡走神,盘算着接到电话后怎么办——是一起吃饭还是一起看电影,是拉拉小手还是亲亲小嘴,是该快一些还是该慢一点——诸如此类的想法盘旋心头挥之不去,像是饿极的人忍不住想念美食。快下班了,憧憬中的电话迟迟不来,更是给他虚幻中的美味佳肴添了许多佐料。好在希望总是在绝望中滋长,他刚出电梯,一条短信恰到好处地来了:你好,我是刘晶莉,你下班了吗?

他站在电梯口捣鼓半天,写了条信息回过去:刚出办公室,晚上一起吃饭吧?

发完了,他又觉得太不够矜持,主动权轻易之间易手。正懊悔着,她的信息来了,只有两个字,好的。他的后悔马上变成了不快。以前只有短信给领导汇报请示的时候,才有"好的"或"好"之类的简短回复。我好歹也是个副处级干部,你刘晶莉算什么,一个三十岁的女人,也把自己端起来么?

简方平握着手机,走到厅大楼门口,停下来回了条信息:对不起,刚接到电话,有急事要办,可能会很晚。写完,他又浏览一遍,满意地发出去。这条信息像是民主生活会上批评与自我批评,诚恳,坦白,又很安全。果然,她的信息飞快地出现了:没关系,我没什么事,等你一起吃吧。简方平看着信息,真想冲着外边的马路大笑三声。哈,哈,哈。他转身回去,在办公室里打了几局网络双升游戏。见八点已过,就用办公室的座机给她打了电话。电话响了一声就接通了。那一瞬间他感觉到主动权又回到了自己手里,无比踏实。的确,一个三十岁的女人,一个在这座城市里三十岁一无所有的女人,是没有资本把自己端起来的。

吃饭地点定在了刘晶莉租房的附近,一个很高档的西餐厅。刘晶莉在电话那头稍稍抗议了一下,一是因为那里和简方平住处并不是一个方向,二是餐厅的装潢让人触目惊心。简方平判断出她根本没进去过,信心倍增。他若无其事说,没什么,打个车就行了,你别担心。

从西餐厅到厅老家属院,打车要20来块钱,简方平是可以报销的,因此很有底气。至于餐费,一切从暧昧的角度出发,这点投资还可以承受。中部省会城市的消费水准不高,刘晶莉吃饭时再次对这20来块钱表示了不安和歉意,这也让他的成就感越发饱满。那时简方平研究红酒略有所成,就要了瓶桃乐丝,这是中低端红酒里最惠而不费的。酒和酒具送来,刘晶莉的眼睛一瞬间变得很大。他让侍者退下,熟练地打开酒瓶,将红宝石般的酒液倒进醒酒器。

红酒放的时间长了,都会有异味。这个程序叫醒酒,让红酒最大面积地跟空气接触,氧化。异味很快就没了,顺便还可以闻闻酒香。

刘晶莉由衷地说,我真是孤陋寡闻了,还是头一次见这么喝酒。

桃乐丝产自西班牙。它还有个名字,叫公牛血。你看它的色泽,是不是挺像的。

刘晶莉看着醒酒器里平静的红酒,脸色微微醺红,仿佛酒色顺着嗅觉蔓延到她脸上。如果灯光再幽暗些就好了,简方平有些遗憾。他把酒杯横着,慢慢将桃乐丝倒进去,将溢未溢的时候停下,映着洁白的桌布观察层次。新酒一般看得出层次,浑然一体的则是有些年头,若是微微呈现红棕色,就是一瓶难得的陈年佳酿。随着他慢条斯理的解释,刘晶莉被突如其来的不断撞击弄得不知所措,心情摇曳得宛如烛火。她像个初学画画的小学生,他在黑板上画一笔,她在画图本上跟一笔,亦步亦趋,战战兢兢,也不知他画的究竟是何物。

女人大都向往一种踏实的、精致的生活。这样的向往越强烈,他的杀伤力也越大,谁叫他是个单身,有稳定工作,又懂红酒的精致男人呢?他完全主导了这次见面。他说话的时候,她近乎崇拜的目光牢牢盯着他的脸,他却故意不去看她,只把玩着高脚杯。他不说话的时候,她微微垂着头,目光停在红酒上,而他的眼神解剖刀似的在她脸上游弋。一瓶酒没有喝完,她提议存在餐厅里。他马上看出了她对下次见面的期待。这种感觉很美妙,正像古代凯旋的将军向皇帝献俘。面可以见下去，暧昧也可以玩下去，这一切都很踏实。买单的时候，简方平报出单位的名字，侍者很快把发票送上。她有些愧疚地说不好意思，让你破费了，改天我请你吃饭。简方平微笑说公家花钱，你不好意思什么？

在小区楼下的阴影里，他如愿以偿地吻了她。快半年了，他还是第一次跟女人亲密接触。彼此唇齿间残余的红酒气息让两人迷醉，他的动作粗暴了起来。但这粗暴也是相对静默而言的，他只是揽住了她的腰，停在腰际和臀部中间，用了些力气而已。她完全丧失了抵抗意识。她不是不懂此时需要矜持，只是她害怕就此失去这个精致的男人，正如股民想赚怕赔，左右为难的心态。幸好，简方平的修炼尚待时日，还没到将女人心意一览无余的境界。他将手收回，顺着她的胸前一划而过，停下来。他看着她消失在楼梯口，转身离去。还没走到小区门口，短信就来了：平，我们是不是太快了？我心里很乱。

简方平回了一条：很晚了，快休息吧。明天还要上班。

当不知道怎么回答的时候，他总是将大问题转向小问题，再将小问题转向没问题。与其说这是逃避，不如说这是生存的本能。实践证明，这本能偏偏很有效。果然，她很快回信息说：我这就睡了，你快点回家，给我发个信息，天很晚了，路上注意安全。

简方平没再回信，轻快地走到大街上。他不急着打车，他需要一段步行来反刍刚刚轻易得到的快乐。其实也不轻易。这顿饭花了三百多，流动资本迅速贬值了一半。他掏出发票，细细地撕碎。他尚未爬到可以随意报饭条子的级别，刚才的多此一举无非是给自始至终的精致生活添一笔颜色。简方平手一松，碎纸屑落在地上,他踏脚上去,拧了几拧。渴望已久的副处长什么时候才能到来呢？他一边走,一边想。当了副处长,用车,报销,玩玩暧昧,养活孩子,孝顺爹娘就都有了基础。他对仕途晋升的憧憬从未如此真诚,如此迫切。

就在不久前,简方平陪钟厅长到北京开一个全国厅局长会议,候机时意外看到了刘晶莉。时间过去了好几年,她的模样变化不小,中年女人丰腴的风致也有了。隔着贵宾休息室的玻璃墙,他看见刘晶莉混坐在一群旅行社的游客里,一个中年男人给她念着短信段子。她捂着嘴低笑两声,轻打了他一下,又把手放在胸前——好像她的胸部比前几年更大了。简方平回忆起那段如火如荼的日子,忍不住想笑,给钟厅长敬上一支烟,自己也点上。火苗刚熄灭,一个五十多岁、腹部凸起的男人气冲冲走了过来,站在她面前大声叫着什么。她毫不畏缩地站起反驳,中年男人尴尬地坐着。可以揣摩出的段落大意是：她老公去了趟洗手间,她居然在这么短的工夫里就跟别的男人勾搭上了。简方平看着看着,忘记了抽烟。钟厅长瞥了他一眼,怎么,是熟人？他忍住笑,老老实实说是熟人,离婚后相过亲,没想到成了这个样子。

钟厅长意味深长地说,你相亲也有不少日子了吧？就没一个看得上的？

钟夫人插话说,小简是你们厅的顶梁柱,有学历,能力强,年纪轻轻就是处长,人长得精神又重感情,懂得过日子。条件好,自然得挑一挑。不过小简你也别着急,回头嫂子再给你介绍几个。

每次钟厅长飞北京开会,简方平都会安排钟夫人顺便搭飞机去看钟婷婷。钟厅长批评了几次,也就不了了之。时间一长,就成了制度。钟婷婷在北京工作,找了个中科院读博的老公,据说将来可能进国务院研究中心的。简方平去北京,总要给她报销一些的票、饭票、购物票,一来二去,跟钟家女婿也成了朋友。钟夫人刚才给他加了许多定语,出于礼貌,简方平开始恭维她的女婿,说得她心花怒放,越发认为简方平单身至今是她的失职。钟夫人说小简啊,离婚这么多年,也该走出来了,喝醉一次,就一辈子不喝酒了?

钟厅长笑道,你懂什么酒,好酒是不会醉的。

简方平趁机说,钟厅长,我这次出国,给您带了两瓶97年的木桐罗斯柴尔德,在家里摆了一个礼拜,不敢消受,回头给您送去。

钟厅长的兴致明显地高了起来,木桐罗斯柴尔德?97年的?好酒,橡木味很足,适合配鲍鱼和蘑菇。你不是有两瓶么?回头咱俩先品一瓶。可惜了,是97年的,要说品质,还是96年的葡萄年份好,温差小,雨水也恰到好处。

钟夫人摇头说,你们两个真奇怪,远隔重洋的,关心人家法国葡萄收成干嘛!

钟厅长和简方平一起笑起来。笑声之余,他看到玻璃墙外,刘晶莉和老公已经厮打在一起,拳脚横飞。中年男人猥琐而无措,小导游奋力劝解,几个机场保安沉着脸虎视眈眈,时刻准备冲上去。而这一切,距离他只有一堵薄薄的玻璃墙,似乎是触手可及,但又不容置疑地把他和她分成了两个层次,两个世界。

简方平和刘晶莉在消耗了三瓶桃乐丝红酒之后,精致生活终于发展到了新高度。简方平不愿在她家里做,既然是陌生的地方,不如陌生得彻底。那段时间厅里举行全省会议，他是会务组副组长，负责迎来送往。会议结束送走代表已是下午，房间可以留到明天再退，简方平借口收尾工作没完，让其他人先走。前后忙了十几天，同事们要么有爱人要么有情人，业务都很多，一个个感谢着溜了。会务组的房间里就剩下他自己。他躺在床上斟酌好了措辞，给她打了电话，说请她吃饭，让她来洲际宾馆。刘晶莉推辞了几句，欣然赴约，看得出经过了一番打扮，似乎是对这顿饭和饭后的活动早有了预案。因为会上可以签单，五星级饭店里又不缺好酒，简方平就点了瓶翠陶玫瑰古堡，带着浓郁的浆果香和些许香草气息。一瓶酒见了底，他恰到好处地提议去房间里继续聊天。她的矜持早融化在红酒里，没有任何拒绝的表示。其实那时候简方平的信心紧绷到了极点，若是她稍微有所反感，他就会全线崩溃了。

刘晶莉洗澡的时候，他裸在床上，大脑一片空白。半年多没这样了，连他自己都对自己产生了怀疑，不然为何到这个程度还没一点反应？他恨它不成钢地狠狠抽烟，手指哆嗦得落了一被子烟灰。哗哗的水声停住，刘晶莉有些脚步微晃地来到床前，身上裹的浴巾松开，露出了半个胸脯。够了，这就足以在一瞬间点燃简方平。

似乎她也是久旷之人。两人云收雨住，简方平的脸若无其事地一派晴朗。刘晶莉用身体和语言缠着他，问他当初为什么离婚。这是两人交往以来首次涉及深层次问题。简方平游离了主题，说你呢，为什么现在也没结婚？刘晶莉认真地说，你先回答我，是我先问你的。他知道迟早要面对，就说自己经常出差，是妻子耐不住寂寞。刘晶莉偏偏不知深浅地说了句：那是她真不像话，我绝对不会那样的。

这句意图赤裸裸的话对他震撼很大。如果不是这么快就将两人的关系庸俗化，如果不是庸俗化之后的这句话，他还打算继续暧昧下去。简方平以前有过选择的机会，他看走眼选了杜萱葳，如今这样的机会重新降临了，而且体味到了其中的美妙，自然会倍加珍惜。就好像一个初次到自助餐厅的人，蓦地发现那么多随便挑选的美食，谁都不会仅仅往盘子里放上几片面包，直接吃饱了就走人。可怜的面包以为他的默然是感动，继续讲了下去。原来面包也是有过男朋友的，还不止一个。初恋的就不说了，工作之后还交往过两个，一个谈了一年，一个谈了三年，后来都分了手。简方平心里冷笑。一年，三年，自然是该发生的都发生了，难怪她刚才遮掩不住的熟练。他忽然一阵厌倦。一个三十岁的女人，事业无成，经历颇多，容貌也不出众，急于嫁给他的心情可以理解。但这样迫切就不好了，不符合暧昧的游戏规则，而脱离了规则的游戏很难进行下去。简方平听她唠唠叨叨地叙述，倦意从心里滋长起来，流淌到四肢百骸。他轻轻拍了拍她的乳房，搂紧了她。第二次进行得更好。两人都不知道是什么时候结束，什么时候睡着的。

　　有了爱情滋养的刘晶莉流光溢彩，幸福感源源不绝。电话、短信像雨点连成了线，抱成了团，铺成了面，让人无处躲避。连简方平都感到吃惊。一个月后，她暗示要见他父母，他意识到了决绝的不可拖延。那天喝的是国内灌装圣皮尔古堡。樱桃红的酒液散发着烟草味。在一段很长时间的沉默之后，她终于察觉了什么，可怜巴巴地问他是不是哪里不舒服。那一刹那简方平的心里软了一软，知道自己一吐口要么是拒绝要么是承诺，反正不是暧昧。他只得逼着自己继续沉默下去。刘晶莉只好挑明说是你家里不同意？

你的父母还是你的孩子?

简方平沉重地叹了口气。她结巴起来,说了半天表白诚意的话。他一直不语,最后说我很难,请给我一段时间。她的眼泪一下子下来了。当晚,他的手机像是发电报似的响个不停,全是她的短信,语气各异,有质问也有辩解,最后归于哭诉。第二天上班,律师夫人打电话来,疑惑地问他是哪里出了问题,让人家女孩子半夜给她打电话。简方平简短地说,对不起,我在开会,一会儿给你打过去。这个电话最终也没打,这就使得必然的结局有了许多偶然的可能性。他和刘晶莉的关系冷却到第三天,律师同学坐不住了,做东请他吃饭。凉菜还未端上,同学夫妇就开始了诘问。那时的简方平还是芸芸众副处调的一员,又刚吃过妻子红杏出墙的亏,大凡男人经历了这种事,想不低调都难,何况对面坐的同学事业有成,出有车食有鱼呢?一顿饭吃下来,同学的态度像桌上的菜,先凉后热,软硬兼施,最后统归冰冷,仿佛盘子边缘凝结的片片油花。同学说,方平你也是三十大几的人了,儿子也不小了,又摊上这种事,还想找什么样的呢?别挑了,还真把自己当成肥肉了么?公务员又怎么了,除了死工资,就算贪污腐败也轮不到你这个级别。同学夫人更不客气,告别的时候冲他勉强一笑。简方平转身之际,甚至可以清楚地听到她嘟囔的话,牛气什么,小官僚。

一周以后,刘晶莉的短信日渐稀缺,终于化为乌有。他想,看来她不是非要嫁给自己,或者说,她并非是全身心投入,离孤注一掷还很遥远。就像是两军交战,小部队试探之后,弱小的一方果断撤离以保存实力。两人交往中,刘晶莉是不折不扣的弱者,所求的甚多,但所有的资本仅仅因为她是个女人。而简方平就不同了。

律师同学的瞧不起影响不了他意外的好运气,与刘晶莉分手后不到一年,钟副厅长安排他去了党校干训班。班里放眼望去,三十到五十的都有,最低是正科,最高的也不过是副处,也就是班长。简方平是最年轻的,也是唯一一个单身的副处调。干训班没结束,班里就传来两个好消息,一个是班长荣升处长,一个是他荣升副处长。对他有知遇之恩的钟副厅长也眼看着扶正有望,他的好日子还在后头。

2

机关里被称作"某处"人,可以是副处调,可以是副处长,也可以是正处调或是正处长。就像称杜甫为杜工部,其实人家只是个员外郎,离做部长的尚书差得很远。简方平做副处级调研员的时候,人家也喊他"简处"。但此"处"非彼"处"。正如同样是包子,外观看不出差别,功夫在馅儿上,蟹黄的就比猪肉的贵不少。简方平晋升副处,把"调"字去掉了,如同全素馅变成了猪肉馅,而且今后还有进步的可能。

职位一升,好比登高一望,视野骤阔,相亲的对象也扩大了范围。简方平从不主动,主动意味着主观希望,而希望不远处就是失望,他喜欢被动见面的惊喜。一次党校干训班班长组织小范围家庭聚会。既然是小范围,就把那些仕途无为的同学屏蔽在外,参加的都是外表谦逊野心勃勃的家伙。班长向夫人们介绍他,说这是班里最有前途的同学,党校学习没结束就有好消息传来,还是个年轻的钻石王老五。夫人们的眼睛当时就亮了。他忙略显紧张地站起来自我贬低一番,这种场合的自谦其实就是炫耀。夫人们饶有兴趣地打量着他。敬酒的时候,他都能听到她们心里的如意算盘噼啪乱响。果然,夫人们开始不约而同地让丈夫约他吃饭,用意简单而直接——安排相亲。

　　大凡这种场合,简方平都会说说客套话。比如嫂子你别夸我了,我一个老男人,吸烟喝酒劣习都有,房无一间地无一垄,还拖着个孩子;比如嫂子你说的是我吗,我怎么觉得你说的像刘德华啊!等等等等。他习惯从别人话语里读出背后的含义,也善于把自己的话变得意味盎然。像是刚才的话,三十六岁的男人能算老么?男人四十还一枝花呢。吸烟喝酒怎么了,抽得起中华,喝得起洋酒,而且看来挺有研究,这就是地位品味的标签。至于房子,现在没有不代表将来也没有,现在虽小意味着将来可能变大——厅里就要盖新家属楼了,政策是老房子一平米换一平米,他名下的66平米,说什么也有小四十万吧?前不久在北京,钟厅长夫妇请女儿女婿吃饭,当然是简方平买单。席间开了瓶2004年的奥瓦帕勒酒庄艾米塔,价格不算太离谱,8 000块不到。艾米塔的酒色是明亮的宝石红,除了橡木味,还夹杂着黑醋栗、覆盆子和紫罗兰新鲜的草本植物清香。单宁精致细腻,酸里略有甜味。品过一阵,聊起了简方平的相亲之旅。钟家女婿是搞宏观经济分析的,善于"从繁杂紊乱的微观经济现象中梳理有序的宏观经济观点"。他听了一阵,开始总结说离婚老男人有四个长处——老奸巨猾。老,是相对而言的,指的是年龄的跨度,而这跟成熟、稳重、风度是同义词。奸,是说善解人意,懂得风情,知道哪个年龄的女人需要何种程度、何种样式的精致生活。巨,自然是说经济基础和地位权力,老男人了,奋斗几十年多少都有点积累。像简方平这样堂堂省直厅局的办公室主任,车马酒食自不待言,而且直接为领导服务,上有人拉拢下有人逢迎,即便是其他资历老的处长也犯不上跟他过不去。至于猾,狡猾也。人海沉浮了几十载,场面见得多了,不狡猾也变得狡猾了,狡猾到了骨髓里,运用得行云流水,像小孩生下来就会找奶头,个把女人又焉能摆不平?钟厅长听了只是笑。钟夫人再看简方平时,已与刚才的目光浑然不同。他多少有些尴尬,只好端起酒杯,赞叹女婿身居庙堂之上的毒辣眼光。

要说简方平在相亲大道上迎风披靡,也有些过了。有次钟夫人做红娘,将钟厅长的老同学、一个省城大学著名教授的女儿介绍给他。地点似乎已经忘记了,应该是个安静的地方,因为有红酒,好像是意大利的皮尔蒙玛佳连妮。玛佳连妮用的是多姿桃红葡萄酿制,没有经过橡木桶陈酿,显得果味十足,酒香杂糅。钟夫人将女孩子夸得无以复加,说什么大学时给来访的某国政要做过翻译,毕业后多少部委抢着要她留京云云。仿佛她不是某著名教授的女儿,而是某教授的著名女儿。女孩子嘴角上一直带着抹浅笑,把这登峰造极的夸奖统统稀释掉了。钟夫人喝茶润嗓的功夫,她用英语问他:能用英语交谈么?

简方平不知相亲的程序何时多了这个环节,兴趣大起,用英语回答说:You can't teach an old dog new tricks,大不了你说我听就是了。

他用了句西方谚语,直译是"老狗学不会新把戏",意译就是"朽木不可雕也"。这同样是话里有话的简式风格,秀了一把英文之余还显得很谦虚。像口感多变的玛佳连妮。钟夫人见他们用洋文对话，越发觉得门当户对，笑得一脸自豪，亲自动手给他们倒水，递水果。不料女孩子谢过她，转向他用英语说：这个老女人实在是讨厌，说了半天莫名其妙的话，你千万不要当真。

简方平深有同感，好奇心难以抑制，就回答说：她是我顶头上司的夫人，虽然如此，我还是认为你的话很有道理。

女孩子的浅笑终于变成了微笑。两人就用英语你来我往。钟夫人见他们无意改变语种，意识到自己的存在迫使他们以此遮羞，忙借故暂离。虽没了多余的人，女孩子还是抱着英文不放，这让他多少有些不悦。即便是考验，也用不着如此用心良苦吧？选丈夫，又不是选翻译，想要英文好的，随便一个美国小瘪三都行。聊着聊着，女孩子却眼圈红了，泪水崩溃淹没了浅酒窝。原来她是被迫来相亲的。她在大学有个彼此相爱的男友。两人都是本省人，不过男友来自农村，负担甚重。著名教授不忍看著名女儿嫁过去受苦，大发雷霆，逼迫她不得与男友相见，并安排了层出不穷的相亲来捣乱。女孩子与男友感情很深，没有留京也是因为男友考公务员回了省城。女孩子最后恳求简方平放过她，成全她，并向钟夫人提出拒绝，至于拒绝的原因可以由他去编。过了两天，钟夫人胸有成竹地在家里召见简方平，问他发展情况如何。他顿了顿，说我想过了，年纪差距太大，还是不耽误人家的好。钟夫人一愣，说不就是十几岁的差距么，算什么？人家八十多的还娶二十多的呢。他还是沉默，钟夫人恍然大悟，低声说是不是听到什么流言了？人家是个小姑娘，感情还不成熟，走些弯路也是正常的。你不也离过婚么？没什么不搭配的。简方平嗯了一声，一句话也不说。钟夫人不甘心，说你真的这么在乎她以前的事？非要找个没——谈过恋爱的？简方平抿了口圣爱美浓晨钟古堡,苦笑说要真是那么想,恐怕这辈子就找不到了。

钟厅长一直听着,也没喝酒,慢悠悠说,头等苑 B 等 1 级的晨钟古堡,配你这句话有些糟蹋了。他一慌,只好辩解说是自己觉得配不上人家,而且她年纪太小,嫁过来就当小学一年级孩子的妈妈也不合适等等。出了钟家,简方平有些生气,生钟厅长夫妇的气。离过婚怎么了,离婚的男人就找不得处女,就真得找个情史丰富的女人？就真是饥不择食,抓住什么算什么？你是厅长怎么了,你老同学的女儿又怎么了,老子就是不答应,你还能下命令？就算是给你当牛做马,就算你厅长上管天下管地,也不能任你摆布老子的生殖器吧？操！

回到家里,气消了,简方平有些后怕。赢得了生殖器的自主权,却得罪了钟厅长,代价未免太大。他打了一晚上腹稿,第二天捡个钟厅长高兴的空当,厚着脸皮为相亲不成的事道歉。相亲不成本无所谓,但相亲对象是厅长老同学的女儿,涉及有犯厅长尊严的原则问题。钟厅长听了,摇摇头,说虽然她爸是我老同学,可你也不容易,过去就过去吧。昨天那句话不是批评你好高骛远,而是说你太自卑了。你堂堂一个省直厅局的办公室副主任,马上就要独当一面了,就把自己看得那么低？咱们厅的处长就这么不值钱？就觉得自己不能找个黄花闺女？我就不信了。

简方平的心通通通跳了起来,站在原地没动。钟厅长笑了笑,本来不想这么早就告诉你,过几天开党组会,研究这一轮干部提拔名单,你们杜主任要去下面一个事业单位当一把手,副厅级。你呢,虽然年轻了些,在办公室这段日子干得不错,我跟几个党组成员通过气了,一致同意把你报上去。他感觉到浑身的血一下子沸腾起来,一股冲上头顶,一股冲向下腹,所过之处热浪滚滚,坚硬无比。钟厅长又说,想什么呢?

简方平把声音哽咽了一点点,说谢谢钟厅长。

钟厅长满意地点点头,好,宠辱不惊,我没看错你。上次党组讨论,有人说你婚离得不明不白,这么多年了也一直不肯再婚,只见你换女朋友——是谁就不说了,人家是老同志,思想上有老脑筋。我当时就生气了,我说我们是给党选拔干部,不是选拔模范丈夫。是谁离了婚转眼就结婚的,一目了然嘛,问题不在小简身上。至于谈恋爱,这是人家私事,又不是包二奶包情妇违法乱纪,难道这也是反对的理由?当时就没人做声了。不过,任命没下来,你还是低调一点……

晚上应酬完了回家,父亲和儿子早睡了,母亲在看韩剧。简方平说她多少次了,成套的韩剧影碟买回来就是不看,非熬夜看电视台里播的。熬夜看也就算了,还把声音关掉,瞪着一双老眼追逐花生米大小的字幕。一见儿子,母亲有些不好意思,低声说今天怎么这么晚,威威他们都睡了,你也得小心点身体。简方平想,还是妈好,回来晚了不是训斥而是关心,更不会像杜萱葳那样因为这个移情别恋。今天他心情出奇的好,没顾上埋怨母亲熬夜,直接去把父亲叫了起来。两人在客厅摆了几个凉菜,开了一瓶白酒。父亲喝不惯红酒,只喜欢高度的白酒。他到退休才混了个正处调的参与奖,安慰奖,不想儿子四十不到就提了上来,自然是天大的喜事。转眼一瓶白酒见了底,第二瓶又打开了。简方平喝着喝着就哭了起来,情不自禁地哭,发自肺腑地哭,毫无遮掩地哭,肆无忌惮地哭。他好久没哭过了,缺少缘由,也缺乏精力。在父母面前哭,无须解释,无须担心,因为他们全都知道,全都理解。这个年头,这个世道,这样的默契到哪里还有呢?上司会嫌你没城府,同僚会笑你太矫情,下属会当你发神经。至于女人,更是难以理喻,当年他真情真意地哭过,杜萱葳又怎么看的?母亲过来劝,劝着他,自己的眼泪止不住地掉。父亲没哭,说你别劝他,让他哭,在机关呆久了,笑得多,哭得少,哭哭也好。他就酣畅地哭着,想,我他妈的容易吗我?老婆跟别人跑了,多少人幸灾乐祸,还说我作风不好,男人做到这个份上,离死也差不远了。可老子呢,偏偏不死,偏偏活得比原来还好。你是处长,你是党组成员,可你找个小姐打个炮还得左右张望,还得掏钱买单。我呢,大把大把的女人投怀送抱!你想往上爬,守着黄脸婆不敢闹绯闻,老子也想往上爬,换一打女朋友也是天经地义!升官发财死老婆,你做梦都想,可老子不用想,老子就是这么过的……

母亲实在不忍心了,端着蜂蜜水来给他解酒。他哭过半天,终于抬头说了句话,妈,等任命下来了,我给你买个大电视,不用再费劲巴力地看小字儿!

正处任命下来不久,干训班一干同学给他集体庆祝。以前简方平总是不合群,别人喝白酒,他只点红酒。今天他抱定主意也喝白酒,不能人一上去就显得那么不合群,越是上去就越要合群。以前的不合群是为了表示有原则,今天的合群是为了彰显低调,两者并不矛盾。晚饭时他如愿以偿地合群了,酒桌上清一色的——红酒。班长说今晚大家向简处看齐,都喝红酒。大家说是是是,简处喝什么我们喝什么。班长的器重让他很感动。班长一个月前升任助理巡视员，已是厅局级干部了。加上他岳父是省委某领导，应该不会就此停顿，副厅、巡视员、正厅一步步前程锦绣得很。他看得出并不是所有同学都能得到这种器重，不易得的东西不光让人感动，更会让人珍惜。

　　喝完酒是唱歌。班长提议就唱一首《生日快乐歌》送给简处，恭喜简处在一个新的起点重新开始人生。大家纷纷同意。班长又说今天我特意请了我们厅市场处的美女雅竺给大家领唱，大家欢迎！掌声里，一个穿着连衣裙的女孩子站起来，接过了话筒。简方平一整晚都没有注意到她，开始在脑海里搜索。好像班长介绍过她，不过人太多，他着实没有留意，应该也是个不出众的女孩子吧。班长鼓动大家起了一阵哄。别人唱歌的时候，班长凑过来神秘地说，你留心一下小王，我特意给你推荐的处长夫人，厅人事部门已经考核过了，正式报送省委组织部；刚才的歌显不出水平，等会儿她唱宋祖英的时候，保管你眼前一亮，嘿嘿。歌房里人声鼎沸，他装作没听清楚，礼节性地笑了笑，两人碰了一杯。一会儿果然到了王雅竺唱歌，唱的是《古丈茶歌》。一曲唱毕，四下里轰然叫好。他附和着鼓掌。王雅竺在掌声里落座，脸上挂着淡笑，淡得有些发冷，像一杯加冰的白水。简方平头脑很清醒，刚才仔细打量了她，发觉并无特别之处，连歌唱得也不是想象中的好。正如刚入门的时候，看什么红酒都觉得好，觉得香，觉得醇，真到了一定层次才发觉当时的浅薄；也正如做科员、做科长的时候，觉得用车自由、报销随意、出差坐飞机都是无比的荣耀，现在看来也不过尔尔。班长又凑过来，说感觉好吧？一会儿你送她回去，下面的节目就看你的武艺了。他当然推脱一番就答应了。拒绝总是不好,不能让班长感觉自己刚一升迁就长了脾气。不就是相亲么?权当又一次练兵吧。简方平说,其实没什么,就是喝酒了,害怕交警查。旁边公安厅的同学老张皱眉瞪眼,吹牛说,你兄弟我是吃干饭的?在某某区除了杀人,喝个酒驾个车,卖个淫嫖个娼,全摆平。女同学们笑个不停。雅竺没笑,躲在沙发角落里,喝了口红酒。她喝红酒的样子完全合乎规范,先是仔细地看了色泽,而后嗅了嗅杯口的酒香,最后才轻轻啜了一口,脸颊微微起伏,肯定是在用舌尖感受着酒的溶动,每个味蕾都张开怀抱。简方平多少有了些好感,朝她举杯示意了一下。雅竺礼貌地笑,笑容还是淡如冰水。

厅里好车不少,简方平今天不愿太张扬,随手开了辆普普通通的帕萨特。王雅竺坐在副驾驶,报个小区的名字。他知道那是个档次不低的小区,言语中谨慎起来。相亲多年,他最怕的就是官小姐,尤其是钟婷婷那样80后的。倒不是因为年代歧视,也不是因为这一批官小姐大多是独生子女娇生惯养,而是她们爹老子正值掌权,会给安全生产无事故平添了许多麻烦,投鼠忌器而已。他更喜欢和公司老板的女儿、老师、主持人之类的相亲,与官场的联系少,就相对安全一些。因为谨慎,话就不多,幸好一路上有王菲的CD在放,显得不那么寂寞。王菲就是这么有魅力,雅俗共赏,各取所需,不管同车的是谁都不突兀。车走在经三路上,转过去是东风路,再过几个路口就到了。为了不露怯,他偶尔轻轻哼两声,表示自己的喜欢。将喜欢的歌放给初次相识的女孩子,至少会让她感到没有受冷落,即便不成情侣也成不了仇人。这也是他相亲多年的经验所得。《乘客》响起的时候,王雅竺伸手把声音调大了一些,靠在头枕上,闭上了眼。这是她上车后的第一个举动。

简方平觉得再沉默就不好了,于是说,你也喜欢王菲?

王雅竺嘘了一声,示意他不要说话。紧接着,王菲雾锁荷塘般的声音响起:

> 高架桥过去了
> 路口还有好多个
> 这旅途不曲折
> 一转眼就到了
> 坐你开的车
> 听你听的歌
> 我们好快乐……

简方平忍不住笑了。王雅竺睁开眼,问他,你笑什么?他在红灯前停住车,笑着说,没笑什么,只是觉得很巧。她说,想来也不是你刻意的,你一个晚上都没怎么看过我,要不是你班长非要你送我,还不知道你有什么安排呢。他有些诧异,话随着车子动起来。

你别这么想。我被他们灌得不轻,如果是我失礼了,我现在向你道歉。

她笑道,你这样的男人哪里会失礼?

他更奇怪了,那你说我是什么样的男人?

一个知道在女客人落座前,给她拉椅子的男人;一个知道女客人的茶水凉了,喊服务员续水的男人;一个知道在女客人喝了咖啡之后,递给她纸巾的男人,在同一辆车里十二分钟一语不发,只能说明你想说——对不起,你这种类型我不喜欢。一个精致而有风度的男人想拒绝一个女人,最有力的武器就是沉默。我说的对不对?

简方平又骄傲,又局促。王雅竺得意地看着前方,两人一时都没有说话。他终于忍不住了,在又一个停车的间隙,转过脸真诚地说,今天真是喝得有点多,我这人一喝酒就爱说胡话,害怕有所冒犯,所以才克制着自己,你千万别见怪了。王雅竺说,得了吧简处,你还不够矜持?简方平一愣,我很矜持吗?

王雅竺笑道,今天你是主角,官场新贵哪有不矜持的?倒是你们这帮同学挺有意思,不就是你提了正处嘛,瞧一个个眼红心热的模样,比自己提拔都激动。还生日快乐,还抢着买单,你要不是正处,谁搭理你呀。

简方平微微皱眉,想说什么,却一时找不到她的漏洞。王雅竺不无得意,说简处,前面就是我家了,你的任务也完成了,总之很高兴跟你认识,今后常联系吧。

简方平有些不解,说我还不知道你电话呢。

王雅竺笑道我的简处啊,您这样年轻有为的人,想知道一个女孩子的电话号码,不要太容易哦。

简方平不喜欢这样被女人牵着走的局面,索性一笑置之。好在那个小区已经到了,一群小高层在黑压压的树影里,据说这是城区里唯一一个真正有"树林"的小区。简方平打算把她送到楼下,王雅竺礼貌地拒绝了。看着她的背影消失在小区深处,他没急着走,想打电话问问班长她的底细,也最终忍住了没问。相亲日久,阅女无数,他并非没见过摆架子的女孩子。但是将架子摆到让人仰视,让人无话可说,让人有心探究的境界,这王雅竺还真是头一个。简方平扔了烟头,笑了一声,开车,走人。

第二天换了办公室,屋子里有些凌乱。他不愿被人当小孩般伺候着,一切都是自己动手。正忙着,班长的电话到了,劈头盖脸地骂,好你个简方平,你是处长,老哥我还他妈的是副厅呢,这个面子都不给?

简方平毕竟底气不足,又敬畏班长和班长的岳父,忙是好一番解释。班长气鼓鼓道,你也太不拿人家当回事了,好歹要个电话啊?

简方平有些委屈,我问她要了,人家端架子不说啊,还指桑骂槐地说了我一通。

班长说,你知道多少人想追她,我都替你拦住了,你倒好,不理不睬!反正我的面子是荡然无存了,两边不讨好!

简方平苦笑,我一个离了婚的老男人,经不起挫折了。那么受欢迎的女孩子,你这不是给我找麻烦吗?今天晚上洲际宾馆,我给班长大人赔罪,就咱俩,一条龙,好不好?

班长冷笑了一声,说洲际宾馆可以,我是不去了。你好好谢我吧,我再三苦劝,她同意再见你一面,一条龙嘛,就看你的武艺了。

简方平愣了,有些自恋地笑起来。要是对他毫无好感,又怎么会同意再见面?想到这里,他趁热打铁地问王雅竺的来历。不问不知道,问过之后,他的腿有点抖。那种血流耸动的勃起状态又出现了。班长说,你以为她是谁,那是我小姨子!接着是警告,你可瞒住了,她再三交代不许我说的;再接着是安慰,官小姐架子大不假,村姑架子小,咱也得看得上啊。

挂了电话,简方平头脑发懵,轰隆隆的火车冗长得再也过不完。他坐了许久,想了很多。怪不得王雅竺口气大得撑破天,原来人家有资本啊。他又想起父亲说过,行走官场,见人说人话,见鬼说鬼话,既有人又有鬼说胡话;如果都不行,那遇见的就是神仙,可以不说话;神仙非要你说话,最好说实话。神仙都是全知全能的,人话鬼话胡话统统是笑话,只有实话,至少让神仙觉得你够诚实……晕乎乎过了一天,他才想起要订包间;等心急火燎地到了包间里,才想起应该去接王雅竺。一切都乱了套。

王雅竺七点准时到了,是自己打车来的。简方平给她拉开椅子,看她坐下,扑通着心回到座位上。王雅竺皱眉说,点了一桌子菜,怎么不见酒啊?

简方平谨慎地说,知道王小姐喜欢红酒,没敢乱点。

王雅竺敏感地皱眉,说是不是姓罗的给你讲什么了?

班长就姓罗,简方平知道她说的是谁。真相大白,遇见神仙说实话的金科玉律可以用上了。他老实说是我打听你来着,不怪你姐夫。

王雅竺恶狠狠地站起来,走出了包间。关门的声音惊天动地。简方平看着满桌子菜,冲天怒气都压在肚子里,烧得他吹口气都能点着烟。怒气又伴生着恐惧。王家的二小姐啊,钟厅长都未必肯冒犯的,自己玩了几年的暧昧,到头来把自己玩儿进去了。还吹嘘什么安全生产无事故,生产还没开始,事故就要了命。前几天跟几个厅局的办公室主任聚会,有人说最没眼色的人是"领导听牌他自摸,领导夹菜他转桌",自己倒好,大领导的姑娘送上门来,他回了一个大耳光。此番经历一旦传开,估计自己的仕途就成了仕崖,只有学五壮士了。简方平想到最坏的结局,心里反倒平静。反正事已至此,大不了永不进步,谁还能把我的正处给撤了?他点上烟,拿起筷子夹了块西湖醋鱼,居然越吃越香。他知道雅竺一去不复返,官运从此空悠悠,就索性把盘子端到跟前,大口吃起来。边吃边想,这顿饭还能签单,下顿呢,下下顿呢?他甚至想打个电话把父母和儿子叫来,一起消受这顿杭帮菜,晚上再开两个房间,父母辛劳一辈子,还没住过五星级的宾馆呢。

一盘醋鱼见了底。门被人推开,简方平唇颊汁水淋漓,本能地抬头。王雅竺吃惊地看着他,电话还在耳边。他也傻了。王雅竺难以抑制地笑起来,对着电话说你老同学?哼,他倒是挺开心的,一个人把一桌子菜快吃完了,我算是知道什么叫境界了。

简方平只觉天旋地转。王雅竺不知何时落了座,看着他冷笑。简方平搓着手说,王小姐,你不是走了么?王雅竺毫不掩饰地讥讽说,遇见你这么个尤物,舍不得走,简处接下来表演什么啊?他尴尬地站起来,关上门,端着茶壶给她泡了杯龙井。王小姐,这样吧,我给你讲个笑话,你要是笑了,就别再寒碜我。看样子她立刻就想笑,却马上又绷紧了脸。

一个犯人被执行死刑。行刑的人开了一枪,卡壳了;又开了一枪,还是卡壳。犯人哭了,对他说求求你,来个痛快的吧,吓都被你吓死了。

王雅竺漫不经心地喝了口茶,这就是你的笑话啊?

简方平无言以对。王雅竺旁若无人地吃了一阵,擦嘴说简处,你开车了么?简方平沉重地说,来的时候会开车,不知道现在还会不会。王雅竺的手停住了。她盯着他的脸,忽然大笑了起来。

或许在神仙眼里,连实话也是笑话。

钟厅长很快掌握了简方平最近的相亲动向,对他越加刮目相看。一次汇报完工作,钟厅长叫住他,从柜子里拿出个手提袋,说,听说你女朋友也喜欢红酒,拿去助助兴。简方平回到办公室,打开看了看,居然是两瓶1996年法国波尔多区玛高红酒。这两瓶酒他在钟厅长家见过,还是几年前钟厅长随大领导出访法国时买的,当时每瓶的市价在10 000元左右。玛高红酒存到成熟期,口感很柔顺,尤以带着淡淡紫罗兰花香为奇,有"红酒之后"的美誉。王雅竺是懂红酒的,瞥了一眼酒标就笑着说,看来你们钟厅长的确是红酒大家,挑出来助兴的红酒也是专给女士预备的,挺好,代我谢谢他。

其实,连简方平也没想到进展可以如此顺利。看电影,喝咖啡,品红酒,逛街,出门旅游,除了那个什么,一切热恋男女该做的事情都做了。那段时间过得很快。简方平第一次感觉到光阴的不真实。父亲在知道王雅竺的身份背景之后,吸了半盒烟,憋出一句话,说你小子悠着点,陈世美也是驸马,不还是被铡了?

简方平笑起来,不过是个副书记的女儿,哪里就成了驸马了?

你刚提正处才几天,多少人都盯着你呢。你老老实实告诉我,你屁股真就那么干净?你爹我是纪委出身,你那点破事说小就小说大就大,你以为找个副书记的女儿就太平了?我在纪委那么多年,在位的大干部没见过几个,倒台的见过一大把!又升官,又走桃花运,什么好事都成你的了,别忘了枪打出头鸟!

简方平笑起来,爸,你看看你抽的什么烟?黄鹤楼1916。

父亲一愣,怎么了?比中华还贵?

31

简方平忍住笑,差不多,差不多。

父亲狐疑地看着他,脸色忽地涨紫,挥手把烟盒扔到墙上,雪白的香烟散落一地,烟嘴折射着淡淡的金黄色。简方平饶有兴致地看着父亲,看着他腾地站起,怒道,拿走,老子不吸腐败分子的烟!

简方平弯腰捡起烟,装好,塞到父亲衣兜里,叹气说,爸,你说的我都记住了,不搞腐败,不当出头鸟,行了吧?

父亲摇了摇头,声音黯淡了下去,我是为你好,我见的腐败分子太多了,我老头子没啥,我不想威威受委屈,在人前抬不起头。

简方平哭笑不得,好歹安慰了一阵,这才回房睡了。第二天是周末,他早起买油条路上,见父亲混在老人堆里打太极拳,休息之际,雄赳赳地掏出烟盒,给大家发烟。一片烟雾升腾起来,简方平看得仔细,老人们手里短棒金嘴的香烟,不是黄鹤楼1916又是什么?他忙转过身去,避开了父亲的视线。

一晃又是一月有余,班长撮合简方平和王雅竺有功,自然是居功而傲,处处以丈哥自诩。与王雅竺关系稳定之后,简方平为了答谢,请班长夫妇驾车出游。一路上四人谈笑风生,说不尽的逸闻趣事。中途休息吃饭,王雅竺接了一个电话,不料班长夫人的脸色骤然一变。王雅竺说着话,眼光不停地在姐姐和简方平身上游移,声音压得很低。他虽然心里咯噔作响,还是若无其事地跟班长夫妇聊天,但班长夫人的注意力已经完全转移了。一会儿电话打完,一桌人突然安静下来。王雅竺掰碎手里的馒头,神经质般地搓成一个个小球,呆呆地看着它们。凭空冒出的小球们慌乱地挤在一起。沉默了一阵,班长夫人站起说小竺你跟我来,我有话跟你说。

班长夫人叫王雅筠,与简方平同龄,比妹妹大了十岁,人很好,话虽然不多,但都很有劲,每一句都不容人置疑。班长有些懵,低声说怎么了,出来玩儿的,亲姐妹别闹得不愉快。班长夫人没回答,盯着妹妹,你起来不起来,大庭广众的,非要姐扇你?

简方平和班长愕然相望,不知所措。王雅竺一直搓着馒头球,小球的队伍不断扩大,像一群难民。王雅竺勉强笑着,说姐姐,真没什么,你别那么多心好不好?

简方平此时还是外人,不方便隔着军长找司令,只得尴尬地陪坐。班长感到义不容辞,笑着站起来拉着夫人,说你看你,本来高高兴兴的……一句话还没说完,班长夫人就火了,我们姐妹的事你管什么?吃你的饭!小竺,我再给你一次机会,你到底起来不起来?

周围不少双目光投了过来,像一群标枪。简方平从未见过班长夫人如此凌厉的作风,眼看着她的手真的扬起来,想起此处离省城不远,万一有熟人看见就糟了,便壮着胆子推了王雅竺一下,说听你姐姐的,去吧。王雅竺站起来,转脸看着他,眼圈通红,低声说了句,真对不起。

班长气得脸色铁青,简方平倒是暗暗好笑。一个仕途正旺的年轻副厅级干部,居然被老婆训斥得跟小狗一样,又发作不得。一入宦门深似海。娶了官小姐,正如背了一副铁梯子出远门,用的次数不多,但每次都是向上爬的要冲,所以总也不敢丢掉。班长闷头抽了两支烟,说简方平,你小子老实告诉我,这姐俩玩什么把戏?他苦笑说你政治局委员都不知道,我这候补的能知道么?班长看了看他,叹道其实小筠平时挺——挺温顺的,可小竺的事儿她一直瞒着我什么,我怎么问她也不说。简方平安慰他,人家是高干子女,不是你我凡人能明白的。两人相顾摇头。过了一会儿,姐妹俩回来了。王雅竺落座不语,把那群小球搓进掌心,拿一张餐巾纸包好,丢在地上。班长小心翼翼地问夫人,继续朝前走还是打道回府?班长夫人恢复了常态,果然是很温顺地笑着说,回去干嘛,离景区还远着呢。

　　日落时分到了景区,简方平跑前跑后张罗住宿。他不敢造次,开了三个房间。班长脸色阴郁,连开他玩笑的心情都没有。晚上的篝火晚会索然无味,四人放了几挂鞭炮,王雅竺就说累了要休息,大家都缓了口气。简方平回房间冲了澡,躺在床上,点上烟。景区里没有太好的红酒,他随意点了瓶加州纳帕谷地的蒙大维。蒙大维酒体很重,单宁很有力道,不多时就有了微醺。他琢磨着下午的事,思来想去毫无头绪,心情也沉重起来,忽然对前方不远处的第二次婚姻丧失了兴趣。班长的今天就是他的明天,面对一个喜怒无常的官小姐,还能怎么办?利害关系如此鲜明,如此具体,是取是舍都需要壮士断腕的勇气。他已经三十八岁了。父母没享过他几天福。儿子大了,心眼杂了,对任何可能充当妈妈角色的女人都抱着浓浓的敌意。真结了婚,日子该怎么个过法?能怎么个过法?不知道在王雅竺的概念里,跟父母同住的可能性有多大。那儿子呢?就算可以说服她,儿子能配合么?更大的问题是,王雅竺肯定要生孩子的,那威威怎么办?再亲的后妈也是后妈,有了亲生的骨肉,威威难保不会受委屈。可也不能因为这个就让亲儿子离开自己啊。不知不觉,酒瓶空了大半,烟灰缸已经满了。

　　床头电话响了,是王雅竺打来的。

34

睡了么?

还没。

开了一天车,怎么不赶快休息?

心里很乱,睡不着。

那我过去坐坐吧,聊聊天。

简方平把烟灰缸清了,王雅竺就推门进来。两人相顾无言,唯有沉默。王雅竺看着他,说你是不是有很多问题想问?他摇摇头,说你别乱猜疑,我不想看你为难。王雅竺的眼泪下来了,说你的电话能让我用用么?我的被我姐拿走了,房间电话不能打长途。

王雅竺当着他的面打了个电话,对方关机了。她不习惯他的手机,问他信息怎么发。他给她示范了一遍,很有风度地坐在一边看电视。该死的风度,简方平想,干嘛要有风度呢?本来没什么风度的人,偶尔伪装了一次,就得一直伪装下去,直到长在身上,变成了皮肤,脱也脱不掉。王雅竺捣鼓了一阵,有些胆怯地问他,怎么把通话记录和已发信息删掉。陡然间,他的血性熊熊燃烧起来。太过了,太过了,怎么能霸道到如此地步?老子是公的!他的风度荡然无存,强忍着没有发作,粗重的喘息声已然说明了一切。他想象着把她撕成碎片。王雅竺放下手机,看见了红酒,笑着说是蒙大维么?红酒里,它算烈的了。说着,她抓起酒瓶把剩下的一饮而尽,抹去嘴角的残红,说我们做爱吧。

简方平盯着她。是交易么?不用这样,我也教你怎么删。他的话是咬碎了说出来的。

不是交易,我不想删了,是我觉得对不起你。你该得到的都得不到。

王雅竺说着,慢悠悠拿起茶几上的一张便签纸,撕碎,捻成一个个小纸团。她惨淡地笑,笑容像碎纸片。简方平默然站起,把她拦腰抱起来,扔在床上。王雅竺微眯双眼,任由他剥去她的衣服,凶狠地亲吻,凶狠地抚摸,凶狠地进入。整个过程里,简方平都在咬牙切齿,直到他大汗淋漓地倒在她身旁。王雅竺在哭,又笑起来,果然好疼。

　　简方平一身的汗刷地全落下了。他扯开被子,发现床单上有点点血迹,像是不小心洒上的红酒。王雅竺看着他惊慌失措的表情,说忘告诉你了,怨我。你歇会儿,再来。

　　房间的灯亮了一宿。第二天,班长敏感地发现了王雅竺走路的异样,坏笑着打了简方平好几拳。简方平已经感受不到痛了。景区不错,峭壁上人工开凿出来的十里长廊让人由衷地肃然。简方平想,悬崖上都能捣鼓出路来,自己为什么找不到个好老婆呢?中午吃饭的时候,大概班长夫人也知道了昨晚的事,态度明显好多了,对妹妹不再那么严厉,悄悄把手机还给了她。这天晚上,王雅竺仍在简方平房里。在景区呆了两天,四人启程回家。班长主动要求开车,说我们的简处需要休息。班长夫人笑骂了他几句。一路上王雅竺都偎在简方平怀里,他也温存地不时抚摸她的脸。害得班长夫妇连后视镜都不敢看,头也不敢回。车里放着王菲的歌,到了《旋木》,王雅竺轻轻唱起来:

　　　　奔驰的木马让你忘了伤
　　　　在这一个供应欢笑的天堂
　　　　看着他们的羡慕眼光

不需放我在心上
旋转的木马没有翅膀
但却能够带着你到处飞翔
音乐停下来你将离场
我也只能这样

  以前,简方平觉得自己懂红酒,也懂王菲的歌。可那个瞬间,他一下子惶惑了,不知道歌词里旋转的木马是谁,离场的又是谁。告别的时候,班长悄悄对他说,武艺挺高嘛,哥哥我等着喝你的喜酒了。简方平笑而不答,心里拥堵得再没有一丝空间。几天之后,班长的电话来了,跟预想中的气急败坏差不多。班长劈头就问,小筠出国了你知道么?简方平嗯了一声。班长大骂起来,他一句话也不说,是班长挂的电话。出于尊敬,他把最后的发泄留给了班长。放下话筒,简方平走到门口,把门反锁上,却再无力走回座位,靠着门一点点下沉,坐在地上。泪水夺眶而出。是因为委屈和被骗,还是因为看重这段感情,他自己都无法判断。三十八岁的老男人了,哭起来样子很难看的。一盒烟抽完,班长的电话又来了,语气仿佛变了个人,隐约能听到班长夫人的哭声。班长的话很简短,我知道怎么回事了,收拾一下,老爷子要见你。

  常委院其貌不扬。武警看了看班长的证件,笑着说这是规矩,再熟的人也得检查。班长强撑着笑了一下。王家很简朴,连电视都是多年前的老款式。老爷子在书房召见了他们。老爷子站起来,在书房里踱步,缓慢地说,小筠的事,你们都知道了?班长和简方平互相看了一眼。班长说,我刚刚知道,是小筠告诉我的。老爷子顿了顿,说小筠她妈死得早,小竺还是小筠带大的。小简,你也知道了?

简方平有点恍惚。他的名字还是第一次出现在省委常委的嘴里。他点点头,小竺自己告诉我的,上次旅游的时候。

既然都知道了,就到你们这里为止,不要再外传了。老爷子继续踱步,反正也不是什么光彩的事情,有违人伦啊。其实也怪我教女无方。我想交代的就这些。你们都是单位重点使用的,工作忙,我就不留了。班长和简方平忙起身告辞。出门的时候,老爷子拍了拍他的肩膀,说小竺走之前特意留了话,讲你是个好人,好好干吧。简方平声音哽咽着说不出话,只有点头。老爷子叹气,说你受委屈了,好好干,我心里有数。他知道,老爷子这个级别的领导能这么跟他讲话,已经是莫大的不易了。

简方平和班长没回单位。班长把车开到城郊河边,两人看着打着旋流向远处的河水,都在沉默。班长捡了块大石头扔进去,激起几朵浑浊的浪。班长说,操他妈!真是无奇不有!真有这种事!她不是也跟你……简方平打断他,说,行了,不管怎么说,我得感谢你给我找了个处女。班长回头诧异道,真是处女?简方平哑然失笑说,怎么可能不是?班长说,那你有福气,得请我喝酒。他说,一定,一定。两人互相扶着肩膀,回到车里。

3

王雅竺出国之后,简方平对相亲产生了恐惧,由恐惧变得麻木,连暧昧也不想再玩儿了。后遗症不止于此。本来艳羡简方平攀龙有术的人,都喜出望外地等着看笑话。班长对他说,你知道官场中人什么事最开心?半夜三更纪委的人来敲门要双规你。说的罪状你都有。你吓得屁滚尿流。纪委的人问你,是某某某吗?你喜极而泣,大声说,是对门!

希望看笑话的人都失望了。各种迹象表明,简方平不但没有掉下来,还有可能升上去。省委党校新一届处长班开学了,名单里赫然有他。据说本来也没有,厅里只报了黄处长。简方平刚提的正处,与黄处长资历相差甚多。谁都没有想到,省委组织部亲自过问了此事,临时增补给厅里一个名额。这合乎原则又违背常理的变化让钟厅长都感到意外。背后的原因众说纷纭。不过简方平的确进了处长班,眼看着毕业后就要进入提拔副厅级的序列,这就跟莱温斯基裙子上的斑点一样,铁证如山。简方平的背景神秘莫测,又是本届处长班里唯一的单身,身份一露,顿时引来无穷的羡慕以及相亲,让他疲于应付。曾经沧海难为水,他很难再找到相亲的状态,多数是接触一下,随便找理由草草结束,深入发展的少之又少。就像一条老去而高贵的蛇,又诡异又恐怖又冷血,却宁肯挨饿,也不吃腐肉。日子不紧不慢地翻过去。厅里新家属院盖好了,装修之后,他带着全家搬入新居。新家在一楼,有180平米,不算小院和地下室。父母和儿子入睡了,他总要一个人来到小院,在躺椅上摇晃,旁边放着红酒。隆河谷底的教皇新堡,口味丰厚圆润,最适合独处时斟酌。他想起被人说了一遍又一遍的话,不知谁是你家的女主人呢。

新房里的确缺了个新娘。他想。

这段日子里倒也陆续见过几个,但都没有感觉。上次经厅里一个老处长介绍,他认识了一位女博士。博士三十出头,戴着眼镜,姿色中等偏上,身材如同一支铅笔。大概人一有学问,口才就跟学问成反比,话都不多。博士研究生物学,看惯了显微镜下的细胞,对面前的活人缺乏了解的兴趣,更是惜字如金。简方平和她约会的动因很简单,她是博士,可能会给威威的教育有所帮助。与他交往过的女人不同,她对他的身份,地位,权力等等没有概念,甚至连车的品牌都认不全。一次他去学校接她,开的还是那辆帕萨特。博士皱眉对他说,你的桑塔纳该洗洗了。这句话让他很有好感。他曾经和班长打赌,做过一次关于车的有趣实验。他开着下属单位的A8停在省艺校门口,不出30分钟,就有女孩子敲车门,问他能否捎她去一个酒吧,她和同学约好了聚会。女孩子嫩得流汁。简方平想到了和王雅竺在景区的两个夜晚。他爽快地让她上车,女孩子熟练地抽着车里的黄鹤楼1916,大谈对各种豪华车的理解。一路上基本都是她在说话,她态度的从容让他不忍怀疑什么。他眼前幻化出漫天飞舞的避孕套和档案袋。到了地方,女孩子给同学打电话,说了一通后遗憾地告诉他,聚会临时取消了。简方平知道她在暗示什么,就微笑说你先进去占个位置,我停了车就来。女孩子下车,抓着那盒黄鹤楼。他调转车头,直接开上大街。通过后视镜,他看得见女孩子破口大骂的样子。班长在酒店包间里等着他,一干党校同学也在。简方平进去,叹息说我输了,今晚我买单。包间里顿时笑语不绝。

其实博士那句话还透露了一个重要信息。她有洁癖。博士可以容忍活体解剖时的血腥,却无法容忍他身上任何细胞的不洁。她柔柔地命令他要每天洗澡,每天洗头,香皂和洗发水的牌子要由她来定;他走路要抬头挺胸,不许抽烟,红酒也要适量;她不喜欢任何交通工具,只要座椅上有别人的体温,她就会固执地等着冷却下来再坐;她不喝凉水,即便是大热天也要烧开水,等等等等。简方平一开始以为这就是所谓磨合期,慢慢地可以改变。但一个月下来,两个月下来,两人总是磨而不合,而且惨遭打磨的往往是他。简方平曾试图吻她,她并未拒绝,只是不愿张开双唇,说对他的口水过敏。他简直想问问她,这世界上有没有东西她不过敏的?终于在第三个月的时候,他决定放弃。两人约会在一个酒庄,简方平点了瓶智利圣卡罗酒庄的维斯塔那。价格不高,反正她也不懂。博士见他有些躲躲闪闪,主动说是不是受不了我了?好,我提出和你分手。简方平如释重负,心里反倒有些伤感。分别之际,博士说你应该算是个绅士,自始至终都给了我尊重,谢谢。

其实简方平很不情愿做绅士。他心里明明有只野兽,为了做绅士,他不得不让它冬眠,而且不告诉它春天何时会来,因为他也不知道。厅里今年新来的女大学生不少,有主动示爱的,也有精心暗示的,让他大开眼界。每次出差,只要有女同事一起,都会让他头疼几天。连跟女同事说公事,门也要开着,声音也要提高,嗓门跟大会发言似的。有趣的是,他迟迟没有再婚的事还得到了一位女士的关注。杜萱葳在跟第二任丈夫有了一个女儿后,不知为什么又离婚了。她固执地认为简方平是在等她回头,勇敢地找到他,表达了复婚的意愿。他简直不敢相信世界上真有如此不乏勇气的女人,当然是拒绝。好在威威对她的小女儿有天然的抵触情绪,除了她自己,杜萱葳找不到任何支持者。此事无果而终。更有趣的是,杜萱葳还来厅里闹了两次,一次带着安眠药,一次带着刀。如果没有这些道具,大家对她还能表示同情;闹过之后,舆论风头劲转,被同情的成了简方平。父母也没闲着。他们社交圈子窄,自作主张从老家弄来了几个相亲对象,形形色色的都有,弄得简方平哭笑不得。父亲问他,究竟要找个什么样的?他老实说我也不知道,大概快了吧。父亲说,屌样!你就当西门庆吧。

偶尔,简方平会把车开到城外,停在路边,点上烟。你在干什么?他问自己。天色渐黑,往来车辆次第打开车灯,把前方照得明亮,车里却乌黑一片。他已经不听王菲了,听广播。每当电台放王菲的时候,他就转台。广告大多是卖房的,卖车的,这些他都不缺,他缺的是种踏实的感觉。这种感觉只有女人能给,但不是每个女人都能。问题就在这里。他是大家眼里能让女人踏实的男人,有地位,有品味,生活精致,懂得红酒,也消费得起红酒。可什么样的女人能让他踏实呢?快四十的老男人了,找个看上他的女人容易,找个他看上的女人却很难,相当的难。为什么没有一个女人上来就对他说,我愿意跟你的父母一起住,我愿意把威威当作自己的亲生骨肉,我愿意为你做任何事呢?他问自己,这样的要求并不高吧?

党校处长班结束,班里组织到新疆旅游。他是生活委员,代表班里跟旅行社谈出行的事宜。旅行社出于重视,除了全陪,还安排了一个大客户部的副经理陪同,都是年轻貌美的女子。离开了以前的生活圈子,同学们似乎都放开了,不断地跟女导游开玩笑,说疯话。简方平并不去参与,倒是看得津津有味。导游都是见多识广的,在知道了他单身之后,有意保持着距离。已婚干部们说得多,做的少,因为胆子小,顾虑多,只能过个嘴瘾。所以跟已婚干部们玩暧昧是安全的,单身的就完全不同。游戏就是游戏,玩笑就是玩笑,导游还是明白这一点的。

在喀纳斯的几天,他们骑马、唱歌、跳舞、开篝火晚会。一次骑马到了森林深处,原始的大自然扑面而来,所有人都激动了。简方平又有了那种勃起的冲动,不久就是身心一并澄澈,仿佛母亲子宫里酣眠的婴儿。或许大家都有这样的感觉,居然有男同学提议裸奔,货真价实的裸奔。气温并不高,20度左右,但大家的兴致很足,马上就有人响应。女同学本来就少,抱成团坚决反对。一个大姐泼泼辣辣地说,小老弟们哪,姐姐我都快绝经了,裸是裸不起了,奔也奔不动了。男同学们哈哈大笑,手拉手连成圈,把女同学围在中心,嗷嗷乱叫。双方互相笑着坚持,谁也不退缩。最后还是简方平看不下去了,主动松开手,放她们出去。女同学们笑得花枝乱颤,牵着马退到林子外,说去给疯子们站岗放哨。男同学们对简方平的倒戈大加鞭挞,要他第一个脱。简方平也不推辞,爽快地把自己剥了个精光,胯下的小和尚横眉竖目,看着他们。大家啧啧赞叹,掌声如雷。随后就是纷纷脱衣服,一件件扔在地上。动作缓慢的人被大家毫不客气地耻笑,上去扒他的内裤。很快,林子里除了牲口,就剩下一群赤身裸体、瑟瑟发抖的处级干部们。白桦林就像子宫,子宫里的人当然是没有必要遮掩的,所以似乎当众裸体也不是难堪的事了。其实大家都一样,身份一样,级别一样,脱了衣服更是看得出性别也一样。于是谁都不再拘谨,互相看着大笑,赛跑,跑得大汗淋漓。简方平也在其中,跑来跑去跑来跑去。跑累了,大家散坐在衣服上抽烟,放肆地开玩笑。有人说你看你看,某某勃起了。那人就笑着反击,说这天气还能勃起的只有牲口。马上就有人说,不对,勃起的只有简处。简方平陪着他们笑。玩笑开过,大家又跑。也有人躺下,让太阳光尽情抚弄平常暗无天日的地方。忽然有人破口大骂起来,易拉罐！我操你妈！易拉罐当然是一个人的绰号,估计是他的领导或同僚。大家一愣,立刻会意,便都开始痛骂起来。骂声像合唱,响彻白桦林。简方平想了半天,找不到一个可骂的人,他就说,你们操过的,我再操一遍！大家一愣,不约而同地大笑,说他的想法有创意。

　　回到省城,大家各复原位,按部就班地上班,工作,聚会。一次官场酒局,简方平和那个大骂"易拉罐"的同学邻座,两人不约而同地想起了裸奔,会心一笑。一个不知情的朋友好奇起来,问他们笑什么。简方平和同学同时敛住笑,正经起来,说没什么,没什么。此后,裸奔的事很少有人提及,就连同学聚会也不再说起,好像根本就没发生过。年终旅行社搞酒会,请简方平参加。他对这类场合并不感冒。到了年末,办公室主任是最忙的,拜访领导,慰问退休干部,写各类总结材料,处处都劳力伤神。不过那天登门请他的是一起去喀纳斯的副经理,姓沈。说了几件旅途的趣事,简方平想起了裸奔的场面,忍不住笑。沈经理脸发红,说是不是想起了那天的事？接着就是吃吃的笑。就在这句话之后,他忽然对酒会产生了兴趣,或者说是对沈经理产生了兴趣,随口答应下来。酒会上供应的廉价红酒让他退避三舍,像捧着毒药。不过旅行社老板对他的到来很重视,也很感激,特意给了他一张贵宾卡。他礼貌地接过去。沈经理很高兴,也喝了些酒,私下里对他说因为旅行很成功,老板给她加了薪,让她抓住他这个大客户。简方平的兴致淡下去,有些后悔了。送她回家路上,她还停留在兴奋里,又说又笑又唱。

他开着车微笑,并不去打断她简单的幸福,这也是有品位的精致老男人一贯的作风。年轻就是好啊,可以放肆,可以大胆地去做想做的事。简方平也年轻过,不过他年轻的岁月早就耗在学校和婚姻里,只能偶尔凭吊一二。到了沈经理住的小区,他停下车,等着她说告别,或者是请他上去坐坐。坐坐还是做做?这句话带着暧昧的歧义,简方平有些想笑了。像是许多次相亲的翻版。

沈经理的兴奋大概挥洒已毕。她扭头看着他,没有下车的意思,而是在问他,你在乎你的女朋友是不是处女么?

这个问题很新鲜。他喜欢新鲜的问题。

简方平想了想,说我不想回答,因为我们还没熟到这个地步。他故意说了实话,实话总是很残酷。然后,他想看她该如何表演。

这就说明你在乎了。沈经理的表情很冷静,也很自信。她骄傲地说,我就是个处女。

一连串的新鲜感让他有些诧异,甚至是不知所措。他微微笑着不说话,轻轻摇头。沈经理追问道,你不信么?我谈过一个男朋友,但我觉得他不是我理想中的人,分了。

那你觉得什么是理想中的人呢?

像你这样的。沈经理毫不犹豫地说。你给我印象很深。我跟的团多了,那个环境最能看清楚一个人。你挺与众不同的,我觉得你很好。当然,我这是一厢情愿。如果你觉得能交往,明天给我个电话。没接到电话,我以后再也不见你了。沈经理的语流很湍急。还有,我父亲去世得早,我妈在省四监上班,笃信基督教。还有,最重要的一点,如果你是想玩玩,也不要打。我谈恋爱是为了结婚的。

第二天,有个兄弟省的厅长来考察,简方平接待了一天。搞接待越来越难了,这个级别的干部,什么接待没见过?可他不但要搞好,还要搞出特色,搞出水平,搞出高潮。钟厅长说过,接待也是生产力。好像这年头什么都能跟生产力和GDP挂上钩。安排厅长住下,又去对方的办公室主任房里聊了聊,确定了次日行程,已经临近午夜。住处在城郊的一个省属接待中心,曾经接待过不少大领导。有栋别墅还接待过伟人,如今没人敢住进去,干脆当作展览馆任人参观。简方平有些微醉,便到门口草坪上散步。草坪大得吓人,白天是个高尔夫练习场,故而脚下不时看得到散落的小球。星星点点的像畏缩的小眼睛,躲在草稞子里。远处就是那栋伟人住过的别墅,门口立着铜牌,写明了某年某月某日至某日,伟人曾在此住宿,办公,接见当地党政官员。他看着投射灯照耀下的别墅,忽然想起来好像有什么事没办,想来想去,终于想起了沈经理。这个电话打不打呢?呵呵。要不然,发个信息?

他掏出来手机。还有5分钟的时间来考量。快过零点的时候,他还是打了。电话居然没有人接。他有些失落,就再打。一连三次都是如此。简方平决定打最后一次,还没人就当是天意了。电话里的彩铃听了好几遍,翻来覆去是周杰伦的《青花瓷》:

  天青色等烟雨,而我在等你
  炊烟袅袅升起,隔江千万里……

年轻人喜欢周杰伦很正常,但他一直觉得周吐字不清,缺乏当歌手的基本前提。或许这就是代沟。今天难得有耐心反复去听,才呷出了感觉。应该说周唱得不错,意境也有——可惜仍是无人接听。他准备回房睡觉了。当他合上手机的时候,离他不远处,好像有个声音也停了下来。他下意识地转身,发现门口的武警有些奇怪地看着他。静悄悄的大门外,一个人也在看着他。

在那个刹那,简方平发觉心里豢养的那只野兽睁开了眼,似乎在说,老子不睡了,老子要迎接春天了。按说一个快四十岁,阅女无数的老男人不应该有这样的感触,不应该做出这样的举动。可他还是大步走了过去,把那个人从阴影里拉出来。果然是她。

你在这儿多久了?

打到你们单位,说是有接待任务,我给所有的宾馆打电话,就找到这儿了。

那你怎么不接电话呢?

不敢接。怕你敷衍我。

如果我没发现你,怎么办?

她的眼泪一下子涌动出来,却笑着摇头说我看见你了,故意把手机铃声调到了最大,你肯定听得见。

你叫什么名字?他有些尴尬,只知道叫你小沈。

沈依娜。她说,你得记清楚了,下次再这么问,我不会原谅你的。

当他知道沈依娜年龄的时候,心里多少有些不安。她才二十四岁,本命年,和他相差十五岁。比她年纪还小的他也遇到过,别人问起他的感受,他叹息说充满了负罪感。五年一代人,他和她相差的又何止一代?到了他的岁数,面对任何女人都要想一想,先想好退路再说，哪怕她是天女下凡，哪怕她再独树一帜。显然，巨大的年龄差距会带来很多问题，价值观，幸福观，兴趣，理念，以及性。一旦做出选择，各式各样的问题就会纷至沓来。一个成熟的老男人必须对此先做出判断，做好预案。只有这样才会心安理得地享受相亲的乐趣。一开始，他也认为她更多地看中了他的地位，权力和他拥有的精致生活。这太正常了。但是交往了一阵子，他惊奇地发现她这方面的需求甚少。比如说打扮，她对网上如何使用廉价化妆品捣鼓出高档效果的帖子津津乐道，热衷于网购一些低廉的衣服饰品，尽管那些东西一看就知道是冒牌货。她总是埋怨钱不够花，却没见她怎么花钱，一问才知道都存了起来。比如说对待性的态度，她坚持要守到结婚那天，固执得像只蜗牛。她还告诉他，她母亲是个基督徒，她也是，真正的基督徒都是婚前守贞的。她没什么朋友，工作之余的时间大多是自己呆着。考虑到她所处的行业性质，这有些不可思议。简方平送给她一台笔记本电脑，里面装了一种后台秘密运行的记录软件，可以记下她所有的键盘操作。过了一个月，他借口自己的电脑坏了，把她的拿回家，挑灯奋战一整夜，也没能发现什么。她的电脑水平他是知道的，而要想在整整一个月里毫无可疑之处，除非是本身就不可疑。简单地说，她跟所有她这个年龄的女孩子不同。这一切都让他新鲜而好奇。他想，如果是伪装，那这伪装也太难了。年轻的女孩子，谁有耐心持续这么长时间的伪装呢？他身上固然有着强大的吸引力，但比他更有吸引力的也不在少数。只要肯屈就，沈依娜完全可以花更小的代价得到更多。

热恋很快就到来了。每到下班的时候，不管一天的工作多累，身心多倦怠,简方平都会发短信给她,问她想到哪里吃饭。沈依娜总是说,你看吧。简方平就说,刚才打了114,查不到"你看吧"这个饭店。老男人玩儿起幽默来,年轻女孩子很难抵御的。沈依娜显然对这样的幽默缺乏免疫力。他和她都喜欢一个城郊的度假村,在那里可以自己喂鸡、喂鸭,采摘新鲜的瓜果蔬菜。沈依娜对没有土壤,根系裸露在水里的蔬菜充满了好奇。他向她解释这是无土培植。她摇头说,我宁愿它们生活在土壤里,一个生命的根是不能让人看见的。他坏坏地笑,说我的根在哪里,你就从来没看见过。她瞪大眼睛看着他,等明白了他的所指,气得满脸通红,不停地捶他。

两人聊起过彼此的过去。他自然隐瞒了许多,只把失败的婚姻和少数几个相亲的故事讲给她,包括女博士。他说的话,她几乎全都相信,连那些刻意的隐瞒也毫不质疑。她并不觉得他相亲的次数会这么少,还说你平常忙成这样,居然有机会谈情说爱?她的信赖让他有些不自然。因为她的历史太简单了。毕业后,一个同系的男生追求过她,交往了几个月,因为她对性的固守而分手,现在省城一个大学里当助教。沈依娜气鼓鼓地说,没有结婚就那样,是得不到上帝的祝福的。难道你们男人都是这样,见了几次面,就要那个吗?他想了想,说基本上可以这么认为。沈依娜就说,那好,你跟我认识这么长时间了,怎么不见你提?他摊开了两手,为难地说不是我不想,是你站在我面前,我不忍心说。这句话是实话。或许能打动他的,也就是这个了。

简方平有了小女友的事,在圈子里很快传开。班长第一个送来祝福,与夫人一道请他们两个吃饭。沈依娜是头一回参加这样的聚会,之前很兴奋,之后很失落。因为差距太明显。班长夫人无论是见识、谈吐都具有压倒性的优势,时装、香水、奢侈品、子女培养,没有一样是沈依娜擅长的,她只有唯唯诺诺认真听讲的份儿。不过班长夫人对她的印象很好,事后对简方平说,沈依娜不一般,挺少见的,你要好好待她。简方平私下里问她雅竺在国外的生活,跟那个女孩子过得还好吗?班长夫人的眼圈立刻就红了,摇摇头没说话。

圣诞节那天,简方平去旅行社接她,等了好久才见她下来,似乎刚哭过。他小心地问她原因,她靠在他怀里,梨花带雨哭了半天。原来是一个单子没争下来,被同行抢走了,挨了领导的批评。五十个人的大单子啊,本来说好的,因为对方派了个年轻漂亮的公关经理,生生地就抢走了。她哭过之后,开始了抱怨。老男人比毛头小伙多的就是耐心。简方平静静地抚着她的头发,静静地听,偶尔点评一两句。他说,你该好好打扮一下,我的小羊羔对中年以上男性的杀伤力还是蛮大的。或者他说,听你这么讲,我倒是积了不少阴德,秘书科里那几个谈恋爱的女孩子,因为挨了我训,不知换来男朋友多少体贴呢。每到此时,沈依娜总能破涕为笑,心情也好起来。王菲不是唱过吗?你快乐所以我快乐。于是他也开心了。开心的时候,他们总离不开红酒。沈依娜是学酒店管理的,有这方面的基础,培养起来轻而易举。她很快喜欢上了有红酒陪伴的日子,对于各类红酒的鉴别能力也突飞猛进。他不在身边的时候,她就自己倒杯红酒,细细地看,轻轻地舔。不过她消耗红酒的过程很漫长,一瓶喝完至少也要一个月之久。他问她怎么回事,她调皮地吐了吐舌头,说太贵了,比金子都贵。见他不以为然,她才说红酒是要两个人喝的,你不在,我一个人喝着喝着就想哭了,然后就发疯一样地想你。

和年轻的女友相处,问题当然有。他是个毕业后就泡在机关的人,年轻时就不太懂得浪漫,年纪大了,时过境迁,即便是懂也只好懂装不懂。年轻人血气方刚,可以率性而为;老年人风雨苍黄,已然无需浪漫。偏偏是他这样的中年官员,上有领导下有部属,浪漫起来多有不便,只好下意识地与它远离。不过简方平的浪漫虽然简单,但充满老男人的智慧和底气。情人节的时候,他送给她三瓶意大利蒙特仙奴产的布内奴,告诉她,三瓶酒代表着三个字。她自然联想到了"我爱你",红着脸说了出来。他却摇头,说不是"我爱你",而是"在一起"。相爱的人未必最终能够在一起,所以我们不要仅仅相爱,更要在一起。布内奴是好酒,酒色像熟透的石榴,有泥土和黑莓的香气。沈依娜的脸上洋溢着幸福,挥发出的香味比酒香还要饱满丰沛。老男人其实是不乏浪漫的智慧的,他告诉自己。走出酒店,他对她说,今天晚上请你听演唱会。然后他把车子开到城郊一处空地上,打开天窗,让满天星斗落进车里。音乐响了,是他的声音。他一共给她唱了两首歌,是他自己录制的。Right Here Waiting, As Long As You Love Me。一首缓慢,一首轻快;一首像是抚摸,一首像是热吻。沈依娜简直要失守了。简方平没有破坏这个氛围,两人只是拥抱,亲吻,交流着对彼此的依恋。沈依娜说,我想你。他哑然一笑,我就在你身边啊。她摇头说你越在我身边,我就越想你。

我们的确很合适,不是吗?他开始确信这样的感觉。太不一样了。熊熊燃烧的爱火熄灭了所有潜在的问题。沈依娜从未过问他的家庭,她只知道他离过婚,有一个儿子。他也仅仅知道她只有一个笃信基督教的母亲,是一个监狱的科长,父亲早年亡故。在爱情的大背景下,这样的问题都被一带而过。重要的是他们俩都是单身,这样的身份让他们都有一种安全感。他跟她开玩笑说,至少不是见不得人吧。

年轻女孩子沉浸在爱河之中,智商通常都要下降,对沈依娜而言,同时下降的还有工作业绩。其实简方平要想帮她拉几个单子太容易了,可她不愿接受,宁可忍受从副经理降到主管,从主管降到业务员的巨大失落。理由很简单,公司里人人都知道她有个有权有势的男朋友,她不想别人嚼舌头,说她靠姿色做交易才有业绩。她总是对简方平说,在我老家,要是名声不好了,嫁都嫁不出去。

可你有人嫁啊?他一本正经地说。

那不同。我要自食其力的。沈依娜咬牙切齿地表白。

自食其力的沈依娜终于失业了。简方平正列席厅党组会,见是她的电话,耐着性子没接。处长能列席党组会的次数不多,每次都是表现的好机会,他都是老男人了,这点常识他懂。那天讨论一个厅里的大工程。钟厅长还没有表态,七八个党组成员各抒己见,民主氛围抒得淋漓尽致。民主后自然是集中。钟厅长咳嗽了一声,说的却是,简主任谈谈看法,列席也不能只当录音机。简方平有些意外,紧张地先关了电话,而后按照对钟厅长态度的揣摩,谨慎地发表了"浅见"。简方平说,首先,作为下属,不管党组做出什么决议,我都会坚决执行,不打折扣。其次,我认为……简方平说的,基本上都是平常跟钟厅长出差、开会、写材料的时候,慢慢领会来的。就像拉车的驴,时间长了,用不着车夫挥鞭,仅凭一句训斥一声咳嗽就知道该走还是该停。于是驴不用挨打,车夫又省力又得意,皆大欢喜。钟厅长总结发言,简方平笔行如飞,心花怒放。开完会就是连夜整理会议纪要,发给全厅处以上干部。简方平和几个秘书科的人忙活到夜里11点,纪要出来了,放在钟厅长案头待签。如果是和别的女人暧昧着,他肯定会领几个小兄弟放松一下,可现在是和沈侬娜。简方平让他们找地方解乏,自己匆匆离开。沈侬娜被冷落一晚,正捧着红酒浇愁,见他就开始哭,鼻涕泪水蹭脏了他的西装。他心疼地看着她,说不然的话,你就别工作了,我能养活你。

你不是第一个这么说的人。沈侬娜哭着说,不过只有你这么说,我才高兴。

简方平还是在厅里下属的一个事业单位给她安排了工作。院长为难说,人好办,编制成问题。他就找到人事厅的一个党校同学,酒过三巡菜过五味,请同学帮忙解决一个事业编制。同学看了沈侬娜的简历,上下打量他,忽然笑着说,好好好,我们的钻石王老五也不唱单身情歌了。他正色说,别开玩笑,有难度吗?同学还是笑,那你先说是谁,要是别人,难度很大;要是弟妹,难度很大,也要办。

编制很快下来了,沈侬娜有些不情愿地到单位上班。也是在办公室,打打字,发发文件。第一天下班之后,两人吃饭庆祝,开了瓶西班牙李奥哈的玛祖亚罗。饭是在沈侬娜家吃的。简方平露了一手,让80后的女孩子见识了一下60后老男人的厨艺。这倒要感谢杜萱葳,离婚那段时间没人做饭,他的厨艺就是那时练出来的。

不想成了他现在的一招杀手锏。吃完了,两人坐在大沙发上聊天,品酒。他问起她今天上班的感受,她感慨说太堕落了,整天没事可做,真让人想结婚。

你真的打算结婚?

废话,难道还要变成老处女啊?

那好,我给你讲讲我家里的情况。

其实他或多或少地讲过一些,但没有涉及过家庭问题的要害。跟男人的身体一样,既然是要害,就不能轻易示人。一旦露出来,就等于毫无保留。老男人了,知道这样做是很不安全的。不过现在,他认为基本可以了。

我想结婚之后,还是跟老人和孩子一起住。我父母年纪大了,孩子还小,都需要有人在身边照顾。他有些隐隐的担忧,还是说了出来。这其实就是他的底线。老男人的底线其实很简单。

照顾老人是应该的。可是孩子——她犹豫了,我自己都没长大,难道能做一个称职的母亲吗?我会不会带坏他啊。还有,我只比他大了十来岁,他喊我姐姐还是妈妈?

当然是妈妈了!再说还有老人帮忙呢,你担心什么。他看着她,观察着她,像是观察杯中的玛祖亚罗。她迟疑了一会儿,点头说那好吧,我买些书来看,争取做一个好妈妈。反正上班有的是时间。

那你母亲呢,会有什么想法?

沈依娜垂下头,一时没有说话。简方平很想知道她在想什么,却忍着没问。其实他看过沈母的照片,沈母只比他大了五岁,一点也不显老。他本能地有些担心。每次沈依娜给母亲打电话,沈母都要问她是不是每天都祈祷,睡觉前有没有画十字、念《天主经》和《圣母经》,有时还要让她在电话里背诵经文,检查她的功课。简方平领教过几次,于是特意找了本《圣经》来看,翻了翻,觉得太厚,就换了本薄薄的《圣经故事》。看到"爱邻居,爱仇敌"的时候,他心里稍稍宽慰;可看到"巴别塔"的时候,他又觉得很悲观。人类本来可以造出直达天堂的巴别塔,但上帝不许,便让人类着不同的语种分散到大地上。他想,人与人的沟通障碍岂止是语种,境遇不一,生活各异,谁知道沈母在监狱里工作了一辈子,守寡了二十年,会不会跟常人一样呢?如果是,那就好办了,寻常父母应该不会拒绝他;可如果不是呢?又会有什么理由?

沈依娜终于说话了。我跟她提过你,她好像不是很高兴。她一再跟我说,踏踏实实过日子就够了,不见得非是有权有势的。

你妈太高看我了。简方平笑着说,我可跟有权有势沾不上边。你妈还说什么?

我妈问你多大了,我说你快四十岁了。她又问我你是什么级别,我说你现在是正处,快提拔了。

简方平有些自恋地微笑,这才是他在女人面前迎风披靡的资本。总不会因为我是当官的,你妈就不许你嫁给我吧?放心,我很老实的,经济上没问题,生活作风上更没问题。说这话的时候,他并不觉得自己在骗人。沈依娜却严肃起来,说我妈可是在监狱工作的,你是不是好人,她一眼就看得出来。简方平做了个举手投降的动作,好了好了,你赶紧请你妈来,别忘了带上她的照妖镜。沈依娜吃吃地笑了起来,柔声说你紧张什么,我妈就我一个女儿,我认准的幸福她不会阻挠的。

玛祖亚罗的酒精度有些高,沈依娜的脸晕红得让人心醉。这么说,一切都不是问题了。他对自己说。好像一个负重旅行的人,已经习惯了这样的步伐和节奏,负担一经卸掉,反而不会走路了。脚下轻飘飘的,心也轻飘飘的。如果有音乐就好了,最好是班得瑞,适合开车时听的那种。因为今天晚上,他决定开她这辆车。

他搂住了她,仔细地盯着她的眼睛,盯得她心旌荡漾。

你干嘛?她终于察觉到了异样。

我想吹灭你的眼睛。好不好。

不好。她慌慌张张地说,我们说好要留给那一天,没有结婚就那样了,上帝都不会祝福的。她虽然反抗着,但她的反抗仅限于言语。玛祖亚罗的酒液在她的血管里流动,挥发,她的四肢毫无力气,一切都像是沉浸在红酒里。可能她最终也没能意识到,这个程序是必须的。老男人必须验证最后这一点。她的所有魅力,最初的新鲜,之后的熟悉,他的信任和珍惜,以及今天的承诺,大多建立在此之上。如果她通过了验证,身下有了那抹类似红酒的色彩,他才会将自己作为老男人的幸福全部托付给她。请原谅我。他在心里默默念着。我的爱,老男人的爱也是有前提的。尽管看上去这个前提很无耻,很猥琐。但它必不可少。

沈依娜哭了整整一晚。第二天上了班,她不接他电话,也不回信息。简方平推掉了一个会议,在她单位的楼下等。单位保卫科长看见他的车,忙通知了办公室主任。他大方地说,没事,等小沈下班。主任立刻明白了,上去把沈依娜领了下来。办公室主任眼光都很犀利的。她很顾大局,顺从地上了车,脸上还挤出了几分笑,说陈主任,再见。这也让他感到欣慰。不过一到家里,沈依娜就把大局抛在一边,拼命把他往外推,说一定要分手,她算是看清楚他了。还以为是个绅士呢,原来你也是只禽兽!

男人都是禽兽。简方平想笑。他连连安抚说,好好好,我是只禽兽。

别丑化禽兽。她撅着嘴说,你连禽兽都不如!

他更高兴了。好好好,我禽兽不如。

你根本就是只苍蝇,恶心的苍蝇!

好好好,我是苍蝇。

别丑化苍蝇,你就是只屎壳郎!

老男人的耐心足以包容所有的撒娇、抱怨和小性子。只要他肯。简方平当然肯。他听了这话,不做声地推着沈依娜,把她推到沙发边。她奇怪地问,你干什么你!

我这只屎壳郎开始工作了。

简方平的表情一本正经。沈依娜刹那间花开缤纷了,芬芳四溢。老男人把她揽在怀里,朝她的耳朵眼里吹气,体会着她身上一串串的悸动。按照常理,有过一次经历的女孩子很难抗拒第二次,即便是王雅竺。可是她却不。她用行动告诉他,吻可以,抚摸可以,怎么都可以,但是那样,不行。他不去理会,继续解着她的衣服。她感觉身上裂开了一个个伤口,被风吹得凉飕飕的。她的反抗无声而有力。她的指甲深深地嵌入他的皮肉里,扎出了血。红酒似的血。简方平松开了手,默默地看着她。她把衣服整好,埋进他怀里,说我不想这样,你会不珍惜我的。他紧紧地搂着她,没有再强迫。他凝视着她的眼睛,她的脸,直到她安然睡去。

不知过了多久,简方平的手机响了,是班长的电话。班长的声音很沉闷,问他在哪儿。简方平支支吾吾,班长听出了什么,叹气说老张被双规了,可能对同学们都有影响,你心里得有数。班长说完就挂了电话,简方平脑子一懵。老张是党校同学,就是当初说"在某某区喝个酒开个车,卖个淫嫖个娼,全摆平"的那位,去年刚提的省会某区区长,这么快就倒了?

怀里的沈依娜睁开眼睛,迷迷糊糊地问他,怎么了?

简方平勉强一笑,厅里有点事,你先休息。

离开沈依娜家,简方平迫不及待地给班长打电话,班长苦笑说你定力不错,还没色迷心窍嘛。简方平哪里还有心说笑,追问老张出事的经过。两人说了一个多小时,从同学一场谈起,谈到自己跟老张的所有往来,替对方再三确认没什么犯忌讳的事之后,这才互道平安,挂了电话。简方平长长地出了口气,发动了汽车。他想,谁叫老张嘴里没个把门的,不该说的乱说,倒台也是迟早的结局。过了不久,老张被双轨的消息见了报,父亲如获至宝地举着报纸指给简方平看,要他引以为戒。父亲最后总结说,我还是那句话,枪打出头鸟,你小子给我悠着点!简方平敷衍说知道了,我都听你的。其实他的思绪早就离开了,沈母就要到了,能不能最终娶到沈依娜,还得看她会不会同意。至于父亲的老生常谈,简方平早就有了免疫力。

沈母比照片上还年轻。见面时,简方平叫她伯母,沈母笑笑,说我比你大不了几岁,别把我说老了。沈依娜在旁傻笑。简方平有些踏实了,说伯母真幽默,晚饭安排好了,在洲际宾馆给您接风。

五一期间洲际宾馆的包间很难预定,这对简方平而言当然不是问题。沈母走进包间,没落座,神情惕然地看着四周。简方平说,条件简单了点,伯母别见怪。沈母不置可否,拿起酒杯,对着灯光看了看,放下,又拿起沉甸甸的勺子,凑近鼻孔嗅了嗅,皱眉。沈依娜忍不住说,妈,方平好不容易才定的包间,您快坐下吧。沈母笑了笑,说条件不简单,可是干净么?我不习惯在包间里吃饭,咱们去大厅吧。服务员惊愕地看着她,又看着简方平。简方平朝沈母抱歉地笑,说包间里是太局促了,大厅里敞亮,就是人太多,闹腾了点,我这就去定位子。

简方平的脸色像霉变的水果皮,让餐厅经理忐忑不安。位子很快定好了,沈母径直走到桌边,坐下。沈依娜惴惴不安地落座。简方平若无其事地点菜、选酒。菜是好菜,酒是好酒,法国波尔多区的拉图尔。酒色暗红,单宁扎实,有点淡淡的巧克力香气。沈依娜知道这是众多波尔多红酒客心中的酒皇,每瓶不低于一万块钱,就不无感动地朝他笑了笑。简方平不动声色地给沈母倒茶。酒刚上来,就有朋友过来打招呼。简方平介绍说,这是小沈,这是小沈的母亲。朋友当然看得出故事背景,礼貌地给沈母敬酒。沈母坐着没动,举了举酒杯,说你是哪个单位的?朋友说是某某厅某某处的。沈母满脸是笑,你们朴厅长就在我们那儿,你要是想去看他,我可以帮忙。朋友的表情立刻凝滞,讪讪地笑着离开。沈母冷笑一声,说朴厅长判了十五年,去年进去的。

妈!沈依娜终于表达了不满。

沈母仔细地擦拭着筷子,语气像筷子似的直而硬。我和他说话,你要听就坐着,不想听就走,没你说话的份儿。

依娜,你去车里拿盒烟,我先跟伯母聊。简方平感觉有人一手拿锤,一手拿钉子,在他的头上来回挪移,寻找下手的部位。之前的种种预案全告失效,他真想这顿饭快点结束。沈依娜咬紧了嘴唇,拿着钥匙离去。

沈母放下筷子,说,简处,我性子直,你也别见怪。你跟娜娜的事,我不同意。

简方平想了想,苦笑说,为什么呢?那一瞬间他居然想起了演小品的蔡明。

如果是不想和我父母同住,我可以在家附近买套房子,既方便照顾,也没有生活上的不便。孩子呢,可以两头住。当然跟着我们的多些。

我不是指这个。照顾老人天经地义,孩子也是你亲生,你娶谁都是这样。

那,是为什么呢?简方平完全懵了。他其实已经退到底线之后了。

沈母掏出烟。简方平本能地弓着身子,伸直了手,给她点上火。他心里已经把她当成领导来敬。沈母呼出一口烟,说,我是干什么的,你知道吧?我是教育改造科长,在省四监干了二十年。四监是关什么人的,你应该很清楚。处级以上的才够资格。

您的意思,我不太明白。简方平自己点上烟,火苗微微颤抖。

我接触的腐败分子太多了。刚进去的时候,都是拼命写信,拼命锻炼身体,跟家人见面也是信心十足。不出一年,全蔫了。自杀的,发疯的,绝食的,我见得多了。一开始,老婆孩子还去看他,慢慢的,探视成了写信,写信成了没信,最后寄来的是离婚协议书。你明白我的意思吧?你今年四十,听娜娜说快提副厅了,进步挺快。我见过比你还快的,后来错乱了,把自己的手腕咬得跟孩子嘴似的,就是那个朴厅长。你可能不知道,娜娜当初那个男朋友挺好,大学教书的,工作也很稳定。可惜了。

我知道他,可我还是不明白。简方平想,自己什么时候成了第三者?

娜娜很传统,结了婚就过一辈子的。你呢,今天在这儿给我拍拍胸脯,真露了马脚,你能躲过去不进四监吗?沈母的目光缝纫机似的,针头在他脸上来回轧着。恐怕不敢吧?就拿这红酒说,靠你的工资能买得起?你再看看这大厅里的人,有几个是自己掏钱的,有几个是干干净净的?你们这些春风得意的人,没几个经得起查的。不出事当然好,一旦出事呢?你别怪我说得难听,我是见得太多了,心里害怕。说实话,我真不在乎你年纪多大。父母也好,孩子也好,跟娜娜过一辈子的是你。我不图娜娜荣华富贵,招人眼红,我只图她平平安安的,到老了有个老伴在身边,知冷知热就行。我清楚得很,就算你进了四监,娜娜也不会离开你,她就是再苦也做不出那种事。可我是她妈,我不能让她冒险。

大厅里人声鼎沸,过节的人们兴高采烈,不时有片片笑声此起彼伏。嘈杂之中,简方平想,这不是什么见面,这根本就是审判。所有人都是看客,都在看着他。看着他小心翼翼,看着他委曲求全,看着他一败涂地。而他毫无辩解的机会。

我大致听明白了。简方平点点头,可这个理由我还是头一次听说。照您这逻辑,是当官的都要进四监?喝红酒就是腐败?嫁给官员就是冒险?这根本就不成立嘛。

我知道吃吃喝喝不算什么,可我单位里关的人,都是从吃吃喝喝喝开始的。我是搞教育改造的,谁犯了什么事,怎么犯的事,怎么暴露的,我清楚得很。话说回来,我跟你无冤无仇,当然不想咒你进去。可万一呢?为了能减刑几年,到处给人做反面教材,给人做警示教育,让一家人跟着丢人。要是你有个闺女,有个外孙,将来可能一辈子在人前抬不起头,直不起腰,你不后悔?

沈母按灭了烟,掏出一张名片扔在桌上,铿然作响。这是省城大学崔校长的电话,她是我大学同学。如果你真的爱娜娜,你就离开官场,到大学里做学问去。你要是这么做,我就同意你和娜娜的事。

简方平又抽出一支烟,就着烟头点燃。他看着杯里的拉图尔,不知如何回答。沈母自己点上烟,说,怎么,还是舍不得吧?

简方平慢慢吐了口烟,慢慢地说,我能说几句吗?

当然可以,犯人还能陈述呢。

如果我辞职,不在厅里干了,读书十几年,工作十几年,全废了。这先不算。请您在五星级的饭店吃饭,喝一万多一瓶的拉图尔,娜娜的工作,都是它给的。这也不算。您开出的条件,只要我想,用不着动用崔校长,也能办得到,可这也是它给的。这还不算。就说娜娜吧,如果我不是处长,是个下岗职工,我们根本不会见面。这都统统不算。我想问问您,我都四十的人了,辞了职和娜娜结婚,抛弃以前的一切,我还能干什么?我和她会幸福吗?我敢保证,我一旦不做厅办主任,娜娜的工作很快就没了。守着我一份死工资,娜娜失业在家,难道我们要靠您来养活?

沈母自己点上烟,吐出一句,平平淡淡才是日子呢。我一个人,不也把娜娜拉扯大了?

简方平想说,我操你姥姥。可沈依娜过来了,离老远就能看见她眼圈通红,显然是哭过。他朝她微笑,艰难地对沈母说,这样吧,您让我好好想想。他的话里居然带着些哽咽。

沈母凝视着他,声调忽然柔和起来。她叹息说,娜娜的好时候就这几年,我是她妈,我是在救她,也在救你。

不管怎么说,沈母还是给了简方平最后一次机会。三天里他打过一次电话,听得出沈依娜在跟母亲激烈地争执。此后就没有再打。他想,他应该相信她会争取的。如果争取不来,他再努力也没用。他把这个意思写成信息,发给了她。他忽然感到很无助。一个老男人都无助了,实在有些可怜。沈依娜的回信很简单——相信我。

第三天头上,沈依娜给他打电话。找个地方见面吧,我有话对你说。

去哪儿呢?

你看吧。

查了114,没有"你看吧"这个饭店。

沈依娜一下子哭了起来。他们俩曾有过多美好,多甜蜜的光阴啊。他叹了口气,说你等着,我去接你。

简方平接到她,直接把车开上了高速。他准备带她去200公里外的一个度假村。那不是厅里定点接待处,他不能签单,但是离省城很远,回来的话要两个多小时。如果没谈好,如果她绝望了要放弃,至少在回来的这两个多小时里,他还可以做一下最后的努力。他想,一个老男人,对爱情算计到了这个份儿上,还有谁不会被感动呢?

不是周末,度假村里人不多。整整一层楼的餐厅,只有他们两

63

个。外边有山,脚下有水,桌上有红酒。意大利红酒,蒙特仙奴的布内奴。跟情人节时老男人用过的道具一个品牌。红酒打开,简方平说,西方人说红酒是上帝的血,我想如果上帝会流泪的话,肯定也是红色的。

沈依娜哭了。他安慰着她,觉得心里酸,鼻孔也酸。难道他也要哭了?不对,老男人是不轻易哭的。也不对,不轻易哭不是不会哭。事实上他已经落了泪。

两人自始至终没有动筷子。回去的路很长,两人也很少说话,都在想心事。他想,那就等吧。离婚后他就一直在等。遇见一个,放过去了。又遇见一个,又放过去了。终于想停一停的时候,遇见的那个却要把他放过去。多有趣的事啊。电台放了一首歌,最后一句说"爱情想开往地老天荒,需要多勇敢"。写得真好。简方平回味着,想开往地老天荒,究竟需要多勇敢呢?他以为自己足够勇敢了,他甚至可以承诺和父母分开住,可要他放弃现在的仕途,他真的做不到。沈依娜忽然眼睛一亮,说那样好不好?你领我去酒店,我们生个孩子,说不定我妈就会答应了!他迟迟没有说话。她看着他的脸,上面亮晶晶的,像是孩子唇上挂的清鼻涕。她哭着拉住他的衣服,你别哭了好不好?好不好?一个老男人哭起来很难看的。真的。你等等我,我好好做我妈的工作,好不好?他看着前面,说,你放心,我会等的;等到死,我也等。说到这里,连他自己都被感动了。其实他还想说,只要……只要什么呢?一个老男人,一个懂红酒、生活精致的老男人,一个受女孩子和女人青睐的老男人,如果没有了某些东西,立刻就贬值了。他知道,自己不能贬值。即使要考虑下半身,他也得考虑下半生吧,自己的下半生,父母的下半生,还有威威。

　　沈母一住就是一个多月,似乎不打算走了。沈依娜每天都给他汇报"做工作"的进展,但有沈母在,他们的见面少了,几天也不能见上一次。这段时间父亲身体又不太好,住院后还突发了一次脑溢血。母亲还要带威威。他只好白天工作,晚上在医院陪护。人到中年的家庭重负他只有一个人承担下来,因为他没老婆。输液里有安眠药,父亲很快熟睡了,也没往常的呼噜。简方平看着他的脸,好几次忍不住探手过去,看他还有没有呼吸,是不是已经离开了。简方平心里猛地一酸,自己也会老去的,也会像这个样子,躺在床上一动不动,让人误以为死去。他趴在床脚睡着了。梦见自己变成一只裸奔的狗,跑来跑去跑来跑去。突然觉得一切都变了,人也高了,房子也高了,树也高了,看什么都得仰着头。一张嘴就是汪汪汪的。人说的话他也听不懂。他就跑啊跑,跑着跑着,路边有人泼了碗剩饭出来,他摇着尾巴就上去了,吃得那叫个香啊。一觉醒来,厅里打电话找他,说是省政府急着要一份材料,知道家里有病人,可不得不让他回来救急。电话是钟厅长打的,他没办法推辞。早上路很堵,大家都在爬行。按照往常,沈依娜此时会给他汇报昨晚做工作的情况,不知为何今天还没有。路过她家,他忍不住把车停在门口,琢磨着是不是送她上班。远远地,看见沈母和一个小伙子有说有笑地从小区里走出来。他认出是沈依娜的前男友。小伙子穿戴很普通,鼻梁上架着眼镜,手里提着书包。他看着他们寒暄告别。小伙子上了公交车。沈母排队等着买油条。他慢慢掏出手机,给沈依娜打了个电话。她大概在吃东西,嘴里含糊不清,问他老爷子怎么样了。他多少宽慰了点,说我爸好多了,你在干嘛?

沈依娜说,和我妈一起吃饭呢。

哦。简方平觉得手心有了汗。他看了眼车窗外的沈母。是吗,你们吃的什么啊?

油条啊,她就知道买这个,对了,还有牛奶。你呢,你吃了吗?

吃过了,你们娘俩好好吃吧。

简方平发动车子,挤进车流。他想——今天事情还挺多的。省政府办公厅急着要材料,多半是省里领导要来视察了,不是视察也是调研。这对厅里来讲是大事,争取了很长时间,做过很多工作。钟厅长快到站了,是退到政协还是退到人大,能不能进人大常委,现在正是敏感时期。钟厅长一退,厅里班子也要动了,他的助理巡视员能否顺利批下来,也要看这阵子的表现。前一段时间被沈依娜分走了不少精力,钟厅长多多少少有些不满。现在看来是本末倒置,不能这样了。四十岁的老男人,又面临着一个关口,错过这次机会不知还要再等多少年,他应该明白孰轻孰重。想来想去,好像除了父母、儿子,还是这个最让人踏实。绿灯亮了,简方平想是不是给办公厅秘书处的同学打电话,探听点信息。他是办公室主任,万一钟厅长问起来,总得有个说辞。前边又堵上了,喇叭声此起彼伏,聒噪得他心旷神怡。打听到了内部消息,钟厅长的不满可能会小一点,助理巡视员的机会就大了些。简方平又想,好好干吧兄弟,如果这次能再升一次,日子就更好过了。

二〇〇八年四月　北京十里堡

暧昧

1

七厅八处的例会每周一次,时间在周一下午。徐佩蓉到八处第一天就赶上了。例会人不齐,副处长老陈和副处调聂于川出差未归。老陈倒无所谓,没看见聂于川,她心中多少有些怅惘,连处长老冯传达文件也听不进去。传达过文件,老冯又通知说三处副处长老周儿子结婚,邀请八处集体出席。众人一片叹息。老冯笑道真不巧,徐科长是第一天来处里,就得凑份子了。大家都笑起来。处里的杂务内勤是科员小李。他去年刚毕业,年纪尚轻,吃亏不够,还没学会说话前用脑子过一遍,就有些没心没肺道,冯处,还是处里收齐了,一并送去?

此言一出,众人都很生气,心里怪他多嘴。处里这个传统很不好。结婚随礼,应该听凭自愿,红包里究竟多少谁也不知。一旦处里统一收,就等于公开了,谁多谁少就有了比较。老冯正在上党校,处事情又多,实在无心管这些,就拿了500交给小李,说就按老规矩办吧。完了又特意补充说,老孙你辛苦点,小徐刚来,多带带她。

老孙今年五十四,副处调吊了七年,虽说对提拔的渴望从未消弭,但希望毕竟越来越渺茫。不料原副处长老何一死,机会重现,宛如一声春雷唤醒了冬眠。副处调和副处长虽说都是副处级,但一个是非领导职务,一个是领导职务,就像伪钞和真币,看上去一样,却经不起揉捏。何况在机关,人人眼里都有验钞机,真假一看便知。既然知道真假,态度自然不一;既然态度不一,难免有所区别。即便别人不把区别表露出来,当事人岂能没一点察觉?察觉的多了,蓄在心里如同洪水。老孙想,省里还能有个泄洪区,自己虽有洪却无处可泄,岂不悲哉。不过老冯今天要他关照徐佩蓉,证明老同志还是有用处的,多少是个心理安慰。回到办公室,老孙给小李400块,说这是我的份子钱。

老韩拿勺子使劲搅着中药,不以为然道,自我要求这么高,看来是要有好消息了啊。

老韩没能嫁个好老公,却生了个好儿子,在中央某部委当秘书。她临近退休,无欲无求,又在更年期,看谁都像看昆虫,恨不能一脚踩过去,用力拧几拧。日子一长,大家都习惯了她见谁灭谁。老孙也不跟她计较,笑着说,就是真提拔也该了,工龄都三十年了,赶上小徐的年龄了。

徐佩蓉正在打文件,闻言不由笑道,孙处,那您得多关照啊。

老孙坦然一笑,弹了弹烟灰,好像在表示关照容易得很,只要他想。老韩继续不以为然,对徐佩蓉说小聂也是副处调,出差了,就坐在你对桌——你也是省大的,认识他吗?徐佩蓉笑着说,同校但不同届。老韩问得直接,她说得巧妙。不同届不代表没见过,不认识不等于不熟悉。聂于川读研期间年轻气盛,办诗社搞辩论,一时风头出尽。徐佩蓉当时还是情窦初开,暗恋过他几年。聂于川毕业后再未见过,不想在七厅重又聚首。她离婚也三年了,谁知道这是不是上天安排呢?她微笑着把文件打印出来,送给老孙审阅。老韩故意叹息说,小聂人不错,可惜了。

因何"可惜",徐佩蓉并没追问。这让办公室里的其他人感觉很遗憾。其实故事还有下文的,既然她不问,他们也不好主动说。删节版总不如完整版好看,而删掉的东西,往往都很暧昧。原来聂夫人不在得并不光彩,是跟单位的一个司机一起死在车里。这倒不出奇,出奇的是两人都没穿衣服。一肚子话不得泄洪,三人都有些不爽,于是集体失语。徐佩蓉觉得莫名其妙,只好陪着沉默。一直熬到下午下班,四人先后起身离开。老孙走得最晚。出门之际,他碰见五处的老安。五处管人事教育,老安跟他同年提的副处调,现在已是副处实职到手。老孙拉他进屋,说知道老弟爱喝茶,这次回老家特意带了盒特级品。老安当然是连声道谢。老孙趁机道,我们八处新来的小徐——

老安脸色一凛,习惯性地看看门口,低声说,她可有来头,钟厅长亲自安排的。

老孙手抖了起来。糟糕,下午徐佩蓉让他多关照,他竟信以为真了。看样子,还他妈的指不定谁关照谁呢。老孙心里发慌,下意识地摸烟。老安继续说,究竟是什么背景,我也不清楚。反正最近几年厅里进的人,数她跟钟厅长关系最近。老孙狠狠抽了两口烟,苦笑说谢谢老弟,我明白了。送走老安,他后悔莫及。其实抽屉里还有两盒茶叶,不过给老安的最贵。今天他看见徐佩蓉也喝茶,早知道留给她了。三百多一盒呢。给老安好茶叶有屁用,提拔又不是他说了算。

第二天徐佩蓉上班,对面的桌子还是空空荡荡。她想了想,公事公办道,韩老师,陈处他们出差几天?有个文件厅办催得紧。老韩正在看报上的健康讲座,头也不抬,不耐烦说,不知道。老孙马上说,今天就回,小徐,厅办虚张声势惯了,别着急。小李也赧颜道,徐科长,这事该我做的,您就别操心了。昨天我忙昏头了,怎么能让您打文件呢?老孙心中鄙夷地冷笑,臭小子,肯定也知道消息了,变得这么快!

昨天下午,小李跟厅办小朱一道骑车回家,东拉西扯聊到了徐佩蓉,聊毕,小李后悔得两腿发木。回到家,心惊胆战地跟女朋友汇报,又被骂得体无完肤。骂过,女朋友忍痛拿出盒东西,让他找机会送给徐佩蓉,好歹弥补一下今天的怠慢。小李认出那是她姨妈从美国捎来的羊胎素,贵得很,她一直舍不得用,就感动地说谢谢老婆。女朋友嘤嘤啼道,你什么时候改一改呢?你看小朱,跟你一年进的七厅,人家都是副主任科员了。小李自卑至极,不敢再言语。当晚,他主动以身为报,竟然绵软不举,更平添了一层焦灼。

八处有三间办公室,老冯一间,老何死后老陈独占一间,其余人挤在一间大的。现在徐佩蓉已成大办公室里的晴雨表,除了老韩,老孙小李都下意识地勘察她的表情。徐佩蓉心中满满当当,没意识到下班了,呆坐着不动。老孙小李见她不走,也不便下班。老韩则无所忌惮,没等到点就溜了。于是徐佩蓉上网看新闻,老孙装模作样读报,小李埋头发信息,三人谁都不提下班的事。又磨蹭了一阵,门却开了。聂于川提着行李和电脑包进来,诧异地看着大家,说早下班了,怎么都还在?

老孙站起,把报纸塞进公文包,说有篇评论写得好,看得忘了时间了,下班下班。小李如蒙大赦,赶紧走人,只是遗憾没能把羊胎素送出去。聂于川见二人走了,把东西放好,仿佛这才发现办公室里多了一个会呼吸的生物,惊讶道,你就是小徐?

徐佩蓉笑吟吟站起道,是啊师兄,好久不见了。

师兄?聂于川一愣,你哪一级的?

比师兄低几届,我上本科,你读研一。我大三,你毕业。

聂于川恍然道,好,好。厅里又多了个校友。钟厅长也是咱们校友,你知道吧?

徐佩蓉当然不能说,我太知道了,我就是她安排进的八处,于是笑而不答。聂于川为难说,本该请师妹吃顿饭的,可我今天刚回来,孩子又发烧了,改天好不好?她失落得厉害,但还是笑着说,师兄别见外,机会多得是。他抱歉地一笑,居然真的转身走了。徐佩蓉再也无心上网,长长地一声叹息。

其实徐佩蓉那点底细,聂于川早就知道了。故意不说,是因为他有想法。这次跟老陈一起出差,没少聊到她。老陈最近要提拔了,去厅属研究院做书记,正处级。因为要离开,信息就可以共享,至少能留个人情在。聂于川使劲回想,终于想起主编校刊的时候,好像真有一个姓徐的小师妹投过散文,附了封暧昧的信。时过境迁,当年的小师妹竟跟钟厅长对上号了,幸亏钟厅长也是女的,不然还真有些暧昧。老陈鼓励他跟徐佩蓉拉关系,搞一搞曲线救国。

又说当今有四大铁，一起扛过枪，一起同过窗，一起嫖过娼，一起分过赃。小聂你跟她毕竟是同窗，跟她搞好关系，钟厅长那里有利无弊。你看老何不在了，我也要走了，处里少了个副处长，你比老孙强多了，努把力，争取赶上这次厅里大提拔。聂于川叹气说，同窗又不是同床，再说了，同过床的还信不得呢。老陈知道他又想起往事，摇头不说话了。回到省城，两人在火车站分手。聂于川没回家，先去了厅里，见办公室里灯火通明，便暗暗替自己的决定喝彩。而徐佩蓉见到他时的态度，更加坚定了他的信心。至于扭头就走，那更是精心安排的神来之笔。聂于川不是当年的聂于川了，现在，他是个高手。想到这里，他的脸上露出了一丝笑容。很内敛，很暧昧。

聂于川原本对暧昧并不在行，也不在意。真正开始练兵还是妻子出事之后。几番试探，出手，交战和整编，他已然修炼成了暧昧高手。大凡高手都会有底气，他自然也有。处里老冯做了多年正处，在厅里人气正高，距离厅党组咫尺之遥。老何已死，老陈即将升迁外放，只有老孙能构成威胁。相比之下，老孙资历老，经验多；他年纪轻，能力强。但是这跟提拔与否关系不大。厅长看好老孙，他就是嘴上没毛办事不牢；看好他，老孙就是年纪太大不堪重用。如今天上掉下个徐妹妹，跟钟厅长交情莫逆，又曾追求过他，还是离了婚的，内因具备外因有利，只要运作得当，还愁副处长被老孙抢走？还愁赶不上大提拔的末班车？就算都不提拔，副处长空置，他今年才三十六岁，以时间换空间，积小胜为大胜，熬也把老孙熬退休了。数风流人物，还看今朝。当然，这是有前提的。就像一列火车，时刻表已定，仅需沿着轨道走下去，早晚会到站——只要不出轨。如今妻子已飘居云端,出轨的基础不复存在。至于玩玩暧昧,并不能和出轨划等号,不但不能划等号,还可以得到意外收获。以前不懂,恪守什么兔子不吃窝边草。一经解放了思想,才发觉"不吃"完全是对低智商说的。既然都是草,为何不能吃?难道将窝边之外的草吃尽,只剩下窝前窝后郁郁葱葱的一堆,就不会被猎人发现了?所以关键是要知道怎么吃。到处都吃一点,自己也饱了,大地依旧绿草如茵,小窝才越发安全。

聂于川第一个暧昧的对象也是个离婚女人,叫苏一文,比他大了四岁。两人是在工作组认识的。她在六厅工作,已离婚好几年,独自带着女儿。第一次见面是工作组成立聚餐。酒过三巡,带队领导安排工作,说小聂你负责写简报,小苏你就负责喝酒。大家都笑起来。苏一文说领导真幽默,弄反了吧?领导笑道我不打无准备之仗,早咨询过了。你在六厅是有名的"只会喝撑,从不喝蒙",根本不知道什么是醉。苏一文爽朗地大笑。聂于川自觉酒量尚可,暗中还对她蛮不服气;等到了驻地,与接待方几次拼酒下来,方知领导法力无边,慧眼如炬。很快到了收官阶段。工作组人心涣散,都在苦等省里总结大会的通知。一个周末,聂于川安排父母带威威旅游去了,就没回去。晚饭时,他意外发现苏一文也在。她解释说女儿去了前夫那里,回去也是一个人,索性省了车马劳顿之苦。饭后是散步。两人散到一家电影院门前。苏一文突然说,敢不敢请我看场电影?

聂于川都记不得上次看电影是什么时候了。好像是个节日,厅工会组织看的,他写的观后感还得了一等奖,发了条蚕丝被。落座之后,他无意中碰到她的手背,宛如蚕丝般的顺滑。看完一场,蚕丝被又要看,于是接二连三,直到子夜过后。他一晚上都恍恍惚惚。三十多年中被灌输的各种理念、信条、规范在心里人仰马翻,尸横遍野,再无片刻安然。她倒是平平静静,不时无声地笑笑,明明是笑给他看,却故意不去瞧他。现在回味起来,她真是一身的高手风范。回到酒店,两人并排走,到了他房间门口,两人停下脚步。苏一文忽然拉住他的手,步履稳健地走向自己的房间。整个夜晚,聂于川都感觉钻进了一条柔密滑腻的蚕丝被里,四处都是密不透风的暧昧。

就在不久前,省里办了一个驻村成果展,各厅局都要派人捧场。会展中心里一时人头攒动。聂于川混迹其间,碰见了不少熟人,亲热地打招呼,仿佛彼此声音越大关系就越近。徐佩蓉恭维道,聂处人缘真好。他笑了起来,说都是以前喝酒喝出来的。她就垂下头,边摇边笑。两人走到六厅展区,迎头看见一幅大照片。苏一文头戴草帽,和一群脑满肠肥的人站在一起,旁边一个黑瘦的农民笑得花团锦簇。底下一行小字注解:全省驻村先进工作者、我厅干部苏一文深入田间地头。几年不见,苏一文却看不出变化。好像时光专门去抢别人的容颜,却对她手下留情。徐佩蓉见他看得专注,过来小声说,也是熟人?聂于川惊讶于她能掐会算,就点点头,轻描淡写说以前一起下过工作组。她看过注解,揶揄道你们组里出干部啊,混到正处级了。他随口道那下回再有机会,把你也推荐去。她低声说,你去,我就去;你不去,我也不去。

聂于川很自然地岔开话题,说你不是有个表弟在某某县吗?苏一文在那儿挂过职,回头我请她多关照关照。徐佩蓉似乎对他的捉摸不定早已习惯,便轻叹一声,不再说话了。

回到家,聂于川翻出当年的通讯录,找到了苏一文的电话,打过去。不等他说话,她在那边爽朗地笑道聂处啊,怎么想起老姐姐了?他一窘,忙说恭喜老姐姐提拔啊。苏一文吃吃地笑,毫不客气地说,虚伪!去年的事了,今天炒什么冷饭。两人聊了几句,他趁机把徐佩蓉表弟的事说了。苏一文说不就是想吃财政饭么,应该问题不大。她停顿了一下,又柔声说,弟弟你的电话我一直存着,手机换了好几个,也一直存着,没删。聂于川沉默了几秒钟,说谢谢老姐姐,回头见面好好聊。放下电话,他笑了笑,自言自语说,高手啊。只是不知她现在结婚没有,是不是还在跟谁暧昧着。在暧昧上,男人的杀伤力大而短,女人的杀伤面广而长,自成一派各有千秋。苏一文只是聂于川暧昧的开始,但就像初恋,总归难以忘怀。以前是靠一场电影,一瞥眼神,一次牵手;现在无非变成了几句对白,一个电话。而人也总是要成长的。当年的毛头小伙,如今已渐入佳境,开始平静地享受暧昧带来的一切。回忆过去的自己,就像隔着毛玻璃,面目变得含混,神态变得陌生,想回也回不去了。因为时过境迁,此长彼消,已是两个世界。

老韩终于找了个机会,向徐佩蓉讲了聂夫人的事迹。徐佩蓉何许人也,当然知道这些典故,却也不便明说。老韩提到聂于川这两年一心带孩子,没考虑再婚,也没听说跟谁有暧昧关系。这倒是个意外收获,让徐佩蓉就好感倍增。她离婚,他丧偶,或许原本就没什么差别。都成了单身,而且配偶都有不忠的经历。前夫虽然花心,但并不想离婚,前公婆至今对她仍很好,是她执意要离的。究己本心,可能还是根本就没爱过。前夫出轨无非是个再好不过的由头。老韩见徐佩蓉若有所思,就问她老公在哪里工作。徐佩蓉淡淡一笑,说我前夫出国了。老韩的嘴巴保持着O型,看得见舌头和齿间黑色的中药渣滓,像灭蝇灯上星星点点的苍蝇尸体。徐佩蓉当然明白只要老韩知道了,就等于全厅都知道了。非典是需要空气传染的,绯闻当然也需要。老韩就是再好不过的空气。尽管她并无恶意,只是纯粹出于传播更多信息之目的。徐佩蓉并不在乎闲话,和前夫结婚又离婚,闲话还少吗?

老孙得知徐佩蓉离过婚,下意识摸烟,内心又慌乱起来。岁月不饶人哪,只恨不能年轻个十岁、二十岁,那时他还是有两份姿色的,起码比聂于川强些。更可气的,是徐佩蓉当着大家的面问聂于川今晚有没有时间,说自己初来乍到,想跟厅里的校友们搞个聚会,人已经通知过了。他想也没想就说好。钟厅长的履历出身全厅路人皆知,以徐佩蓉和她的关系,今晚的聚会肯定要出席。聂于川又和徐佩蓉一个部门,近水楼台先得月自然少不了。老孙犹豫再三,还是找了个合适的机会,咬咬牙把两盒茶叶拿出来,送给徐佩蓉。徐佩蓉一连声道谢,可他怎么看都觉得虚伪。

老孙并不是无的放矢。眼下就有个天赐良机。钟厅长半月前从北京回来,在部里要了个大项目,定为七厅一号工程,光是一期投资就要十几个亿。按厅里惯例,这样的项目要成立筹委会,参与的不是领导就是骨干。八处是业务核心部门,自然不会缺席。如果老何没死,或者是老陈不走,都不会轮到老孙或聂于川。偏偏时势造英雄,老何也死了,老陈也要走了,谁能进筹委会,和副处长就更近一步。老孙自我安慰说老子辛辛苦苦三十年工龄,在八处也十几年了,写的文件汗牛充栋,进筹委会当然够格。尽管如此,他还是跑到党校,请老冯出来吃了顿饭,巧妙地说起了一号工程,又巧妙地点明自己经验丰富,能力足够,热情饱满。为了进一步打动老冯,他还提起了当年一同当科员,一同进八处的老话。老冯也有些感慨万千。到了最后,两人借酒劲竞相奋勇买单,弄得都挺激动。可晚饭过后,两人冷静下来,又都觉得刚才更像是一场表演,根本没涉及什么深层次的东西。老孙骑车回家,发现老冯真是狡猾,自己除了赔上一顿饭钱,一句瓷实话都没得到;而老冯开车回家,也发现老孙真是可笑,快退休的老朽了,还想跟年轻人争,他要是进了筹委会,年龄最大的都比他小,成何体统嘛。何况钟厅长在昨天一次会上,公开提到八处有个小聂,在厅里内部刊物上发了篇论文,很有想法。"很"字还加了重音。

那篇论文是徐佩蓉授意聂于川写的。说授意可能有些刻薄,但事实如此。聂于川聪明得很,熬了一个通宵写成,看似和一号工程无关,实则等于是工程的实施方案雏形。他拿着论文,请厅办主编内刊的老裴喝了顿酒,轻松搞定。有了这篇钟厅长大加赞扬的文章,聂于川顺理成章地进了筹委会。老孙气得在办公室摔了个茶杯,老韩多情得很,以为他是针对她,撒泼大闹一回,请了半月病假。又过两天,厅里研究这次提拔人员名单,钟厅长提议加上聂于川。会上也有人说到老孙。钟厅长避而不谈,转而问管组织人事的厅长老任,小聂副处调的年限够吗?回答是够了。学历符合吗?回答是符合。八处有副处长空缺吗?回答是有。有更合适的人选吗?老任一笑摇头,算是回答。钟厅长就不再问。提老孙的人更不好意思再说。一个月后,提拔的文件下来,里面赫然有聂于川的名字。

既然是提拔了,视野为之一展,空间为之一开,聂于川就得搬离大办公室,到老陈那里去。老陈这次也提拔了正处级,但设计院的老书记还有三个月才退休,不便立刻就去抢班夺权。老陈笑道,这是天意啊,咱哥俩能再混上仨月。两人都大笑。笑毕,老陈有些忘形,邀功说,老哥我的主意不错吧,跟小徐搞好关系,有利无弊。聂于川心里恨得发紧,却不便多讲。徐佩蓉来找他,他一副公事公办的模样,倒显得老陈一肚子小人之心。徐佩蓉也惊讶于他的突然疏远,难过之后,明白了这是他在撇清。毕竟谁都看不起吃软饭的男人。何况厅里已有议论。不管怎样,徐佩蓉发现自己真的爱上了。聂于川比前夫强太多,有能力,有风度,懂珍惜,会生活,简直浑身都是优点。更要命的是,他也是单身,正需要一个女人。

然而聂于川似乎总也不开窍。在电梯里遇见,他会一如既往地向身旁的人介绍,这是我们处新来的徐科长,研究生。而徐佩蓉也就温婉一笑。没有其他人的时候也有,但很少。聂于川提拔后不久,一次上班迟到,他不无狼狈地冲进电梯,蓦地发现只有徐佩蓉一个人,正错愕地看着他。两人互相点头微笑,竟一时无语。还是她先说,师兄,送孩子了?

聂于川忙说,是啊,你骑车来的?

徐佩蓉倒不说话了,只是点点头,又垂下头去,似乎在忍着笑。聂于川心中一动,不明所以。进而一想,有些生气。他觉得她有点骄傲了。不错,你有背景,也帮过忙,但沾沾自喜是要不得的,表现出来更是不妥。这关系到厅里人的看法,也关系到暧昧主动权的得失。两者都不能含糊。于是他也不说话,盯着闪烁的楼层号码。到了办公室,还没落座就被老冯叫了去。老冯一见他张口便大笑起来,说小聂你也太随意了,好歹也是副处长,牙上有个补丁都不知道。聂于川顿时大窘,背过身一抹,可不是一小块韭菜?老冯笑毕,叹气说家里没个女人就是不行,你看你,都成什么样了。

回到办公室,聂于川真想给徐佩蓉打个电话,或者发个信息,却左思右想不知道怎么措辞,只好作罢。一个上午浑浑噩噩地过去。徐佩蓉垂头忍笑的样子不住地在他脑海里忽隐忽现。像是看着墙外的人荡秋千,一会儿出现在这头,一会儿出现在那头。看来他有点错怪她了。其实自己提拔后,厅里的确有人怀疑他曲径通幽,幽自然是钟厅长,这径就是徐佩蓉。为了撇清,他处处小心翼翼,跟她保持着距离。他当然能推测出她的想法,只是十年不见,他对她了解甚少,她的真实意图一时不敢确认,也就拿不定主意。一段时间观察下来,徐佩蓉大约是真心的。其实跟一个有背景的单身女人暧昧一下下,似乎也无伤大雅。反正仅是暧昧,发现不妙溜之大吉就是。正巧到了午餐时间,厅后勤公司的小姑娘送来两个盒饭,聂于川心里一动,说你忙别的处吧,这个就交给我。

聂于川后来向徐佩蓉承认,他的确是别有用心的。厅家属院有两处,近的近在咫尺,远的也有班车,在厅里吃午餐的要么是加班,要么是单身,要么是占公家便宜。盒饭有两个,处里七个人,老冯在党校,老陈老韩老孙家里都有学生,得回去做饭。符合条件的只有他、小李和徐佩蓉。不过小李新近谈了恋爱,中午也要抓紧时间缠绵——他一边想,一边推开门——果然只有她。

徐佩蓉站起来,笑吟吟说,聂处师兄亲自送饭,怎么担当得起啊。

聂于川把盒饭放在桌上,叹气说亡羊补牢啊,我得赶紧讨好。

不然下次还是不提醒我,害我出丑。还师兄呢。

徐佩蓉一下子笑得花枝招展,随即垂下头。那一瞬间聂于川更加确认了自己的决定。他有些委屈地叹气,上前打开盒饭,惊讶说后勤公司不过日子了?居然还有鸡腿。徐佩蓉好容易敛住笑,闻言又笑起来。她把盒饭推给他,说想吃就拿走,我不喜欢油腻的。聂于川连连摇头,说吃人嘴短,我是受害者,想一个鸡腿就打发我啊。

徐佩蓉看着他的眼睛。她是鼓起勇气这样做的。来七厅这么久,两人还是第一次四目相对。聂于川不傻。拜十几年机关生活所赐,他的眼神不但会克隆,还能变异,各种神采召之即来,来之能战,战之能胜。比如徐佩蓉看他的时候,他就知道她渴望看到什么。一个受过高等教育的女人,一个三十露头、离婚久旷的女人,一个可能对爱还有些许幻想的女人,难道不想心猿意马?即使真没有,也是因为没遇到让她心猿意马的男人。聂于川发挥得很好。他的目光充斥着深邃,平静,不妨再加些骤然而至的冰冷。这样的鸡尾酒式目光杀伤力很大。他相信,徐佩蓉一定会中招的。

回到办公室,他信心满满地打开盒饭,看着那个一模一样的鸡腿。油汪汪的皮下带着片脂肪,略着酱色的腿肉,突兀亮泽的关节——多好的一个猎物啊。聂于川想,生活多无趣啊,工作多无聊啊,有一个暧昧的对象多好。好就好在一切都在自己掌控之中,好就好在可以不主动,不主动就可以不拒绝,不拒绝就可以不负责。他吃得精神抖擞。爱情足以让女人容光焕发,而对于男人,则是暧昧。

门开了。徐佩蓉托着盒饭进来,在他桌边坐下,将一次性筷子倒过来,用筷子屁股把鸡腿拨给他。她笑着说,我还没动呢!师兄放心,我知道一个鸡腿打发不了师兄。回头我补请,好不好?

整个动作流程里,聂于川内心愉快外表惊讶地看着她,直到她说完。他有些尴尬地看了看面前的猎物,又看了看身边的猎物,说,太客气了,其实你帮我不少忙,该我请你的。他的表情又意外又诚实。徐佩蓉一笑道,那算什么,师兄你才客气呢。聂于川觉得既然环境许可条件成熟,工作力度就不妨稍大一些。他说干脆你也在这儿吃吧,一个人吃也无聊。

这顿午饭进行得很融洽。徐佩蓉毕竟是初来乍到,一些厅里行政和业务部门还不熟悉。聂于川就一一讲解,语气很柔和,态度很认真,不时讲两个笑话来调和。比如他说她前途远大,模样绝不像是恭维,也不必恭维。徐佩蓉愕然看着他,问为什么。他一本正经道,因为你是无知少女。她越发讶异。他解释说,无,是无党派人士;知,是知识分子;少,是少数民族;女,当然就是女干部了。小徐你看看,最容易提拔的四大要素,你一人就占了仨,能不是前途远大么?

吃过饭,聂于川给她削苹果。长长的苹果皮打着卷,垂到桌面。徐佩蓉不由自主地说,想不到师兄削苹果的水平还这么高。他笑而不答,递给她苹果,开始削第二个。削完了却不吃,仍旧递给她。她忙推辞。聂于川说,我老家盛产苹果,小时候吃伤了。她说原来如此,看来这刀功也是有渊源的。他却说哪里有渊源,小时候吃苹果谁削皮?我不爱吃,可我儿子喜欢,这点技术也是这两年才练成的。为了儿子嘛。

聂于川很清楚,忠诚家庭溺爱子女的男人,很容易获得异性的好感。尤其是婚姻失败的异性。徐佩蓉的目光一刹那温散开来。她像是自语,也像是感慨,说结婚好几年也没要孩子,离婚了就什么都没有了。

火力侦察的效果很好。聂于川没有答话,站起来端着两个空饭盒,说纸巾在那儿,我出去一下。等他扔掉垃圾,抽了根烟回来,徐佩蓉自然已经离开了。桌子上的茶杯里有新沏的茶,水汽袅袅婷婷。他靠在椅子上,又点了支烟。两种类型的烟雾在房间里交错,苏烟和铁观音的气息在周遭弥漫。这就开始了?聂于川微微笑起来。

2

聂于川搬走后,老孙的状态一落千丈,老何死后疯狂滋长的野心化为乌有。这也难怪,一个快五十五岁的老吊,直接提拔正处级的希望如同海市蜃楼,虽就在眼前,却是一片破碎的虚空。老孙彻底明白了老韩快乐的源头。有容乃大,无欲则刚。老子什么都不图了,谁能奈我何?总不会把副处调再撤了吧?从此通知开会,心情好就去,心情不好就不去;即便是去了,也不再唯唯诺诺,想什么说什么,管你爱听不爱听;分管的一摊事,统统推给徐佩蓉,放着年轻人不用,还让老骥跑长途?老韩再说什么怪话,老孙毫不客气地反击,有时候两人争得面红耳赤。老韩气得三天两头请病假,老孙泄洪成功,才懒得管她。他想,老子一心向善,厅里偏偏不许,那老子就当回恶人吧。

老孙撂了挑子,徐佩蓉的压力骤增。她刚来不久,遇见难题只有找聂于川。而这段时间,聂于川也很忙。筹委会不好进,进去了就得好好把握,好好表现。筹委会主任是钟厅长,而她还要主持全厅工作,不能事必躬亲。几个副厅长都想替她分担一些。常务副厅长老任、副厅长老钱最积极。筹委会需要撰写的材料浩若烟海,有些是老任分管,有些是老钱负责,周游在两位厅长之间,聂于川不得不越发小心翼翼。老任管八处,是他的顶头上司,伺候的日子不短了,还算得心应手。而他跟老钱接触不多,不够了解,便多揣了一份谨慎,一有动静就跑去汇报。次数一多,老钱皱眉说小聂,别动不动就来请示,这点事用得着吗?聂于川就笑,笑过之后,该请示还是照请示,也没看出老钱有多讨厌。一次汇报完毕,老钱满意道,对,这事就得这么办,小聂干得不错。聂于川当然说,这是领导指挥得好。老钱说,这么优秀的同志,提拔得太晚了,就这党组里还有人不同意呢!我当时就堵回去了,有能力就要破格嘛。你今年也快四十了吧?聂于川赶紧说,三十六了。

按说也不算太晚。可你也知道,在七厅这种单位,有时候错过一次提拔,不知得等多少年才有机会。像老孙,今年五十五了,也就错过了两次。只两次,十年就过去了。

感谢领导关怀。

老钱挥挥手,说我还是那句话,该提的就要提。不但你,小徐我看也不错。我向钟厅长建议过,一个女同志,又是研究生,不妨也破格。

聂于川老老实实道,小徐最近很积极,工作压力也大。

是老孙撂挑子了吧?老钱喷地一笑。唉,不说他了。小徐跟你是校友,业务上你得多帮帮她。你和小徐有什么需要我这边协调的,尽管说。我喜欢跟年轻人打交道,显得自己也不那么老。言毕,老钱哈哈大笑。聂于川赔笑站起,告辞。回到办公室,他对徐佩蓉简直肃然起敬。老钱是厅里巨头,连他也向徐佩蓉示好。看来徐佩蓉的底细掌握得还不准确,她肯定不仅仅跟钟厅长关系近,不然老钱也不会如此说话。难道是关系源自省里?不过他看过她的档案,她父母都是普通的高校教师,那么就是亲戚?师生?他自失地一笑,反正是裙带关系,至于是裙是带,没有追究的必要。转而一想,老钱为何点破他和她是校友?又为何通过他来转达关心?对于徐佩蓉的主动,他一直是态度混沌,既不拒绝也不接受,难道这也被别人看出了?看来,不管他愿不愿意,他与徐佩蓉都成了暧昧的代名词。他想,无论如何,这次暧昧都有必要开展下去了。何况已经有了精彩的伏笔,不利用太可惜。

　　如果说第一次共进午餐是意外,第二次是试探,第三次是心照不宣,第四次就成了习惯。而习惯一旦形成,就很难改变了。只要聂于川中午没有应酬,处里又没第三人在场,徐佩蓉总会端着盒饭到他那里去。老钱谈话的第二天,赶上厅工会有活动,徐佩蓉代表处里参加,回到办公室已经快一点了。盒饭安安静静地躺在桌子上。她看着盒饭,心里有些慌乱,想了半天还是打了电话。她有些不自然地说,谢谢师兄,吃了吗?说过之后,她简直可以听到自己心跳的声音。他在那边笑起来,说没有啊,你进入跳棋决赛啦?

　　都一点了,你在加班?

　　他片刻没说话,继而低声说,等你呢。

　　她想不到他会突然这么直爽。他明明是在暗示她什么,可又无法深究,只怕说穿了彼此都不自在。她就只好马上说,那我这就过去。

聂于川果然在噼噼啪啪地打字，一堆文件小山似的摊在手边，封面的发文签上密密麻麻全是批示。徐佩蓉莫名地有些失落。她坐下笑道，以为真在等我呢，原来还是在加班。他说不能这么讲，应该说真是在等你，顺便加加班。两人一起笑了。徐佩蓉垂头要打开盒饭。聂于川拦住她，说，先别打开，猜一猜今天是什么菜色，猜错的请对方打球。她抗议说这太不公平了，你肯定早就看过。聂于川肃容说，我保证没有看过。

两人看着对方，房间里一时很安静。徐佩蓉凑到盒饭前，闻了闻，抢着说这太简单了，一定是鸡腿，谁不知道后勤公司都成养鸡场了。聂于川笑着摇头，说不对，是西葫芦，不信打开看看？她微笑着朝他努努嘴。聂于川就打开，得意地看着她。徐佩蓉难以置信地打开自己那份，里面却是两个鸡腿。她马上明白了，脸颊顿时润红，说你耍赖，明明是你换过了。

你代表处里参加比赛，责任重大啊。多吃一个鸡腿，保证你决赛得第一名。

徐佩蓉忍住笑，说我参加的是跳棋，又不是跳远，再说了，这有联系吗？

小鸡蹦得多快啊。

这几句对话奠定了愉快的气氛。吃完饭，聂于川扔了空饭盒回来，脚步放得很轻。因为他注意到徐佩蓉没有回去。透过门缝罅隙，他看见徐佩蓉站在饮水机旁，手里端着他的杯子，却不去接水沏茶，像是在等什么。聂于川只觉一股暖洋洋的气流涌遍四肢百骸，所过之处温畅通泰。中午时分，大楼里静悄悄的。他见四周无人，便蹑手蹑脚地退后了几步，加重步伐走到门口，推门进去。她果然已经在给他接水，动作很自然。聂于川惊讶说，不用麻烦，我自己来就行了。

客气什么。你是师兄，又是领导，为领导服务而已。

聂于川接过杯子，说了声谢谢，顺手放在桌上。杯子把上有些滑腻。不知是她手心的汗，还是淡淡的护手霜。他打开一份文件，浏览，翻动，像是在找着什么。徐佩蓉应该在看着他。那种傻傻的目光，傻子都能感受得到，可是他却偏偏不去回应。她呆了一阵，看见一份杂志，捞到救命稻草似的拿起，说师兄没落下专业啊，还有小说杂志，借我看看吧。他这才抬头看着她，微笑说没问题，尽管看。随即又翻着文件。徐佩蓉握着杂志刚刚坐下，猛地发现再也找不到继续待下去的借口，勉强一笑说那您忙吧，就起身离去。他的冷淡突如其来，没有丝毫征兆，但他也明白，这必不可少。顺水推舟谁都会，平地波澜才是高手。徐佩蓉出门之际，聂于川瞥见她黑色牛仔裤下精致而轻颤的臀部，转过头来，啜了口滚烫的茶。暧昧其实并不是一捅就破的窗户纸，而是贴了一层纸的窗玻璃，想一捅就破那就错了。但也不能让想来捅的人一蹶不振，再不复来。那就不叫暧昧，而是欺骗。何况徐佩蓉还有比较暧昧的背景？像他这样的高手并不想骗人，却也不愿被人一览无余。好在一切才刚刚开始，而且都在自己的掌控之间。

由于午饭吃得晚，午睡也不现实了，聂于川索性真的打起了文件。文件是老任要的，说实话真还挺急。钟厅长对筹委会的前期工作很不满，会上点名说了老任几句。老任有些委屈，又有些得意。你又没明确究竟是谁负责，怎么板子打到我头上了？反过来一想,这等于是将此事交给自己,既然变相排除了老钱,就不能说不是好消息。老任精神一振,一上班就召集筹委会的几个骨干开小会。既然是小会,老钱就不必参加了。小会上,老任让八处赶紧拿个考察方案出来,他再报给钟厅长。聂于川明白,说是八处起草,老冯贵为处长,肯定不会亲自动笔,老陈忙着落实去设计院,所谓方案,说到底还是落在自己头上。果然,老任一边给大家发烟,一边对他说,怎么样小聂,有难度吗?

这么大的材料,冯处又在学习,我一个人怕是能力有限。最好是陈处跟我一起搞。

老陈说走就走,帮不上你。老任弹了弹烟灰,笑道你们八处我还不知道,老冯就指望你了。对了,不是还有个研究生小徐吗?

老冯忙说,小徐才来不久,业务上还不熟悉。

老任皱眉道,都好几个月了,还叫不久?业务也该熟悉了吧?你和小聂得多帮帮她嘛。她是钟厅长挖来的人才,重点人物,得好好培养。钟厅长说过,我分管的处室,有几个人才,小聂和小徐都不错。

下楼的时候,老冯的脸色有些难看。聂于川赶紧敬烟,点火。到了办公室,老冯坐下叹道,这个小徐!几位厅长都夸她,真喜欢,直接调秘书科算了,搁在八处成尊佛了,不敬她不行,不用她也不行。接着就不说话,抽烟。一开始,聂于川心里也不痛快。大凡下属,都渴望受重用,更渴望受专用。本来这个狗屁方案并不难,他一人足以搞定,为何加上个徐佩蓉?难道是不信任?可看见老任忧心忡忡的样子,他又平衡了。人家徐佩蓉原本就有背景,老任也好,老钱也好,各个场合都表示看好她。老冯都被噎了几句,自己一个刚提拔的小副处长,吃什么醋?

聂于川斟酌着说,我看老任这次明确负责筹委会,也有小徐的因素。钟厅长说八处有人才,他又分管八处,协调起来方便。

也不尽然。老冯苦笑,小徐再有能力,也是个小科长而已。别的不说了,方案要紧!

那小徐呢?

你就受点委屈,方案你写,上报时就说是你们俩搞的。靠,真他妈的麻烦。

聂于川有点啼笑皆非,搞不懂这是他占徐佩蓉的便宜,还是徐佩蓉占他的便宜。回到办公室,老陈照旧不在。最近他有些神出鬼没。这也难怪。老陈正处级是有了,但还未上任;既然没上任,就像美味珍馐送到桌上,却找不着筷子,只能干巴巴看着,而且随时会有变数。聂于川无心管他如何找筷子,把一号工程的文件摆满一桌,琳琅满目。其实考察方案并不难,有的是以往的模板,加工组合一下就行。既然心里有了主意,就不急于动笔。写那么快干什么?送上去的时间越早,领导修改的空间就越多,劳动量就越大。文件就好比上厕所的手纸,从容不迫的时候,总要挑选质地最柔软、包装最漂亮的;到了喷薄欲出的关口,A4纸是硬了些,也得凑合着用。现在不急,可以先上上网,看看新闻,有场球赛错过了,正好补一补。但两支烟过后,一场球没完,聂于川蓦地惊醒。还是太幼稚。哪个厅长不是宦海风云里过来的,手下秘书笔杆这点伎俩焉能不知。糊弄领导虽是常事,却不可常为,领导在意的事更是糊弄不得。就像找领导签字报销,发票里头有没有水分,有多少水分,领导心里清楚得跟明镜似的,却问也不问就签了。不是领导好糊弄,而是领导对你睁一只眼闭一只眼。你要是不识好歹,非逼领导把另一只眼也睁开,吃亏的还是自己。在七厅摸爬滚打这么多年,聂于川总结出一个真理,该应付的事绝不能认真,该认真的事绝不能应付。看似简单,实则玄奥。瓢泼大雨没听说能淹死人,一口小井却能要命。

这边一身冷汗未消,那边老冯就来电话,问开始动笔没有。聂于川惊讶于他有透视眼,忙撒谎说已经开始了。老冯欣慰说,好好干,老陈已经正式办了调动手续,今晚请八处全体聚餐,算是告别。聂于川说这么快!老陈瞒得真严,我跟他对桌,愣是藏得滴水不漏。老冯笑道这事怨不得老陈,他不像你年轻,岁数大了机会有限,不敢出岔子。不一会儿老陈到了,笑呵呵地通知他今晚七点,天鹅阁聚餐。他照例是一番祝贺。筷子到手,尘埃落定,老陈实在是开心,兴奋得直搓手,又出去通知其他人。聂于川一边翻文件,整思路,一边酸酸地想,老陈也不容易,虽说是个事业单位,毕竟也算一方诸侯,有了自己的独立王国。他正胡思乱想着,老陈皱眉回来,说八处真是得整顿了。大白天的,老孙那边居然一个人都没有!

聂于川笑着解释,老韩生病请假,老孙和小李的主业是打乒乓球,小徐去工会参加跳棋比赛了,哪里还会有人?你有事先去忙,我负责通知。

老陈和他各自点烟,抽着。老陈有一搭没一搭地道,小徐最近挺忙的。

嗯,老孙成了甩手掌柜了。聂于川生怕他又说什么拉近关系有利无弊的话,想把话题转移到老孙身上。可老陈偏不上当,说小徐是你的贵人呀,她一来,你就提了副处长。开玩笑开玩笑,不过她的关系挺硬的。

聂于川认真道,你知道她的关系?

老陈看看他,说别瞒我了,你能不知道?你肯定知道。

聂于川说,我是真不知道。

老陈看了看门,低声道,小徐上面有人。

这句很暧昧,也实在是废话。聂于川还是一脸恍然大悟,哦,原来如此。

老陈说,她在八处,对八处是好事,对你也是好事。你想想,领导们自然喜欢看到她出成绩,她的成绩还不都是你的成绩?老冯进了党组,就是你管着她嘛。

再别说谁管谁了。他苦笑说,唉,原以为来了个干活儿的,这下谁还敢使唤她。

可不是嘛。老陈诚恳地说,我这一走,八处可就只忙你一个人了。聂于川心里说,你就是不走,又干过多少?嘴上却道,说老兄当一把手去了,可别忘了弟兄们。

老陈连连摆手,幅度很大,像是溺水的人。他低声说,老弟放心,设计院虽说是事业单位,也算是一级组织吧。处里再有不好消化的帐,一个月三千五千的,给我送去。

老陈这话水分不多,真诚的比例很大。八处负责全省的行业管理,设计院也在管理范畴之列。行政审批就像皮筋。熟人来了,抽根烟讲个笑话的工夫就办了手续;遇见生瓜蛋子,那就是"十五个工作日"。更倒霉的,随便挑他个毛病,打回重做,再送来还是"十五个工作日"。要不是靠着这点行政资源,设计院那么臃肿腐朽的老单位,早混不下去了。聂于川见老陈说了交心的话,也肃然说,老兄见外了吧?从今往后,设计院的事八处上门服务。

老陈哈哈大笑着站起来,叮嘱说,晚上天鹅阁,七点,别忘了!

聂于川送走老陈,又点了支烟。徐佩蓉果然是有背景,而且来头还真不小。这些虽然都料到了,但一经确认,仍是有些意外。由于暧昧的程度还不到,他没有问过她离婚的缘起,不过无论如何,看来这次有益无害的暧昧都有必要进行下去。他摁灭烟蒂,看看表已经十点多了,便不敢再偷懒,扎扎实实地写了起来,直到后勤公司的人来送饭。老冯又打电话来,说中午有饭局,问他能不能过去。聂于川为难说恐怕去不了,写方案呢。老冯马上说那就回头再说吧,一切以方案为重,等方案通过了请你吃活海参。聂于川说话的时候,正在把自己盒饭里的鸡腿拨给徐佩蓉那一份,忙忍住了笑,说谢谢领导关怀。

那两个鸡腿在中午的暧昧里成了重要道具。暧昧已过,下午上班,聂于川就挨个打电话通知晚上的饭局。大家莫不响应。连老孙也爽快地说要去的要去的,好好沾一沾喜气,看我这个老吊什么时候也能进步进步。倒是徐佩蓉的话很简短,只是说知道了,一定去。看来中午那点突如其来的冷淡,留下了一些后遗症。聂于川当然有准备,就说,没事的话你过来一下,有点专业问题咨询咨询。

老陈一走,办公室里就剩下他一个人。空间一大,暧昧的难度系数就小了,不用因有别人在场而费力斟酌语言。他见徐佩蓉进来,忙站起,把位子让给她。他说请你看一下,你是专业出身,别让我闹出白脖话了。徐佩蓉显然没想到这个。她稍稍迟疑一下,欠

91

身坐在他的椅子上。聂于川坐在一旁,看着她身子前倾,翘臀不安地挪动,握鼠标的手指也在微微颤着。他刚刚站起,椅子上应该还有他的体温。他想,她坐在上面当然要心旌荡漾的。徐佩蓉看了几行,情不自禁说聂处就是聂处,写得真好哎。

又不是写小说,哪里谈得上好。聂于川苦笑,指不定领导那里怎么修改呢。再说了,今后别叫我聂处,还是叫师兄吧。

叫聂处,是同事关系;叫师兄,是同学关系。显然后者更适合暧昧的气氛。徐佩蓉刚想说话,聂于川突然探出手来,伸到她前胸下缘和抽屉间的缝隙里。那个缝隙很小,小得像少女初吻前微张的双唇。尽管聂于川的手努力在回避,却还是触到了她的衣服。准确的说,是触到了她的胸部。徐佩蓉本能地朝后退了退。聂于川将半个身子斜签过去,几乎碰到了她的大腿,这次她是退无可退了。徐佩蓉第一次离他这么近,甚至可以看得清他后脑上的根根头发。她的呼吸明显地屏住了。聂于川顺利地拉开抽屉,拿出里面的一个苹果。

不能让你白忙活,大苹果伺候。

聂于川朝她晃了晃手里的苹果,脸上多了份不常见的调皮。似乎刚才那白驹过隙的一触根本不存在。即便真的存在,他的脸上,眼睛里也是一尘不染,让她不由得为自己的多情而羞愧。她嘴角旁边绯红嫣然,说,师兄太客气了。

其实聂于川这一切举动根本谈不上客气,而是高手才有的收放自如。他熟练地削苹果,递给她,心里说,看你能抵御到什么时候。其实徐佩蓉早已丢盔卸甲,像是手里干干净净的苹果,再无一丝可以遮掩的东西。她小小地咬了口苹果,顶端有股夹着果香的淡淡的烟草味。她问他,我第一次参加处里聚餐,大家喝得厉害吗?

老陈是三两的功夫。聂于川擦手,将纸巾团成一团。不过今天他做东,自然要超水平发挥。老冯半斤八两的酒量,控制得也好。小李呢,前三杯挺唬人,接下去就露馅了。老韩肯定会说她不能喝。

那你呢?

酒量不行,酒风还可以。

老孙呢?

聂于川皱眉,像是组织语言。徐佩蓉笑着说,难道师兄也总结不出?

不是总结不出来。聂于川一笑,只是词儿不太文雅。

你就说好了,我会过滤的。再说,我不信师兄还能有多不文雅。

老孙属于——有酒必喝,逢喝必醉,简单地说,是有酒瘾没酒量。

徐佩蓉笑起来,这词儿没什么不文雅啊。对了聂处,老韩好几天没来上班了,说是生病,用不用去看看?

不用。老韩就是这样,一年里有一多半都请病假。

她挺敢说话的。

现在是老孙更敢说吧?

徐佩蓉一愣,笑起来。聂于川岔开了话题,说快看文件吧,大苹果不能白吃啊。她撇嘴说,真小气,三句话不离本行。聂于川明白,她已经完全从中午的后遗症里解脱了出来,对他突如其来的主动惊喜异常。可惜,暧昧高手的主动都是伏笔,而与之呼应的,难免是突如其来的冷淡。就像今天中午。

天鹅阁离厅里不远不近,是省城极有名的一个饭店。没到下班时间,小李就在办公室里嚷嚷,说早知道晚上有大餐,中午饭都省了。徐佩蓉愉快地微笑,没有回应。老孙大口抽烟,说那算什么,等俺老孙也提拔了,请你吃国宴。由于气氛和谐,老韩也没讽刺他痴心妄想。

据老韩说,她是特意从医院过来的。这一点无人有心去考证。六点钟下班,大家有说有笑地下楼。一个中年人在大门口候着,见了聂于川忙上前,说聂处,我们陈书记让我等着处里领导们,车在停车场。聂于川认出他是设计院的办公室关主任,就笑着给大家介绍。于是众人啧啧赞叹,说老陈太客气,就两步路还派车接。又说老陈不忘本,当了书记还惦记着大家。到了停车场,一辆考斯特冲他们眨眼。关主任请大家上车。车上一个位置前有桌板,一看就是给领导安排的。老冯从党校直接去饭店,无可争议的人不在,事情就微妙起来。微妙面前,众人都心照不宣地微笑。聂于川看也不看宝座,大步走到后边。老孙最后一个上来,见众人都望着他笑,便一屁股坐下,扭头说大闹天宫三十年,一夜回到花果山,今天俺老孙也坐坐玉帝如来的位置,大家没意见吧?大家一起笑,纷纷说他坐得好,坐得正确。老孙又扭头看着聂于川,说聂大处长也没意见吧?聂于川笑着摇摇手。徐佩蓉对老孙很鄙夷,但见聂于川开朗地在笑,又想起了中午的那次碰触,脸上不由得一阵发紧。她忙垂下头,让那一抹飞红藏进脸颊的阴影里。

到了饭店,走近包间,老陈在门口迎接,俨然一派东道主的风采。老陈说老冯打电话了,路上堵车,得迟到一会儿。大家情绪高涨,大声酝酿着罚老冯酒。主位空下来给老冯,其余人等各找各座。聂于川和老陈自然分坐主位两旁。老孙挨着老陈坐下,说是要沾沾老陈的喜气,又说老韩坐俺老孙身上,顺带也沾一点。老韩不客气说,我不要二手的,你要是好心就让我挨着老陈坐。大家都笑起来。老韩也笑了,还是坐在老孙旁边。徐佩蓉松了口气,大大方方地坐在聂于川一侧。她小声对他说,今天挺热闹的。

热闹还在后边呢。聂于川也是小声。徐佩蓉会意一笑。他明白,这样的窃窃私语正是她需要的。老孙对他们大声说,小聂小徐注意点,今天是老陈大喜的日子,咱们不能开小会。老韩说,眼红什么,咱俩也说说悄悄话?老陈立刻鼓掌,赞成。包间里笑语喧哗,气氛烘托得很好。关主任来回伺候,像是个幽灵。需要他的时候必然就在眼前,不需要的时候根本看不见他。不一会儿老冯来了,大家站起来迎接。老冯见还未点菜,连连责怪老陈太见外。老陈把菜单送到老冯手里,说点菜这么大的事,还是老领导亲自来。老冯也不客气,合上菜单,说不用一个个点了,就你们招牌四宝吧,四个菜。除了老陈,大家都面面相觑。连聂于川都不明所以。小李沉不住气,说四个菜够不够啊?服务员捂嘴笑。老冯说小子,等会儿你就知道了。

不多时,有厨师推车进来。原来这四宝还是现场做的。服务员鱼贯而入,流水样上着菜,很快摆满一桌。大家这才明白说是四个菜,其实是四个主菜,其余都是奉送。小李见连甲鱼龙虾乌鸡都奉送上来了,有点瞠目结舌,问服务员四个主菜是什么。服务员笑着介绍,我们的招牌四宝,是东星斑、鳄鱼血米饭、穿山甲熬老参、秘制河豚。大家一时静默无语。老陈说,用什么酒水,老领导也指示一下。老冯说,菜不便宜,酒水就简单点,52度水井坊吧。老陈颇有底气地说,先拿三瓶。

这顿饭吃得宾主尽欢。大家干过前三杯集体酒,开始轮流过圈敬酒。不多时两瓶酒一滴不剩。老孙知道这酒也不便宜,喝到的机会不多,一滴都舍不得洒。一开始信誓旦旦"不喝不喝"的老韩也被灌了几杯。劝酒劝到徐佩蓉这里,聂于川以师兄身份替她挡了几次,遭到一致抨击。众人没见过徐佩蓉的酒量,却多少知道她的背景,敬酒也敬得坦率真诚,仿佛喝在她嘴里的酒,最后都进了钟厅长的肚子。老冯控制得很好,微笑着看着大家你来我往。水井坊开到第四瓶,老孙已经撑不住了,小李扶着他到洗手间。老冯见状对老陈说,今天差不多了,收工吧。老陈朝门口招招手,关主任鬼魅一般地浮现在他身边,低头欠腰听了几句,转身飘走。大家又等了等,老孙这才回来,吐得面如土色。老冯看了眼老陈,老陈会意站起,举杯说,八处是我根据地,设计院全靠八处支持。反正各位不来视察,我定期上访就是了。大家纷纷笑起来,随着他一饮而尽。

席终人散,徐佩蓉回到家,洗过澡,躺在床上。本来满腹心绪和酒精羼杂一处,满身周游;现在酒精蒸发殆尽,剩下心绪无处寄托,只觉阵阵头痛欲裂。聂于川分明看见她也喝了不少,为什么连个关心的电话都没有。难道在他的心里,她真的一点位置都没有么?她拿着电话反复摩挲,像燧人氏钻木取火,居然把电话弄得烫手。打,还是不打?要不然,发个信息?

电话善解人意地响了。竟是他。到家了吗?

睡不着。

聂于川笑起来。答非所问啊,不过,你的酒量不会这么小吧?

心里有事,喝一点都能醉了。你没有跟老陈一起活动活动?

无非是洗洗澡打扑克,本人向来没兴趣。你倒对这一套挺熟悉啊。

我又不是刚毕业的大学生,别太小瞧人了。刚才路上,老孙一直唠叨,说不知道你和老陈去哪儿了。

他见怪不怪地笑了一声。老孙就是这样,生怕我和老陈单独活动,不带他玩。他顿了顿,又说你快休息吧,明天还要上班。

徐佩蓉握着电话,忽然有种想哭的情绪。这种情绪瞬间燃烧起来,烧得她沉默下去,像是一截灰烬。聂于川笑着问,怎么不说话了?

她幽幽说,我在想,如果没有你这个电话,我该有多难过。

他显然没有想到她会这么直接。这个——我很荣幸。不过,我觉得你真的有点多了。别瞎想了,快睡吧。

徐佩蓉还想说,我怎么睡得着呢?却无论如何也说不出来。仿佛刚才那句话已经耗尽了她所有精力,所有勇气。她知道像聂于川那样的男人,一般都会等着别人先挂电话。他对谁都那么客气,对谁都那么彬彬有礼,看不出态度,辨不清喜恶。以至于在他面前,她根本感觉不到自己和老孙、和门卫有什么区别。好久,她才艰难道,好的,你也早点睡。说完就挂了电话,然后垂下头埋在膝间,哭湿了睡裤。

聂于川检查了儿子的作业,又漫不经心地陪父母亲看了一会儿电视。洗漱之后,他决定再给她发个信息。他知道她肯定没睡。

刚才那个电话貌似关心,实则极富侵略性,应该是把她弄得心神俱疲。其实暧昧的发展也要讲科学,讲可持续性。不能一味让主动的一方感觉没有回报,有时候回报也是必需的。对她而言,由于背景特殊,回报不能太吝啬,要具体问题具体分析。他躺在床上,认真斟酌一番,写了个信息:很后悔没有送你回家,已经很晚了,希望你能睡个好觉。等显示对方已收到,他便关掉了手机。他想,即便是她幕后推手实力雄厚,即便是她一味主动需要回报,眼下也仅此而已。足够了。

3

考察方案一层层报上去,再一级级批下来,按常理该是一周以后。但此事重大,只过去两天,钟厅长"同意"的批示就到了。老任组织开了个协调会,决定派两拨人出去,八处老冯和厅办老文各带一队,一南一北。老冯在党校刚好有个去港澳新马考察的安排,两下里档期冲突,虽当面应承了老任,终归有些不舍。这事聂于川听他提过,知道他左右为难,就出主意说,反正去港澳新马也就十天,也得在广州出境。领导您先带队去广东,而后跟着党校的团出去,我们几个按部就班地去上海、江苏。您回了国直接飞南京,咱们会合后一道回来。您看这样行不行?

言毕,聂于川谦卑地看着他,暗暗给自己喝彩。这是个一招致命的主意。果然,老冯微笑着扔过来一支烟,自己也点上,慢悠悠说,那你可就得多操心了。

聂于川笑,说给领导分忧,这是我的责任嘛。

那你看处里谁去呢?

他想了想,说任厅长定了三个名额。您一个,我一个,剩下一个,您看着定。

让小徐去吧。老冯吐了一个浓浓的烟圈。这件事涉及专业,她能帮上忙。老任说要重视她,这不就是重视?

他早知道会是她,却为难道,您肯定不一直跟着,我跟她不太,不太方便吧。

老冯笑道有什么不方便?你还能弄条绯闻出来?她可是钟厅长的人,给你个胆子你也不敢吧。聂于川站起,笑着点头出去。走到门口,老冯叫住他,欣赏地说好小子,比我当年强,好好干吧。

回到办公室,他对刚才的表现很满意,对老冯的话很生气。凭什么不敢动徐佩蓉?就算钟厅长是她妈,还能奈我何?是她主动进攻,又不是老子率先勾引。何况她离婚,老子丧偶,你情我愿的事情,管天管地,还能管老子的生殖器?徐佩蓉再有背景,也是个离婚茬子,总还要再婚。帮助她解决婚姻问题,是老子放弃了多少黄花闺女后慨然献身,她身后的背景高兴还来不及呢。你老冯是处长,遇到难题不也是一筹莫展。幸亏帮你安排得周密,带队出发带队返回,鬼才知道你中间都去了哪里。要不是老子,你就梦里去港澳新马吧。聂于川越想越气,恨不能立刻去隔壁把徐佩蓉就地拿下,再四处炫耀一番。他气鼓鼓地等到快下班了,打电话给徐佩蓉,说小徐你过来一下,有事找你。

在他的精心引领下,徐佩蓉最近的状态很好。买了新衣服,做了新发型,估计是确定要发起攻势了。三十岁的女人了,又经历过婚姻,太知道该如何去吸引男人的注意。徐佩蓉进来时,他注意到她换了新行头。一件瘦紧的牛仔裤,裤脚塞进灰色靴子里,一件灰白色大毛衣罩住臀部,却显得曲线更加风致了。一切都很自然。眼下这年头,越自然的东西就越刻意。像聂于川这样的高手,当然不会对任何刻意视而不见,况且他本就有心。他笑着说,小徐今天真漂亮。

暧昧高手的话都会留下很多切口。比如她可能会说,难道以前不漂亮吗?也可能会说,聂处肯夸奖,真不容易哦。还可能会说,一个月工资没了,聂处扶扶贫,管几顿饭吧。还有可能——或者干脆什么也不说,只是垂头在笑。徐佩蓉似乎没想到他今天会这么慷慨,一时有些不适应。等回味过来,她笑着坐下,说聂处真会夸人,有什么指示?

他把批示递过去。她翻了翻,不解说,这跟我有什么关系?

他哭笑不得,点题道,老冯的意思是你和我,跟他一起去。

我和你?她的眼睛瞬间睁得很大,随即又黯淡,自语说还有冯处。那一瞬间,聂于川决定再大方一点,把惊喜提前给她。一男一女,三十多岁,偏巧都是单身,偏巧男的打算暧昧,女的已经进攻。这样的氛围,这样的心态,单独出差十来天,难免会发生一些有趣的事。他需要给她一定的时间和空间去准备,各方面的准备。暧昧没有准备,就像演唱会已经开始,粉丝已然尖叫,而歌手却找不到话筒。效果大打折扣。

听了解释,徐佩蓉果然兴奋地脱口而出。那就是说,实际上还是你和我?

这倒有点出乎聂于川的预料。好歹也是三十岁的女人了,还有那么优越的背景,应该不至于如此。在异性的示好前这么不矜持,这么没城府,确实有点不太正常。她也仿佛看出了他的疑惑,不由自主地垂头下去,勾着毛衣一角坐下。那,什么时候出发?

周末,今天名单报上去,厅办会订票的。

徐佩蓉赧颜抬头,看了他一眼,又垂下去。这么急啊,我得赶紧准备一下。十好几天呢。

那就去吧,下午不用来了。

她走了。聂于川看得出她有多欢喜。那样的欢喜好像只有少女才有的。她大概相信总有一天他会爱她,因为她认为他没有理由不爱。她很出色,很努力,而他身边也正好缺一个女人。她为了他做的一切都心甘情愿,做的每一分钟都甜蜜不已。即便受到冷遇,她也总能从以前的点点滴滴中找到坚持的理由。然而她还是错了。聂于川并不缺女人。一个省直厅局三十六岁的单身副处长,想要找个老婆并不难。难的是找到之后,就不便再随意暧昧了。然而不能随意暧昧当然很不理想,但如果换来一点额外回报做补偿,也还不错。徐佩蓉正好能给他补偿,即便她不能,她的背景也能,这也是他决意暧昧的最大缘起。他有些庆幸,辛苦没有白费,彬彬有礼地拒绝了那么多暧昧,总算等到了。

出发前夜,威威睡了,聂于川陪父母看电视。父亲问同行的都有谁。听到"徐佩蓉"三个字,父亲意味深长地看他一眼,说,女的吧?他笑着点头。又聊了几句,父亲突然问他打算什么时候再婚。他想了想,半是玩笑半认真说,等做到副厅级吧,起码也要正处到手。父亲没说话。母亲不满道,没听说还有这个条件的,副厅级?老家一个市几百万人,副市长才几个?他笑嘻嘻说,你儿子现在是副处长了,相当于副县长。一个县也有几十万人吧?

父亲开口了,说,儿子说的不错,在他这个年纪,这个位置,结婚要慎重。

聂于川马上说,可不是嘛。

你听我说完。父亲打断他的话。不过你总要结婚的。你别看我一辈子只是个正科级,但我经历的多了。市里也好,厅局也好,其实都是一回事。你现在不急,是因为你还年轻,又是副处长。看起来拥有很多,可是有多少是你能够放弃的呢?没有,一点都没有。

母亲只对他的婚事感兴趣,一见跑了题,立刻长长地打了个呵欠,说你们爷俩扯淡吧,我睡了。明天还要做饭呢。她把桌上的瓜子皮苹果核拢到一起,搓进手心,捧着离去。父亲看着母亲的背影,递给他一支烟。抽吧,咱爷俩说说话。

聂于川接过烟,点上。父亲才是一个完整的官场缩影。文革老大专生,中学教师出身,靠一支笔杀入官场。有呼风唤雨,有堕入尘埃,有众星捧月,也有大势已去。自己现在享受的一切,父亲都经历过。而父亲痛入肺腑的往事,似乎离自己很远,又有可能明天就会碰上。在这个不可理喻的世界里,什么事情是注定会发生的,什么事情是注定不会发生的?谁都不知道。父亲抽烟时喜欢深吸一口,存在口腔,缓缓吐出,又忽然吸进去。一团浓雾刚在嘴边蔓延成型,却转眼不见。聂于川看着父亲一吞一吐,把玩着青色的烟气,不由笑道,您老就说吧。

我这一辈子,基本上是功不成名不就。但我也有安慰。老婆不离不弃,儿子出人头地,孙子学习努力。我都六十多的人了,还想什么呢？我一直担心的是你。好赖也在机关混了一辈子,你现在的花花肠子我太清楚了。想学西门庆,玩儿上几年,勾搭几个,最后再找个过日子的。对不对？

聂于川看着父亲。他有些无耻地笑,不说话。"过日子的"对他而言,要求太低了。他决定不向父亲提起徐佩蓉的背景。虽说是父亲,大可以无所顾忌；但爷俩都是男人,吃软饭毕竟不太光明正大。就算还没吃到嘴里,男人一旦有了这个想法,也难免让人瞧不起,即便是父亲。

父亲继续说,我是个官场的失败者。可有时候,真理并不是胜利者总结出来的,他们只顾享受胜利果实了。就拿你的状态来说吧。你的底气,是因为你是个副处长,领导又赏识,还可能再提拔,觉得自己还算是个人物,挑挑拣拣也无可厚非。对不对？

聂于川还是笑。

其实呢,你这底气是不错的,也该有。但你也想想看,你这底气,多少是牢牢握在自己手里呢？你是输不起的。你吸引女人,是因为你穿着这身官衣。可官衣是党给的,是组织给的,总之不是你的,什么时候要回去也由不得你。你玩儿的东西是炸药包,太有摧毁性了,只适合一无所有的人玩儿。你呢？一个不小心,副处长就没了。副处长没了,你就一切都没了。

聂于川说,那我是该恋爱呢,还是该谈恋爱？

男人的一生,肯定不会只有一个女人。父亲看了看卧室,坦然说,我也不例外,你也不例外。当然,女人也有很多种,但这不是今天的话题。你年纪不小了,官也比我大,我没法告诉你该怎么样。我只是想提醒你,要小心翼翼。记住,你输不起。如果每次跟女人周旋都牢记这个,起码不会摔跟头。

聂于川摇摇头,那我也太被动了吧。

父亲嗤嗤笑了。他站起,亲昵地拍了拍儿子的头,像是回到了三十年前。父亲说,想不被动,当然也好办。你现在不是副处长吗?等你当了处长,厅长,就不用这么小心翼翼了。

聂于川睡得很晚。父亲的话一直折磨着他,搓动着他的心弦。思绪不定之际,他给老陈打了个电话,说要去广州出差,用不用给老陈岳父家捎东西。老陈笑着感谢,说我岳父岳母来看闺女,眼下就在我家,不用麻烦了。聂于川也笑,趁机说你看老冯安排的,要我跟徐佩蓉一块儿去,这才是麻烦呢。老陈那边敛住了笑,沉默片刻,认真道老弟啊,你得好好把握自己。小徐的背景,我知道的不多,一句话也说不清楚。小徐人是不错,不过最好再观察观察。你又不是没见过女人,对吧?我说话有点直了,老弟别介意。

老陈话里有话,可能他真的知道,但不便说,或不想说;也可能他真的不知道,所以无从说起。聂于川知道自己和他的关系,也只能说到这一步了。通知徐佩蓉出差时,他几乎已经确认要在期间跟她再进一步。可是现在,他冷静了。父亲也好,老陈也好,自己的戏言也好,其实都是一个意思。他现在只有副处长这一身衣服,虽然比老孙老韩的赤身裸体强些,但还不安全。渴望已久的正处长什么时候才能降临呢?如果不断升迁下去,衣服就多了;衣服一多,即便脱去一层,也不会有一丝不挂的尴尬。他一边抽着烟,一边想。真到了那个时候,父母养老,儿子上学就都不是问题,连玩玩暧昧也更有底气了。他忽然发现,自己对提拔升迁的焦灼从未如此具体,如此真诚。

接待方很热情,只是酒量不行。老冯象征性地带队考察一天,就跟着党校同学直奔香港而去。考察组只剩下聂于川和徐佩蓉。晚上到了酒店,进了电梯,她骄傲地说,聂处,小女子没给你丢人吧?

聂于川点评说,跟他们比喝酒,起步太低了吧。徐佩蓉刚才喝了不少,把接待方吓得目瞪口呆,没人敢提出跟聂于川碰杯。他见她噘起了嘴,笑道,不过还是值得表扬。我们的小徐不但业务好,交际、应酬,各方面都很优秀。她不接腔,反问道,刚才下车的时候,那个小焦小声跟你嘀咕什么?

两人出了电梯,聂于川微笑不答,点上一支烟。电梯口对面是沙发,茶几上摆着烟灰缸和糖果、瓜子。他坐下,叼着烟摇头。你怎么凡事都这么好奇?今天的考察记录做好了吗?老冯可不像我,这么好说话。

在这儿谈工作,太不严肃了吧?

那还能在哪儿,总不能包个会议室。

聂于川当然知道她想去他的房间,正等着他的邀请。如果没有父亲和老陈那席话,说不定他还真就答应了。至少也是一起喝喝茶,聊聊天。但是现在,他决定不这样做。虽说她的背景尚不明朗,但毕竟的确是有。对这样的女人,要比寻常对手更谨慎,更小心。与其一呼一应,倒不如欲擒故纵。徐佩蓉不说话了。她把他的如履薄冰看成了有意回避,而此时的回避其实就是紧逼。他的步步紧逼让她很难堪。他连这点主动都吝啬。再泼辣的女人,也不至于在独处的第一晚就投怀送抱吧?她难以想象他到底在犹豫什么。

聂于川拿起一块糖,剥去一半的皮,捏着底部递给她。她赌气不接。他叹道,好吧好吧,真拿你没办法。小焦问我,晚上用不用安排。我当然拒绝。怎么样,满意了?

徐佩蓉的脸瞬间通红。她拿过糖,狠狠地嚼着,说这也太离谱了,我难道不是女的?话音刚落,他就忍不住大笑起来。她这才明白话里有语病,脸色更红。她结结巴巴地纠正,我的意思是,有女同事跟着还这么明目张胆,太不像话。

聂于川站起来,好了好了,快回去吧,明天还要考察。徐佩蓉垂头起身,乖乖地跟在他后边。进了房间,他打开电视,把声音调得很大。她就在隔壁,一会儿肯定要过来的。他简单地冲洗了一下,没有穿宾馆的浴袍,套上带来的睡衣,仔细系上每一个扣子。一切停当,他靠在床头,给家里打电话。正跟父亲说闲话,有人敲门。他微笑继续,并不响应。他有意说了很长时间。刚放了电话,铃声就响了。徐佩蓉有些不满道,敲门没人理,手机又关机,电话还一直占线,聂处的日程安排得挺满嘛。

聂于川帮她直奔主题。有事吗?

我的电脑坏了,今天的记录没法整理,怎么办呀?徐佩蓉的语气有些撒娇了。这是个好现象。他想,起码懂得迂回进攻了。

那今天就不用整理了。他想笑。不然,我把电脑给你送过去吧。

她马上说,哪里敢劳领导大驾,我过去拿好了。

他笑着放下电话,起身去开了门。刚开门她就到了。显然是精心梳洗过,香氛幽幽,也没有穿浴袍,而是一身很合体,稍显身材又不过于性感的家居服。他一侧身,她就钻了进去。这是她第一次进入他生活起居的地方,因而显得很好奇,不住地左顾右盼。聂于川笑道,这里没别人,你瞎看什么。

徐佩蓉撇嘴说,谁知道有没有呢?谁知道现在没有,一会儿有没有呢?

别说胡话。他板下脸,指着电脑。就在那儿呢,你拿去吧。

这么放心我拿走,里面就没什么秘密?

等你往里面输入一些秘密,不就有了。

我真的输入了,你也未必找得到。

喂,你怎么开机了?

我呢,还是在领导这里打,万一有问题可以及时请示嘛。

总算到了你来我往的地步。聂于川想,她终于进步了,不再是欲言又止。她不乏主动,但主动也要用在刀刃上,要懂得营造过招的气氛。暧昧中的过招是很重要的。陌生人可以借此熟悉,老熟人可以增进好感,继而做出最后的判断。聂于川心里很愉快。随你吧,跑了一天,你不累我倒累了。

徐佩蓉歪着头看过来,说那好办,你睡吧,不影响我。

他一跃而起。那我还是别睡了。

她吃吃地笑起来,啪啪地按键。没几下,她又歪头看着他,问电脑里有没有歌。他让她自己找,又说我这里只有老歌,你们年轻人的歌我听不懂。她摆弄一阵,居然真找到了,惊讶说王菲,邓丽君,居然还有郭兰英!他说这就是所谓代沟了。其实他三十六岁,她三十一岁,代沟的说法无非是提醒她年龄差距并不显著。她果然摇头感慨,师兄还年轻着呢。他笑了笑,刷牙去了。等他出来,王菲谜一样的嗓音正在房间里到处弥漫,偏巧就是那首《暧昧》:

你的衣裳今天我在穿
　　没留住你却依然温暖
　　徘徊在似苦又甜之间
　　望不穿这暧昧的眼

　　聂于川吃惊地站住了。这回是真的吃惊。如果说是巧合,那这简直是天意;如果说是刻意,难道她也成了高手?幸好这电光火石的一愣并没被她看到。他平静了一下,走到她身边,说,怎么样了?

　　快好了。徐佩蓉说,你就知道问这个。

　　她故意又问了几个问题,好让他不便离开。她的家居服并不暴露。但他居高临下,如果用心,倘若有意,一点点春光还是难免看到的。徐佩蓉从面前的镜子里悄悄打量着他。可惜,他压根就没看她,脸色也有些生硬,声音却柔软下来。好了,别闹了,弄完了就回去吧。她刚想说什么,他又补充道,好好休息,今天刚开始,出差还长着呢。

　　出差的每一天,聂于川都要给老冯发信息汇报工作。有时候一写就是半天。徐佩蓉笑他发的慢,他索性把手机给她,让她代劳。她的表情分明在说,她当然愿意代这个劳,而且简直是求之不得。于是聂于川口述,她飞快地按键。其实她见过他发信息,并不是这样慢,好像是有意如此。但这又如何?她巴不得多一些这样的小伎俩,好证明他也渴望有一些事情发生。信息写完,聂于川又看一遍,笑着点头。她就说,那你得请我吃饭。

晚饭的时候,两人婉言谢绝接待方的好意,说是想自己走走。接待方会意地不再坚持。徐佩蓉像是想起了什么,急匆匆跑回房间。聂于川猜测她一定是换衣服去了。果然,她再出来的时候,已经不是白天的打扮,一身休闲装。聂于川说,你这样穿戴,倒显得我一本正经了。徐佩蓉快乐地看着他,说那你也去换。他摇头说,本人只知道此行的目的是考察,又不是逛街,没带。她越发快乐,说那更好办,咱们买衣服去。

出门就有商场,霓虹灯闪烁,像是在招手。徐佩蓉视而不见,直接拦了辆出租车,说去某某商场。聂于川也不去点破,微笑着靠在座椅上。和省城远隔千里,又没有老孙老韩有意无意的敏锐目光,对于暧昧而言,这里简直是天堂。他打定主意,今晚就让她发挥,看能到什么水平。进了商场,徐佩蓉的手自然地搭在他臂弯。聂于川悚然一撤,她只抓住了他的袖子。徐佩蓉是有来头的人,可她好像把这些统统放开,积蓄了莫大的勇气才伸出手来。他有些心软了。就在这一软的刹那,她的手又来了。可能由于孤注一掷的决绝,她竟然捏到他的皮肉。聂于川情不自禁地叫了一声。两人一愣之后,都笑了起来。

他看着前方,侧头小声说,你就不怕别人看到?你可是女的。

这里又不是省城,谁认识我们?徐佩蓉也小声说。再说了,你是单身,我也是,就算真的,真的那个,起码不违党纪国法吧。

听上去挺悲壮的,悲壮之余还有些悲凉。聂于川不再拒绝。两人手臂相挽,一边走一边私语。远远看上去好像真的在"那个"了。他一副无可奈何的样子,故意总也不看她,手臂僵硬,保持着最初的姿势。这点简单的幸福,对她而言已是沉重如山。作为高手,他当然知道这一点,所以也不必更多地给予。他有的是她想要的幸福。只是现在还不是给予的时候,至少不能立即给她全部。一次性给予就像一次性筷子,用过也就没用了。她拉着他进进出出,走走停停,终于留步。徐佩蓉神气地拿起一件,说,你试试这件。店员夸张地赞叹起来,太太的眼光真好,先生穿上一定好靓仔的。

聂于川无奈地走进试衣间。他本能地先看钱包。该死。身上只有一千多块,本以为随便吃点什么绰绰有余,就没回房间去取。卡上自己的钱也没多少。而且真要是连付现金带刷卡,身为男人的面子何在?他气得一拳打在墙上。父亲的话是对的。小小的副处长,连在女人面前充一充潇洒,玩一玩暧昧都如此困难。而就是这个副处长,他也是战战兢兢地坚忍了多少年,付出了多少代价才得到的啊。他跟她暧昧,最大的诱惑是她的幕后,而最大的障碍也是。在世俗生活面前,他的前途、未来、能力、品格全是狗屎,只能估算而无法折现。眼前这个猫戏鼠、鼠戏猫的游戏,本就不平等,多亏他是高手,懂得把握,善于经营,才保持了相对平均的态势,才不至于让她太有优越感。一旦底气全消真相大白,她发现他不过也是只猥琐的小蚂蚁,有求于己受制于人,还能暧昧下去?他咬牙切齿地抱着新衣服,坐在椅子上,暧昧的念头荡然无存。醒目的价格标签不无嘲弄地看着他,提醒一切尚未成功,同志仍须努力。我本善良,标签也本善良。只是自己的标签上,价位还很可怜。

门外,徐佩蓉小声问,好了吗?

聂于川匆匆把衣服拆开,抖了抖,推门出去。徐佩蓉一脸诧异。他耸耸肩,有点太小了。她释然说,北方人身材要高一些,怪我没想到。聂于川摇头说,算了吧,我觉得——

怎么能算了呢?徐佩蓉皱眉。我已经付过钱了。

聂于川恨不得把衣服团成一团,塞住她微微噘起的嘴。他勉为其难地二进宫,换上新衣。说实话,她的眼光还是不错的。可惜此刻的他无心欣赏。离开之际,店员躬身说,先生太太走好。徐佩蓉使劲点头,用力挽住他的臂弯。人流喧嚣中,聂于川突然感到一阵恐怖。这么下去肯定要出事的。如果是别的女人,他还可以控制,但像徐佩蓉,他实在不敢确保安全生产无事故。他的准备还不充分,她的攻势太过迅猛,一味腻在暧昧里,到头来吃亏的还是他。这可不是高手的作风。

她的头凑近了他的肩膀,轻轻靠上去。像春风中两枝柳条搭在一起,也像小猫睡觉时前爪遮住眼睛。她的表情一定很陶醉。他却感觉前后左右全是摄像头,一五一十地录下她和他,变成光盘,出现在老冯老韩老孙小李办公桌上,出现在某个网站里。他顿时一个激灵,下意识快走一步,她的手和头都落空了。他有些尴尬地回身。她已经垂下头,额前发丝遮住了眼,看不到表情。她仿佛弄丢了心爱玩具的乖孩子,不知哪里寻找,不懂怎样耍赖,又不敢放声痛哭。聂于川走近,看着她,说对不起,我觉得——太快了。

徐佩蓉并不抬头。如果你真的这么想,我可以等。可你总要告诉我,你究竟对我怎么想的,你究竟会让我等多久啊。

四周都是来来往往的人。他俩像是剪刀,把平整的人流裁成两列。聂于川怎么能对她说,等我当上处长,当上厅长,再跟你好?他只能缓缓地摇头,说我不是木头人。你对我的态度我都能感受得到。徐佩蓉终于抬起头。她的脸上全是泪,而声音却固执得像砖头。你还是没有对我说,你会不会爱我,会让我等多久。

我只能说,就像这个。聂于川耐心地看着她,指了指旁边的一个招牌。她看过去,那里写着"一切皆有可能"。这样的幽默恰到好处。既不拒绝也不接受,又留下了充足的空间给以后。徐佩蓉轻轻一笑,长长地叹息、摇头。聂于川松了一口气,用掌心抚住她的肩角,微微用力,转过她的身子。两人朝大门走去,再也不讲一句话。

离开广州前一天晚上,徐佩蓉在告别宴上拼命地喝,开了白酒红酒啤酒的酒界三种全会,喝得接待方五体投地,也把自己喝得酩酊大醉,吐了好几次。到了最后,她连吐的力气都没有了。聂于川扶她回房间,她像个祭品,软在床上四肢舒展,脸庞光泽闪耀。他褪去她带着秽物的衣服,只剩白色的内衣。她浑身都是汗,他也是。她的身体在灯光下,到处亮晶晶的,毛茸茸的。他在床边坐下,指尖轻轻触及她的皮肤。如果她是装醉,肯定会有战栗。但是没有。她平静地躺着,毫无反应,任凭男人的指尖游走,听任男人的任何举动。他的头里霍霍地响着,像是火车在山洞中叫嚣,也像是钻头在石壁上跳跃,所过之处碎屑横飞。他还在试探,试探是因为不放心,不放心是因为顾虑太多。坐在她身边,他感觉到了自己的坚硬,又柔软,又坚硬。他远不是正人君子,他做惯了小人和孙子才做的事。可是偏偏眼前唾手可得的占有,他却难以担当。他甚至想,她为什么不是苏一文呢?为什么要有背景呢?他现在不是不想玩,而是玩不起。如果他和她实力持平,背景相等,他就会毫不犹豫地放纵本能。这些他都没有。不仅没有,还可能因此失去既得的全部。所以即便是男人的本能,他也不得不扼杀掉。这是另一种本能,无关道德,无关修养,仅出于恐惧。他最后看了她一眼,拉起被子,代自己压在她的身上。合上房门,站在走廊里,他感觉硬邦邦的地板上波涛滚滚,他就仿佛是巨大风浪上的一艘小舢板。走也走不动,站也站不住。想伸手扶墙,没想到那里也是汹涌澎湃。他踉踉跄跄地走,不无悲哀地想,这都是因为他现在是个不上不下的副处长。级别高一些,就有了底气;或者低一些,就没了顾虑。可惜他底气尚无,顾虑甚多,于是连做一回男人也成了奢求。

离开广州,到了上海,继而是南京。老冯在马来西亚打来电话,说后天回国。两人只得多逗留两天。这段日子每到夜晚,徐佩蓉都要以各种理由到聂于川的房间,要么打文件,要么聊天。对于那晚的事,两人心有默契地都不提起。离开前的晚上,两人一直聊到十二点多。他打了个呵欠,嘴里却说,茶凉了吧?我再烧点水。徐佩蓉莞尔道,你明明是暗示我该结束了,老奸巨猾。这就是所谓领导艺术吧。

我不是领导。聂于川摇头。老冯才是领导。

我不是指官位。我指的是我的心。在那里,你是领导。

聂于川笑起来。夸张了吧?明天老冯就到了,我劝你还是早点休息。让他意外的是,徐佩蓉并不再说什么,顺从地站起,笑笑就离开了。这倒让他有些看不透。如果是不再恋战,她又何必夜夜来聊天?如果是不死心,又怎会说走就走?聂于川抽了两支烟,思绪跟烟雾似的缥缈不定。他来到大落地窗前,拉开窗帘。远处昏黑的一片依稀就是玄武湖。他重又点上烟,深吸一口,拿起电话。

怎么会给我打电话？没拨错吧。

我也不知道。你不想听，挂掉就是了。

我想听。你说吧。

说些什么好呢？聂于川踌躇了。暧昧与真话并不兼容。他当然不能说，我有些想你了，我不想失去你，但我也不敢现在就得到你，所以我们只能暧昧。他听到她的呼吸声，仿佛月光下玄武湖上一波波荡来荡去的涟漪。宛如两人就在湖畔，而她就在身边。不知静默了多久，他终于说，你那里看得见玄武湖吗？

当然，我就在窗前。她笑了笑。你也是吧。

是啊。不但有玄武湖，还有月亮。

徐佩蓉还在笑。聂处越来越像个诗人了。

诗人有的，我没有。诗人没有的，我也没有。我怎么会像诗人？只是个普普通通的男人。

男人哪。徐佩蓉叹口气。动情容易，守情难。动心容易，专心难。而我们的聂处呢，看不出动情，也不像动心。守情和专心就更谈不上了。

那我算什么人呢？

她不回答，却说你见过盖大楼吗？设计，施工，监理，验收，很辛苦的。我就像在盖楼。我做了很多准备，很投入很仔细地去盖。而你呢，就像是来拆楼的。

聂于川马上警惕起来。这才几天。徐佩蓉的成长太快了。她的话若即若离，点破又不说破，看透并不讲透，说得轻松留下沉重，这都是高手才有的作风。他换了个姿势，认真地斟酌着。世间万物好像突然销声匿迹,只有他和隔壁的她。她无非想让他承认,他却不肯,因为承认背后就是承诺,承诺背后就是承担。而对承担,他觉得还无能为力。他现在不想让她离太近,但也不想把她推太远,就在目光所至触手可及的地方最好。困难之际可以帮帮忙,疲惫了可以解解乏,繁忙时又可以不挂念,冷落她还可以不担心。这多好啊。

两人一时无语。静谧的沉默中,聂于川终于顿悟,继而彻底弄明白了自己的处境。他的徘徊和痛苦并非来自暧昧,而是源于自己。徐佩蓉有光环笼罩,人人侧目敬畏,在她的光环照及自身时,看似遥不可及的副处长居然到手。他是受益者,所以无法、也不忍断然拒绝她。但也正是她的光环太过耀眼,让人看不清,生怕投鼠忌器,也怕得到之后守不住,故而自卑,故而不敢爽快接受。这就是他一直以来进退维谷的原因了。

聂于川慢慢说,我想知道,你是为什么离婚的。他还是忍不住去问。他太想探究她的光环了。他的问题很突然,徐佩蓉愣了一下,说这很重要吗?

不方便就算了。当我没问。

其实也没什么。他总在外边乱搞,我受不了,就离了。不过,他的家人对我不错。她苦笑说,他父亲跟钟厅长很熟,我调到七厅也是——

她的话戛然而止。原来如此。他屏住呼吸,又长长地出了口气。徐佩蓉的声音稍微有些沙哑,也有些激动说,这都不重要,关键是你知道我爱你,可你爱我么?

她刚才的话还没完,她想说什么?聂于川还在衡量着。他忽然感到很悲哀,很倦怠。明明可以两情欢悦的,但限于各种说不清道不明的缘由,他不能够去爱,又不忍放弃,唯有尴尬地暧昧着。他只好深沉地兜圈子,说我们都吃过婚姻的苦。悲欢离合,阴晴圆缺。有太多的事情是我们根本无法左右的。比起这些,我们是多么渺小。可我们偏要在这里说爱,说不爱,说不顾一切,好像天地都是我们掌握似的。

我明白了。徐佩蓉的声音有些气恼。你的意思是,我们左右不了什么,所以不提结婚,但可以恋爱;不谈爱情,但可以暧昧。

婚姻让我很辛苦,爱情也如此。如果威威的妈妈没有死,我到现在可能还不知道她做了对不起我的事。就算我和你在一起了,就一定会幸福吗?至少我现在还不敢确认。他说了一半真心话。他是真的不敢确认,只能把一切矛头转向曾受的伤害。

所以你想慢慢确认,想慢慢来。来什么?暧昧吗?她沉默了一会儿,大概相信了他的托词,说你要知道,我不是那样的女人。如果是,我根本不会离婚的。

我知道,一切都顺其自然。好不好?他说了这句,她再也没有回答。很久了,他简直以为她已经睡着了,然而那边终于挂了电话。硬冷的塑料撞击声落在他心里。他可以猜到徐佩蓉是多么难过,但错不在他。如果她只是个寻常的离婚女子,他就再无犹豫。他会马上到她的房间去。平心而论,他是爱她的,两个人也本可相爱。但这又如何?他只能暧昧,只能等待,只能在无法估量的日子里去决定接受或者拒绝。这一切都不由他们,不是相爱就能结合。如同提拔不由自己,不是有能力有水平就能升迁。抽掉最后一支烟,他想,每个人对暧昧的理解都不同,他认为暧昧就是暧昧,而她认为暧昧是婚姻的前奏。在这个问题上,他是游戏规则的制定者,她却不是。这就是她痛苦的源头。她打算退却了吗?他有些遗憾。其实这也没什么,他安慰自己,只当是一段暧昧结束了吧。结束了也就结束了。暧昧本身就是生活的副产品,给平淡的日子添一抹色调而已。

第二天见面的时候,两人的神态和平常一样。昨晚的彻夜对话像是根本没有发生过,顶多仅仅是两人做了同一个梦。在梦里说的云遮雾罩的话,再怎样也是不切实际。下午,老冯匆匆飞到南京。他连机场都没出,马上带着聂于川和徐佩蓉飞回省城。老冯的急切不无道理,厅里出事了。确切地说,是老任出事了。

4

聂于川回到厅里,老任已经消失了两天。有人说是双规,有人说是逮捕,有人说是接受调查。总之人不见了,但事情还未盖棺。在悬而未决与尘埃落定之间,许多人成了倒树猢狲,惶惑不可终日。老冯和聂于川就是如此。老冯在厅里呆了半天,见事情千头万绪,便借口党校课程紧溜之乎也,躲清净去了。聂于川没课可上,无处能躲,考察总结也尚未完成,只有老老实实蹲在办公室里。他敲着键盘,心中全是旁骛,浑身布满杂念。就算总结写好了,该交给谁呢?此事是老任分管,按理说该交给他。此情此景怕是不好办。不过老任确实是命悬一线,但谁知这线是棉纱还是钢丝绳?

聂于川提拔得顺利,虽然有徐佩蓉帮衬,有钟厅长赏识,不过他的直接领导是老冯,老冯的直接领导是老任,说来说去逃不过老任的影子。何况老任几次越级直接给他安排工作,厅里人都看在眼里,难免有想法。本来,一个研究生毕业、五尺高的男人,被人呼来唤去形如家狗,就是可悲;甘为五斗米摧眉折腰献媚领导,自觉地化家狗为走狗,那更是可鄙;如果刚努力当上走狗,主人却没了,重新沦为野狗,可谓双料的可耻,踢一脚还脏了鞋。以往在办公室里坐着,不时会有人进来,笑着叫声聂处,吸几支烟,喝两口茶,聊聊工作,说说天气。老任出事之后,这里摇身一变,成了野鬼唱歌的乱坟岗,大白天都无人问津。给人打电话,明明是说公事,也被淡淡几句应付了。聂于川有些生气,老子脸上又没写"任"字,犯得着吗?生气之后是不安。万一传闻属实,该如何应对?反戈一击并不难,别人的目光再鄙夷也不妨,关键是重新归属的落脚点不易找到。不安之后,当然是难过。没想到父亲曾经的痛楚阴魂不散,不请自来。一切都乱套了。他也想过请徐佩蓉帮忙。但这次出差,她是怀了多大的希望去的,归来时却一无所获。她恨他还来不及,这两天明知他的窘况,连句关心的话都没有。他陡然后悔起来。应该在广州把她拿下的。钟厅长自不待言,老钱也屡次表示看好她,拿下她,就像是穿上了防弹衣,厅里就是天翻地覆,也可以不惧了。可惜自己前怕狼后怕虎,居然拒绝了她。简直是大傻×。他好容易平静了一些,有人敲门进来。他惊诧地迸出一丝笑,说是小徐啊,有事吗?

徐佩蓉在他桌边坐下。有些事情,我还是想跟你说一下。

聂于川飞快地揣测她的来意。是嘲讽?是可怜?还是来挽救?难道她还爱着自己吗?他勉强笑了笑,你说吧。一个处的,又是老校友,别见外了。

徐佩蓉微笑。我就说嘛,你穿这件衣服很好的。她的声音有些凄然。

聂于川摸了一支烟,点上,笑起来。他的笑容沉重得仿佛秤砣,在脸上挂都挂不住,掉在桌面,发出铿然的声响。徐佩蓉显然是听见了,叹口气,说师兄,我想告诉你的是,老任就快回来了。

聂于川强忍住没说话,狠狠抽了口烟。徐佩蓉见他不吱声,解释说,我前夫回国了,他有个朋友知道一些。我和他昨天见的面。

听起来不像是假的。可这也太巧了吧。聂于川弹了弹烟灰。他说,没事就好。她垂下头低声道,是啊,没事就好。他看着她,犹豫半天,还是说你能肯定吗?

当然。她的头垂得更低。他跟人聊的时候,我听见了。不会错的。

聂于川这才放心。他知道她能说这些话已是不易。不过,怎么又冒出来个回国的前夫?还见面了?他安慰自己没必要吃醋,徐佩蓉又不是自己老婆;又忍不住罪恶地想,其实就算他们不只是见面,而是上了床,做了爱,也是老一套了,又不是陌生人。想到这里,他遽然发现自己还是在吃醋,他真的爱上她了。他颤声道,别说了。谢谢你。徐佩蓉缓缓摇着头,并未抬起。他继续说,我早发现了,你跟别的女人不一样。

她一下子昂起头,有些不满,有些委屈,有些恼怒。她说,我不喜欢你拿我跟别的女人比较。

有比较才有鉴别嘛。聂于川笑道,就像你送我衣服,不挑挑拣拣怎么选得出合体的。

更不像话了。徐佩蓉虽这么说,脸上却有了笑意。连挑挑拣拣都出来了,女人真的就是衣服么?

你的不同之处,是你总爱垂头。

垂头丧气而已。她笑起来。你就这点发现啊。

每次见你这样,我都有些难过。我忍不住想,是什么让你不舒服,让你为难,让你想逃避。他递过一张纸巾,示意她擦擦眼泪。她乖乖地照做,说,你放心,我不会再见他了。我以前的婆婆病了,他说一时到不了,要我去帮忙照顾一下。谁知他又过来了,还带了一堆朋友。

你不要再这么说了。聂于川还是说出了心里话。不过,你能不能答应我,以后别再跟他见面。好不好?

徐佩蓉的眼泪又出来了,擦都擦不及。她欢喜地点着头,哽咽着说不出话。你这样肯定没法再回办公室了。他又递给她纸巾,叹息道这样吧,你今天就别上班了,回家好好静一静。徐佩蓉为难说,我也不想让老孙老韩看见这副模样,可包还在办公室啊。聂于川不假思索道,那你去某某路的某某饭店,开个房间,我办完了事去找你。她的眼睛顿时睁得好大,情不自禁说今天我——他不容她说下去,把钱包递给她,简短地命令:听我的,去吧。

她走了。聂于川在办公室里来回踱步。徐佩蓉瞬间被抛到脑后。老任居然还能全身而退,可见其资本雄厚法力无边。钟厅长想搞好工作,少一个有实力的对手固然可喜,但多一个能办事的搭档也算不错。徐佩蓉的信息很及时。大海航行靠舵手,舵手要靠指南针。现在徐佩蓉就是他的指南针。谢天谢地谢人,他知道该怎么做了。

从钟厅长办公室出来,聂于川自觉两脚生风,心旷神怡。他再不流连,直奔宾馆。可举手敲门之际,他又犹豫了。他很清楚进去后会发生什么。作为离婚少妇,她长相不错,身材尚可,有经验,懂配合,算得上是个尤物。刚才在钟厅长那里,他嘴里在汇报,眼前却总是浮现出一个男人压在徐佩蓉身上的画面。他们在不停地翻滚,不停地呻唤,男人兴高采烈,女人心满意足。那个男人的脸时隐时现,时而是他,时而是一个陌生的面孔。徐佩蓉显然爱的是他,不是那个男人。但躺在她床上、享受她肉体的倒是后者。他在钟厅长办公室里竟然坚硬了起来。按理说他已经过了冲动的年纪。但是,他又实在找不出继续克制冲动的理由。他已经克制太久了。即便要顺其自然,也该发展到这一步了。他的手指终于按在门上,那声动静又短又轻,像是一枚树叶伏落于地。可就是这个瞬间,门开了。徐佩蓉泪流满面地站在门口。她说,我一直在看着你,我知道你一定会敲门的。他不再说话,拦腰抱起她,直挺挺地走进房间。她倒在床上娇喘,他粗鲁地剥去她的衣服,随手地扔在床边。一切都很顺利,很自然。她很快衣不遮体了。她慌乱地叫着不要,不要。聂于川压了上去。最后一个关口,徐佩蓉猛地拦住他的手,死死护住了下身。他的双眼血红血红,凶狠地盯着她。她喃喃地说,对不起,今天不行。

为什么?聂于川野兽般低低地吼着。

她眼角飘着泪,羞惭万分道,来那个了。不信你看。

他掰开她的手,难以置信地看去。果然如此。他张大嘴,只是不知该放声大笑还是放声大叫。多可笑的事啊,简直像某种行为艺术。难得有适合的铺垫,适合的情调,适合的环境;难得他已决定接受,她也执意付出。可老天偏偏不许,大笔一挥,统统抹煞掉了。错过今天,什么时候才有如此天衣无缝的机会呢?然而生活就是这样,一切都是这样。人太脆弱了,再精心的安排也敌不过一个小小的意外。在冥冥的主宰面前,他和她唯有俯首帖耳的份儿。

老任回来之后,一举收复了所有失地,老钱处于战略防御态势。老冯结束了党校学习,不久就荣升党组成员。但是也不够完美。他没能当上副厅长,只是助理巡视员。当然这都是大家的揣测,大可一笑置之,并不能当真。无论如何,老冯一走,聂于川就顺理成章地主持了八处的工作。而且钟厅长对他暗示过,八处是核心部门,处长一职不会空悬太久,只要时机成熟,他就是七厅最年轻的正处长。一开始他还觉得这太突然,但想到徐佩蓉和钟厅长的关系,又觉得这很正常。徐佩蓉当然有她接近钟厅长的渠道,她既然能在关键时刻拉他第一把,就会有第二把,第三把。他没有去问她,她也没有邀功。暧昧的人彼此付出,根本没有道理可言。

他虽说还是副处长,毕竟是在主持工作。老陈作为八处出去的老同志,送来一辆车作为祝贺,说是借给处里便于开展业务。车在设计院名下,各种支出自然由陈书记负责。处里开会,不再一人之下四人之上,也可以发号施令了。然而聂于川还算年轻,还要奋斗,还有空间。副处长和正处长,仿佛一低一高两个台阶。主持工作好比穿上了高跟鞋,虽然位置不变,高度却有了。不过高跟鞋穿着并不舒服,走起路一摇一晃,仍不如脚踏实地的感觉好。要想实实在在地上一个台阶,就要低调。低调是门学问,内涵很多,外延颇广。比如用车方便了,就得多想想处里的同志。小李和女朋友避孕失败,不得不结婚,聂于川就安排车辆接他的准岳父岳母来省城。在暧昧上更要低调。况且徐佩蓉也主动提醒他,要注意形象。

什么是形象？机关男人的好形象，无非是有人缘，有能力，作风正派。大概女人对不正派的事都很敏感，徐佩蓉也不例外。她对他的人气和水平并不担心，而他正派与否，说到底还是取决于她。

那天之后，聂于川对暧昧有了新的升华，再没有跟徐佩蓉有过什么亲密接触。两人的暧昧纯洁得宛如空气，而空气是不可或缺又无处不在的。他想，高手也需要不断进步，也需要发展，总是停留在原地，早晚会被超越。在他心里，如果说徐佩蓉以前是对手，现在则是伙伴。和对手是你死我活，与伙伴是共同进步。何况她的成长也很快。她已经默认了聂于川若即若离的态度。熏陶日久，徐佩蓉误以为他是精神恋爱的信徒，为了不被瞧不起，她也努力成为高雅的柏拉图一党。显然她是错的。高中生都知道客观规律有其普遍性和特殊性，聂于川对她精神恋爱，不代表对别人也是。和久违的苏一文通电话一个月多后，他果断地策划了一次饭局，理由是她帮忙让徐佩蓉表弟吃上了财政饭。本来要带徐佩蓉去的，偏巧她不舒服，就未能成行。这就省去了他和苏一文之间的一切繁文缛节。两人默契地直奔主题。云收雨住之后，苏一文细细地帮他擦拭。还是熟女懂得体贴。聂于川想，按说徐佩蓉也不小了，就不如苏一文懂。

苏一文慧眼如刀，见他闭目不言语，笑道怎么，想你的小朋友了？给我说说她。聂于川一笑，只说她姓徐，是同事，离过婚，三十岁了。徐佩蓉的背景他没说，因为苏一文也是高手，他唯恐她笑他吃软饭。

好好培养培养，是个老婆的苗子。对了，你准备什么时候再婚？

再等几年吧。你不是也闲着。

我快结婚了,也就是今明两年吧。

聂于川好奇心大起,追问新郎是谁。苏一文平平淡淡地说,是三厅的老厅长,年龄到站退居二线,不是人大就是政协,老婆去年不在了。聂于川谄笑说恭喜老姐姐梅开二度花正艳,春风又绿江南岸。苏一文笑着打了他一下,说他可能管七厅这个口,需要帮忙别客气。聂于川一愣,这倒是个意外收获。他自然不会客气,对老新郎,对苏一文,都不会客气。

时候不早了,聂于川准备告辞。苏一文忽然道,别对你的小朋友太苛刻了。你奔四的人了,也别嫌弃人家离过婚,差不多就娶了人家吧。聂于川一边穿衣服,一边笑道老姐姐挺会关心群众的。苏一文叹口气,说你就是没正形。女人是等不起的,过了三十岁,比二十多岁更娇嫩,说话间就要枯萎。这个年纪的女人,想要不靠一纸婚书而抓住一个男人,尤其是你这样的男人,太难太难了。小徐她不傻,她知道的。

聂于川的动作停下来。他沉默了一会儿,说老姐姐,你觉得她适合我?

我最适合你,可你要我么?苏一文笑起来。聂于川赔着苦笑。苏一文说,你我这个年纪再结婚,不过是各取所需而已,没什么适合不适合的。小徐需要的,只是两个人在一起。你需要的,是一个能孝顺老人,会教育孩子,出得厅堂入得厨房的女人。既然给予对方的都不困难,何苦这么拖着?你别忘了,女人的青春最不易留,你把人家青春的尾巴都耽误了,小心遭报应。

苏一文最后一句话让他很震撼。她是个饱经风霜的女人,与自己并无利害冲突,而且有过肌肤之亲,她的忠告应该没有歹意。他开车回家,一路上都在沉思。思绪像催租的悍吏,叫嚣乎东西,隳突乎南北。到老家属院门口,他停下车,点上烟,静静地抽着,心烦意乱地抽着。或许苏一文说的不错,他再暧昧下去,的确要遭报应的。徐佩蓉够不错了,拥有背景却毫无优越感,甘受召之即来挥之即去,冷落也行,暧昧亦可,还能主动提醒他注意分寸,别做傻事。一次聂于川生病在家,徐佩蓉借口来送文件,实际上是看望。父亲得知她就是耳熟能详的徐佩蓉,非要留她吃晚饭。徐佩蓉大显身手,做了一桌子菜。腾腾热气,浓浓饭香,父亲、母亲和威威都吃得神清气爽。母亲甚至当面要求他送她回家,全然不理他还在咳嗽。回家路上,徐佩蓉一直挂着微笑,一点城府和掩饰都没有了,眼角还有些许泪花。从此一到放假,父亲母亲就让他请小徐来家里做客。而她每次都不忘给威威买玩具买衣服,给老人带补品带礼物。几回下来,居然讨足了一家老小的欢心。想到这里,聂于川不由得笑了。他把烟头扔出去,随手拧大了电台的音量,靠在椅背上。

到底是不是走出这一步呢?他还是有些犹豫。他毕竟只是个主持工作的副处长,离处长的目标还剩一步之遥。如果提了正处之后再结婚,就完美了。而且七厅有个不成文的规矩,夫妻双方不能在同一单位,真要是结婚了,徐佩蓉怎么安置?无论在何处落脚,她自然都无怨无悔,可为了今后的生活,总不能安排得太差吧?厅里既有成规,打破了难免惹人非议,也背离了低调的原则……

电台忽然发出一阵粉丝的尖叫,暂时中断了他漫无边际的思路。周杰伦跟着唱了起来:

该不该搁下重重的壳
寻找到底哪里有蓝天
随着轻轻的风轻轻的飘
历经的伤都不感觉疼
我要一步一步往上爬
等待阳光静静看着它的脸

聂于川怀疑这首歌是不是专门唱给他的。该不该搁下重重的壳。太形象了。我要一步一步往上爬。太贴切了。此情此景,此曲此歌,仿佛脚气病人背着人使劲抠着脚趾缝,又解痒又自在,舒爽无比。原来重重的壳与往上爬并不矛盾,而且彼此依存,互为因果。聂于川想,看来自己又要进步了,不但暧昧上要进步,工作上也要进步。

苏一文的婚期很快就到了。时间是元旦。选择在公历新年伊始办喜事,越发显得一对新人大公无私。婚宴并不夸张,只邀请了信得过的人,总共不过五六桌酒席。聂于川有幸被邀,自然受宠若惊,因为在场的除了新娘,似乎只有他还是处级干部。老新郎挨桌敬酒的时候,苏一文特意给他介绍聂于川,说这是我的好朋友小聂,在七厅八处工作。人很年轻,已经主持工作了。老新郎笑笑,说你们钟厅长是我小妹妹,你既然是小苏的好朋友,以后常来家里坐坐。聂于川听见这话,喝死在当场的心都有了。苏一文揶揄地笑,似乎看穿了他的心思。毕竟四十岁的人了,她没有穿得大红大紫,简简单单的一身水红色中式夹袄,腰身收得很好,中年女人的风致显露无遗。聂于川遗憾地想,可惜结婚了,今后只能远观而不可亵玩焉。

婚礼是在周六,宴请已毕,聂于川还要回厅里加班。关于那个大项目的报告几经修改,又请省政府的几位大秘把了关,估计最后完善一下就可以上报了。聂于川折腾了一个下午,终于大功告成。这份报告前后历时四个多月,要说贡献,他算是居功至伟,不过至伟也就至伟,万不可自傲。还是得低调。省里一旦批下来,厅里自然会论功行赏。老任老钱老冯都跟他说过,项目上马后,他就是管委会里管基建的副主任,好几个亿的大工程,基建是重中之重,这不正是领导关怀么?有付出未必就有回报,但不付出肯定没有。聂于川握着厚厚的一沓文件,像握着自己的后半生,澎湃的心潮急于找人分享。电话刚一接通,徐佩蓉就说,你猜我在哪里?他快活地说猜不到。她笑着说,我领着威威逛商场呢。聂于川心里一暖,说你们玩儿吧,我得再加会儿班。晚上一起吃饭。

徐佩蓉的成熟让聂于川刮目相看。他已经做好了提拔正处就结婚的准备,而她却久已不提什么爱不爱、结婚不结婚之类幼稚的话题了。好像她默认了两人暧昧的状态。这么长时间了,他那点态度和底线,她了解得很清楚,反倒放心。他不马上挑明,她就不去强迫;他不急于结婚,她也听之任之。他要暧昧就随他,只要他不跟别的女人暧昧就好。她和他同一部门,办公室一墙之隔,他每天在干什么,应酬时都有谁,应酬后去了哪儿,她都能洞若观火——只要她想。即便没有具体的承诺,缺乏婚姻的保障,她也有信心把他牢牢地拴在身边。经过漫长的磨砺,进出无数个关口,徐佩蓉也算是高手了,这都是他逼出来的。日子一久,厅里人都看得出他和她的关系。其实在她还是新手时,热情不懂遮掩,出招大开大合,大家就有所觉察,私下里也有过非议。好在徐佩蓉她来头特殊,他行事低调,两人又都是独身,郎情妾意的事情谁也不好说什么,只是觉得她有点过于奔放,不太合纲常。发展到今天,大家已不再关心他们是不是在相好,而是揣测他们什么时候结婚。道理很简单,聂于川不是同性恋,也不是柳下惠,肯定早已得手。既然睡都睡了,人家条件也不错,为何吞吞吐吐不肯结婚?难道是玩弄?这就牵涉到道德和作风问题了。如此一来舆论风头陡然劲转,倒是聂于川势成骑虎,仿佛拼酒时不得不含了一大口,吐又不便吐,咽又咽不下。得民心者得天下,民心得了,天下就得了,区区一个老男人,还怕得不到?徐佩蓉当然明白这些,就越发有信心。她也满心希望他能够再上一层楼,双喜临门的事情谁不憧憬呢?

春节过后,省里的批复正式下来。七厅上下群情欢动。接着就是学习批示,领会精神,组织动员,统一思想,常规流程过后,管委会正式成立。聂于川不负众望地兼了副主任。基建伊始,他忙得不亦乐乎。徐佩蓉当仁不让,舍我其谁,自觉做好后勤。以前和聂于川父母打电话,她都要躲到楼梯间去。现在不必了,在办公室里就可以。老孙长叹几次后,也就懒得再去感慨,就是摔茶杯又有屁用?还是打打乒乓球,锻炼锻炼身体更实际一些。徐佩蓉没有孩子,出于母性,对威威很上心。跟老韩议论的话题也从做头发、买衣服、购物,转为孩子健康、学习等等。一次办公室里没人,老韩忍不住问她什么时候结婚。徐佩蓉既不否认又不承认,只是摇头笑笑说还早呢,又不是没结过,跟多稀罕的东西似的。老韩笑个不停。妙就妙在两人并没说起男方是谁,老韩没问,她也不说。因为老韩觉得无需问,她也认为不必说。反正都知道就是聂于川。

到了五一,基建已经初具规模,省里下来视察,带队的正是苏一文的丈夫。这种场合,厅长们自然是全程陪同的。老新郎对聂于川还有印象,有意当着众人问了他几句,聂于川的回答也很到位。看得出,厅长们对他的表现很满意。厅里已经在研究八处的正处长人选了,老新郎在这个时候出现得再好不过。又过了十几天,老任把他叫了去。老任主管人事,进门之际,聂于川幸福得两脚发软。应该是代表组织谈话了。谈话之后,就是考核,然后是公示。公示结束,正处就到手了。正处到手,就该结婚了吧?

老任倒是四平八稳,问了问最近的工作,表扬了一番。聂于川的态度谦虚而低调。老任并没马上进入主题,话锋一转,说你是不是认识苏一文?六厅的。

认识,还挺熟的。以前一起下过工作组。

老任点点头。苏一文的丈夫,就是前些天来视察的领导,专门跟我提到了你。让我对你多关照。

聂于川不敢多说话,只是欠了欠身子。热血汹涌流遍周身上下。

老任说,你和你们处里的小徐,关系怎么样?

聂于川不知道该怎么回答。斟酌了几秒钟,他说,挺好的。

小徐以前的爱人回国了,你大概知道吧?当然,小徐对他有意见,不然也不会离婚。事情都要向前看,现在他提出来复婚,小徐却不同意。我跟他是朋友,他就托我做做工作。我想这种事情,我不太好出面。你是小徐的领导,也是朋友,所以我希望你能帮助我做做她的工作。劝和不劝分嘛,能破镜重圆,也是功德。

聂于川盯着脚尖,他想说,操你妈。

厅里对八处的工作很重视,八处是重要部门,正处长也不能老空着。你主持工作这么长时间,也该动一动了。小聂你前程远大啊。

接下来的话,聂于川统统听不见了,只看见老任嘴唇一张一合,时笑时静,像极了打盹的河蚌。出了门,他连路都走不稳,重心时而倒向这一边,时而倒向另一边。好容易回到办公室,他拼命抽了几支烟,定下神来,给苏一文打电话。他现在也只有打给她了。

苏一文默默地听后,说弟弟你别着急,有什么想法也别表达出来,老姐姐帮你打听打听。对了,你告诉我小徐的名字,什么时候离婚的。

聂于川看着电话,像看着生死簿,眼神寸步不离。一个多小时过去,他抽烟抽得嘴都麻了。电话刚响,他就闪电般地拿起,却一句话也说不出。苏一文略带指责地说,你早跟我讲就好了。这种事,你跟我还隐瞒什么?

聂于川哆哆嗦嗦地点烟,怎么点也点不着。他无论如何都想不到,徐佩蓉的前夫如此有背景,这就是她暧昧不明的一切。一开始,钟厅长们的确是打算让他接处长,可他和徐佩蓉正暧昧着,而她和前夫一家的关系,谁都吃不准,也可以说是暧昧。有两种暧昧已是复杂,偏偏老任这次出事,前夫马不停蹄地回国,一番运筹之后,成功将他捞上岸来。老任深知前夫对徐佩蓉旧情难舍,虽已离婚,却似乎不愿她再跟别人好。出于知恩图报,老任先是找到徐佩蓉,婉转地建议她跟前夫见面,交往,重新了解,说不定还能复婚。

徐佩蓉当然是一口拒绝,也当然不会告诉聂于川老任的好意。老任见徐佩蓉无动于衷,索性直接找聂于川摊牌。

苏一文说,你打算怎么办?

聂于川只知道沉默。苏一文不追问,也没挂电话,就那么静静地等着。事情其实很简单。老任在他这里得不到答复,自然会去找钟厅长。钟厅长也无法核实真伪——这种暧昧的事,找谁核实去?于是局面马上明朗了,那就是他断然做不得正处长。投鼠忌器,每个人都会考量考量,何况是厅长们,何况是提拔。

聂于川终于说,我不要正处长了,我要结婚。

苏一文笑了笑,说我知道你肯定会这样,我替小徐谢谢你。你也别太灰心,我给我老公说说,看能不能帮忙挽回一点。

谢谢老姐姐。我知道了,我会泰然处之的。

话虽然这么说,放下电话,聂于川还是掉了眼泪。他一边擦,一边去把门反锁上。不料泪水越擦越多,越擦越密。他实在是真的难过。不知是太看重这个正处长,还是即将到手又蓦然失去的落差,抑或是一番辛苦,八处的工作有目共睹,到头来居然成全了别人,都让他一时难以承受。在他的概念里,正处长一到手,就和徐佩蓉结婚,再不暧昧了。可现在所有遽然已是空想。整整一个下午,他坐在办公室里,谁的电话都不接,谁来敲门也不开,就那么坐着。像个得道的高僧。他随便挑了篇新闻,一字一句打了起来。新闻很快打完,就全部删除,再打一遍。不知打了几个回合,他的脑子才慢慢恢复正常。他把新闻打印出来,团成一团朝天空扔去。纸团落下,砸倒了桌上的相框。那是项目开工时管委会的合影,钟厅长,老任,老钱,老冯都在,他也在。大家一团和气,都戴着橘红色的安全帽,像一盏盏欣欣向荣的火苗,映得一张张笑脸如火如荼。那个时候,他是多快乐,多骄傲,多飘飘欲仙。不过几个月后,一切已恍若隔世。错过了这次提拔,虽说不至于万劫不复,至少是个惨痛挫折。好像跋涉万里终于找到了心爱的女子,却看见她正欢天喜地地跟人洞房花烛,还得笑着送上祝福。那份失落,那样不堪,那么不值得。

敲门声又起,徐佩蓉小声说着,聂处,聂处——于川,你在吗。

聂于川长叹一声,站起,开门。徐佩蓉进来,诧异地看着他。抽了这么多烟?……你怎么了?都下班了,一个下午都没见你出来。

他没说话,冷冷地反锁了门。她还在说,威威奶奶的中药快没了,我给她买了一些,记得带上……

聂于川突然粗暴地抓住她,朝办公桌那儿推。徐佩蓉惊愕地看着他,傻住了。他一直沉默,手上的力度丝毫不弱。他把她推倒在办公桌上,翻起她的裙子。没有任何前奏,没有一点铺垫,他和她都毫无准备,就进入了。徐佩蓉死死地咬着自己的手指,泪流肆意,她一时猜不透他何以如此,但一声不吭,也不反抗,只是默默地承受着。他的动作很剧烈,撞击力把整个桌子都撼动了。文件,报纸,笔筒,烟灰缸,桌面上所有的东西都随着战栗起来。他的目光落在合影上。钟厅长,老任,老钱,老冯,一个个都在笑,开始笑得一本正经,后来都绷不住了,捧腹大笑,前仰后合,全然不像一群厅局级干部。他们不约而同地从合影里走出来,围着聂于川和徐佩蓉,吸着烟,在热烈地讨论什么,对他的动作评头论足,声音很大,笑语喧哗,好像还有人鼓掌。照片上只剩下他一个人肃穆地站着,身边空空荡荡,橘红色的安全帽扔了一地,好像四处都在燃烧。聂于川闭上眼,不敢去看火堆里的自己。他还在撞击着。这是两人的第一次。然而他们都疑惑是不是第一次。在以往暧昧的日子里,在两人的幻觉中,已经不知这样多少次了。他们有过太多的机会,比现在好得多,有情调,有气氛,有准备。可她太主动,他太精明,两人都在得失之间一步步精心算计着,试探着,退缩着。如今不再暧昧,忽然变成真的,难免有些恍惚。周遭猛地安静下来,不知是厅长们都走了,还是都又回到了合影照片里。他抖着双腿,觉得地板也在抖动,整栋大楼都在抖动,整个城市全在抖动。大地上所有的建筑物高高地颠起,又落下,再颠起。就在最高的一次起伏的顶点,一切归于平静。他抱起徐佩蓉,把脸深深地埋进她怀里,无声地痛哭。

5

周一下午,八处开例会。处长老孙传达完文件,又说,厅办处长老文的儿子结婚,大家都是处里老人了,还是照老规矩吧。老韩乜斜他一眼,说,以前你可是最讨厌集体凑份子。老孙笑起来,说俺老孙不是当上处长了嘛。小聂,小徐的手续办完了?

聂于川笑了笑,说正在办,你看她还凑么?

老孙想了想,说还是算了吧。想想也有意思,去年给三处的老周凑份子,她刚来八处,今年就走了。老韩说,那是好事!小徐不去设计院,和小聂怎么结婚?也不知道谁定的这么个破规矩,真不是东西。大家都笑起来。

回到办公室,聂于川马上给徐佩蓉打电话,汇报了凑份子的事。他对徐佩蓉日渐依赖,好多事情都先向她讨主意。徐佩蓉笑了笑,说那还给咱省了几百块呢,好事。他又给苏一文打电话,说接到了省委党校处长班的入学通知,特意向她和老新郎表示感谢。苏一文客气一番,说经历些挫折不是坏事。他说,老姐姐为我做的太多了。不是姐夫帮忙,怎么会提拔老孙?如果派了个年轻的处长来,我还有出头之日吗?

苏一文笑着说,其实还是钟厅长关心你,老孙再有几年也就退了,慢慢等吧。停了一下,她又说,情场得意官场失意,看来你和小徐的好事近了。真的,我很羡慕小徐。不是谁都能像你这样。我没看错你。聂于川挂了电话,微微一笑。不过是再等几年而已。他还年轻。

苏一文的判断不错。老任摊牌那天晚上,聂于川没回家,去了徐佩蓉家里。可能是下午的交欢过于突如其来,当晚的缠绵就显得从容不迫。赤诚相见后,他发现原来她也是熟女,她知道的并不比苏一文少。第二天,两人一起上班,虽不便牵手,但彼此眉宇间的牵挂却难以敷衍。下班后等班车,大家聚在一起闲聊。老韩更年期仍然未过,目光依旧敏锐,发现了人群里的徐佩蓉,马上问道,小徐你搬到老家属院了?许多目光或善意或火辣地扎过来。徐佩蓉臊得无地自容。聂于川笑着解围,今天威威过生日,非要他徐阿姨也去。这句话暧昧到了顶点。大家不约而同地"哦"了一声,像是领导结束讲话后全场起立鼓掌。那天还真是威威生日。晚饭后,他奉一家老小之命送她回家。走到老家属院门口,她忽地停住,一步也走不动了。聂于川从后边拉住她的手,笑道,你怎么了?

你是有意的。她垂下头,说我终于知道你为什么不开车,非要坐班车了。

你是说这个啊。聂于川握着她的手,两人细步走着,手再没分开。这么长时间了,都快一年了,不能总是暧昧呀。你说,我们什么时候结婚?

她还是垂着头,眼泪扑啦啦掉下来。聂于川握紧她,说你看是等新处长来了办,还是现在就办?她扑哧笑出来,说真好笑,这有联系么?

晚上九点多的省城,路面还是熙熙攘攘。一辆公交车驶过,灯光晃得他们不约而同地放慢脚步。她忽然说,若不是你受了委屈,肯说这些话吗?他打了个寒战,好久才说,我父亲跟我说过,我现在所有的一切都可能随时失去,果然应验了。所以我想抓住一个不容易失去的。想来想去,身边只有你。

她又垂下头,说我有些害怕,如果没发生这件事,如果是你提拔,你是不是还打算跟我暧昧下去?

你还记不记得我跟你说的话?悲欢离合,阴晴圆缺。这个世界上有太多的事情我们无法左右——

徐佩蓉气恼道,这个时候了,你还说不能左右!还想暧昧吗?

不是的。聂于川笑起来。既然无法左右,那我们就接受好了。不过,我记得你早就说过你爱我啊,现在变了吗?她笑着不回答,只是使劲地掐了掐他的手心。

此后不久,老任找老孙谈话,宣布了组织的决定。其实老任对这个决定也不满,他有自己推荐的人选,却被钟厅长否决,力荐老孙。老任开始想不通,后来也明白了。他生生放倒了聂于川,已是胜利；再推荐人，自然不会通过。得陇望蜀，也仅仅是望而已。老孙听了决定，有些好笑，诚恳道任厅长，我也是老同志了，这么开玩笑不妥吧。

老任正想将成人之美的义举归到自己身上，听见这话气得一笑，准备好的全忘了，正色说老孙，我是拿这种事开玩笑的人吗？你做副处调这么长时间，有能力，有资历，有水平，比谁差？早该提了，要有自信嘛。

老孙嘟囔着，八处一直是小聂主持工作。

八处是七厅的八处，是组织的八处！你是组织任命的处长，有什么好顾虑的？文件下来，我亲自去八处宣布，你就好好准备一下，对将来的工作要有个整体的想法……

没等老任说完，老孙两只老眼已经蓄满泪水，需要泄洪了。他缓缓站起，喜不自胜说，是真的？是真的，真是真的。老任瞠目道，老孙，你说什么？老孙摘掉眼镜擦泪，边擦边说，真是真的。然后连连鞠躬，说谢谢任厅长，谢谢任厅长。老任呆呆地看着他出去，好半天冒出一句，怎么会提他！

老孙一路小哭，走廊里、电梯里遇见同事，不分男女就说，真是真的，你知道么，真是真的。弄得大家莫名其妙，以为他精神错乱。回到办公室，小哭已成嚎啕。当时只有老韩在，而她趁没其他人，正按着报上讲的乳房保健操给自己做保健。老孙蓦地闯进来，蹲在地上，泪雨缤纷。老韩羞愤怒目道，不会敲门么？老孙不理她，嚎啕继续，仿佛清白之躯刚刚惨遭蹂躏。此事经老韩之口传遍全厅，成为美谈。奇怪的是钟厅长对此微微笑过，不置一词。此后又过不久，一个聚会上，钟厅长意外遇见了徐佩蓉的前婆婆。前婆婆对前儿媳赞不绝口,说离婚是自己儿子不争气;虽然离了,但小徐跟自己亲闺女一般,还要钟厅长帮忙找个好归宿。钟厅长后悔不迭,对老任谎报军情愤懑不已,但也晚了。文件已下,正处已提,老孙虽无才能,但也无过错,哭都哭过了,人也丢过了,不好再弄下来。好在不得不下赌注时已有所铺垫,老孙过几年就退了,不至于将聂于川的前途彻底赌进去。厅里又提拔徐佩蓉为副处,到设计院当副院长。聂于川酸酸地开玩笑,说我的正处长没了,你倒是升了,多好笑的事。徐佩蓉不搭理他,她有的是事情去忙。一边调动工作,一边还要看房子、搞装修。验收那天,聂于川有事来不了,她一个人去了。许多人都认为是聂于川遭遇沉重打击,这才万念俱灰,赌气结婚。她虽不这样想,但其实何尝不是如此?正处长的意外落空成全了她,腰斩了暧昧。如果没有此事,两人都不知道还要暧昧多长时间,将会耗去多少岁月。他和她都在为自己打算,只不过她一心要嫁给他,他一心要暧昧下去。可能老天就为成全她,让他唾手可得的正处长毁于一旦。徐佩蓉不经意间成了暧昧高手。她的一步步运筹帷幄,一点点精心算计,费尽如许周折,却全不如一次可笑的官场变局。她并未意识到这是上天的眷顾。她只觉得一切都顺理成章。于是,她指了指墙上的挂件,断然说这个不对,这里将来要挂结婚照的。

工头不满地哼了一声,招呼着工人上来。徐佩蓉不去管他们,兀自看着墙上并不存在的结婚照,幸福而暧昧地笑了起来。

二〇〇九年四月　郑州徐寨

灯泡

1

传说中,七厅有三大黑。老焦的脸老于的腿,再黑不过小穆的嘴。其实穆山北并不彪悍,身高不足一米七五,体重不到六十公斤,瘦得像个螳螂,现在九处上班。他从毕业分配到七厅算起,也有二十年了。在机关里,年过四十仍被称作小某,一般有两种可能。一则是混得好,领导当面叫,表示很熟络;二则是混得差,大家背后叫,因为瞧不起。穆山北不幸,属于后者。说他嘴黑,并非造谣,乃是确有实据。小穆二十二岁扎根七厅,是个办事员;如今四十二岁,官至副科长。二十年里共换了五个处室,跟四位处长反目,和多个同事打架,三次被考核为"不称职",诫勉谈话可以忽略,不是太少,而是太多。七厅九处管离退休干部,处长是老翟。五处管人事教育,处长是黑腿老于。那天老于找老翟通气,说厅党组的意思,小穆来九处。老翟当时脸就白了,白了之后是红,激动地站起来挥手,连连说我不要,我不要。老于说你不要,谁要?这可是老焦亲自安排的。

黑脸老焦是副厅长,分管人事。按道理,老于把老焦都搬了出来,老翟就不能再说。可这回是穆山北。老翟当即给老焦打电话,诉苦一番。老焦安慰他,说你才五十,正处日子也不短,还能在九处干几天?厅里正研究处级干部轮岗呢。小穆在八处弄得一塌糊涂,你先接收了他,算给厅里帮了个忙,也给我老焦帮了个忙。话说到这份上,老翟不敢再坚持,只得悻悻挂了电话。老于嘿嘿一笑,说这几年伺候老同志们,辛苦得很,好歹也快提拔了,守得云开见日出嘛。老翟苦笑,说没谱的事儿。老于神秘道给你交个底,只要小穆在九处不出事,研究院的书记非老兄莫属,横竖也拖不过半年。老翟苦笑,说我当然不想让他出事,可嘴在人家脸上安着,我管得住么?

在七厅,九处人最少。副处长老曹常年熬病假等退休,准点上班的只有处长老翟,司机老魏和科员小刘。老翟给老曹打电话,说小穆分到咱们处了,你身体允许的话,来开个见面会。老曹行将退休,只求宁静淡泊,万事不闻不问,竟顺口道哪个小穆啊?老翟惊道厅里还有几个小穆?一个就足矣。老曹笑起来,还是婉言谢绝。见面会的时候,除了老曹,大家都到了。其实根本不必介绍,穆山北的大名,即便是新来的小刘都已久仰,何况其他人。穆山北掏烟,给大家逐个发了一支,说今后就是一家人了,大家多帮忙。老魏看着手里的中华,笑道名不虚传,穆科长中华不倒。穆山北连连摆手,说老婆交代了,第一天来处里,拿包好烟表示尊敬。大家就是一笑,见面会到此结束。

老翟军转干部出身,在九处十六年整,从一介科员干到处长,步步辛苦不寻常。现在提拔有望,最怕处里出事。如何安排穆山北,平稳度过这个关口,老翟没少费心思。七厅里副科长宛如过江之鲫,穆山北在别的处根本不起眼,可在九处,却成了实际上的二把手。老翟左思右想,让他负责老干部活动中心。中心是九处主业之一,雄踞厅大楼十八层,面积不小。棋牌室,健身房,乒乓球案子一应俱全,全天对老干部开放。不过老干部大多住在老家属院,距离新建的厅大楼挺远,虽说有班车往来,毕竟都上了岁数,中心冷清的时候居多。老翟想,人多嘴才杂,你小穆嘴再黑,整天对着墙壁,能惹出事来才怪。就算是个二踢脚,搁冰箱里冻上,还不是一样冷静。话虽如此,老翟也着实提心吊胆了好几天。一番观察下来,他发现此计甚佳。穆山北每天按时上班,先是打扫,而后上上网,看看报,喝喝茶,一天就过去了。老翟这才放心,回家对老婆吹牛。都说小穆嘴黑不好管,关键是看谁管。搁在哪儿都是刺儿头,可到了老子的九处,想不老实都不行。说话间一个月过去,九处依旧和气洋洋。这让其它各处有点遗憾。黑嘴小穆,何其著名的人物,到了九处居然会自甘沉寂。

穆山北的确是想沉寂了。

从二十二岁进七厅,尽管至今不过科级,可穆山北就没沉寂过。不但没沉寂,起点还相当辉煌。刚进七厅时,省里正号召各厅局抽人驻村,他连办公室都没分,直接卷铺盖下了乡。一驻就是两年。这期间全厅上至厅长,下至门卫,全然不知厅里还有个叫穆山北的。驻村结束,省里表彰,穆山北赫然在列。其实也算他运气好。那年冬天大雪封山,他驻的村有位军嫂临产,他拉架子车冒雪步行三十里到了乡医院,又献了500 cc的血,最后母子平安。省里拟定表彰名单,发现好典型不少,修路,架桥,盖学校捐图书,唯有穆山北的拥军事迹最为独特。此时部队感谢信及时赶到,落款的还是一位将军。偏巧表彰大会又定在八一前后,时也运也命也,穆山北得以荣列八位先进个人之一。他领了证书,便兴冲冲回到七厅,找当时的五处处长老焦报到。

老焦脸黑,黑得无组织无纪律。高兴了黑,不高兴也黑,为难的时候更是浓郁。穆山北就让老焦很头疼。疼就疼在他是个先进。本来,一般的大学生,随便找个处室就打发了,先从科员干起。老焦先前想安排他去九处。九处在厅里最不起眼,正缺个跑腿的。可穆山北此番受奖,正如古时候点了状元,仍让他去九处,难免被人诟病不懂使用人才。再加上人家工龄两年多了,起码也得是个副主任科员吧?但各处室无不超编,还有不少借调帮忙的人,正嗷嗷待转正,哪里去安排这个穆先进?厅里处长一大堆,贸然塞给谁都得罪人。何况自己熬了多年副处,刚提了调研员,主持五处工作,这个节骨眼上,最好别犯众怒。思绪及此,老焦只得看着对面的穆山北,笑道,这么大个省级先进,我才舍不得放给别人!我做主,五处自个儿留下了。

穆山北是科班出身,老焦让他配合老向管职称评审,也算重用。而他第一次获封"黑嘴",便因为老向。老向级别正科,来五处帮忙多年,人事关系还在厅研究院,属于事业编制,一直想正式调入厅机关。这年评职称,研究院书记的夫人报了正高。材料送到处里,老向如获至宝,马上给书记打电话,委屈道嫂夫人评职称,连招呼都不打,难道是忘了我么?书记当然讲原则,就说评职称嘛,一切都按规定走,招呼就免了。老向连连拍胸脯,打包票。不料初审这一关是穆山北,上去就把书记夫人的材料剔了出来,判曰论文造假。老向当时就懵了,说怎么可能,这可是何书记的夫人。"何书记"三字还加了重音。穆山北浑然不觉,指着论文,激动道这是我大学老师发表过的,我能看不出来?其实也怪老向太冲动,没有心平气和地讲明利害关系,或许根本没把他当回事,掂起"初审通过"的戳子就盖了。穆山北眼角一抖,书生意气挥斥方遒,抓着论文找老焦评理。老焦自然火眼金睛,既看出了论文的确造假,也看出了老向的动机,所以不便表态。穆山北见他含糊其辞,回宿舍写了封实名举报信,直呈厅高评委。此事不了了之,据说是书记夫人自己撤回了材料。穆山北由此一战成名,轰动全厅。老向后来终于调进厅机关,到三处当副处长。过了两年,老焦不敢再留穆山北,找机会将他交流到三处。穆山北黑嘴本色不改,继续和老向水火不容。组织考察老向,搞民主测评,他当场揭发老向虚报发票,而且证据确凿,弄得老向人不人鬼不鬼,错过了最后一次提拔正处的时机。江湖仇恨,莫过于欺师灭祖;商场交恶,莫过于断人财路;机关恩怨,莫过于毁人前途。老向眼见提拔无望,此生仕途戛然而止,便把满腹怨毒都撒在穆山北身上。穆山北在三处宛如受刑。工作积极,难免被老向挑出一身毛病;清静无为,又被老向说是消极怠工。总之动亦错,静亦错,没有正确的时候。每次年终考核,三处里总有两张"不称职"的票,一张是穆山北投给老向,另一张是老向投给穆山北。故而几年鏖战已毕,老向在副处长上退休,穆山北还是副主任科员。

话说穆山北结婚那年,人还在三处,老向也还上着班。婚礼当天,老向要出差下地市,点名要他陪同。处里人都劝老向,人一辈子,能结几次婚?好歹同事一场,别把人往绝路上逼。老向开始还是冷笑,可说着说着就哭了,说结婚算什么,早一天晚一天,媳妇都是自己的,老子这一辈子就毁在他嘴上了。处里人便不敢再劝。而穆山北也顽劣,不肯说句软话,硬是把婚礼推后,陪着老向下地市。最无辜的是司机小张。没出省城,老向就和穆山北在车里吵起来,不等车停,两人早冲出门去,打在一起,吓得小张目瞪口呆。回到厅里,组织上勒令彼此道歉,消除误解。老向都认了,穆山北却说道歉可以,他一个老同志,我不该动手。可误解不存在,我对老向从来都是正解,没半点误会,还望组织上明示。代表组织谈话的是老焦。气得老焦大发雷霆,脸如黑板,但也无计可施。七厅众生熙熙攘攘,皆有追求,有追求就有忌讳,有忌讳就有畏惧。可穆山北偏偏是个大无畏。

  就在前不久,穆山北刚到九处,和老向在电梯里碰见。老向退休之后,越发显老,头发也白完了。电梯里人不少,倒很静谧。只闻穆山北真诚地说,向处,我现在九处了,需要我服务的地方,您言语一声。老向哼了一声,算是回答。等他出去,老向朝身边人恶狠狠道,老子要他服务?老子就是死了,也不要他服一个务。旁边人就笑,说这么多年了,您老跟他一般见识干嘛。电梯里笑声一片。说来也怪。只要穆山北一出现,再热闹的场合也会顿时鸦雀无声,大家都面带微笑,集体无意识。待他一走,一切如故。好比烟囱冒烟,风刮过来,烟雾四散;风刮过去,照旧扶摇。人间烟火万年不息,而风再大,总有过去的时候。

在单位,穆山北可以享受宁静,回到家里,却片刻不得消停。穆夫人姓田,叫田莹莹,小穆山北两岁,以前在省城肉联厂上班。田父在四厅工作,一生中机遇无数,都给错过了。退休之际大彻大悟,拼命一搏,在领导那里摔了个杯子,才勉强以副处调致休。不知为何,田父对穆山北青睐有加,谈恋爱时田莹莹犹豫不决,田父没少给他出主意。两人婚后,穆山北一贫如旧,厅里的福利房也遥遥无期,只得暂居田家。翁婿二人下班无聊,常常小酌几杯。菜是猪头肉,酒是二锅头。酒至半酣,女婿讲起在单位的黑嘴事迹,岳父总是聚精会神,时而哈哈大笑,时而拍案而起,每每以双双大醉收场。田莹莹实在看不惯,挖苦几句,穆山北自然不敢还嘴,田父就仗义执言,斥责女儿一通。田母早故,田父又是这个脾气,久而久之,穆山北毫无入赘之嫌,倒是田莹莹没一点活在娘家的感觉。有一年穆山北年终考核,荣膺"基本称职",被领导叫去诫勉谈话。田莹莹倍感颜面扫地,田父却说当年伟人干革命,还被错误路线整过呢,历史证明还是老人家正确。诫勉谈话算球毛。第二年,穆山北不慎更上一层楼,成了"不称职"。田父这才有点慌了。他在机关干了一辈子,知道连续两年"不称职"就得辞退。翁婿二人把酒商议,直到子夜,决定让女婿主动提出到艾滋病村驻村。七厅里根本没人愿去,申请报上去当即就批准了。田莹莹事后才知道底细,气得大哭不止,断了翁婿的炊。田父只得亲自买来猪头肉二锅头,给女婿壮行。又过几年,省城肉联厂搞股份制改革,田莹莹面临下岗。穆山北那时在三处也待不住了,早被交流到六处。肉联厂正好有些业务归口七厅六处管,田莹莹以为万无一失。谁知下岗名单公布,她竟是头一个。原来穆山北在六处依旧是黑嘴,和处长老严尿不到一起。厂里的人都跟幽灵相似,早把情况摸得门儿清。你田莹莹不下岗,简直是天理难容。到了田父那里,这等窝囊却成了壮举。田父还埋怨女儿,既然早知道丈夫和处长有矛盾,就该主动要求下岗,何必让人写在榜上。

田父这么说,穆山北都听不下去了。他自知对不起老婆,又全无办法,只好对她百依百顺。结婚几年,田莹莹一直没怀孕。这回倒好,在家里闲着无趣,想不生孩子都难。儿子威威一出世,家里开支骤然紧张。她只得重出江湖,盘下菜市场一个卖肉的摊子,靠肉联厂的老熟人保障供货,总归再就业了。田父倒不觉得有什么,穆山北却心如刀绞。他此时已经离开六处,混进八处,还是铁打不动的主任科员。没生孩子之前,田莹莹也算标致,孩子一生,体型为之一变,"不去卖肉都觉得亏"。这话是她本人所说,穆山北听了,更加心酸。就因为嘴黑,自己一直在科级上踏步,工资涨不上去,老婆也跟着受委屈。都是女人,处里别家的夫人哪个不是好工作,风吹不到,雨淋不着,隔三岔五搞个小聚会,说说美容、聊聊子女。可自己老婆呢?早上四点起床,摸黑到肉联厂批发猪肉,这才赶得上六七点的早市。儿子还那么小,整天在菜市场呆着,不是一身葱味就是一身腥味,啊喔呃咿唔吁分不清,肉价几块几毛倒明白得很。身为男人,老婆孩子这个情形,不能不说是失败。那些跟自己同时进七厅的,别说副处长,就是正处长都大有人在,而自己浪迹多个处室,报到时大家万马齐暗,离开时群众欢欣鼓舞。快二十年了,知己已不奢望,连一个酒肉朋友都没有。其实在进八处的时候,穆山北暗中发誓,打算从此扎根下来,终老于斯。他也开始憧憬进步,渴望提拔。别的不敢想,只要能给老婆安排个工作,自己工资慢慢涨上去就行。不料在八处才半年,跟处长老洪已经势同水火。

原因也很简单,就是彼此不信任。穆山北为了老婆孩子,主动找老洪交心,要求多分担一些工作。此举搁在谁身上都再正常不过。然而眼下的穆山北,一言一行,举手投足,已不能划入"正常"范畴。无论多清楚的话,他一说,总让人觉得还有潜台词。多简单的事,他一办,就成了醉翁之意不在酒。穆山北表完态,老洪当时不便拒绝,但也没说什么瓷实话。其实不能怪老洪多心,小穆十几年都是黑嘴,难道一进八处就自觉漂白了?老洪谨慎起见,始终没有让他做什么要紧事,等于是晾在一边。穆山北找老洪交心,已是万般为难,万分惭愧,却一无所获,心中悔恨交加。发于心难免形于色,就忍不住在办公室里发了几句牢骚。偏巧此时,有一封莫名其妙的检举信到了厅里,举报老洪若干问题。厅里对此高度重视,找老洪谈了次话。一些平素跟老洪有过节的,趁机兴风作浪一番。虽然结局还是老洪毫发未损,然而他痛定思痛,将幕后黑手锁定在穆山北身上。不但他这样想,知道此事的人无不这样认为。天地良心,穆山北与此事真的毫无关联,但以常理推断,除了他,似乎再没有更合适的。老洪既然有了这个结论,穆山北的一切努力顿成枉然。同一份文件,穆山北递上去,肯定驳回重写,换了其他人,就是一字不改。别人迟到早退,在老洪那里说两句好话,随便编个理由就拉倒。穆山北儿子发高烧,打电话请一天假,老洪硬是不批,还问他单位的事重要,还是家里的事重要,要他自己看着办。成见到这个地步,已不是服个软,道个歉能解决的了。

单位里受气,在家又理屈,穆山北憋闷得无以复加。幸好还有田父可以倾诉。翁婿喝了一瓶二锅头,脸都红扑扑的。田父说,我看你别在八处呆了,换个地方吧。穆山北说我倒是想换,可还能去哪儿?连纪检监察室算上,七厅总共十二个处,我串了三分之一,走亲戚都没这么勤的,再换真成流浪儿了。田父摇头道,话不能这么说。此处不留爷,自有留爷处。我看,你去九处合适。

穆山北一愣,九处?

你们九处管离退休干部,对吧?

穆山北点头,还是不解。

你想想,有三个部门各厅局里都有。办公室,离退处,纪检监察室。办公室是出干部的地方,你进不去。纪检监察是省纪委垂直管,你也进不去。九处呢,倒是可以考虑。

穆山北觉得田父真喝多了。自己一张黑嘴,七厅里神人共知,他就是再考虑一千回,一万回,也是撒尿浇墙墙不倒。穆山北苦笑一声,想喝酒,酒已没了,只好喝水。

我说的这三个处,是机关里最安稳的,最不会出事。怎么讲?办公室直接给领导服务,不会犯错误。纪检监察专挑别人毛病,也不会犯错误。九处呢,想犯错误,能有什么错误可犯?所以,我建议你去九处。以你的脾气,搁哪个处都为不住人。在九处,专门跟看破红尘的老干部打交道。像我,都这把年纪了,早看开了。你说我现在活个什么?多活一个月,多拿三千多块,少活一个月,少拿三千多块。我一个老头子能花多少?我就是想长命百岁,什么矛盾啊,仇恨啊,生气啊,都扯淡。

穆山北忽然觉得田父才是得道高人。自己那点道行,跟老人家差得远。自己是副科级,一个月工资两千,全按揭给银行了。就这,还不知道交房之后,装修的钱从哪儿来。都说公务员好,可他

148

这个低级公务员实在是窝囊,又不会混,上有老下有小,老婆还下岗,卖肉能挣几个钱?穆山北想,明天就写申请交上,真能去了九处,再不胡言乱语,从此痛改前非,重新做人吧。

2

黑嘴小穆要求调动的事,黑腿老于很头疼,黑脸老焦也很头疼。说老于腿黑,当然是有原因的,而且有两个版本。版本一,老于年少暴戾,跟人打架专下黑腿,踢断过对方胳膊,由此得名。版本二,老于前妻是他大学同学,后来为求进步,老于果断踢开前妻,另觅得佳偶。版本不一,情节迥异,也无从考据。老于看了穆山北的报告,找老洪问情况。老洪当然赞同,并暗示如果顺利送走小穆,他可以帮老于解决一辆工作用车。八处也管着几个企业,而五处专管人事,下面没腿,用车不方便。老于有点动心,让老洪也出了份报告,表示穆山北确实有一定工作能力,但和同事搞不好团结,影响了处里工作,希望厅里酌情调离,另外重用。有了这两份报告,老于就有说辞了。他找到副厅长老焦,说小穆有意调动,八处老洪那里也表示放人,干脆就让他走吧。老焦作难,脸色更黑,说走好办,关键是去哪儿?小穆这个人,你也不是不知道,他在哪儿能待得住?不然还回五处——你又肯定不同意。

老于自然不干。他笑道,小穆自己都说了,想去九处。

老焦就说,只要老翟同意,我没意见。

老于说,八处,是业务部门,九处,是服务部门,俩处都归您分管,还不是您一句话。眼下八处正负责全省系统内企业调整,万一因为小穆出了问题,耽误了工作,对上对下都不好交待。九处就那点事,人也不多,小穆就是去了也没啥。

老焦想起当年他给穆山北的安排就是九处,不料小穆二十年风雨苍黄,居然印证了他当时的英明。老焦想到这里,哈哈一笑说,那就让他去九处。你跟老翟通个气,他要是不乐意,让他找我。

事情居然就成了。穆山北觉得太不可思议。他在七厅二十年,还是头一回顺了心意。下班路上,他咬咬牙,买了一斤卤肘子。回到家,田莹莹还没收摊,威威在里屋写作业,田父在客厅看报纸。田父做公务员多年,离不开老三样,烟,茶,人民日报。他见女婿兴冲冲而来,笑道,是工作的事?穆山北重重点头,将肘子放在桌上,转身进了厨房。一锅大米粥熬好,田莹莹也回来了,一见肘子就怒道真是造反了!肘子批发一斤才多少,过过人家的手,贵了三四倍!

穆山北正在盛饭,闻声惶惶然探出脑袋,又缩回去,不敢言语。田父充耳不闻,哗啦啦翻着报纸。田莹莹找不到对手,只好坐在桌边运气。少顷饭菜端上,田父慢悠悠摸出酒瓶子,拧开,给女婿倒了一杯。田莹莹看看肘子,忽然笑道真糟蹋东西,肘子凉了不好吃,快回笼蒸蒸。穆山北就等着这句,于是展颜一乐,赶紧照办。席间,穆山北宣布了交流到九处的事。田父运筹有功,自然得意。田莹莹见两人都高兴,便也笑逐颜开。这顿饭吃得皆大欢喜。饭后,穆山北检查了威威的作业,田父出去遛弯回来,一家人就各自上床休息。

田家在四厅老家属院,二室一厅,66平米。田父和威威一间,穆山北夫妇一间。夫妻俩好久没那个了,今晚心情欢愉,又借着酒意肉劲,那个了一回,都觉得挺美。穆山北见田莹莹面若花瓣,便笑道,你这个模样,真不像是整天动刀的人。田莹莹瞥了他一眼,说卖肉怎么了,老娘不卖,你吃什么?穆山北忙说,娘子是家里顶梁柱,要我吃啥我吃啥。田莹莹格格一笑,埋在他怀里,说你去九处,是不是老洪被整怕了,投降了?不错,又是一个大胜仗。穆山北一愣,随即苦笑。

其实田莹莹上学的时候成绩不错,不幸在高中时田母病重,而全民企业还是炙手可热的好单位,田父就让女儿退学接田母的班,进了肉联厂。每每想到这个,田父总觉有愧。穆山北也知道,让田莹莹去七厅,自己去菜市场,才是最合理的人力资源配置。菜市场并不比七厅好混。地方不大,工商税务城管、环卫消防治安,一大堆单位齐抓共管,上关税收,下关民生。在七厅混得好的,到了菜市场未必就顺风顺水,而在菜市场游刃有余的,到了七厅肯定出手不凡。此言不虚,有例为证。那年春节,穆山北见老婆实在顾不过来,就毛遂自荐,去菜市场帮忙。一天下来,六拨人检查工作,这还不算几个流里流气说是收管理费的。田莹莹兵来将挡水来土屯,一一应付过去,还嫌穆山北手脚太慢,影响生意,只让他填表格。穆山北在机关多年,对此倒是精通,一篇篇挥笔而就。晚上回家,穆山北累得骨肉皆麻,田莹莹却一脸喜色,背着田父告诉他,今天卖的猪蹄脊骨都是冻过的,水分不少,利润也可观。穆山北甚为不悦,说这是掺杂使假,要不得。

田莹莹嘴一撇,说老娘是掺了水,可水在那儿摆着,爱买不买。你在七厅写文件,水分大不大?随便掭出来一份,抖抖,淹到脚脖子。

穆山北更不悦,说别人怎么写,我不知道,我写的材料都是实实在在的。

田莹莹说你啊,吃亏就吃在不会掺水,不会就不会吧,还看不惯。在七厅看不惯,在菜市场又看不惯。听见没,老老实实把明天的猪蹄脊骨冻上去。

穆山北哑然一笑,果然老老实实地照办去了。第二天继续出摊,掺的水都结成了冰。本来,水是一个价,肉是一个价,可肉跟水冻在一起,就都是一个价了。出乎穆山北的预料,有冰碴子的猪蹄卖得最快,简直是供不应求。他悄悄听见田莹莹跟顾客吹牛,说这是冷鲜肉,低温消过毒的。他差点喷笑出声来,便再不多言,埋头写表格。表格也是钱。为保证双节安全供应,菜市场管理办要求各项指标一日一报,少一份罚款五十呢。

穆山北想着想着,有点犯困了。田莹莹一把推醒他,说明天就去九处报到?穆山北点头。田莹莹说那就带盒好烟,跟群众搞好关系。穆山北闭着眼笑道我就是个群众,和谁去搞?也就你一介草民小贩,还把我当领导。田莹莹半天没说话。穆山北觉出异样,好奇看去,却见她眼圈红红,盯着一旁台灯。穆山北顿时睡意全无,握紧她的手,问怎么了?受欺负了?

田莹莹抬头看着他,泪眼一笑。谁敢欺负我?我是怕有人欺负你。你呢,也四十出头的人了,换了多少部门,找了多少麻烦,这回算是到头了吧?我们娘俩也不指望靠你大富大贵,日子过得去就行。只要老翟能对你好,咱就好好跟人处,别管不住自己的嘴,到处乱说,跟个灯泡似的,就显得你明,你亮。

穆山北来到九处,分配在活动中心,立誓管住嘴,不再当灯泡。这一回他是发了狠心。每天按时上下班,决不多呆一分钟,在班上,也寸步不离中心。那天电梯里碰见老向,还诚心诚意表态,要为他服务。不管老向怎么想,他是够真心了。一段时间下来,他觉得蛮好。所谓人在烈日下,心静自然凉。烈日天天都有,看来以前是不够心静,折腾出那么多事。现在明白过来,安居艳阳之下,也不算晚。今年他四十二岁,距离退休还有十八年。处长是不指望了。从此扎根九处,为老干部们服好务,十八年熬过去,两个多抗战下来,混个助理调研员,还是有可能的。不然在七厅快四十年,到老以科级退休,脸面上实在挂不住。说到服务,其实简单得很。一到中心,纯净水烧开,茶叶备上,麻将摊支好,没人就自己喝茶上网,来了人就招呼着打麻将,人不够了自己也参加。反正不赌钱,纯属娱乐。不用费心去整别人,也不用担心有人来整。多好。有时候穆山北看着空空荡荡的中心,一边擦着健身器,一边想,为什么不早来九处?要是二十年前就在这里,说不定要提拔的就是自己了。

老翟有望提拔的事,七厅里不少人都知道。九处从来没出过厅级干部,号称是只进不出的貔貅。九处地位不高,级别不低。来九处当处长的,一般都是年龄不小的资深副处,也不打算再挪窝,退了休继续在这儿呆。老翟能赶上提拔,原因有二。一是年龄占优,今年刚到五十。二是有人觊觎。三处、四处、七处的副处长,都已五十开外,再不提正处实职,真就没机会了。即便如此,老翟仍觉得心神不宁。觊觎正处级的为数不少,觊觎副厅级的更大有人在。厅机关的不说,大大小小七八个二级单位也不说,研究院自己的几个副院长、副书记并不是柳下惠,一旦美女坐怀,心情大乱,抱成团反对空降干部，非要自产自销，也是件麻烦事。这回妥善安排了黑嘴小穆，算是给黑脸老焦帮了忙，能得到一票。其他几位党组成员呢？还得一一做工作，表决心。偏偏七厅有个传统，每到研究人事问题，几个候选人都得多多少少出点事情。说是彼此攻讦有点过了，匿名告状信总会有那么几封。老翟一开始担心穆山北，唯恐他明修栈道暗度陈仓。有事没事找过他几次，发现他变了许多，话也少了，对自己还挺尊敬，不像是白天喊万岁，晚上下毒手。老翟便放下心来，聚精会神搞公关。

　　说话间到了重阳节。这是九处一年里最忙的时候。重阳前后，厅长们要拜访老干部，开个座谈会，汇报一年来厅里的工作。当然，少不了问问老干部们有什么要求，需要解决什么问题。年年如此，已成惯例。而九处最怕老干部们提要求，讲问题。厅里专门设九处，就是及时给老干部们解决问题的。工作做得好，问题早解决了，在厅长面前提出来，不是打九处的脸？平时干什么去了。所以重阳前一个月，老翟就在例会上讲，要挨家挨户拜访一遍老干部，没问题没要求更好，真有，务必解决在座谈会之前。前些年，老翟总是拉老曹一起拜访，可去年老曹检查出癌症，撂挑子在家歇了，再没人陪他。一人为私，两人为公，这拜访的事一个人不方便。但眼下处里这几个人，司机不算，只剩穆山北和小刘。小刘是厅里子弟，今年才毕业，登不得台面。要穆山北陪，又怕他黑嘴一张，起副作用。老翟挑来挑去，实在捉襟见肘，只好上了十八楼，找到穆山北，问他能不能加加班，晚上陪他拜访几户。穆山北低头想了想，说加班没啥，拜访可能不合适。像老向，我去拜访，人家还未必让进门呢。

老翟说,老向家我自己去,其他的咱俩一起。这是处里当前的首要任务,又都是离退休的老同志,你别有什么心理负担。穆山北又低头想了想,终于答应。第一天拜访的两户还可以,说了点不关痛痒的问题,像报纸、文件送得不及时,组织旅游景点太偏远,活动中心的麻将太少之类。老翟当即记在本本上,表示一定改进。第二天就不行了。一位七十多岁的老同志慷慨激昂,银发飘飘,论点、论据、论证刀光剑影,把七厅现任领导说得能直接拉走枪毙。老同志说,老翟和穆山北刷刷地记。老翟纳闷,以往老同志不是这脾气,怎么突然意气风发了?穆山北却想,还是老同志敢作敢当,说我嘴黑,比人家差远了。他一边记,一边想,一边暗中发笑。可老同志临了一句话,让他的笑意荡然无存。老同志语重心长道,小穆啊,你来九处,我最高兴。你我虽然接触不多,但你的脾气、秉性我早有耳闻。你和我一样,我们就是要斗争,就是要挺身而出。穆山北手直哆嗦,握的不再是笔,而是红彤彤的火炭。

出了门,老翟面沉似铁,穆山北一语不发。他实在不知该说什么。两人一路无话。直到走出老家属院,老翟停住,叹口气说,这都什么事!

穆山北心烦意乱,回到家,田父已经睡了。这阵子田父对他有意见,看不惯他漂白黑嘴,对老翟唯唯诺诺。因此二锅头没了,猪头肉也取消,对他爱理不理,无声地抗议。田莹莹见他苦着脸,关心起来,问怎么回事。他来了精神,绘声绘色讲述一番,最后说我算倒霉,开始是真不懂,后来懂了,装作不懂,现在连装都不装了,逢人就说我懂我懂,可人家呢,还是说你不懂!

田莹莹就问,座谈会是哪天?

重阳那天是周五,厅办安排周五上午开。

那个老同志,老翟能搞定吗?

说不准。穆山北摸出烟,想点上,一看还是那盒中华,又舍不得了。田莹莹见他犹豫,就打着火,说抽吧,心烦了抽一棵。穆山北抽着烟,说老翟干了这么多年,年年都没出事,今年说不定也能摆平。老同志也是机关混出来的,谁说了算他自然清楚,要不然白活那么大年纪。何况今后大小杂事还得靠着九处,犯不着让老翟狗急跳墙。

田莹莹一笑,说听了半天,其实跟我卖肉一样一样的。我天天出摊,肉有肥有瘦。就像你们座谈会,老干部有说好话的,有发牢骚的。这肉呢,就是老干部,顾客呢,就是厅领导,我呢,就是你们老翟,你呢,就是我手里的刀。

穆山北蓦地想笑,勉强忍住了,摁灭烟头,继续听她讲。

顾客嘴刁,当然都想要好肉。那不好的怎么办?好办。我切肉的时候,把好坏混在一起。每一块都有好有坏。说全是好肉吧,还夹着点不好的。有点坏的吧,好的也不少。实在切不到一块儿的,只有扔掉了。功夫就在切肉上。不管怎么说,九处里就你和老翟是干部,他一个人真应付不来,你就得帮着点,至少听吩咐,不消极。切肉就怕刀口不利,不利了就得打磨,打磨就得疼。你被人打磨了二十年,还没磨够?

你说的我倒明白。穆山北皱眉,那怎么才是听吩咐?

他不是担心你有副作用吗?你就顺着他的意思,对这狗屁座谈会再不掺和。他要你陪,你就陪,不要你陪,你就老老实实回家。要是他安排你干什么,你就照办。办成办不成两说,得有个样子。

这就是你的底线,他要是为难你,好,黑嘴端上,灯泡点上,让他好看!

这晚夫妻俩议论到深夜,谁都不知道怎么睡着的。第二天上班,穆山北就照着老婆的指点,不问老翟是否需要陪同,也不问他打算怎么摆平老同志,只是安安静静高居十八楼,不管人间烟火。老翟在九处历史悠久,颇吃过猪肉,更见过猪跑,自然知道该怎么办。厅办安排的是老干部代表座谈会,又不是全体老干部大会,既然是代表,就有余地了。老翟不再让穆山北陪,自己单枪匹马打探一遍,而后闷头整名单。老干部花名册上放在桌上,大红钢笔握在手中,懂事听招呼的,打个对勾;立场不鲜明的,打个半对勾;屡劝不改的老顽固,不用客气,直接就是红圈。勾画完毕,筛选出一批,继而优中选优,最终确定了十几位,正式参加座谈会。按照穆夫人的猪肉理论,这便是切肉的第一步,把好肉留下。剔除下来的烂肉,也好解决。七厅每年都给老干部们体检,九处具体负责。这份名单乃一物两用,凡是朱笔勾决的那些老干部,定为第一批体检,时间在重阳节上午,与座谈会同时进行。上午参加会议的,也就是第二批,当天下午体检。那些蒙昧不明的老干部,统统归为第三批。第三批为数不少,医院资源有限,可能会萝卜快了不洗泥。不过这也是咎由自取。听话的当然要照顾,不听话的又不敢得罪,谁叫你关键时刻犯糊涂。

名单拟就,老翟一个电话,把穆山北从十八楼召下来。老翟指着名单道,咱们俩分分工。今年老干部体检,医院那边定在了重阳节,跟座谈会有冲突。我就在厅里组织座谈会,你呢,招呼第一批老干部体检。穆山北百依百顺,点头应承。老翟又道,第一批体检的,有几个危险分子,你得看好了,这边会议不结束,那边不能放人。穆山北继续点头。老翟还不放心,问他听明白没有。穆山北心里说,不就是党同伐异分化瓦解嘛,你连"危险分子"都叫上了,我再不明白,真成二百五了。穆山北就一笑,说翟处放心,我明白。

下午下班,穆山北骑车出了七厅大院,越想越好笑,越想越觉得老婆英明。以前读书,读到"欲知天下事,深山问野人",还笑古人说大话。现在观之,此言不虚。田莹莹一介操刀屠妇,学历不过高中肄业,看事情却鞭辟得很,倒比自己这本科生、资深科级干部透彻许多。看来自己这二十年宦海浮沉,算是白浮沉了。想到这里,他车把一抹,直奔菜市场。这个点儿对田莹莹而言,相当于电视频道的黄金时段,是要贡献收视率的,意义重大。所以他没过去添乱,远远地停了车子,边抽烟边欣赏。结婚的时候,居然有人说本科生和高中生,门不当户不对,不会有共同语言。如今再想,不由得哑然失笑。知识越多越反动。幸亏是高中生,换别人早他妈离了。欣赏多时,菜市场里人少了,他这才走过去,帮忙收摊。

田莹莹见他笑盈盈的,不觉一乐,说怎么了你,捡着元宝了?

穆山北叫屈道,人家在单位忙了一天,一下班就来干活儿,还讨不了老婆欢心,见面就挖苦。

田莹莹笑起来,说你们衙门老爷也叫忙,我们劳动人民就别活了,干脆造反吧。

夫妻俩逗着嘴,手却都没闲着,工夫不大,活儿也就忙完了。穆山北推着自行车,田莹莹推着三轮车,一起回家。七厅大楼横亘在菜市场和田家中间,是必经之地。她刚开始卖肉的时候,每天都要从七厅门口经过。穆山北自觉颜面扫地,担心认识的人看见她,担心自己被人瞧不起。那年大雪,雪花很大,积雪很深。他坐在六处办公室里,纵然周遭温润如春,手脚依然冰冷。他实在坐不住,找处长老严请假,说家里有事。老严却不批,板脸道谁没有家?谁家没事?都像你这样对待工作,六处也别要了,七厅也别要了,都回家去吧。穆山北乜斜他一眼,说家跟家不一样。你是处长,你老婆可以不下岗,你老婆可以不卖肉。

老严早已见怪不怪,冷笑说,你这话好没道理,你老婆下岗也好,卖肉也罢,跟我有什么关系?

穆山北也冷笑,说今天你批假,我走,不批我也走。找你请假是看得起你,不跟你请假,你也就干瞪眼。

穆山北说罢,转身就走。在路上,他看见田莹莹推车跋涉,风雪里一步三滑,车里没卖掉的肉上落满雪花,随着车子晃动着。活像老严刚才气得白生生的脸。她的头发都冻上了,全挂着雪粒子,硬邦邦地垂下来。她看见他,忙说你怎么来了,就快到你们单位了,给人看见多不好。他扶着她,说看见就看见,咱们自食其力,又不是贪污受贿。他问她生意怎么样。她嘤嘤哭道,今天大雪,根本没人来买,都剩下了,卖的钱连摊位费都不够。穆山北再不说话,不忍再看她,也不忍让她看见他也在掉泪。快到七厅的时候,一堆同事正聚在门口等班车,一个个裹得严丝合缝,七嘴八舌说天太冷,上班太辛苦。其中就有老严。穆山北从车里掰下一块冰得烫手的猪蹄,过去塞到老严手里,说领导,一块猪蹄,不算行贿受贿吧?不算腐化堕落吧?老严接也不是,不接也不是,表情和动作都僵硬了。同事们鸦雀无声,默默地看着他们。气氛一时凝结冰封。田莹莹泪流满面,拉着他就走。他一边走,一边回头大声说,我老婆承蒙严处长照顾,下岗再就业,就在前边菜市场卖肉,欢迎大家多捧场。

此番作为,结果有二。一是穆山北被调离六处,交流到八处。一是他自此再不讳言有个卖肉的老婆,而且无比坦然。今天又路过七厅门口,穆山北笑着问田莹莹,还记不记得个猪蹄。田莹莹也笑,说怎么不记得,多快啊,都好几年了,老严现在怎么样?穆山北大言不惭道,大前年退休了,现在归我管。

回到家,田父去接威威了,夫妻俩就开火做饭。穆山北淘米,田莹莹炒菜。穆山北忽然说,你整天骑三轮太辛苦,咱买个车吧。

田莹莹吓了一跳,说你发什么神经,还供着房子呢。

又不是买奔驰宝马。一辆面包车,两三万就买了。有了车,风吹日晒就不怕了。

田莹莹瞪了他一眼,斥道穆科长好大口气!两三万不是钱?车喝的是油,不是水!好好淘你的米,淘米水别扔,阳台的花该浇了。

穆山北嘻嘻笑着,说你还是考虑考虑,拉动内需,人人有责。田莹莹却惊叫一声,气道都是你黑嘴,只顾听你瞎说,害我油放多了。他就说,油放多了,也是拉动内需。两人你一言我一语,有时候贫嘴也是一大快事。直到田父和威威回来,饭也做好了。田莹莹临时加了道菜,爆炒腰花。晚上就寝,两人心有灵犀,又那个了一回,还是觉得挺美。美过之后,两人照旧得呢喃一番。田莹莹说,你知道那年你塞给老严猪蹄,我是怎么想的?穆山北摇头,催她快讲。田莹莹恶狠狠道,以前我跟你吵,怨你不会混,总是看不惯这个,看不惯那个,害得我操刀卖肉。你送了猪蹄,我真是解气!

当时我就打定主意,不能让老严他们太得意了。凭什么他进进出出坐着公家的车,一人当官,全家享福?那几天,我一边干活,一边想,切你老严的肉,切你老向的肉。我一个劳动人民,在菜市场好好卖肉,你呢,就给我好好待在六处,继续当灯泡,继续说黑话,继续让他们不自在。

穆山北叹道,原来如此,我说我一直提拔不了,根源在你这儿啊。

你提拔不了,有什么要紧?家里有我呢。我起早贪黑卖肉供着你,让你去跟他们捣蛋,不让他们事事顺心。我就是让他们知道,得罪谁,也别得罪我们劳动人民。就算不能扳倒你,也让你不好过,能过,也过得恶心。癞蛤蟆趴在脸上,咬不死你,恶心死你!我一想到自己辛辛苦苦地卖肉,照章纳税,全让那帮王八蛋吃喝玩乐了,还变着法整治你,我就生气。你这样的灯泡黑嘴,还真不能少,要是连你这样的都没了,我非气死不可。

田莹莹越说越快,穆山北都有点跟不上了。也难怪,结婚年头不短了,她还是第一次讲这些话。他想了想,不解道,那我刚进九处那会儿,你怎么变了?

田莹莹叹了口气,说我是心疼你。男人嘛,都好个面子。比你年纪轻的,都一个个混得人五人六,你也不能当一辈子的科级,到退休了连咱爸都不如。我以前只想着你替我出气,可能有点太自私了。

穆山北酸酸地看着她,却开玩笑说,劳动人民就这觉悟啊,还以为你要斗争到底呢。他突然又有了要求,便翻身把她压在下面,低声说,明天,再炒个腰花吧。田莹莹吃吃笑起来,也低声说,咱家是卖肉的,别的没有,猪腰子管够。

3

　　重阳节说到就到。老翟严阵以待,做好了各种预案。不料百密一疏,那位老同志看了体检安排的通告,怒不可遏,居然打上门来,非要参加座谈会。老翟只好随机应变,苦口婆心劝解,老同志据理力争,寸步不让。两人闭门斗争了一上午,终于达成共识:老同志服从体检安排,还可以带夫人一起体检,费用由厅里出。送走老同志,老翟关上门,气得怒发冲冠。真丢人啊。多出来一个人的费用,厅里才不会出,只能九处自己解决。就算厅里能出,老翟也没脸申请,这话说不出口。而一旦此事传扬开,老干部们都来效法,这洋相可就闹大了。老翟憋了一肚子火,从五脏六腑直到口腔,连吸进呼出的气,全是干涩焦苦。他本戒烟已久,被老同志一点拨,忍不住又抽上了。一抽就刹不住车。大半包烟抽完,老翟这才苦笑一声,骂道,苍天有眼,让你查出个肝癌晚期!

　　老翟闷闷不乐,穆山北却精神抖擞。他连吃了几天爆炒腰花,吃得腰板硬邦邦的,脸色红得像生里脊。体检那天,他早早地联系好了大巴,在老家属院门口静候。闲着无聊,他就和司机老李聊天。老李也算熟人。正因为熟,所以警惕性很高,说话很小心。他随口问大巴油耗如何,开了多少公里。老李想了半天,才说这车我也不常开,谁知道呢。穆山北一笑,又问国产车怎么样,费油不费。老李更紧张,含含混混说车嘛,都那回事,买得起车还烧不起油?老李说着,索性随手把收音机打开,自言自语说快到上班高峰期了,好好听听路况。穆山北见老李闭上眼,装作专心致志听广播,但觉好笑,又觉可悲。他意识到老毛病又犯了。大巴车当然费油,而厅办当初没计算好,光想够大够气派,一口气买了六辆。除了两辆用作班车,其余的整天闲置。这是全厅公认的败笔,也是厅办最忌讳的短处。换做旁人,老李还能当成无心一问。可话是从他这张著名的黑嘴里出来的,便不能当做无心,而是有意了。老李归车队管,车队归厅办管,于公于私,老李都得语焉不详。至于国产车好不好,更是不该问。七厅响应省里号召,买了两辆国产公务车,却分不出去,哪个领导都不想要,宁肯坐旧车。厅里就有段子流传,说领导们嫌国产车不舒服,不安全。别人说说,充其量是个玩笑。穆山北一讲,便成了匕首投枪。其实老李还真是错怪了穆山北。他正打算给田莹莹买辆小面包,平常拉猪肉用,故有此问。可他忘了自己是黑嘴小穆。盛名之下无虚士。他的每一句话,都让人以为别有用心,肯定在搜集黑材料。想到这里,穆山北也觉颓然无趣,便不再问什么,学着老李的模样,闭了眼,听路况。

大巴车里的气氛很尴尬。幸亏有广播,有音乐,还能舒缓一二。穆山北靠着头枕,心目一派空灵。收音机里有人在唱:

  谁辜负过自己
  说不上可惜
  谁被世道放逐
  身不由己

穆山北听着听着,居然一笑。究竟是世道放逐了自己,还是自己甘愿被放逐？服气也好，不服也罢，总归没能跟上队伍，走上正路。所谓世道，无非是那么几个人，无非是老向，老严，老洪们。可就这几个人，主宰了世道。所谓黑嘴，也不过是说几句真话，发几句牢骚。可就这几句话，积少成多，已变作标签。就像一根红毛不起眼，一缕红毛也无妨，一头红毛算时尚，而一身红毛，就成了魔鬼，成了异类。

老干部们陆续到了。那个老同志带着夫人最后上车。老同志昂首挺胸，众目睽睽之下掏出三百块钱，说是老伴顺道也体检一下，自费的。穆山北接过去，问其他人有没有同样要求。大家纷纷说算了算了，家属早吃过饭了，没法体检抽血。穆山北就对老李说，走吧。

厅里的座谈会九点开始，十点半结束。老翟再三交待过，不到点不能放人。穆山北不敢怠慢，处处留心时时在意，不放过任何一个危险分子。九点多钟，老翟发信息问情况，穆山北回复说一切正常。老翟又问老同志的家属有没有自费，穆山北说自费了，翟处放心。其实穆山北也知道，这三百块钱是老翟自己拿的。厅里没这三百块预算，老翟也没脸去申请，为了顾全大局，保持稳定，他不出谁出？出了钱，又不敢承认，还得顾忌影响。谁叫他是处长，谁叫他有追求？穆山北忽然觉得老翟很可怜。他正胡思乱想着，却有人尖叫起来。他吓了一跳，忙挤进人群去看。只见老同志脸色雪白，呆坐在放射科外的椅子上，两眼呆滞。老同志家属一个劲喊着他的名字。旁边一个护士急得直哭。大夫说老同志你也别担心，虽然有个阴影，也不能确定是不好的病。原来老同志照X光，发现肝部有阴影，小护士嘴快，让他复查。老同志当时就懵了，差点晕倒。老干部们兔死狐悲物伤其类,一个个沉默不语。走廊里只剩老同志家属的哭声,真有点告别的架势。

穆山北有点慌,根本不知道该不该劝,该怎么劝。这时厅里座谈会结束,老翟如释重负,打来电话分享喜悦。听了穆山北结结巴巴的汇报,老翟惊得半天不语,好容易才说,先安排住院复查,我这就过去。穆山北劝了半天,老干部们逐渐散开。老同志扶墙站起,夫人忙问他想干什么,老同志摇头,说我想上厕所。穆山北扶他进了洗手间,老同志颤颤巍巍,半天尿不出一滴。穆山北在一旁着实不忍心,就说咱不急,慢慢地来。老同志眼角淌泪,说没干过伤天害理的事,怎么就癌了?怎么就癌了?说着,老同志连连跺脚,头撞墙。穆山北见他难过,只好扶着他出去,走着走着,发现老同志脸色一变。原来尿液早顺着大腿流下,滴答答落了一鞋。

老翟赶到,给老同志办住院手续。老同志换了病号服,显得更加病态。不多时,子女亲属也到了,商议了一阵,派代表向老翟提出三点希望。第一,希望厅里出面协调单人病房,便于照顾。第二,老同志在七厅干了一辈子,希望厅里能有个态度。第三,老同志夫人的侄子在厅属事业单位一直是编外人员,希望厅里给解决个事业编制。老翟一一记下。记录完毕,他抬头苦笑说,九处就是为老干部服务的,家属提出的要求,一定及时给厅里反映。不过从反映到有结果,还需要一个过程,何况这几个要求,每一条都超出了九处的能力范围,恳请家属们静待答复。代表不满,警告老翟不要有意糊弄。老翟笑得更苦,说我现在就去厅里反映,行不行?家属们议论一番,各执一词。老翟和穆山北屏息等待。病房里还有其他病人,津津有味地看表演。老同志躺在床上,忽然拍床大叫道,出去!

家属们都愣了,老翟和穆山北巴不得赶紧滚蛋,转身就要走。老同志又说,翟处长,孩子他妈,你们俩留下。老翟万般不愿,来到病床前,问老同志有什么要求,组织上尽量满足。老同志垂泪,不答话,却对夫人说,拿300块钱,给翟处长。老翟一惊。夫人从包里翻出手帕,打开,取了三张百元大钞,递给老翟。老翟当然不肯接。老同志痛楚道,我一辈子就跟组织闹过一次,不过是想参加座谈会,千不该万不该答应公家出钱,给我老伴体检。莫伸手,伸手必被捉。就这一次,癌了!这钱你一定拿着,不是还有复查吗?说不定就好了。还有,安排家属的事,是他们扯淡,不能给组织反映,这点原则性我还是有的。老同志说得泪流满面。老翟收了钱,黯然点头说,你放心,一复查就没事了。

回到七厅,老翟把自己关在办公室里,又抽了大半包烟,琢磨怎么跟领导反映。老同志家属提的几条,有的能满足,有的不能满足。能满足的,也有个限度。离退老干部是个群体,不是一家一户,为他们服务,就怕开先河。此先河一开,再无下不为例之说。像安排病房,可以建议领导考虑。老同志住在五六个人的公共病房,同房病友鱼龙混杂,他好歹也是正处级,领导看望时肯定不悦。单人病房的要求有点高,通过努力,换个标准间还是可以做到的。按厅里标准,正处级退休干部得了这样的病,一般都给五千块钱的慰问金,等于是厅里的表示。至于安排家属工作,这就是原则问题了。不但自己说了不算,就是老焦说了都不算,得上党组会讨论。既然是领导都头疼的事,就让领导头疼去吧。老翟主意已定,立即马不停蹄找老焦汇报。老焦听了几点要求,黑着脸说,以前这样的事,怎么处理的?

老翟谨慎道,不涉及原则的,一般都满足。

老焦就说,你们处里什么意见?

老翟将想法讲述一遍。老焦满意道,这样也好,病房该协调协调,慰问金等确诊了再说,钱送出去就收不回来,万一是误诊,不成洋相了?至于安排工作,纯属虚构。都照这样来,七厅还是政府机关吗?公务员还用考吗?不过,你也先别一口回绝,就说——

厅里正在研究。

对,正在研究。老焦赞许点头,说老翟在九处干得老练了,你要是一走,我还真担心有没有人接得住。

此话不知是忧是喜。老翟心一翻,斗胆道我在九处十几年了,一直没动过。有时候我也想,我老赖在九处,是不是妨碍了年轻人进步。

老焦黑脸绽开,笑了笑,说在七厅里,没人不想进步。除了你们小穆。

小穆最近还好,工作上兢兢业业的,没什么出格的事情。

能把小穆使用好,就证明了你的工作能力。你也放心,厅里领导不是瞎子聋子,对你的安排早有想法。好好干吧。

老翟回到办公室,再三咂摸老焦的话,时而激情踊跃,时而万念俱灰。老焦讲了半天,一句承诺都没有。之前心里很没谱,之后还是不踏实。不过转念一想,领导就是领导,不是一诺千金的大侠,七厅就是七厅,也不是武侠小说里的江湖。就算老焦吐了口,指明了去处,没公示,没正式下文件,没去报到以前,一切都不靠谱。自己要是连这点常识都不懂,那不成二百五了?成穆山北了?

穆山北最近挺忙活。老同志出事之后,活动中心莫名其妙地生意红火起来。老同志一生烟酒不沾,也没什么绯闻,老了老了得了癌症,说到底还是不注意锻炼,不珍爱生命。人最宝贵的是生命,生命属于人只有一次。人的一生,不能像老同志那样度过。年轻时为生存奋斗,中年后为子女奋斗,青春和精血都耗尽了,本以为退下来万事皆休,又要跟病魔奋斗。一辈子窝囊至极,没有一天是为了自己。老干部们仿佛突然想起厅里早有个活动中心,可以打打麻将,下下棋,还有乒乓球健身器。在街头麻将摊打牌,还得掏钱,牌友们也互不相识,哪有打牌的趣味。在活动中心里打牌,不花钱不说,大家都是熟人,聊聊养生之道,说说当年趣闻,颐养身心陶冶情操,也是一快。上班的时候,工作在于活动,提拔在于活动。现在退了,生命更在于活动。以前活动过的、没活动过的,或者是活动了没成的,并不妨碍现在的活动。眼下既然都没了职位,你是副厅级也好,正处级也好,正科级也罢,大家的目的都是为了延年益寿,生命面前人人平等。退休级别高低,已属过往。比比谁活得时间长,方是今后的要义。也唯有如此,才算健全的宦海人生。

认识到这一点,老干部们的积极性激增,班车骤然紧张起来。以前两辆班车都坐不满,现在两辆倒不够用了,有时年轻人还得让座。班车如此,电梯亦然。上班高峰期,电梯口乌泱泱一片白发老人,直奔十八楼而去。有的还是刚刚从早市出来,提着满篮子的大葱青菜蒜苗。到了下班,老干部们早就提前占了座位,在职的稍微晚点就没座,但也不好意思说什么,唯有礼让。老干部们本能地想,老子们当年进七厅,哪有什么班车,哪有什么电梯,哪有什么空调？你们享了老子的福,让一让当然不过分。两个礼拜下来,在职的怨声载道。厅大楼电梯有限,人员又多,以前上班提前五分钟到就行,现在倒好,光等电梯就得半个钟头,里面还有一股异味。保洁员们也不满。机关又不是食堂,满地的葱皮菜叶,踩来踩去扫都扫不起来。各方意见汇总到厅办,厅办又反馈给九处。老翟也是哭笑不得,只好解释说这是临时情况,不会持续太久。熟料一个月是这样,两个月还是这样,后来终于出了事。省里评比优秀文明单位,有一项是出勤率。考察办法也损,早上八点半准时打电话,记考勤。此时活动中心倒是白头攒动,上班的却还在等电梯,各处室电话空响,此起彼伏,宛如一地蟾蜍。初评结果下来,领导震怒,勒令清查原因。大家早窝了一肚子火,自然是七嘴八舌一番。老焦把老翟叫去训了一通,让他拿出个意见。老翟汗流浃背,心急火燎赶到中心一看,老干部们果然活动得如火如荼,却不见管事的穆山北。

老翟叫,小穆!

老干部们回头看了他一眼,照旧活动。老翟连叫几声,穆山北这才从棋牌室钻了出来,正将一张纸条从脸上揭下。老翟气得牙根痒痒,没好气道,你干嘛呢?

穆山北见他脸色不好,忙走近,赔笑低声道三缺一,我凑个场子。

老翟叹口气,说到我办公室。

两人坐定,老翟扔给穆山北一支烟。穆山北笑道,谢谢领导,戒了。老翟听罢,肝火益盛。你小穆倒懂得养生,想长命百岁,却把老子坑了!你要表现,想进步,也不能踩着老子往上爬。把老子的提拔整没了,就有你好果子吃?整个一目无领导,目无组织,目无大局。前几天以为你老实了,现在一看,就算是好心,办的也是坏事。说到底还是工作态度问题,工作能力问题。老翟沉着脸,自己点上一支,默不作声。穆山北有点局促,说领导,您有什么指示?

老翟闷了口烟,缓缓吐出。老干部们,怎么那么多?

我也奇怪,最近还真不少。

领导说了,老干部们每天都来活动,影响了在职人员的上班出勤。你想想,厅里电梯本来就不够,老干部们再来凑热闹,这不是出洋相么?省里正明察暗访,要是咱九处给厅里抹了黑,精神文明奖弄没了,上上下下都没法交待。

评上省级精神文明单位,厅里每人每月可以发500大洋精神文明奖。没这个由头,厅里有钱也不能发。穆山北这才知道事情缘起。他心里很不爽。要搁以往的脾气,早黑嘴大开顶撞上了。可现在不行。他不想再当灯泡,也不想再被交流出九处,只好忍着,低下头。老翟见他不语,以为他意识到问题的严重性,心中惭愧了,便缓和一步,说当然,活动中心人多,证明九处工作做得好,具体来说,是你的工作做得好。不过,既然人在七厅,就得为全厅的大局着想。老干部们人多,总跟在职的争班车、争电梯,这不好。今天找你来,就是想研究个方案出来,怎么才能两全其美。

穆山北抬头,说我听领导的。

老翟指示道,我的意见,你先去和老干部们讲讲,看大家能不能发扬一下风格,坐班车、坐电梯,让有工作任务的在职同志先上。再说了,如果大家活动积极性高,中心完全可以在周末开放嘛。

我可以去说说。

穆山北心想,说也是白说。早上错过班车,就只好坐公交,一来一回几块钱不说,还得一路站着。两相对比,神经病才给你老翟发扬风格。再说了,你说周末开放活动中心,那安排谁值班?你肯率先垂范否?谁又不是卖给厅里了。他试探道,如果大家不同意,怎么办?老翟一愣。他继续说,其实,如果厅里能再开一趟班车,专门接送老干部,把上班时间错开,就解决问题了。当然,我只是个建议,领导肯定想得更周全。

老翟也觉得这个主意不错,就说你先上去,尽量劝。我去找厅里说说。对了,麻将纸牌是给老干部们预备的,你最好别掺和,省得有人说闲话。穆山北惭愧一笑,点头离去。老翟的办公室在七楼,穆山北没坐电梯,步行上去。楼梯间空空荡荡,只有他一个人。穆山北很生气。生老翟的气。老翟你算个什么东西,人家刁难你的下属,你身为处长,不想着怎么维护,先拿自己人开刀。照你这么前怕狼后怕虎,九处干脆裁撤拉倒,活动中心干脆拆了去球。我打麻将怎么了?人家打牌三缺一,我在一旁笑眯眯看着,这就叫为老干部服务?分明是故意找茬。还"有人"说闲话,除了你还有谁管这破事!大骂过老翟,他又痛骂自己。看来真是堕落了。明明自己占理,却软绵绵得像块橡皮泥,任人揉捏,一句话都不敢说。当年的小穆哪儿去了?还一口一个"领导",一口一个"您",还"领导肯定想得更周全"!无耻啊,无耻啊。这是自己的无耻,恰是老翟的光荣。回到中心,他仍气鼓鼓的,独自坐在角落看报。他才不会去劝老干部们发扬风格。要劝,也是老翟来劝。天塌了,个大的去顶。他一介小科级干部,犯不着。

下了班,回到家,田莹莹正做饭。穆山北问怎么回来这么早。

田莹莹笑道你又忘了,咱现在雇了人,你老婆不用守摊了。他就笑,说劳动人民,也体会到资本家的快乐了吧?她捅了他一把,兴奋道我在咱家门口菜市场转了转,发现有个摊子想转让,我要是盘下来,咱家就有俩肉摊了,离家也近。多好啊。

穆山北说,那就盘下来。

正想办法呢。

穆山北哦了一声,进厨房做饭。心里更加悲凉。老婆都混得这么好,自己却处处碰壁百不堪。本以为到了九处,拔去反骨,夹起尾巴,可以止跌反弹。即便弹不起来,不再跌下去就行。不料半年多下来,收效甚微。大家该敬而远之还是敬而远之,该信不过还是信不过。老翟受了批评,转手就对自己发火,而自己只能笑着承受。以前灯泡闪耀肆无忌惮,还没人敢公开批评当面训斥,可现在尾巴也夹了,反骨也拔了,倒成了受窝囊气的小媳妇,任人呼来叱去,还不能申辩。看来自己尾巴不止有一条,反骨不只在脑后。一屁股全是尾巴,夹起一条还不行。浑身长满反骨,拔去一块远不够。可夹着拔着,何年何月是个头呢?说不定等不到那天,自己羞也羞死了,气也气死了。

不多时饭菜做好,田父也接了威威回来,一家人埋头吃饭。田父对女婿深为不满,不但停了他的二锅头和猪头肉,连话也少多了。老干部体检那几天,他在家里接老翟电话,刚说几句,田父已勃然站起,愤愤地摔了报纸,扭头进屋。他和田莹莹都不解。后来田莹莹才告诉他,原来田父早习惯了他快意恩仇,看不得他低三下四。穆山北只有苦笑,没法解释。这顿饭,他和田父都是闷闷不乐,田莹莹心里有事,话也不多。田父吃完,把碗一推,出门溜达去了。穆山北进屋洗碗,边洗边想,他奶奶的,不就是个猪肉摊子么？老子非给你弄下来,让你们瞧瞧老子也有出息！六处能跟管菜市场的说上话,老子明天就找老梅去。

晚饭里,田莹莹特意做了腰花,穆山北也吃了,但那个心思荡然无存。一闭眼,满脑子都是老梅的脸。他跟老梅并没过节,也无恩怨,只是不知怎么开口。田莹莹发现他没那个的想法,自己也挺累,便头一歪,睡着了。他想了半天,终于明白了问题所在。求人办事,要讲有来有往,等价交换。领导愿赏识你,同事肯帮助你,皆因你能有所回报。自己除了一张黑嘴,身无长物,拿什么回报？记得田父曾说,行走官场,熙熙攘攘,为利而来,因利而往。这利字,不一定非指金钱,可能是交情,可能是雪中送炭,也可能是男欢女爱。他也想过,干脆豁出去算了。什么脸面,什么尊严,统统去他妈的。可真到了需要豁出去的时候,他倒踌躇了。有时候,仅是豁出去还不够。正如世上肯豁得出去的女人何止万千,真正能卖个好价钱,有个好归宿,傍得大款靠得高官的,又有几人？凤毛麟角而已。话说回来,即便他敢豁,也会豁,却没几个敢接招的。平素里跟老梅并无交集,人家凭什么帮忙。即便帮了,拿什么回报？想到这里,穆山北更加泄气。自己本就是个同僚面上不理,背后喊打的角色,哪有能力回报堂堂处长？要是有本事帮处长的忙,别说一个猪肉摊子,即便是承包个菜市场都不在话下,又何必低三下四地求人。

夜已很深。穆山北心里一团漆黑。他看看身边的女人,想想自己,连叹息的力气都没有了。男人活到他这个境界,还有什么话好说。天快亮的时候,穆山北终于下定决心,一上班就去六处,也不客套,直接把要求提出来。能帮忙的话,哪怕是要他以身相许,都认了。大不了碰一鼻子灰,也没别人知道。本就一无所有的人,不怕再失去什么。

4

六处处长老梅,是个很有涵养的人,威信很高,乐于助人。老严在六处当处长,老梅是厅办副主任。穆山北送了猪蹄给老严,被交流到八处。后来老严退休,老梅继任,并没和穆山北共事过。据厅里人讲,从未见他跟谁红过脸,闹过矛盾。一年全国厅局长会议在本省召开,老梅全程搞接待。因某个小误会,被部里一位科长指着鼻子骂山门。老梅不急不怒,微笑不语,照单全收。事后,六处众人皆忿忿不平,说科长该死,唯独老梅不赞同,说科长再小,也是部里的;处长再大,也是省里的。上下有序经纬有别,部里的批评省里的,再正常不过。欢送酒会上,老梅还专程跟科长敬酒,表示歉意。科长也不傻,几杯过后,竟成了朋友。以后老梅去部里办事,只要归科长管,一路绿灯放行。老梅涵养之高,可见一斑。

穆山北敲门之前,已经把说辞演练了无数遍,自以为倒背如流。可听到老梅一声"请进",立刻全都忘了。说来可恨。他跟领导吵架时流畅自如,一旦好好说话,再也找不着调。好比动车组在铁轨上可以快如疾风,一旦离开轨道,就成了悲剧。

老梅见是他,惊奇道小穆?有事吗?快坐快坐。

穆山北坐上针毡,两腿不由自主地抖起来。老梅歉意说,我不抽烟,给你倒点水吧。说着,老梅居然起身,拿出纸杯放了茶叶,又去接水。穆山北连声说我自己来,自己来。老梅笑着把杯子放在他手边,说我老家的绿茶,还不错,你尝尝吧。穆山北好歹伺候过几位处长,还未曾有过此等礼遇,越发尴尬起来。老梅落座,这才乐呵呵说,小穆可是稀客啊,有什么要我帮忙的,尽管说。

其实也没什么大事。穆山北说完这句,恨得只想抽自己耳光。老梅笑着摇头说,不对,你一定有事,还是挺大的事。说吧。

穆山北只好说,我这儿算是天大的事,在您这里也就小事一桩。

老梅只是笑,催他讲。穆山北语无伦次地讲了一遍,又觉得过于言简意赅,怕老梅误解,便结结巴巴道您要是觉得好办,就帮个忙,要是不方便,只当我没说。

老梅斟酌一阵,说这样吧,你先回去,我打个电话问问。

穆山北屁滚尿流回到中心,有老干部招呼他打牌,他心烦意乱地推说还要写材料,今天不打了。坐在电脑前,他的心宛如汽锤打桩,一下下结实无比,全敲在痛处。除了身心怆然,一天倒也无话。他一肚子烦恼,老梅也没闲着。黑嘴小穆的斑斑事迹,老梅当然了然于胸。一个肉摊子,也不算多难办。但不难办并不是不麻烦。老梅算了算,从第一个电话打起,五个人过手之后,才能到那个菜市场管事的。厅里人知道了,还以为自己跟他很有交情呢。物以类聚人以群分,把老子划在小穆的序列里,不是什么好事。不过此一时彼一时,事情都在发展变化。此番处级干部轮岗,厅属研究院书记出缺,老梅和老翟都是热门人选。团结了穆山北,可以用来对付老翟。小穆搞砸了好几任处长的提拔,再搞砸一个也属正常发挥。至于后遗症,只要工作做得细,应该能不露痕迹。老梅思虑良久,拿起了电话。几天运筹下来,老梅通知穆山北,明天去找菜市场管理办的某某,交钱办手续吧。

穆山北做梦都没想到,老梅竟然真会帮忙。这在以往根本不敢奢望。看来漂白黑嘴,熄灭灯泡还是管用的。晚饭后,威威去房间写作业,趁着田父还没告退,穆山北赶紧得意洋洋,宣布喜讯。不料田父冷笑,说真有本事啊。光冷笑还不算完,又哼了一声,以示不屑。

穆山北有些肝火。堂堂省直厅局科级干部,老婆下岗失业,摆摊卖肉,自己却束手无措,已是抬不起头。如今再拿不下一个猪肉摊子,更是无能透顶,有何面目见田家父女?既然搞定,感激虽不必,赞赏总该有吧。而田父一副苦大仇深的样子,焉能让他不动气?他想到这里,重重地拿起烟,点上火,一语不发。

田莹莹也不解,说爸,山北好歹办了件好事,你怎么这个态度?

田父也摸了一支烟,点上,摇头笑道,我这态度因何而来,稍微点拨一下,你们就明白了。你们想想看,一个处长,只要他愿意帮忙,一个肉摊算个屁。当然不困难,但是挺麻烦。从七厅六处到菜市场,中间环节太多,处长手再长,也不能一竿子插到底。得层层托人传话。程序一多,知道的人就多了。人多嘴就杂。难免说老梅跟黑嘴灯泡搅在一起。他跟咱素昧平生,犯得着使这个劲?犯得着受这个牵连?他真帮你办成了,要么真是个成人之美的君子,要么别有用心。七厅里,君子怕是早绝种了。

经田父一点拨,田莹莹率先大悟,不由冷笑说,对,咱不承这个情。

穆山北也大悟,脱口而出道老梅别有用心,难道是想拿我当枪使?我知道他正和老翟竞争,这很有可能。拿一个肉摊,想换我倒戈一击,想借我的嘴扳倒老翟,成全他的副厅级,这算盘打得太如意了。

田父哈哈一笑。所以说,一个肉摊,跟山北在九处的长久之计相比,孰轻孰重?山北今年不过四十二岁,只要不出事,退休混到处级还是有戏的。田父说得兴起,便摁灭了烟,摇头叹道你们夫妻俩怎么想,我不知道。但从最近这半年看,我觉得山北变了好多。是好是坏,我一时也没法下结论。以我的经验,你在七厅,就像威威上幼儿园。刚进去的时候,你是省级先进,意气风发,好比阿姨眼里的乖孩子。砸了几块玻璃,打了几个小朋友,你的形象一落千丈,阿姨觉得你爱惹事,小朋友觉得你危险。等孩子们都大了,知道游戏规则了,你也想加入,却没人跟你玩了。

穆山北苦笑,说照你这么讲,我就永无出头之日。

田父笑起来,却道莹莹,去弄俩凉菜,我跟女婿喝两杯。女婿一愣。田莹莹瞥了翁婿一眼,端了花生米,皮蛋上来。田父早拧开二锅头,倒了两杯。翁婿一饮而尽。田父又满上,认真道有无出头之日,关键在于定位。七厅就是一座庙。除了佛祖,还有菩萨、弥勒、韦陀一干神鬼。山门一开,迎客的是弥勒佛,一张笑脸广结佛缘。弥勒背后是韦陀,抱着棍子,黑脸黑口,专门打人。你一直就是韦陀。因为是韦陀,所以各处都呆不长久。

穆山北道,我要求交流到九处,可是您老人家指点的。那韦陀还当不当?

韦陀就是韦陀,他就没笑脸。谁看见韦陀都敬而远之,没人敢跟你玩,没人愿跟你玩。如果有一天韦陀忽然笑了,也像弥勒佛那般灿烂,却会让人更怕。还不如按步照班,继续呆在弥勒佛后边,安居一隅。只不过棍子不再轻易抡,黑嘴不再轻易张。这就叫君子引而不发,跃如也。

穆山北还在品味,意犹未尽。田莹莹抢着说,爸的意思我明白,一句话,这个肉摊子我不要了。欠了人情就得还,就得低三下四。咱家又不是过不下去,我就是要山北挺胸抬头,谁见了谁害怕。你再有权,咱不求你,不但不求,还能让你怕,劳动人民就喜欢这个。

田父瞪了她一眼,说你越讲越离谱,这跟劳动人民有何相干?我们爷俩喝酒聊天,你一边睡着去。田莹莹见怪不怪,笑盈盈进了厨房,又给加了个蒜苗鸡蛋。翁婿越喝越兴奋,一瓶酒居然干了。三人议到最后,决定放弃肉摊子,就说钱不凑手。老翟怕穆山北搅局,比起老向老严们,已是宽容许多。虽动机也不纯,但毕竟上升不到敌人的层次。故而宁肯得罪老梅,也不替他当炮灰。上了床,田莹莹很快睡着了,他却辗转难眠。田父说得对,关键是定位。自己吃亏就吃在找不到自己的位置。所以总在徘徊,所以上下不靠。最近表现得太急迫。他越迫不及待地想玩,别人越不敢带他玩。敢带他玩的,又居心叵测。既然如此,他干脆不去玩,不加入这个游戏,黑着脸,黑着嘴,抱着棍子在一旁看。其实他的起点并不低,要是一开始就上道,走在队伍里,早就提拔了,根本不会是眼下这个局面。但事已至此,木也成舟,想中途幡然悔悟,重新入伙,怎奈梁山好汉座次已定,没他的机会。没机会也罢。老子响当当一粒铜豌豆,谁又能拿老子如何?大不了退休之前,也学老丈人发飙,逼着厅里也得给个副处级待遇。即便这都落不着,自家老婆有本事,还能没饭吃?

想到这里,穆山北心绪坦然。他伸了个懒腰,推醒旁边的女人。田莹莹迷迷糊糊道,搞什么你,明天还得找菜市场。他笑道,咱都资本家了,有资本,还愁没地方投?田莹莹被他撩拨得兴起,叹口气说,就你这德性,进的猪腰子都供你还不够,早晚坐吃山空。穆山北笑而不答,翻身而上,心里道,当个韦陀真快活。

穆山北放了鸽子,老梅当然很不爽。可不爽也就不爽而已,奈何不得他一根汗毛。而穆山北主意已定,全当没去找过老梅,还是照旧去他的活动中心,张罗牌局,当球赛裁判。最近中心里生意红火,不但有老干部们,家属们也来凑热闹。班车电梯紧张的局面毫无改善的迹象,倒有每况愈下之嫌。七厅在职的同志们忍无可忍,意见雪片似的飞到厅办。省级精神文明单位评比共有三次考核,前两次七厅全都落空,得了警告。第三次再出状况,每人每月500块的奖金就没了。老翟办事不力,影响大局,又被老焦叫去批了一通。老翟无言以对,只得把穆山北上次的建议和盘托出,请老焦协调解决班车问题。车队是厅办管理,而老焦不分管厅办,不但不分管,还跟分管厅办的副厅长老林处得有点微妙。老焦一听脸就更黑,再不客气,说这事我管不着,你找厅办去,找老林去。不管厅办怎么安排,我就一个要求,不能再耽误正常工作。没办法?想办法去。你是九处处长,我不是。有问题就找领导,还要你们干什么。

出了老焦的办公室,老翟仿佛刚洗过桑拿,浑身被剥得精光,上下全是细腻腻的油汗。等他灰溜溜回到自己的地盘,周身已然冷透,手脚冰凉。穆山北真是个灾星。就像命硬的女人,结一次婚便克死一个丈夫。他进了哪个处,哪个处的处长就倒霉。还一本正经提建议增加班车,这不是把老子往火炉子上架么?自己也是蠢蛋,居然真就信了,居然还跑到黑脸老焦那里提要求。结果落了一身的不是。老翟打电话给穆山北,没说两句话,就听旁边有人催着出牌。穆山北也是蹬鼻子上脸,响亮亮地说了句"白脸",又和老翟通话。老翟气愤至极,说你这就下来,有事。说完就砸了电话。

工夫不大,穆山北敲门进去,老翟刚续上一支烟,脸色涨紫。穆山北拉椅子坐下,有点局促,说翟处长,您找我?

老翟正邪火满腹,烧得眼睛通红。当下就说,你还在打牌?

有个老干部前列腺不好,老撒尿,我替他起牌。

为啥非要你替?

他连点了好几炮,正生气呢,非说信不过旁人,只有我不会使坏。

那替他起牌,还"白脸"?

这不是还没回来嘛,我就打了一张牌,您电话就到了,我就下来了。

这番对答倒是天衣无缝,挑不出半点毛病。老翟气得大口抽烟。烟头来不及燃烧成灰,一大截红彤彤得像狗舌头。老翟猛吸几口,说上次让你跟老干部做工作,情况怎么样?

说是都说了,老干部们也都表示理解。

光理解,怎么没行动啊?老焦刚刚把我叫去,劈头盖脸就是一顿批。听说现在不光是老干部,家属也来了?

穆山北这才明白老翟为何动怒,心里暗笑,一脸无辜道我也明着暗着说过,人家都是老干部,级别都挺高,非把家属带来,我能不让进门？您说,我该怎么办。

老翟真想把老焦那一套搬过来,说有问题就找领导,还要你干什么。可这话老焦对他说可以,他对穆山北说就不行。老焦说了,自己方寸大乱,跑得像个兔子。自己说了,穆山北转身该干啥干啥,跟没事一样。原因在于自己怕老焦,而小穆是个浑不吝。老翟沉默片刻,说工作还是要做,你先做了铺垫,回头我挨个向老干部解释。

您说得是,穆山北正色道,处长出面做工作,比我管用得多。

老翟怎么听,怎么觉得他每句话都是在含沙射影。可又没法动怒。黑嘴小穆,果然是名不虚传啊。圣人说庆父不死鲁难未已,搁在七厅,放在九处,就是小穆不乖九处完蛋。既然小穆就是该死的庆父,就得有个手段。老翟想了想,说上次你说的增加班车的事,我跟老焦汇报了,老焦挺重视。我看你先起草个材料,把处里的建议说清楚。真能增加班车,错开了时段,才是一劳永逸。

穆山北责无旁贷,答应下来,刚走到门口,回头又说翟处长,最近人多,茶叶下得快,您看是不是再买点?

老翟就是脾气再好,再能忍,也终于憋不住了,断然叫道不买!给处里惹了这么多麻烦,还想喝茶?有纯净水就不错!小穆你记好,从今往后,活动中心没茶叶供他们。

穆山北点头,严肃道翟处长您放心,我记住了,不买。说罢一欠身,彬彬有礼关门离去。老翟脸上一块红一块白,像田莹莹卖的五花肉。没做过缺德的事,怎么就碰见他了?说他明白吧,办的全是糊涂事。说他傻吧,还来个滴水不漏。这等揣着明白装傻的人,最为可恨。眼下暂且不搭理你。踢不走你,自己能提走也算。真是因为老干部们耽误了前途,看今后怎么收拾你黑嘴小穆。

回到中心,穆山北噼噼啪啪打起材料。在以往那些处里,他没少写材料。虽然写了也是白写,还屡屡成为领导批评的靶子,但至少除了吵架还有事可做。到九处之后,不想再吵了,而材料每年就一篇,年底写个总结,年头写个计划。一年一根独苗,实在不过瘾。老翟也对材料情有独钟。他不喜欢写,但喜欢改。穆山北的材料递上去,不管长短,无论内容,定是改得面目全非,跟割他的肉一般。割也就割了,反正一年就一回。这次又要写材料,还是跟自己业务相关,穆山北当然上心。吃过午饭,自觉加班,下午三点多写成,立马打印出来去找老翟。老翟早就磨刀霍霍,立刻手起刀落,砍掉了第一大段。说这个帽戴得不够,还得加内容。穆山北连连称是,说时间紧任务重,您亲自动手吧。

老翟不想被他瞧不起,当即在空白处刷刷落笔。不多时改完,交给穆山北,让他赶紧打印出来,正式行文上报。穆山北马不停蹄回到中心,照老翟的批示修改,边改边冷笑。材料打印好,又送到老翟手里。老翟在行文签上属了名,还给他,说你再辛苦一趟,别走厅办,直接递到老林手里。

穆山北一愣,说这么大的事,我一个小科长去送,不严肃吧?

老翟脸一板,说我还有个紧急会,这就得走。

穆山北只得同意。老翟果然不是白混了这么多年,太明白了。这份文件递上去,要么不了了之,要么原文驳回。成功率接近于无。既然明知不可为,老翟才不会亲自去送,脸面上挂不住。而穆山北去送,同样是无功而返,却能说是他办砸了差事。这一招以邻为壑何其老辣。穆山北思索再三,不得其法,偷偷给田父打了个电话。田父在那头哈哈一笑,说这还不好办?你找个老干部和你一道去,最好是跟老林有交情的。保你瓮中捉鳖。

穆山北豁然开朗,蹬蹬蹬上了十八楼,在厕所里找到那位前列腺不好的老干部老崔,毕恭毕敬,把处里材料翻给他看。老崔当年做二处处长,老林是他副手,老关系还是有的。老崔对穆山北印象也不错,再加上他一阵毫不负责的吹捧,更觉此乃天降大任,造福一干同僚,往后再打麻将,看谁还好意思私下串联,偷偷换牌。穆山北二话不说,敬神一般将老崔领到老林办公室。老林正接待客人,心情蛮好,见老上级到了,热情得不得了,又是上烟又是倒水。老崔打牌很臭,讲话功底却还没丢,简单扼要说了意图。事情本就简单,加上有客人在,老林也乐于显示自己尊重老上级,不忘旧情,当下表示现场办公。老林让厅办主任过来,问了问情况,指示道,厅办仔细核算一下,看是加开班车划算,还是发乘车补贴划算,总之两天内拿出个方案,解决老干部来厅里活动的问题。虽然我不分管老干部工作,但老上级轻易不来找我,这事我不能不办。何况这也不是一个人的事,事关全厅老干部的福利方便,别人不管,我也有义务管。老崔见自己余威犹在,激动不已,说了不少感谢的话。客人也一再称赞老林重情义。从头至尾,穆山北一声没吭,居然就把事情办好了。倒是临别之际,老林突然说,小穆在九处挺好的?

穆山北忙说,挺好的,为老干部们服务,是我的义务。

老崔说小穆真是好同志,对我们老干部好得不得了,要不然活动中心里能那么多人?老林一笑,点头送客。两天后,厅办下了通知,说老干部活动不像上班那样固定,加开班车成本太高。所以厅里决定,给每个老干部每月增发乘车补贴100元,同时声明班车继续对老干部开放,但号召他们发扬风格,主动错开班车时间。通知一下,皆大欢喜。老干部们凭空每月多拿一百块,当然高兴。既然拿了钱,再去挤班车就说不过去了,风格还是要发扬的,不然算什么老干部。在职的同志们也高兴,班车不用再站,电梯无需再挤,心情自然愉快。穆山北也高兴。田父果然是高人,甫一出手,就让女婿得了个满堂彩,早点言听计从就好了。倒是老焦起初有点不高兴。让你们九处想办法,就想了这个办法?背着我去找老林,眼里还有我没有?不过转念一想,能这么解决也不错。老干部工作是老子抓的,成绩自然也是老子的。不费一枪一弹,大家都叫好。年终总结,完全可以总结出一条"及时发现老干部诉求,圆满解决问题"的经验出来,这是自己原创,跟老林并无关系。于是老焦也高兴。真正不开心的只有老翟。此番事成,名义上是九处的业绩,也就是自己的业绩。可这终究只是名义上的,谁心里都不这么认为。穆山北也真够可以,居然把老崔搬了出来,自己怎么就没想到?好端端一锅嫩羊肉,让他小子吃了个痛快。不开心归不开心,表面上还得喜气洋洋,还得表扬穆山北能干。这叫什么事。

穆山北得胜还朝,田莹莹也来报喜。她在另一个菜市场兼并成功,盘下了一个肉摊,又雇了一个小工。田父当然欢喜,亲自下厨做了道菜,给女儿女婿庆祝。最近田父见穆山北挺上路,便恢复了常态,饭桌上二锅头也有了,猪头肉也有了。当晚,除了威威,三人皆大醉。回到房间,夫妇二人自然少不了那个一番。事毕,田莹莹志得意满,新兴资本家的嘴脸暴露无遗。她说既然已经有了两个,就会有第三个第四个。等咱也发达了,给老公你弄辆好车开开,比你们厅长的还高级,就停在七厅最显眼的位置。一掏烟,就是软中华,就是黄鹤楼1916。低于五十块钱一盒的烟咱连看都不看。好不好?

穆山北倒还清醒,听见她这么胡吹,有些啼笑皆非,说你喝多了吧?吹得也太过了点。田莹莹吃吃一笑,脸蛋红扑扑的,说就你管得宽,吹牛又不上税,我吹了又怎样?不管能不能实现,先过过嘴瘾也行。等你老婆当了大老板,你在七厅,还当你的黑嘴,看谁不顺眼就说,就写信告状,扳倒一个是一个,抓走一个是一个。我就是让谁见了你就怕,你见了谁都趾高气扬。你什么都别担心,劳动人民保护你。

穆山北笑道,真是小人得志便癫狂,你以为你那俩钱,咱家就在省城呼风唤雨了?差得远呢。再说了,黑嘴灯泡当了那么久,我也累了。与世无争挺好,没什么可怕的。大不了总不提拔。有你们劳动人民兼资本家小业主保护,我就安分守己,干好本职工作,对得起良心就行。

这就是你的理想?田莹莹靠在床头,认真道,都四十多的人了,白在机关混那么久。我一个卖肉的屠户,都知道这不切实际。

怎么不切实际了?穆山北有点不满,我说的可都是真心话。

我知道你是真心。所以说不切实际。你这想法,就跟我刚开始卖肉的时候一样一样的。就想靠力气挣钱,秤上、肉上不做手脚,凭良心做生意。做着做着,就做不下去了。那是真不挣钱。各类税费交下来,基本上平进平出,辛辛苦苦全是白干。你在七厅,什么五处、三处、六处、八处、九处,干到现在,不还是科级,也是白干了。没办法,我也得活命啊,咱家也得过日子啊,我就得先顾住一天的嚼裹再说。这才慢慢有了今天。你呢,还说什么安分守己,这就叫实际?

那你说我怎么办。穆山北点着烟,狠狠抽了一口。

咱爸说得对。你就是黑嘴灯泡。我为了家,不得已才成了这样。我都牺牲了,你还安分守己干什么?

穆山北吓了一跳,忙说,犯法的事我可不干!

田莹莹扑哧一笑,看把你吓得,叫你受贿,谁给你行啊?老娘我杀猪刀不离手,谅你也不敢包二奶养小蜜。除了这两条,你还能犯什么法?我不让你安分守己,是让你还当你的黑嘴灯泡,你有我,还有什么可顾忌的?该说说,该做做。说心里话,我就见不惯你装孙子。上次你接老翟电话,一口一个"您",一口一个"领导说得对",咱爸看不惯是生气,我看不惯是心疼。真是退了休的老干部,尊敬点没错。他又不是比你大多少,用不着这么惯着他。记得当年你跟老向闹矛盾,电话里骂得他狗血喷头,会上揭发他虚报发票,就让他倒霉,就让他提拔不了,这多痛快。少一个老向,就少一个祸国殃民的。你一个小科长,能做到这一点,我们劳动人民就高兴。

你也别一口一个"劳动人民",这本来就是人民内部矛盾,别搞得跟敌我似的。

田莹莹就笑起来,说你看你,真是机关待久了,说话都是条条框框。

穆山北也笑,叹道你也真是个侠女。自己辛辛苦苦卖肉,不指望老公升官发财,不允许老公安分守己,偏偏要他路见不平一声吼。说着,穆山北鼻翼一酸,揽她入怀,不让她看见自己眼角的抽搐。掐指算算,结婚有十几年了,年轻时吵过闹过,可从未提过离婚。都知道再吵再闹,还是要一起熬日子。这就是贫贱夫妻的情分。他想,自己最郁闷不得志的时候,她也怨过,恨过,骂自己不会混,不争气,总管不住嘴,总想照顾别人。那时还是田父跳出来,替自己说话。现在,自己什么都明白了,日子也红火了,她却变了。按她的意思,让自己在外穷折腾,她来支撑这个家,再苦再累也认了。说什么劳动人民还谈不上,她无非不忍心让自家男人违心做人,违心办事而已。她是好心,见不得自己受委屈。可跟以前的委屈相比,现在的委屈算什么?独居一隅,安分守己,喝喝茶水,看看报纸,一天就过去了,一年就过去了,等十几年与世无争地熬过来,不知要换多少任领导,黑嘴也就慢慢漂白了。到退休时,混个副处级也行,正处级更好。总之一辈子并不落空。老同志没查出癌症之前,多凛然无畏,简直是上管天空下管七厅。一有噩耗,连自己的屎尿都管不住了。想想这些,一切都是扯淡。还是安安稳稳地过日子吧。

不知过了多久,穆山北才在渺渺思虑中停步。他低头看,田莹莹早已睡熟了。他便淡淡一笑,闭上了眼睛。

5

本次七厅干部轮岗,轮得悄无声息。老翟最终也没能去成研究院,变成副厅级,但平调到了厅办当主任。厅办是一处,比九处地位高,权力也大,所以老翟实际上还是升了。老翟毕竟在九处多年,最好的日子都扔在这里,一朝离去,心中终归有些不舍。轮岗决定下来,老翟请处里同事吃饭,连长期请假的老曹也抱病出席。九处众人终于聚齐,实在难得。饭局气氛很好。司机老魏和科员小刘一个劲地劝酒,老翟喝了不少,穆山北也逃不过,喝了几大杯。转眼间三瓶多白酒便没了。只有老曹割了半个胃,有天赐挡箭牌,这才躲了过去。

饭毕,大家在路口打车。老翟让老曹先走,老魏和小刘负责送。穆山北给凉风一吹,头脑清醒了不少,只觉面热心悸。老翟站在路口,仰天默默一叹,说小穆,陪我走走吧。

老翟家就在附近,走回去也正常。穆山北当然不能拒绝。两人并肩走着。时值夜半,又起了轻雾,车和人都不多,在雾里忽而显现,忽而隐去。路灯光线半明半昧,雾气中像是倒扣着的碗。四周很安静,两人的脚步声清晰可辨。他们谁都没开口,就这么走着。一个红绿灯前,两人停住。老翟看着前边,静静道,这次轮岗,九处没有派新处长。

穆山北就说我也奇怪,竟然没人愿意来当处长。

老翟笑,说你个小穆,你还是揣着明白装糊涂啊。

穆山北这回是真不明白。他摇头说,翟处长,你这么说我我可不敢当。

为啥没人来?是因为你小穆。

穆山北虽然不明就里,心里还是一抽,有些不满,但也不便发作。老翟真是喝多了。自己无非一个小科长,就算黑嘴唬人,灯泡夺目,也不至于让人怕到这个地步。此时绿灯亮了,两人继续前行。穆山北勉强笑了笑,算是回应。

老翟说,你在九处,是老干部们的福气,也是处长的霉气。怎么说呢？老干部工作，没人逼你上心，可你就上心了。上心也没错。但在九处，没人想上心，你一上心，就显得别人不够上心。我说的，你明白么？

翟处长，你有什么话，就说吧。我听着呢。

九处处长，说容易也容易，说难也难哪。不求有功，但求无过。组织个体检，安排个旅游，陪同领导慰个问，吃个饭，做个秀。也就过去了。你跟老干部们关系处得不错，按理说，来九处当处长很省心。可为什么没人来？这也有原因。做你的领导，跟你打成一片，你以前得罪的人不高兴。跟你不一心，工作又没法开展，你的脾气谁不知道。据我所知，三处的老黄，宁肯做调研员继续呆在三处，也不想来九处。

穆山北心里激浪翻滚。这些话他都能明白，大家自然也明白。可从未有人当面跟他讲。换做以往，他听了这种言辞，必定会冷笑几声，勃然反击。现在的他不会了。因为他不得不承认，这确是事实。即便如此，他还是说，三处比九处权力大得多，又都是正处级，老黄当然不肯来。这话说出来，连他也觉得苍白。老黄快到站了，这样解释还说得过去。那五处的小肖，七处的小孙，年纪跟自己相仿，为何也没来？还不是明哲保身，不想跟自己搅在一起。眼前的提拔固然重要，但今后的前程更加诱人。一旦贸然前来，栽到九处，未来就没了。以前的老向，老严，老洪，他们本来都有机会进步，却因为身边有个灯泡，有张黑嘴，有位泼皮，全耽误了。

老翟微微一笑，说但愿如此罢。

两人再不说话。到了小区门口，两人不约而同站住。老翟看着穆山北，说我长你几岁，平时批评过你，也全是因为工作，相信你不会记在心上。其实按我的观察,你也不太像以前了。这样蛮好。马克思都说,人是社会关系的总和。人活一辈子,不能总是游离在集体之外,总要找点归属感。你我共事不到一年,彼此了解不多,沟通不够,有些话多说无益,就点到为止吧。说完,老翟又一笑,转身进了小区。

许久,穆山北才想起该回家了。他一个人走在大街上,觉得黑暗中唯独自己在发光。因为只有他亮着,周遭的一切全都漆黑。不知有多少双眼睛暗中看着他,躲着他,厌着他。就像电影正在放着,一人打着手电进来,光线所至,无不是惊诧愤怒的脸。老翟跟自己并无恩怨,又正仕途得意,他说的话,应该是真心的提醒。他说得对。电影是梦,人生也是梦。没人喜欢在聚光灯下看电影。既然大家都在梦里,自己何苦总要打扰。既然大家都喜欢黑暗,自己何必一再照耀。一辆车停在不远处,车灯闪烁几下,黯淡下来。男人拉着女人,向宾馆走去。女人衣着普通,也很文静,看得出有点不自然,左右看着。她看见穆山北,立即低下头,挣开了男人的手,快步走进宾馆。男人一愣,又一笑,跟了上去。穆山北木塑一般,在宾馆外站着。也不知站了多久。直到一个房间的灯亮了,又灭了,这才起步离开。他想,世上的灯,总归明明灭灭。而自己这盏灯已经点亮许久,也该熄灭了。

九处虽有穆山北这个灾星,也不起眼,毕竟是个正处级部门,处长一职不会长期空悬。老翟离开一个多月,新处长小肖就到任了。小肖比穆山北小一岁,以前在五处,是黑腿老于的副手。当然,小肖不是谁都叫的。穆山北见了他,只能敬称肖处。小肖研究生毕业进的七厅,因为学历高,能力也强,厅里又重视,提拔自然就快。小肖在九处新官上任,也不急着开会烧火,翻了翻处里历年的总结、档案,在活动中心转了转,跟老干部们见面寒暄。小肖最近在读博士,案头摆满专业书籍,每天研读不止。穆山北有事汇报,小肖很礼貌,能批的就批,不能批的简单解释两句,并无废话。穆山北未曾见过这么有城府的年轻处长,就算是拿九处当跳板,也太明显了,根本不做掩饰,或者根本不必掩饰。不过这样也好。不像老翟在日,动不动就一个电话召他下来。小肖跟他不常见面,有时甚至一周见不几次。穆山北起初还不适应,后来便习惯了。活动中心还是很热闹。以前不来活动的,像老向、老严他们,也会来打打牌,下下棋,并且频率从偶尔变成经常。穆山北见了他们,一视同仁,端茶倒水,热情张罗。老向老严们一开始有些尴尬。日子久了,便同其他老干部一样,说小穆,帮忙倒点水;小穆,替我起起牌。穆山北自然是有求必应,笑脸相迎。正如田父说言,到了这把年纪,什么仇恨,怨气,都是扯淡。再怎样,也不如身体健康,多活几年。

半个月过去,小肖通知处里全体开会。穆山北、老魏、小刘自然参加,老曹也抱病出席。小肖倒没什么新思路,让大家一切照旧,该修养的修养,该上班的上班。岗位也没有调整。穆山北还是整天呆在活动中心,陪老干部们玩牌下棋。田父和他喝二锅头,吃猪头肉之际,也聊起过小肖。经田父分析,小肖要么是彻底的清静无为,要么是枕戈待旦,正在"跃如也"。果然,小肖来处里两个月后,开始出招了。老翟当时赌气,停了中心的茶叶。小肖问明缘故,无语一笑,私下让穆山北去买茶叶。如果换做穆山北是处长,定会当众下指示,博得老干部们一片赞扬。不过此事若是给老翟知道,也定会不悦。而小肖这般处理,既让老干部们感到了新人新气象,又不得罪前任,何其圆熟老练。

周一这天,小肖把穆山北叫去,说别的厅局都组织老干部棋牌比赛,问他七厅搞过没有。穆山北说没搞过。小肖问原因,他老老实实说,比赛需要经费,厅里没这个预算。小肖点头一笑,讲起了别的事。周五,小肖又叫他去,说经费已经申请下来了,虽不多,但也足够。比赛方案我也拟好了。你跟大家通通气,组织一下报名。事不宜迟,马上办。

穆山北连声说好,接过厚厚的一沓材料,起身离去。小肖果然是个狠角色。以往历任处长,别说去申请预算外经费,就是年年都有的体检、旅游开支,四处都要审计再三,剔出一两个小瑕疵,让处长脸红脖子粗。小肖面不改色,几万块居然手到擒来。足可见其面子大,手段高。让穆山北唏嘘不止。等到了中心,看罢方案,更是拍案惊奇。他当即打出一份通知,贴在门口。老干部们见了,一片哗然,无不踊跃报名。大家来中心打牌下棋,已很开心,此番比赛又有奖品诱惑,当然应者云集。奖品共分五等,一等奖是双人双飞海南五日游,二等奖是豪华智能电饭锅,三等奖是多功能按摩器。凡进入复赛者,一律奖励茶树油一桶;凡报名参赛者,统统发给影集一册。含金量之高,普及面之广,在七厅闻所未闻。

回到家,穆山北忍不住在饭桌上吹嘘一通,说小肖果然在"跃如也",要搞大动作了。田父就着猪头肉抿了口二锅头,撇嘴一笑,说还不是上面有人,肯捧他。九处以往不出干部,是因为没政绩。没政绩是因为没经费。没经费是因为没人捧。小肖人年轻,业务好,关系硬,各种条件都具备,说提拔就提拔了。现在的同事,指不定哪天就成了他下级;现在的上级,谁能说卸任后不会有求于他?大家都这样想,谁肯跟他刻意过不去?花的又不是自己的钱,也不是花在自己身上,于公于私都有利,何乐而不为。

田莹莹点头称是,补充说这跟我们菜市场一样一样的。每到周末,菜市场搞促销,促销的都是啥?全是卖不出去的东西。狠狠心,扔了也就扔了。因为价钱低得多,买家倒真不少。菜市场有了人气,我们处理了废品,消费者以为得了实惠,皆大欢喜。

父女二人一唱一和,穆山北差点笑出声。不过仔细想想,又觉得田父打蛇打七寸,老婆话糙理不糙。说得都对。一夜无话。第二天上班,他忽然发现棋牌比赛已成全厅焦点。以前点头之交、漠视之交的人,见了面居然也会说,你们九处有钱啊!打打麻将就好几万。穆山北一时还不习惯,反应不过来,便笑道哪里,哪里。这是田父耳提面命过的。田父教诲道,行走官场,务必慎言。凡事最好有预案。突然发问,思索不及,就说"哪里,哪里"。偶然间,穆山北听见有人也问小肖,立即屏息侧耳。小肖微笑,大大方方道感谢厅里重视九处,重视老干部工作。穆山北闻之,立即绝倒,叹为观止。此答既大公无私,又公私兼蓄。厅里重视,肯拨经费,那是花在老干部身上,处里并没什么油水。然而厅里对哪个处不重视?为何偏偏预算外拨经费给九处?说到底,还是因为重视小肖。

比赛临近,热身活动如火如荼,活动中心人满为患,麻将、纸牌添购了多副,依然供不应求。十八楼上,但闻麻将声声,不绝于耳,宛如雨点打叶。知道的是七厅搞比赛,不知道的还以为是专业麻将馆。正式参赛名单出来,穆山北吓一跳。除了几位做化疗的老干部，其余的几乎全报了名，有的还麻将、双升兼报。他不敢做主，马上请示肖处。小肖提笔算了算，实在无法满足，指示限定每人只能报一项。老干部们虽然有点遗憾，但也理解。即便是报个名，就有精美影集可以拿，九处已经慷慨如斯，再去计较未免太贪心，让人笑话。

到了比赛那天，钟厅长亲临仪式，代表厅党组宣布比赛开始。小肖交际面甚广，还请来了几个省报、市报的朋友，仪式后对钟厅长进行了专访。钟厅长便简单谈了谈七厅对老干部工作的一贯重视，以及七厅最近的工作情况。新闻第二天见报。篇幅不大，只有两段，一百余字。一段说七厅的本次比赛在人数、奖项上，都是省直厅局之冠。一段讲七厅近年来工作成绩，家底厚实了，才能壮有所用，老有所养。文字之外，还配有图片。一张是比赛现场人头攒动，一张是钟厅长和老干部们谈笑风生，小肖面带微笑，陪在一侧。连穆山北也露了脸，可惜只有半张，另外一半硬生生被裁去。田父是读报老手，特意剪下，仔细贴在笔记本上，立此存照。威威见了，兴奋不已，直嚷嚷我爸爸也上了报纸。

比赛期间，参赛者正襟危坐，麻将牌好似县太爷手里的惊堂木，到处噼啪作响。穆山北荣任服务员兼裁判员，刚两天过去，已累得五体投地。即便是吃了腰花，也提不起那个兴趣。田莹莹就笑，说二十年的落后分子，这回再当不上先进，天理不容。穆山北说，我倒不是想当先进。穆某浪迹七厅凡二十年，未曾受过重用。跟他小肖素昧平生，却对我如此看重，万一出了岔子，真是无颜以对。田莹莹却说，出岔子也无所谓，只要不是你的责任，看谁敢拿你当替罪羊！不说话，并非不是黑嘴，不晃人，并非不是灯泡。你怕什么？腰板子硬起来！穆山北一点力气都没有，苦笑一声，算是回答。

可岔子偏就来了。这天比赛双升，胜者进入决赛。一旦进去，至少是个智能电饭锅，而进不去，只能是多功能按摩器。电饭锅一千多块，按摩器不过几百，故而竞争激烈。某组中，老向和老严搭班，不幸实力实在不济，苦战几局后行将告负。老严急了，也不知哪来的火，指责对手犯规。对手当然不满，两下里就争吵起来。老向自然向着搭档，把牌往桌上一撂，赌气说不打了！

这一撂，就撂出了祸。对手中，有个副厅级的退休干部老郑，而老向当年调进七厅，还是老郑亲自办的手续。老向发火，老郑很生气，认为一则无理取闹，二则翻脸无情，当即就说，老向你年纪也不小了，别输不起。老向脸上顿时挂不住了。不错，那时是你给我办了事，可我战战兢兢伺候你的日子也不短，没有功劳也有苦劳。以前你是领导，我是下级，说几句没什么，现在都是退休的人了，你还这么当中磕碜老子，凭什么？老向想到这里，气得七窍生烟，感觉尊严遭到践踏，就站起来，怒道我输不起？也不知当年是谁副厅长没弄上，弄了个助理巡视员，在党组会上破口大骂的？

所有人都愣住了。话说至此，情势突变，直接进入互相揭老底的阶段。大家共事多年，彼此知根知底，谁没点老底可揭？老郑见他突然发难，当然不肯示弱，奋起冷笑说，我倒记得有人虚报发票，被人揭发，处长也没混上，还在办公室痛哭流涕呢。

穆山北当时正在另一个小组搞服务，听见有人吵架，立即过来劝解。不料刚来到事发现场，恰好听见这一句。老向蓦地看见小穆，宛如大白天遇到鬼，脸色顷刻间雪白雪白。老郑宜将胜勇追穷寇,继续冷笑说正好小穆也来了,你是当事人,你说是谁输不起!

这个关口,断然不能再说"哪里,哪里"。可除了这一句,穆山北脑中空空荡荡,找不到一个字眼来回。他只好沉默,尴尬之极。老向刚才揭老郑短,属于本能地脱口而出,并未深思熟虑,经老郑当头断喝,才意识到自己的失误。这场争端毫无意义,辩来辩去,无非是将彼此丑事公诸人前,惹来不屑。何况穆山北就在眼前,旧怨重提,更是双倍的耻辱。老向张口说不出话,只觉血滚上翻,一时天旋地转。周围人七嘴八舌劝起来,不劝还好,越劝老向脸色越白。老郑冷静下来,觉得有点过意不去。打人不打脸,骂人不揭短。都是退了休在家的老人,也都是干部出身,不过是电饭锅和按摩器的纠纷,根本不值得这样斗鸡似的攻伐。老郑不愧是副厅级别,主动求和道,算了算了,犯不着,不就是一个电饭锅嘛。

老郑的本意是好的,想把气氛缓和下来。大家纷纷说老郑都表态了,老向你也说句话。可老郑的话在老向听来,分明是在说他如此兴师动众,不惜拿出泼妇骂街的手段,仅仅是为了个电饭锅。窘迫如斯,情何以堪。不由得气上加气,两眼圆瞪,喘息也短粗起来。穆山北见他脸色难看,而大家都呆在原地不动弹,便只好上前一步,关切说向处,没事吧?

老向见穆山北走近,看不清他是在笑,在关心,还是在揶揄。老向额角急出汗粒,忽觉心中一闷,再也呆不下去,推开人群朝外走。刚跌跌撞撞走出两步,却没留神腿边的椅子,一腿踢上去,重重地摔倒。众人惊呼老向!老向!穆山北一直跟着,离得最近,忙伸手扶住他,只见他牙关紧咬,五官包子褶般扭在一起,指着左脚。穆山北撩开他的裤管,脚脖已经肿起老高。众人继续惊呼脚崴了!

脚崴了！穆山北不敢再犹疑，背起老向就往外跑，边跑边说让让，让让。众人豁然大悟，马上簇拥在身后，寸步不离。来到电梯口，早有人抢着按了电钮，却见四部电梯纹丝不动，大家急得纷纷叹息。穆山北背着老向，冲开人群，向楼梯间冲去。众人又大悟，纷纷说，对，走楼梯！走楼梯！便蜂拥追上。楼梯间很窄，穆山北又是一步三跳，老干部们尾随不及，只得跺脚叹息。这时才有人想起赶紧叫车，赶紧通知小肖。于是打电话的打电话，去九处的去九处。

从十八楼到大厅，平时走下去，不过十分钟。如今肩膀上多了个人，台阶也骤然变多，不像是七厅十八楼，而是泰山十八盘。穆山北起初还能一步几个台阶，到了九楼，脚下早已凌乱，双腿一再颤抖。老向趴在他背上，听他大口喘息，不禁垂泪道，想不到是你背我。穆山北急得说不出话，只是机械地迈着步子。老向呻吟几声，叹道丢人啊，都丢到人跟前了。小穆，谢谢你。穆山北好容易才说，向处，你脚还疼吗？老向揩了把泪，说脚崴了算个啥，腿断了又算个啥？刚才一屋子人，除了你，没一个上来扶一把的。都在看笑话。他们每一个我都认识，每一个都得过我的好。偏偏是你来背我。小穆，你不恨我？

此时二人已来到三楼，只听得楼下脚步纷杂，大概是小肖得了消息，来接了。穆山北喘口气，刚想答话，却觉得脑后湿漉漉的。原来是老向涕泗交集，说小穆，到今天为止，我明白了，你是黑嘴不假，可你肚子不黑，心里不黑。我是白活了六十多年啊，好赖人都分不清。穆山北听见了小肖的声音，顾不上跟老向说话，大声叫起来。老向也不再说话，只是长叹一声，拍了拍他的肩膀。众人赶到,七手八脚把老向抬上车,送到医院。等X光检查过,才知道老向不但是崴了脚,腓骨也折了。

好端端的七厅老干部棋牌大赛,出了老向这档子事,终归是九处的工作失误。小肖亲笔写了检查,代表九处全体同志在党组会上宣读。会上研究决定,鉴于九处刚刚调整,小肖到任不久,情况还不熟悉,特进行批评告诫,并取消九处年底评先评优资格。老翟是厅办主任,列席党组会,直听得一身冷汗,心里很不是滋味。他刚调离九处,按党组的说法,九处这次出事,似乎还有他的遗留问题。幸好老向只是摔折了腿,没出人命。真要是老向有了好歹,小肖倒霉,自己脸上也无光。会后,老翟特意给小肖打电话劝慰。小肖倒平静,歉意道给老处长抹黑了。两人唏嘘一番。当晚,老翟约了几个熟悉的处长,组织了个饭局,主题是给小肖压惊。饭局上,大家谈到穆山北,禁不住抚今追昔,感慨一阵,都说想不到。他和老向结怨已久,当年打也打过,骂也骂过,恨不能吃掉彼此。孰料老向倒地,众皆失语,仗义出手的却是黑嘴小穆。而老向和老郑,当年谈不上亲密战友,也算有过深交,竟为了一场游戏、一个电饭锅弄得斯文扫地,兵戈相向。真乃人生若只如初见,当时只道是寻常。大家一再安慰小肖,说什么穆山北是处长灾星,谁碰见谁倒霉。而小肖却一直在笑,丝毫没有锋芒受挫的失落。最后,小肖说,感谢诸位老兄抬举,今后九处的工作,还要继续仰仗各位。说着,小肖举杯一饮而尽,算是给饭局划了个句号。

老向住院,小肖检讨,比赛继续,但大家兴趣已然锐减。好像吃饭时吃出个苍蝇,旅游时踩了块狗屎,心情大打折扣。一周后名次决出,该双飞的双飞,该领电饭锅的领电饭锅,总算是尘埃落定。穆山北办完了差事,仿佛噩梦初醒,既庆幸梦中的危险并不存在,又担心此梦会不会是什么征兆。一个月提心吊胆地观察下来,他发现小肖还跟以往一样,有事了叫他到七楼说说,没事了成天不见一面。穆山北百思不得其解。老向和老郑的冲突,虽跟他没有直接关系,毕竟是在他眼皮子底下发生,责任是免不了的。小肖新晋处长,因为此事当众检讨,大煞威风,难道不会迁怒于己?就算现在不迁怒,以后会不会找机会报复?以前做灯泡当黑嘴时,已经有过那么多教训,不能不让穆山北忧心忡忡。说实话,他是真心想在九处好好混下去,不愿再有麻烦。可天底下的麻烦,有几件是自找的?又有几件是别人强加的?就怕树欲静而风不停。晚上回家,翁婿二人照例是二锅头猪头肉。田父听了汇报,说那你打算怎么办?

我没想好,以不变应万变吧。

错。田父喝了口酒,摇头道,他不找你,有两种可能。一种是真的不在意,一种是等你找他。据我的判断,他是后者。怎么讲?此人城府很深,凡事都有分寸。老向的事,搁在任何一个处长那里,都得跟你有个说法。可他偏偏没有。没有就是最大的有。

我在六处时,找过老严交心,可适得其反啊。

老严跟小肖不同。你进六处,是老严被动接受。小肖进九处,是主动前来。既然来了,就不怕,对你肯定有预案。

穆山北点头称是,心里还是不舒服。睡觉时借着酒劲,对田莹莹发牢骚,说只听过瘟疫有预案,火灾有预案,我一个小小的副科长,也得有应急预案?难道我在别人眼里,真是洪水猛兽了?田莹莹笑道,我就是让你成洪水猛兽。小肖算什么,他好好待你,你就老老实实。他敢对你有半点不好,你就拿出杀手锏来,让他知道什么是黑嘴灯泡。我可提醒你一句,关键时刻别掉链子,该出手时就出手。有我,你怕啥?穆山北仿佛被针刺一般,身子一抖,有心道你就饶了我吧,却强忍住没说,长叹一声,倒头便睡。田莹莹最近商途坦荡,两个肉摊子生意兴隆,底气自然十足。别说是处长小肖,就是厅长跟穆山北问难,她都敢打上门去。她甚至动员他离开七厅,不受那个窝囊气。可一来穆山北除了混机关,实在没有别的本事;二来田父也反对,认为此举甚是愚蠢,田莹莹这才作罢。

次日一早上班,穆山北来找小肖。小肖也刚进屋,正拿起话筒,见他来了,也不惊讶,很自然道你先坐,自己倒点水喝,我先打个电话。

小肖的电话是打给导师的,请教一个论文上的问题,没有很快结束的意思。弄得穆山北走也不是,坐也不是。他本打算一鼓作气,把来意说明。不料却是这么个局面。好几鼓过去,他想站起离开,小肖却摆手示意他坐下,脸上满是笑意。他只好继续如坐针毡。大约十几分钟,电话终于打完。小肖歉意道,书到用时方恨少,论文上的事,耽误你时间了。穆山北已是汗流浃背,忙说,哪里,哪里。小肖见他头上濡湿,随手打开空调,继续自责道我怕冷风,没开空调的习惯,热了吧?穆山北简直要举手投降,准备好的话一句也记不得。幸好小肖笑着说,你不来找我,我还正想找你呢!你来看个东西。

穆山北手上全是汗,接过小肖递过来的材料,纸上顿时两个大指印。他看着材料,淋漓热汗遽然冷却,手也抖起来,只好换了个坐姿。看罢材料,穆山北火往上撞,愤慨道谁这么缺德,整九处的黑材料？话一出口,他蓦地愣了。糟了,难道小肖是怀疑自己？

材料不长,两页多纸。上面详细列举了此次大赛的各项花销,并与市场价格对比,指出可疑之处多个。最后,建议厅里对比赛开支进行专项审计。穆山北有心撇清自己,又不知该如何开口。在老向、老严、老洪时代,他的确有过此类行为,甚至是精于此道。可自从来到九处,他早已刀枪入库马放南山,收手不干了。而材料数字之准确,类别之详尽,不是九处自己人,根本无从得知。小肖不会自己整自己,老曹也不可能,老魏小刘对小肖奉为神明,除了他穆山北,还有谁更可疑？想到这里,他看见小肖还是一脸淡然微笑,禁不住脱口而出道,肖处长,您不是怀疑我吧？说着,他居然委屈得想掉泪。幸好田莹莹不在场。

看你说的。小肖严肃道,我要是怀疑你,还让你看什么？

穆山北一声叹息,感动道,谢谢肖处长信任。

这个材料,是四处昨天转过来的。你把比赛所有账目,清单,发票都整理一下,上午就送到四处去。

没问题。所有票据都在,一分钱都不会错。穆山北咬牙切齿道,不知是哪个王八蛋搞的鬼,居然整到九处头上了。真他妈的该死！

算了算了,你也别骂骂咧咧的,注意形象。论年纪,我该喊你一声老兄。这件事既然出了,就别动气,四处审计的时候,有不明白的地方,耐心解释,务必保持冷静,维护团结。不过是几万块钱,也都花在老干部身上了,九处以前是冷衙门,忽然搞了个大活动,还是预算外的经费,审计一下也无可厚非。

穆山北自愧弗如,连连点头。等出了门,才想起该说的话一句都没说,这一趟算是白跑了。也罢,等审计结束了,办成了差事,再跟小肖交心也好。穆山北整理好票据,捧在手里,抖擞精神,直奔四处。四处管财务审计,处长是小高。小高年纪跟穆山北一样,本次轮岗刚刚上任。他平素以严格闻名,膘肥体壮,肚子挺大,却不能撑船,加上新官上任,驭下极严。穆山北敲门进去,小高正埋头看报表,见他来了,也不待他说话,就面无表情说你先等等,我这就安排人。不多时副处级会计老齐到了。小高继续面无表情说老齐,你把九处这次活动的账目核对一下,厅里要得紧,就在这儿现场办吧。

老齐是个女同志,发型却像个男的。不但发型像,动作也像。当即坐下,一手翻着票据一手敲打计算器,嘴里还念念有词,如同敲木鱼诵经的和尚。她一边算,一边把某些票据剔出来,放在一旁。进来的时候,穆山北跟她打招呼,却不见她反应,心里本就不悦。见她这副百毒不侵的高僧风范,更是气不打一处来,勉强才忍住。不多时票据整理一遍,老齐指着剔出的票据,一张张质询。什么出租车票多了,什么餐票多了,什么烟酒票不能报,总之不合规矩的举不胜举。穆山北有点憋不住了。他的黑嘴是童子功,基本功相当扎实,别人越是有意刁难,他越是头脑灵活,反应敏捷,一句句答得滴水不漏。不但一滴不漏,还能反戈一击,让人家下不来台。比如老齐问,经费里没有餐费这一项,为何有一千多的饭条子?

穆山北不慌不忙,说齐处,老干部们可不像年轻人能熬。那天打双升,一直打到晚上七点,有几个老干部犯了低血糖,浑身冒汗,我们九处是给老干部服务的,不能这么着送回家吧?就在厅里食堂点了几个菜,让他们多少吃点。其他的老干部见了,也想一起聚聚,人就多了,整整三桌才够坐。吃了饭,老干部们不好意思,非要自费。因为比赛吃的饭,哪能让选手自费?九处就掏了钱。齐处,您要是觉得不合适,回头发个通知,让他们挨个把钱交上来,您看行不行?

老齐脸一怔,嘟囔了一句听不清的话,又指着一张发票,断然说厅里有规定,烟酒的费用不能报。

穆山北笑起来,说我们九处是无烟处室,肖处长我们都不抽烟。这也是老干部们打麻将熬不住,非要抽的。对了,老彭厅长也参加了比赛,还是他带头提议的呢。

老齐是老彭的儿媳妇,却跟老彭夫人一直处得不大好,婆媳曾大闹过几次,在七厅传为美谈。穆山北居心不良,这个节骨眼上搬出了老彭,无异于釜底抽薪,断了她的后路。老齐狠狠剜了他一眼,说还有这双飞海南的费用,报纸上旅行社的价钱,比这个便宜多了。穆山北正色道,齐处长说得太对了!旅行社的报价,的确比这个低了好几百块。但您去问问,旅行社报的是裸价,三餐都没有,也没医疗人员陪。这次双飞的是老干部,不能不吃饭吧?不能没保障吧?万一出了事,就不是几百块的问题了。九处也为难。钱不花到位,对不起老干部,花到位了,齐处长又挑不是,您说难不难?

老齐被挤兑得体无完肤,走投无路之际,不得不向小高求援。小高又好气又好笑。黑嘴小穆的本事,这还是第一次身临其境,虽然说得都有道理,可这毕竟是四处的地盘,是我高某的地盘,你这么当面挤兑我的人,也太不拿我当回事了。小高皱眉道,穆科长别这么说,都是同事,都是工作,谁跟谁为难?

穆山北听了,马上站起,肃敬道,还是高处长说得对!既然没什么了,那我就走了。这票据,您看是搁在四处,还是我抱回去?

小高真有点动气了,就说放在这里吧,回头我跟肖处长沟通一下。

穆山北笑容可掬道,肖处长最近工作很忙,把这件事交给我办了。您要是沟通,就找我沟通吧。上班时间我都在,下了班,只要您叫我,我随叫随到。

老齐本想不跟他一般见识,隐忍过去算了。但见他如此刁钻利口,她再也忍不住,冷笑说穆科长真是好大面子,连高处长的驾都挡下来了。

穆山北一脸委屈道,我一个小副科长,哪敢挡高处的驾?就是您齐处的驾,我都不敢挡!您忘了这次发奖品,老彭厅长得了个电饭锅,您替他领的,我挡了么?没有吧。后来老彭厅长的夫人打电话来问,把我劈头盖脸骂了一通,我连个屁都不敢放。您看这事弄得。

这倒是真事。老齐家里正缺个电饭锅,就以老彭儿子孙子的名义留下了。至于老彭夫人的态度,她才懒得管。老齐是四处的老人,又是前任副厅长的儿媳妇,小高对她都挺尊敬,何曾受过这样的窝囊气?老齐腾地站起来,怒喝道,你有什么了不起!说着,眼中含泪,夺门而出,一路啜泣不绝。小高看得目瞪口呆,领教了小穆的黑嘴功力之后,他也无心和他纠缠,就没好气说穆科长你先走吧,有事再说。

门口早有人围观。穆山北点头离去,穿过人群,走得器宇轩昂。两天后审计结果出来,自然是没什么问题。不过穆山北大闹四处的风采,很快不胫而走,轰动全厅。穆山北本来就是焦点人物,如今沉寂一年有余,这回算是正式复出,重装上阵。一个新提拔的处长,一个资深副处调,被一个副科长整得面红耳赤,无言以对。老齐那样刁蛮的人,居然不堪挤兑,落荒而逃。可见黑嘴小穆本色不改。大家都说,四处也是的,不就是几万块钱,犯得着那么斤斤计较?即便九处假公济私了,公就那么大一点,私还能济到哪儿去,都是一个厅的,何苦这么自相残杀。传来传去,竟成了四处有意跟九处为难,小高有意跟小肖为难。加上小高一贯苛责,小肖向来低调,受过小高审计的处室闻风而动,舆论风头直指四处,直逼小高,纷纷指责四处太过分,连九处那样的冷衙门都不放过。事情闹到最后,厅长都惊动了,让主管领导了解情况。九处是老焦分管,四处是老林分管。老焦黑着脸把小肖叫去,说你们九处做得对,谁碰见这样的事都受不了。不过下次多注意,真让人抓住把柄就不好了。老林也把小高叫去,不显山不露水地批评一通。小高觉得挺无辜,却也无从辩解,唯有自认倒霉,少不了心中痛骂一顿穆山北。

此事过去不久,几个厅长一起参加全国会。晚上吃过饭,聚在钟厅长的房间闲聊。说来说去,说起了四处和九处的公案,都觉好笑。笑毕,老林说小高这个同志,严格审计是对的,厅里上千万的专项资金那么多,跟九处那几万块过不去,是有点小题大做。我已经说过他了,要注意团结,注意稳定。

钟厅长笑道,你批评得有点狠了。年轻人嘛,既然没大错误,还是得以鼓励扶持为主。小肖和小高,都是这次新提拔的,不过在这件事的处理上,小肖做得更成熟一些。

老焦马上说,我也跟小肖谈了,批评他不该让小穆去。本来挺小的一件事,小穆舞马长枪地一折腾,没事也整出事来了。

小穆?他在九处工作?叫什么?

钟厅长是去年外调来的,穆山北一介副科长,实在太过平凡,难入钟厅长法眼,故而对他的事迹了解不多。老林和老焦都是七厅本土培养的干部,胡子里长满了小穆的故事,当下捡了几件要紧的,绘声绘色,讲述一番。其中自然提到了当年他和老向打架,前些日子他又背老向下楼。钟厅长哈哈大笑,说这么看来,这个小穆还是挺可爱的,现在是什么级别?还是副科长?老焦脸黑,但不耳背,听得出"还是"二字上,钟厅长好像加了点重音。

6

由于厅里取消了九处本年度评优评先资格,穆山北没当上先进,年底考核却评了个"优秀"。这个优秀是小肖力主的。九处本来人就少,优秀指标只有一个,小肖一言九鼎,别人再无意见。于是穆山北一人优秀,其余都是称职。穆优秀回到家,自然举家庆祝。猪头肉端上,二锅头倒上,大家兴高采烈。田父说山北已经连续五年称职以上,又任副科长多年,可以提正科了,关键是组织推荐这个环节。穆山北心里一动。田莹莹却撇嘴,说科长算什么?我那个菜市场,归街道办事处管,最多是个股级,可人家油水有多大?当了科长,也涨不了多少钱,还得承人情,还不如副科长天不怕地不怕呢。

田父斥道,你又没在机关待过,你懂什么?

穆山北不敢反驳田莹莹,只是笑。副科长多年,他不是没想过晋升。可晋升谈何容易。首先是个人自荐或组织推荐,然后是资格审查,述职,民主测评,拟定人选,讨论任用,最后是公示。这一套流程对他而言,最多推进到民主测评就终止。当黑嘴灯泡之际,他见组织没推荐的意思,还搞过两次自荐,资格审查时便被拿掉。此后恍然大悟,明白是白费,再没自荐过。小肖对他不错,给他弄了个优秀,不过科长一职,还是太遥远。黑腿老于管着五处,黑脸老焦管着老于,而这俩人自己多少都有冒犯。就算过了民主测评,拟定人选、讨论任用,哪一关是好过的?穆山北见田父还想再斥,忙道顺其自然吧,该是咱的,跑也跑不掉。

晚饭时有腰花,穆山北明白田莹莹的想法,那个过之后,感觉甚美。田莹莹问他,真想从此走仕途,不当黑嘴灯泡了?穆山北冷静答道,混了二十多年,才明白这两者并不完全冲突。田莹莹一愣,表示不解。

穆山北耐心解释道,这次小肖以优秀相赠,所为何故?非他不能大闹四处,闹过之后,小肖已然深得民心,借机打压了小高。他们俩都是年轻处长,炙手可热,所在部门却冷热有别。此次风波过去,在领导眼里,小高虽在机要重地,却没有大局观,不懂团结同志,而小肖人在冷衙门,但凡事低调,为人谦和。两下里对比,高低立现。

田莹莹怒道,原来如此,小肖这个王八蛋,是拿你当枪使啊。跟他没完!

这话不假,但不能这么说。穆山北淡淡一笑。我本来就是枪,不过无人敢拿,只能自己乱放,还经常走火。我在七厅,可以分为三个阶段。第一个阶段,从进七厅到离开八处,我在七厅黑嘴加灯泡,在家有酒有肉。第二个阶段,从进九处到跟老齐吵架,我在七厅主动漂白了嘴,熄灭了灯,在家呢?酒也没了,肉也没了。第三个阶段才刚刚开始。我也学明白了,嘴该黑的时候,坚决要黑,灯该亮的时候,坚决要亮。我从现在开始起步,副科长,起点够低了吧?我的要求也不高,退休时副处长足矣。你爸退休,是副处调,副处调你懂么?是非领导职务。副处长,一字之差,却是领导职务。能比你爸强一点,好歹不是一代不如一代。

田莹莹说,那小肖要是让你老老实实,你就真老实了?

他才不会呢。人在七厅,连我都渴望升官了,别人不比我热烈百倍?人一有渴望,就会有对手。明的没有,暗中也有。有了对手,就需要过招。过招之际,我就有用武之地了。

你冲锋在前,他坐享其成,怎么想都觉得你亏。

穆山北想笑。跟一个野心勃勃的小业主谈官场,毕竟语境不同,难以沟通。但字里行间,老婆对他的维护和担忧溢于言表。他不愿让她担忧。他已经决定了今后的轨迹。于是,他索性揽她在怀,闭上眼道,睡吧。过了几天,小肖在例会上宣布,处里依据岗位设置和厅里的晋升条件,结合本处副科级干部近几年的思想和工作表现,决定负责任地向厅党组推荐穆山北同志晋升科长。处里众人都赞成。会后,小肖让穆山北赶紧准备材料,填好《晋升正科级干部报名表》,盖了处里公章后马上上报。穆山北表示感恩,立即一一照办。又过一个月,小肖报喜说经过努力,资格审查已然通过,让他注意搞好跟处里同事的关系,迎接民主测评。穆山北回家跟田父和田莹莹商量后,从家庭财政拨专款请处里老魏和小刘吃了顿饭,又给老曹送去一堆补品。大家都明白他的用意,无不表示支持。民主测评那天,老曹抱病亲临现场,身体力行,加上小肖率先垂范,这一关又是顺利鼓掌通过。到了拟定人选,讨论任用阶段,当然也有人不忘旧怨,提出非议,但有老焦黑着一张脸力挺,有惊无险地又是通过。公示下来那天,穆山北正陪几个老干部打麻将。他不善打牌,屡屡点炮,给贴了一脸的纸条,杨柳般根根垂下。听了消息,老干部们纷纷嚷着让他请客,要他表态。穆山北心中痛快无比,心牵着嘴,嘴牵着脸,牵连着纸条也左右招展,连连说"哪里,哪里"。回到家,二锅头猪头肉自然是免不了的。田莹莹虽然不愿他委曲求全,但见他终有所获,心里还是高兴。田父更是笑逐颜开,自认后继有人矣。这个周末,一家人到了车市,花了三万多块,买了辆国产小面包车。田莹莹刚拿的驾照,还不熟练,一路上险象环生,一家人大呼小叫。立交桥上坡之际,车还熄了火。后边的车喇叭声响彻云霄。天已黑了,田莹莹心虚,害怕溜车,命令穆山北下去推。他责无旁贷,率领威威推车。面包车终于开走。穆山北退后,一边拉紧了儿子,一边看着车水马龙,灯火穿梭,只觉一阵恍惚。四十多岁了,儿子挺争气,老婆有本事,自己呢,总算也提拔了。如果晚上老婆能再爆个腰花,老丈人能开瓶二锅头,那他的日子就更好过了。

二〇〇九年十二月　郑州马李庄

空位

1

  七厅有一个研究院,级别为正处。研究院有两个姓蒙的,老蒙和小蒙。老蒙自然是小蒙的爹。小蒙今年二十七岁,是院里工勤杂务。他进院四年,没有固定办公地点,常在二楼司机班混。其实混日子也就罢了,可他偏偏又混得不好,心里难免犯堵;小蒙自己堵也就罢了,偏偏这天二楼下水道也犯堵了,屎尿横流,蔚为壮观。大家发现之后,一边掩鼻四散,一边纷纷嚷小蒙、小蒙。他手脚并用,忙了一上午,但效果全无。下水道就像水泥浇注,滴水不漏。院里一共四层楼,二楼一堵,宛如肠道从中段打了个硬结,在此办公的同事们无法方便,只能去楼下解决;而三楼、四楼的同事素质又很高,不便火上浇油,堵上添堵,也得去一楼。故而一楼厕所压力陡增,一时摩肩接踵。因接待能力有限,高峰期还需排队。领导也是人,也有排泄需求。领导跟群众打成一片,列队进出,无比尴尬。厕所隔板厚不过两指,又坏了一块。并肩作战之际,喘息声清晰可辨,都不好弄出太大动静,就是喷薄欲出之际还得含蓄收敛,简直是有违人伦。所以大家脸上都很难看,不免怨声载楼。小蒙没见过这种场面,直急得眼圈通红。小蒙急,老蒙更急。蒙家昨天有个西瓜变质,老蒙舍不得扔,偷偷剜了块瓜心吃掉,本来还不无得意,不料今天一直蹿稀。他已经五十八岁,官居副院级,再有两年就退休。从四楼到一楼,上下往复几次,直累得腿软脚麻。别人尚能抱怨,他却抱怨不得;不但不能抱怨,还得守在厕所口,帮小蒙出主意想办法。午饭时,全楼臭气熏天,谁都吃不下盒饭,无不埋怨蒙家父子笨蛋。

折腾到下午五点,老蒙忽然灵光一现,说闻道有先后,术业有专攻,咱请个专业疏通工人吧。小蒙赞成,马上打电话找工人,谈好工钱150块。专业人士果然好手段,药到病除之后,又说已经过了上班时间,属于加班加点,坐地涨价到300块。300块不是小数目,排骨能买20斤了,老蒙小蒙觉得心疼。屎尿是大家的,蒙家出力还不够,还得出钱,如此舍己为公,实在太不划算。二人上阵父子兵,一番血战,成功砍掉50块钱。工人拿了钱立即翻脸,愤然拂袖而去。剩下一地污渍秽物。老蒙见大家都下了班,索性也不再顾忌,亲自拿起拖把,给小蒙打下手。做好善后工作,已是晚上八点,父子俩便洗了洗手,一起回家。

父子同在院里上班,一人一辆自行车,每天同出同归,令人羡慕。羡慕之说,是旁人强加的,小蒙不仅不能认同,还视为耻辱。到了车棚,空空荡荡只有两辆车子。看门老周见他们取车,笑道爷俩下班了?老蒙满脸的笑,点头称是。小蒙也笑,但不说话。骑出研究院,小蒙脸蛋铁青,一路置气。老蒙不置气,一边骑车,一边埋怨他不懂礼数。听得多了,小蒙陡然喝道,你懂礼数有屁用,你要是公车接送,我不也能沾光?你连我都安排不了,还说是副院级呢,还说我在事业单位上班呢,根本就是个掏大粪的。

老蒙一愣,只好说院里情况你也知道,编制紧张,没有空位嘛。

小蒙不再接话,奋力蹬车。老蒙老矣,虽也奋力在蹬,依旧跟不上小蒙。两人一快一慢,中间空出老远。面对差距,老蒙深感为父之尊,教子无方,当然怒不可遏。到了路口,小蒙停下等绿灯,老蒙这才气喘吁吁追上。刚想训斥,却见他厚厚的眼镜片下,双眼已然通红湿润。老蒙满腔怒火立时消弭,心疼道你也别急,空位早晚会有。真不行了,再熬上两年,我退了休,你接班。小蒙喃喃道,再过两年,我都29了。此言既出,宛如铁幕滚滚坠落,父子俩一起沉默。此后一路无话,各怀纠葛,直到家里。停好车子,老蒙讨好道你先回家,我买点熟菜。小蒙心里说都快九点了,哪还有熟菜可买?还不是街角旮旯那个脏兮兮的卤肉铺。他嘴上却不讲,点头离去。

母亲开的门,一见小蒙,立即攒鼻皱眉,说,你身上什么味?

小蒙没好气道,单位下水道堵了,掏了一天大粪。

你爸呢?

不知道。

母亲叹息,不再多问,回厨房烧水,让他先洗澡。小蒙站在喷头下一阵猛搓,搓得身上道道红印;仍觉不够,恨不能蛇一般蜕去一层皮,却又觉得那恶臭早已由外及内,深入到骨髓里。等他出来,桌上饭菜丰盈。老蒙果然买了副卤大肠,切好盛盘,盘里还有几头大蒜。母亲正小声跟他说着什么,一见小蒙,忙笑道你看,还是你爸心疼你,加了个硬菜。

晚饭吃得了无生气。老蒙和母亲再三试图活跃气氛,无奈这气氛不是尿泥,可以随意揉捏。小蒙宛如得道高僧,眼观鼻、鼻观口,口观心,一直保持入定的姿态。一盘大肠吃尽,小蒙饭碗一推,回屋睡觉去了。老蒙见大肠都告无用,再无伎俩可施,只得长叹一声,摸出一支烟点上,躲在浓浓青烟之下。

小蒙熄了灯,躺在床上,换了无数睡姿,却根本睡不着。失眠像张黑黢黢的大嘴,把他吞进去,含裹嬉戏一番,又吐出来,浑身滑腻腻全是汗粒,仿佛草莓上的斑点。小蒙闻见烟味,知道老蒙又在吸烟,虽然心痒,仍旧忍住不动。出去又能说什么?无非自己满腹牢骚,父亲牢骚满腹,彼此埋怨一通。老一套了,于事无补,也毫无意义。他想起白天的事,又想起晚饭居然还是大肠,顿时恶心得干呕不已。怎么就落到这般田地?想当年毕业之际,他也算是个有志青年,也曾雄心勃勃,想过拯救全世界。如今却发现世界如旧,他倒连旧也不如,拯救世界全然是空想,实际上全世界都拯救不了他。

其实小蒙也是本科出身。末流大学光阴四载,他连恋爱都没多谈,潜心研习热动力专业。这是个官方称谓,颇能唬人;而在民间,一般统称为修锅炉的。实习单位安排他检修锅炉,测压排险。一个大型锅炉三层楼高,检修通口却极小,钻进钻出甚是费力。小蒙那时比现在苗条得多,但也不瘦,加上他自幼恐高,颤巍巍站在锅炉顶端,四周无依无靠,两腿抖如筛糠,大有摇摇欲坠之势。三个月实习期未满,他已然彻底放弃。省人才市场就在研究院对面,天天都有招聘会。小蒙熟门熟路,倒也去过几次,全都无功而返。

跨专业求职本就不易,所在大学又实在羞于示人,排队递简历之际,听前边的人自我介绍,心里空虚得宛如饿狗舔过的碗。几番求职下来,小蒙身心惨遭蹂躏,回到家默默无言。母亲见他不对劲,也不敢问,悄悄向老蒙汇报。老蒙以为他刚毕业,正如从天堂落在地面,觉得年轻人初入江湖,受点挫折也好,有意让他自己省悟人生。不料小蒙从天堂一路下来,加速度过猛,在地面片刻不留便直奔地狱,饱受尊严扫地的摧残。久而久之,他万念皆灰,差点抛父别母远走他乡。老蒙舐犊情深,不愿儿子远离,便舍下一张老脸,找到院长老魏,破釜沉舟说院里每月800块钱请人打扫,我儿子刚毕业,身强力壮,能不能让他干?

老蒙是副处调,在院里没有实职,也没有具体分工,名义上是班子成员,实则属于边缘人物。尽管边缘,领导还是挺重视,便辞退了原先的清洁工,让小蒙顶替。可叹小蒙一直在人才市场混,想不到混去混来,归宿居然在马路对面,岗位居然是清洁工,当然宁死不去。老蒙一番苦心劝导,说研究院虽小,也是事业单位;工勤虽卑微,也拿着份死工资。你现在找不到合适的工作,不如暂且在此落脚。时间长了,等院里有了空位,顺理成章地补上,总比漂着好。小蒙到底涉世不深,辨不清落脚和落草差别甚大,终于被老蒙的花言巧语蒙蔽,奋力一跃上了贼船。等四年过去,小蒙幡然醒悟,但贼船已离岸太远,水又太深,自己也不会泅渡,再想下船已不可能。四年前的本科生,就像四年前的牛奶,早过了保质期,毫无竞争力可言。

今天二楼厕所被堵之际,小蒙正在司机班上网。院里有四个司机,正好凑成一桌麻将。平时不出车,就关门闭户搓几把,反正大家都是混日子,也没人管。最近院办淘汰了一台电脑,被司机们一哄而上,抢了回去。电脑虽然到手,却一直闲着。老不堪用是其一,关键是严重影响打麻将。有一人上网,麻将就凑不成席。大赌伤身小赌怡情,跟电脑相比,还是麻将更有诱惑。而小蒙无意中见此文物,却如获至宝。该电脑年纪虽大,在小蒙精心呵护下,勉强也能上个网,聊个天,偷个菜。有了网,小蒙如同枯木逢春,终于有了归属感,只觉这是进院以来最顺心的一页。他是编外工勤,介乎保安和司机之间,一直在流动作战。为此,他郑重向老蒙提出,跟院里做做工作,批准他在司机班驻扎下来,结束游击状态。

老蒙也有难处。他是院班子成员不假,但既不在党委,也不是副院长。空有一个副院级,排在诸位院长书记之后。按理说,小蒙是正规子弟,进院四年,居无定所,一直没个办公桌,早该解决了。不过工勤归总务科管,总务科归院办管,院办归书记老孙管,而老孙和老蒙有点微妙。当年二人还年轻,同在七厅八处,都是科员。老蒙口拙而笔快,而老孙口笔都很快;老蒙擅哭,而老孙擅笑。两厢一比,高低立现。老孙早早提拔,外放到研究院,从研究室主任干到书记,步步为营,如今是正处级干部。老蒙则步步落后,错过了无数机会。每次提拔名单一下,老蒙见榜上无名,便掩面大哭;哭过之后继续上班,加倍努力,希望引得领导垂怜。一晃老蒙五十开外,还是科长。某年,七厅搞民心工程,其中一项是解决老同志待遇问题。数来数去,老蒙竟是本厅资格最老的科长,再不解决就不再是老蒙,而是蒙老了。七厅五处管人事,厅党组责成处长老翟具体办理。老翟为难半天,找老蒙谈话,说眼下厅属研究院有个副处调的缺,但没有实职,没有具体工作,不参与重大事务决策,只是解决级别待遇,问他肯不肯屈就。老翟很狡猾,话里藏话,言外之意有二。其一,继续呆在厅里,实在解决不了职务待遇,只能以科级退休,不过毕竟是公务员。其二,去了研究院,进入党员领导干部序列,就是同意放弃公务员身份,退休在事业单位,但级别上去了。两下里各有利弊,老翟以为他会犹豫。不料话音刚落,老蒙顿然眼泪滚滚,当即表示愿意。老翟做事雷厉风行,两天就办齐了手续。老蒙兴冲冲挎上公文包,一大早骑车去院里报到。门卫老周以貌取人,盘问再三,无论如何也不信这位老同志不是来上访,而是来上班。老蒙被逼得走投无路,急中生智说他认识老孙,可偏巧老孙出差在外,死无对证。幸亏院长老魏上班赶到,替他解了围。

老蒙来的事,老魏当然知道;老蒙和老孙是老同事,老魏当然也知道。正因为如此,老魏心里有点不痛快。他以前是七厅三处副处长,到院里时间不长,跟书记老孙有点面和心不合。本院规矩,院长书记都是正处级,但院长是一把手。老孙原以为老院长一退,他接院长是顺理成章,能身兼二职更好。不料老魏空降而来,居然窃院长为己有,行径与小偷无异。老孙本想华丽转身,不料迎头撞墙,因此处处事事,能不配合就不配合,能搞破坏便搞破坏。他在院里经营日久,人脉厚重;而老魏单枪匹马杀到,举目四望,全是老孙的人。而这位老蒙,据说和老孙同事多年,算是旧交,故而老魏本能地把老同事等同于老相好,将他归为老孙一系。反正五处老翟交代过,他不任实职,不管事务,无权决策,坐的只是空位,就随便腾了间办公室,让他在此养老退休。只许老老实实,不许乱说乱动。可一晃两年过去,老蒙恪守本分,甘坐空位,也不见跟老孙有什么私密来往。老魏心里多少有愧,便在会上提议让他进院班子。大家都不傻,知道老蒙进了班子也是白进,就像小孩手里的避孕套,充其量也就是个超薄气球。所以全票通过。不过老蒙一朝球在手,便把令来行,央老魏安排小蒙进院。老魏想了想,人家要求也不高,就这么一个亲儿子,工勤杂务而已,又不是正式编制,便爽快应允。如今小蒙又要老蒙行令,给他安排个办公桌,老蒙倒有些踌躇。此事归老孙管。而当初小蒙进院,他棋误一招,没找老孙,直接找的老魏。事后老孙很不爽。不爽就要宣泄。于是一次院里聚会,老孙酒醉,私下里教育老蒙道:

工勤而已,屁大个事,直接去找一把手,难道俺老孙安排不了个工勤?难道俺老孙刻意不给你办?难道你一屁股坐在老魏那里?今后再这样做事,别怪俺老孙不念旧情。

老蒙听得冷汗迭出,后悔不已。老孙趾高气扬来教育,自然有他的底气;老蒙心甘情愿被教育,也有他的道理。眼看自己就退了,儿子的事才是大事。老孙直接管着院办,儿子能否顺利混个事业编制,全在老孙一张嘴,一支笔。办公桌的事,说小也小,说大也大。有了办公桌,好歹在形式上固定了下来,这就是大事。可这大事在老孙那里,不过是谈笑之间,一个电话而已。无奈老蒙文人气质浓郁,生性脸皮薄,顾虑多,多愁善感容易,求人办事困难,越是大事越开不了口,拖了好久也没找老孙落实。小蒙对他寄予厚望,今天又被下水道弄得浑身骚臭。他若再不行动一下,有所作为,真的再难当父亲二字。

第二天上班,小蒙依旧置气,父子俩又是一路无话。进了小楼,小蒙取出工具,一层层开始打扫。昨天堵过,楼内历久弥臭。小蒙自作主张,又喷了通劣质空气芳香剂,点了把无名熏香,弄得周遭五毒俱全,昏昏然不知是何方仙境。小蒙扫到三楼,却与老蒙迎面碰见。老蒙低声说,我去老孙那里,便侧身而过,在老孙门口站定,敲门进去。小蒙胸如撞鹿,拿着抹布跟上,在门口擦来擦去,恨不能破门而入。门内时而安静,时而一阵笑。笑声自然是老孙的。听到笑声,小蒙也跟着傻笑。忽而没了笑声,他马上愁容满面。前后几分钟工夫,老蒙推门出来,满脸喜色。小蒙激动得捏不住抹布,掉在地上。老蒙关上门,弯腰拾起抹布,低声说,到我办公室,好事。

父子低头疾进,脚步轻微,宛如刚作了案正在撤离。来到四楼,进了办公室,老蒙激动得像动物求偶,不停地来回走,还打开柜子,取出珍藏已久的软中华,扔给儿子一支,自己也点上,咧着嘴笑。小蒙顾不上抽烟,忙问老孙怎么说。老蒙哈哈一笑,说老孙到底是老八处的,够秉气!不但给你安排了办公地点,还说你也是大学生,混在司机班算什么,院办年轻人少,也有空位,干脆直接去那儿吧。

小蒙的激动戛然而止。办公室是有空位,但空位上没有电脑。在他看来,只要有个电脑,有个网,别说是司机班,就是洗手间都行,就是车棚都行。老蒙见他态度一落千丈,奇道怎么了,你还不乐意?那可是院办啊。院办二字,还加了重音。

院办怎么了,又没有电脑。

老蒙一时语塞。刚才那几口抽得猛,不觉烟已烧到手指,本能地一哆嗦。小蒙继续嘟囔道,我就想有个电脑,别的都不想。

老蒙气得满脸通红,嚷道你真不是我儿子,你就想当一辈子工勤,扫一辈子厕所?

扫一辈子厕所,也是你的主意。小蒙两眼含泪,摘下眼镜擦着,说四年了,我跟在棺材里一样。能上上网,跟人聊聊天,也算让我觉得还没死呢。你说,我的要求过分么?

老蒙又急又气。这个狗屁的网,简直是鸦片,是海洛因。他不知怎么对儿子讲,在院办里有个位置,比在司机班强到天上去了。院办直接伺候院领导,在那里站住脚,上讨领导欢心,下让同事满意,大家都是感情动物,久而久之谁还忍心赶你出去?再有人退休,空位不就有了?司机班算什么,你又不会开车,干得再好不还是工勤,还是编外人员?他甚至认为儿子是个白痴。就算真是白痴,也都二十七了。在机关里混上四年,真白痴都混聪明了。跟院办那个空位相比,电脑算个屁,网算个屁。可小蒙偏偏就不懂。不懂也罢,老爹给你苦心经营,替你找准了位置,你还不领情!

小蒙不再说话,戴上眼镜,拿起抹布。抹布上滴滴答答淌着水。老蒙觉得那水一直漫到胸口,漫到喉咙,再也喘不过气。许久,老蒙才长叹一声,说我的傻乖乖啊,这世上只有一个人不会害你,那就是我,你爸爸。你就听老爸一次,行不行?

七厅研究院级别正处,在职和离退休的加起来,一共百十号人。衙门不大,部门齐全,11个科室星罗棋布,以院办居首。小蒙修锅炉出身,专业不大对口。研究室、编辑部、技术部、资料室专业性太强,进不去。老蒙原以为能安排在保卫科、总务科之类,已属万幸;能一跃进入院办,直接为领导服务,好比叫花子做驸马,想都不敢想。小蒙说是在院办,其实还是干以前的活。每天一大早开始打扫,四层楼清理干净,再看看厕所里卫生纸缺不缺、洗手液有没有。一一确认无误,才到院办落座,想办法消磨掉一天时光。

院办一共七人,四间办公室。主任老焦、副主任老马小贾各自一间,其余五人共享大办公室。老孙说院办年轻人少,其实根本就没有。五人中,也只有老洪老乔老赵三老还在,小安在家怀孕待产,老沙在家养病待退,因而颇有空位。小蒙就坐了老沙的位置。老蒙心思缜密,给老沙打电话说咱孩子到院办了,先在你那儿坐着,等你回来再说。老沙手术刚刚做完,好在是前期,做得干干净净。生死线上来回一遭,自然什么都看得开了。老沙便笑道我再有几个月就退了,让我回去上班,我还不肯呢!孩子就安安心心坐在那吧。老蒙再三感谢,这才放下心来。

既然是院办,电脑理应不缺。除了小蒙,洪乔赵三老人手一台。每天一到单位,不管有事没事,三老先把电脑打开,而后再看报,喝茶,聊天。看完报,喝了茶,聊过天,这才想起电脑还开着,便各自忙活。老乔老赵是女同志,喜欢上网看看健康讲座,查查养生进补。老洪是男同志,喜欢听听地方戏,下下围棋。总之电脑不少,用于办公的时候不多。院办是出材料的地方,以前老沙小安在,由老沙手写,小安打字。现在两人各回各家,剩下的三老不怎么能写,打字更不会,材料事宜统统上交给三位主任。一来二去,大办公室就成了网吧。小蒙一到,便成了网管,时不时给三位客人维护一下电脑,装个新游戏,下个新唱段,而后便退回本位,眼巴巴看着他们玩。偶有人请假,便成了小蒙的节日。好在老乔老赵正值更年期,心情烦躁,又都要抱孙子,一周五个工作日,有事不来的居多。小蒙虽然工勤身份未改,但有电脑可玩,有网可上,总算找到了点事业单位职工的优越感。于是沉寂四年的QQ重新启用,同学录里也卷土重来。跟人聊天,小蒙最爱被问工作忙不忙,累不累。每到这里,他就慨然打字说事业单位嘛,就那样,忙能忙到哪里,累能累到哪去。此话写完,发出去,他总要酸酸一笑,骂自己够虚伪。

毕业四年,临近而立,同学们与时俱进,纷纷结婚生子。一个个将夫妻照、亲子照挂在网上,供人瞻仰。小蒙手握鼠标,心烦意乱。同学里没结婚的也大有人在,女生大多姿容谦逊,男生全是好色之徒。从相貌到心态都属老实的,唯独他小蒙一个。落魄如此,情何以堪。小蒙痛定思痛,决心从头再来。这个头,当然就是大学时的女友,刘美如。

美如农家出身,年长小蒙一岁多,对他死心塌地。可惜老蒙夫妇当时思想不够解放,无法接受姐弟恋,总觉儿子吃亏,强令小蒙放弃。他思忖再三,觉得美如不过如此,说不定今后还有佳人,便羞答答提出分手。美如百般挽回,不惜以身相许;许过之后,他更觉不过如此,态度越发坚定。毕业四年,据说美如混得不错,是某大公司的部门主管。小蒙混得不如她,一直耻于跟她联系。现在他想得很清楚,美如吃过自己的亏,若能一举拿下,当然是惊喜,证明自己还不乏竞争力;一旦拿不下,碰上满鼻子灰,也属当年后遗症作祟,正常得很,不至于动摇军心。老蒙总结一生失败经验,曾教诲过他,凡事起点低一些,动作小一些,心肠黑一些,是在研究院混得住、混得好、混得开的真理。而在院里混,在情场混,似乎差别并不大。小蒙想,反正是练兵,能走多远就走多远吧。

这天是周五。小蒙主意已定,雄赳赳上了班,匆匆打扫已毕,气昂昂回到院办。三老中老乔老赵参加厅里工会活动,双双缺席,而老洪正聚精会神地上网下围棋,心无旁骛。天时地利俱备,只待佳人来和。小蒙便给自己泡了杯茶,点上支烟,端居电脑前,给美如发了个信息。信息不长,只有两个字:在吗?

美如的回复直至下午才到。此间小蒙从意气风发到一气发疯,两眼枯守屏幕,寸步不离。美如的头像是灰的,不知究竟在不在线。不在线还好,早晚会看到;在线却不回,可就性质迥异了。小蒙本想再发个信息,又怕显得过于急迫,只能干等。而老洪连赢几局,兴奋得咿咿呀呀连哼小戏。午饭时,他又忽发奇想,说今天没事,我请你们爷俩吃饭。小蒙哪里肯去,又不敢拒绝,只得和老洪老蒙一道,在外边小酒馆吃了顿饭。老洪是全院公认的臭棋篓子,又有轻微的受虐倾向,经常主动挑衅,以求被人欺负。不料他今天连战连捷,兴致自然不错,席间慷慨不已,讲了很多让老蒙感动的话。小蒙人在酒馆,心却在院办,根本没听见几句。饭毕,老蒙老洪激烈争执许久,还是老蒙奋勇买了单。等小蒙心急如火地回到院办,屏幕上已经有了回复。美如的话更短,连一个字都没有,仅仅是一个微笑的表情。

因为是周末,老洪又喝了几杯,干脆回家去了。偌大个院办空空荡荡,只有小蒙。小蒙见她头像还亮着,忙摩拳擦掌,打字道刚刚吃饭去了,你吃了吗?此后又是一个钟头苦等,美如终于回复,说早吃过了,在忙。小蒙两手悬于键盘上方,冥思片刻,终于想出个笑话。既恰如其分,又颇具杀伤力。刚要打出来,却见她头像一灰,下了线。

忙。人家都是大公司的部门主管了,当然忙。而他一介工勤,虽在事业单位,却与临时工无异。差别可谓悬殊,距离算是遥远。

小蒙本以为好马勇吃回头草,起点已然不高。不料好马早下了山,过了河,而那草不偏不倚,长在对岸山顶。想回头去吃,还得游泳,还得爬坡,溯洄从之,道阻且长,并不容易。小蒙沮丧至极。一番热望骤然冰冷,宛如隔夜的卤猪蹄,碗面一层明油凝固成白皮。不知过了多久,老蒙来喊他下班,他方才意识到白驹过隙,一天光阴已逝矣。

老蒙中午也喝了几杯,老脸依然红扑扑的。他自以为跟老洪沟通甚佳,替儿子做了好事,铺了好路,存心要炫耀。不料小蒙却无动于衷,丝毫不知感恩,只是两脚机械地蹬车。等绿灯之际,老蒙再忍不住,好生不解道,你怎么了?

心情不好。

老蒙顿时心里一咯噔。父亲之于儿子,宛如朝廷之于百姓,只愿统治顺民,唯恐群众造反。小蒙最近表现尚可,没有起义的征兆。但没有征兆不代表没有矛盾。上过高中的都知道,矛盾无处不在无时不有。小蒙心情不好,老蒙自然不能袖手旁观,听任星火燎原。于是老蒙提心吊胆问,怎么不好了?

小蒙并不答话,眼睛紧盯在别处。老蒙顺势看去,原来是一男一女在等公车。但见两人连体,四目相对,互拥在怀。老蒙恍然微笑,放下心来。无非是关关雎鸠而已。好办。

回到家,吃过饭,老蒙和小蒙抽烟,看电视,母亲照旧去厨房忙碌。老蒙找了个时机,语重心长说大丈夫何患无妻?你还年轻,有的是机会。爸妈给你操操心,找个门当户对的还是不在话下。小蒙冷笑一声,说我一个工勤杂务,要讲门当户对,只能去找女清洁工了。

老蒙皱眉说,你何必看低自己?你好歹也是……

事业单位,对吧?小蒙吐了个烟圈,说环卫局还是政府机关呢!清洁工是公务员么?

老蒙几年来吃尽了小蒙的讥讽,倒也练得宠辱不惊,就笑道你这是强词夺理。你想想,你干工勤,是因为没有空位。而空位早晚会有,你耐心等等即可。清洁工等一辈子,能等来什么?你现在进了院办,跟正式职工也没啥区别。你是工勤不假,可你不说,谁知道呢?你才二十七,不急。小姑娘们眼高手低,挑来挑去,就把自己挑剩下了,着急的是她们。再过几年,空位也有了,你也转了正,还愁没女朋友?

老蒙机关秘书出身,精通思政工作,擅长遣词造句。这番话又经一路潜心准备,打足了腹稿,临场发挥也很好,关键之处还有升华。老蒙很满意,以为句句谆谆教诲,打得动铁石心肠。孰料小蒙一笑以蔽之,说你讲得再好,我也觉得太空。院里工勤不止我一个,门卫老周,司机老许,不都是临时的?人家临时了十几年,真要有空位,指不定谁落着呢。

那不一样。老蒙有些不悦。他们没法比。学历不如你,背景不如你。你爹我再不济,也是个副处级干部,班子成员,院党委开会,还是有个座位是姓蒙的。你有我,他们有啥?

老蒙言之凿凿,小蒙倒真没法反驳,索性沉默不语。老蒙把沉默当成认同,不语视为无语,便得意地总结道你还年轻,眼光不长远,发言欠考虑。你听我的,就在院办好好干。等空位一到,我就全力运作,让你补上。到时候你再想想今天,就知道老爹的高瞻远瞩了。

小蒙闻言苦笑。又是空位。他想,空位何时才有呢?四年付出,看来远远不够。女友也好,尊严也罢,乃至未来一切,竟然全靠空位才有希望,才能得到。唯有空位萦怀抱,醒也无聊,醉也无聊。偏偏无聊之际,苦无佳人作伴,只有老父相陪,将无聊又提升了一个档次。其实他也知道,就眼下的情况,除了苦等空位,他还真没有太好的选择。离开研究院,想在本专业里找工作,难如缘木求鱼;靠几年积累的实践经验找工作,能干的也只有清洁工。就好比被套牢的股票,出手就像割肉,守着又看不到希望。胡思乱想中,手机却响了。居然是美如的信息:好久不见了,明天吃个饭吧。

2

其实美如姿容也算中上,但做学生时没资本打扮,所以显得很一般。老蒙夫妇行事谨慎,专程考察过美如。考察儿媳和提拔干部差不多。无非是个人自荐或组织推荐,然后是资格审查,述职,民主测评,拟定人选,班子讨论,最后才是公示。小蒙呈上美如玉照,算是组织推荐。老蒙夫妇研究已毕,不太满意。但出于对个人和组织负责,决定由老蒙亲自进行资格审查。老蒙重任在肩,线帽墨镜,潜伏在教学楼门口。下课铃响,学生们鱼贯而出,他一针见血认出美如。而美如述职的状态确实不好。大棉袄臃肿,手握暖瓶,面无表情,脚步匆匆,像提一篮鸡蛋赶集的农妇。老蒙看罢,大跌墨镜,连呼上当。回到家,立刻召集开会。民主测评之际,小蒙又不慎说出男小女大的实情,越发让他们愤怒,认定这是赤裸裸的勾引,勒令二人分手。小蒙当然不接受。老蒙便动之以理,晓之以情,让他贯彻落实会议精神。理解要落实,不理解也要落实,否则就是搞错了立场,自绝于人民。小蒙无奈,贯彻了人民的精神,却一时没把持住,占了敌人的便宜;占了敌人的便宜,又觉无颜面对人民,内心痛苦不已,一连两个礼拜没回家。老蒙越想越气。老子虽混不到厅党组成员,起码还是家党组书记,你一个年轻同志,还能跟领导闹情绪,跟组织讨价还价?便和蒙母商量好,一个唱红脸,一个唱白脸,几经反复,终于让小蒙认识到问题严重性,做了深刻检讨,毅然和美如分手。这都是四年前的事了。事隔四年,一岁差距不变,但时过境迁,别的差距突然明显。如今小蒙兴致勃勃要赴约,老蒙冷不丁道,你有什么打算?

小蒙一愣,说还能怎样,人家混得比我好,能见个面,叙叙旧,就不错了。

当然错。老蒙又点上支烟,吞云吐雾道,你这个心态就不对。正所谓敌进我退,敌退我进,敌强我走,敌疲我打。凡事都要讲究节奏。谁掌握了节奏,就掌握了主动权。事态未明,情况不定,万不能让人牵了鼻子走。

小蒙初入江湖,道行尚浅,听不太明白,故而迷茫道,你什么意思?

她提出见面,你自然要去,但去也要去得理直气壮,不可心虚。就算是谈恋爱,也不要因为她现在得意,就觉得自愧不如。处处忍让,事事迁就,难免养虎为患哪。

小蒙哭笑不得,说人家年薪多少万,我呢?一万都不到。人家是经理,我是工勤。我倒是想和她谈恋爱,人家想不想?

你就这么看轻自己?老蒙恨铁不成钢道,她混得再好,也是个企业职工。你再不如她,一旦有了空位,也是事业编制。一个是为国家创造财富,一个是享受国家财富。她是经济基础,你是上层建筑。说白了,你就是她的领导,是她的主人公。你自卑什么?不能自卑!不但不能自卑,还要居高临下,让她看到你的前途,你的优势,懂不懂?别忘了,是她主动联系的你。

小蒙一时语塞。分明是他主动出击,可出于自尊,他又不想让老蒙知道。至于什么优势、前途,老蒙言之铿锵,而小蒙却找不到出处。他也无心再找,便颓然站起,心烦意乱说我知道了,不就是打肿脸充胖子么?不就是昧着良心胡吹么?要连这个都没学会,我在你这上层建筑整整四年,算是白球混了。

话虽这么讲,可真要把脸打肿,将良心昧掉,还是很需要勇气的。小蒙恰恰缺乏这种勇气。第二天,他来到约定地点,惴惴不安地等。地方是美如定的,小蒙从未来过。以前骑车路过,总觉得自掏腰包在那里吃饭,只有疯子才干得出来。刚才进门,发现脚下地毯厚且软,很不踏实,简直让人走不动。又想起出发之际,老蒙问过地方,倒吸一口冷气,从随身破信封里抽出一半钞票,让他带上。小蒙刚接下,老蒙又一狠心,把整个破信封交到他手里,忍痛嘱咐说就俩人,少点些菜。经过层层铺垫,小蒙此刻坐在餐厅,心态忐忑不安,神色鬼鬼祟祟,如同通缉中的逃犯,不时摸一摸怀里的破信封。

到了时间,美如果然来了,但不是一个人。还有一个三十来岁,彬彬有礼的男人。美如介绍说,这位是我大学同学蒙浩东,这位是某广告公司的马总。马总熟练地递上名片,说幸会,幸会。小蒙语句含混,接过名片,却不知放在哪里,紧张地握在手中。马总一再抱歉说对不起蒙总,事情太急,要跟刘主管谈一下工作的事,就追了过来,影响你们聚会了。美如无奈说那这样吧,我们先去那边谈,浩东,不好意思啊,还得让你等等。小蒙头一遭被称为蒙总,只觉滑稽无比,又觉屁股底下晃晃悠悠,无根无据,不知是向下沉还是往上飘。他勉力挤出笑,点了点头。

咖啡厅与餐厅之间并无隔断,美如和马总一言一行,一举一动,小蒙可以通览无余。但见美如眉头微皱,看着材料,不时发问;而马总上身前倾,随问随答。小蒙不敢多看,心思紊乱如麻。看来美如不是混得好,而是混得极好。他的初衷是练练兵,磨磨刀,成固欣然,败亦可喜。可眼下人家旌旗十万,自己老弱病残,敌我差距太过悬殊。别说练兵磨刀,就连站在人家面前都羞愧。小蒙垂头气馁,不断摩挲名片,直到名片皱巴巴,湿淋淋,像平时常用的抹布。不知过了多久,却听见美如笑道,真抱歉,耽误你时间了。

小蒙抬头,美如已在对面落座,香水味幽幽入鼻。她一脸笑意悠悠,好像真在抱歉,也像是满面戏谑。小蒙哑着嗓子,说没什么,我最不怕耽误的就是时间。

美如格格一笑,说你还是那么幽默。想吃点什么?

小蒙早把菜单研究透彻,战战兢兢报了几个菜名,又恐她法眼如炬,看出全是些惠而不费的货色。美如点头同意。吃毕,小蒙摸摸信封,说要买单。美如微笑摇头,说这是我们的定点,用不着自己花钱,不然来这里干什么?贵得吓死人呢。说着唤来服务员,报上公司名号,签单。整个流程不过几分钟。小蒙看得心服口服,也不再坚持,反倒庆幸省下一笔。出了饭店,小蒙索性说,我的自行车在那边,你怎么走?他知道美如要么有车,要么打车,反正不会

229

像他这么落魄。美如点头说这样啊,那我就不送你了。于是两人挥手告别。远远地,小蒙看见美如拦了辆出租车,心里稍稍释然。她毕竟也不是有车一族,理论上讲,跟自己还是一个档次。

华灯初亮,大街车流滚滚。小蒙慢悠悠蹬车,想了很多,想了很久,路便显得格外幽长。让美如花钱本就尴尬,何况她还有本事花公家的钱,更是双倍的耻辱。耻辱如斯,怎能不催人泪下。小蒙已经不小了。问题固然许多,选项却只有一个。二十七岁,貌似还有其它可能。但对他而言,除了坚持下去,直到空位来临,还能干什么?专业冷僻且荒废已久,才艺平平又别无所长,实在无力另寻出路。这倒也罢。偏偏父亲仕途窘迫,能力有限,而母亲更不用说。可怜一家三口,唯有祈祷和幻想的权力。祈祷也好,幻想也罢,主题仅仅是空位而已。他一边骑,一边想。狗日的空位,到底在哪儿?有了空位,就像亚当夏娃有了树叶,能够遮一遮羞;就像老蒙深藏不露的软中华,可以唬一唬人。哪怕依旧干工勤,仍在扫厕所,只要在了编,性质便截然不同。再面对美如也就有了底气。四年前,老蒙凭空画了个烧饼给他。烧饼画在空中,只能饥饿之际想想而已,实际上并不靠谱。但毕竟看了四年,想了四年,慢慢地,连他也不得不强迫自己相信半空中确有其物。如今到了院办,甚至能够闻到烧饼上粒粒芝麻的幽香。香味到了,烧饼还会远吗?

小蒙到了院办,一晃半月有余。这天他搞完卫生,正要回去上网,迎面碰见主任老焦。小蒙垂手垂首,肃立一旁,态度很谦恭。老焦因为文件出了纰漏,被老魏训得面红耳赤,心里很郁闷。回到办公室,他泡了杯茶,啜了几口,除了继续郁闷,又觉有事未办。冥想一阵,方才意识到小蒙来了这么久,还没跟他谈过话。身为部门领导,麾下添了人手却没谈话,就像古人纳了小妾但未圆房,还缺道实质性工序,算不得自己人。

老焦今年四十八,本命年,做主任也快一轮。院里副处级干部有四个。老蒙坐的是空位,没有实职,可以忽略。还有三位副院长,其中两个快退休。老焦觉得怎么轮也该轮到他了。这当然是他的想法。院里有该想法的不在少数。像研究一室主任老霍,二室主任老吴,编辑部主任老陆,都有这个念想。就算他们真没有,老焦也觉得他们可以有。既然如此,就要重视,就要未雨绸缪。老霍老吴和老陆都是科班出身,搞设计,画图纸,做课题样样在行。而老焦是个转业兵,擅长野战奔袭,学术上不太自信。好在他满面春风,一肚子热心肠,平素爱张罗个事,四处给人帮忙,所以人缘不错,呼声挺高。老焦觊觎副院长,底蕴也在此。院办当然是老焦的根据地。不过根据地最近有点乱,工作上总掉链子。前几天院办出了一份简报,把来开会的七厅原党组成员老严错写成党组成员老严。少了一个"原",惹来一身怨。厅办问责电话直接打给了院长老魏。老焦跟老孙走得挺近,常被老魏调教。老魏训人也有一套,不喜欢主动批评别人,喜欢听人自我批评。老焦投其所好,上来就是一通自贬;贬得自己恶贯满盈,泪流满面,就差拉出去枪毙了,老魏才满意道,下不为例,你回去吧。

其实老焦也作难。手下小安生孩子,老沙等退休。剩下三位大仙,两个更年期,一个痴迷围棋,个个倚老卖老,都不怎么能用。副主任小贾倒年轻,但正因为年轻,理想远大,活动着调到厅里做公务员,心思根本不在院里。副主任老马精于处理复杂事务,比如组织饭局牌局,沟通人际关系,素以大老粗自居,学术水平和老焦旗鼓相当,亦不堪用。扒来扒去,能用的仅剩下小蒙。老焦和小蒙接触不多,不知他水平深浅。但从院里卫生情况来看,估计也是眼高手低。记得上次厕所堵了,整整一天没弄好,害得全楼遗臭好几天。不过小蒙再不济,也是四年大学混出来的,起码会电脑,能打字。教诲一下,个把公文或许还能应应急。何况他父亲老蒙再不济,也是个班子成员。团结了小蒙,至少会让老蒙说句公道话。前一段忙昏头了,这样利人利己的好事,居然拖到今天才想起,真是太大意。

　　老焦当即召来小蒙,吩咐他写份简报。小蒙不敢怠慢,马上落实。两个小时过去,一篇简报写成,洋洋洒洒近三千字。小蒙通览一遍,意犹未尽,自觉妙笔生花,文采飞扬,便打印出来,兴冲冲找老蒙。老蒙这天心情甚佳。厅里组织去港澳考察,研究院分到一个名额。考察得花钱。厅机关的由厅里出,厅属各单位的自行解决。老魏老孙都去过港澳,不便故地重游,就表态说不去。虽然二位领导不去,但各自推荐了人选。老魏推荐的,老孙不同意;老孙提议的,老魏不认可。你来我往几回,都动了点意气。班子会上,院长书记动了意气,场面就有些微妙。老蒙是班子成员,当然也在会上。但他知道这种好事离自己何止十万八千里,才懒得去听,就自我放逐,远遁圆桌一角。老孙被老魏连否两次,不由脸似火炭形如斗鸡,拔剑四顾心茫然之际,蓦地看见默默无言的老蒙,脱口道那我提议让老蒙去。老蒙是老同志了,在院里这么多年,兢兢业业,辛辛苦苦,他总够条件吧?

　　此刻,老蒙正琢磨家里淋浴喷头坏了,普通的要十五块,节水的要三十二,贵了一倍多。但眼下水费也不便宜,过日子的话,还是节水的划算。主意刚定,又担心节水的不皮实,用不几天坏了。家里洗澡本就节俭,水费没省多少,反而浪费了十几块。老蒙心思还在喷头里周旋,却遽然听见有人喊自己,仿佛半空中真有一股冷水浇下,浑身一激灵。老蒙浑身湿漉漉的,不知是水是汗,一脸无辜。大家统统集体无意识,都不表态。老魏不愧是老魏,反应何其敏锐,一愣之后当即说我赞成,我们就是要让老老实实、低调做事的同志不吃亏,孙书记的这个人选提得对,提得好。

两位领导终于达成一致,其他班子成员都松了口气,纷纷表示同意。老蒙此刻还没想起是何议题,一阵懵懂。等会议散了,回到办公室,院办副主任老马送来表格,老蒙这才记起个中细节。送走老马,老蒙心中畅快无比。去港澳,不算出国,只算出境。但对他而言,出境也不易得。以前在七厅八处,没什么机会。有机会也是在省里转转,也得在大小领导鞍前马后伺候,倒比上班还累。到了院里,老蒙心静泰然,坐于空位,可谓无人问津,却也无需问人之津。独处一室,喝喝茶,抽抽烟,做做广播操,倒也自在。本地工薪级名烟叫大三元。以前三块一盒,现在涨到四块五,是老蒙的最爱。老蒙曾化用李白名句,写了五尺宣高挂墙上,曰:相看两不厌,只有大三元。李白看敬亭山,他看大三元,彼此都不厌倦,意境差不多少。如今大三元涨了,老蒙身价似乎也在涨。他便把大三元放在一旁,打开柜子,取出软中华,悠悠一嗅,打火点上。以前老马见了他,也算尊敬,不过尊敬后面还有不屑,而且这不屑可以一览无余,尊敬就显得虚伪。刚才送表格,老马尊敬依旧,不过尊敬后的不屑换成忐忑,却有了些许真诚。说到底,老马的变化还是因为老魏老孙。一个说他兢兢业业、辛辛苦苦,一个赞他老老实实、低调做事。在本院,两位领导同时称赞一个同志,简直骇人听闻。老蒙自失地一笑。不想老了老了,倒成领导眷顾的对象,竟碰上事业上升期。虽说这上升期来得有点晚,有点滑稽,但毕竟有了端倪。其实老蒙也明白,自己上升与否不打紧,关键还是小蒙。这孩子不争气,整天抱着个网,不思进取。也罢,只要老子走红,荫及子孙就不困难,一家人梦寐以求的空位,说不定也就有指望了。此时小蒙满面春风来送稿,老蒙欣然阅毕,摘下老花镜,笑眯眯看着小蒙,说这是你写的?

小蒙倒也谦虚,坦然道,网上搜的,又加了点料。

网上有这?

小蒙笑,网上什么都有,都是现成的。

老蒙也笑,撕开一盒大三元,扔给儿子一支,说我一看就知道,你是抄的。公文嘛,抄也就抄了,这无所谓。重点在于抄得精彩,抄得高明。可你看,抬头是给厅里,"按照局党组部署"从何而来?咱们是研究院,"我校"、"我处"因何而起?好在我先看了,不然就这么交上去,贻笑大方,徒增笑料耳。

小蒙脸色涨紫如茄。他第一次受命写公文,有心一鸣惊人,便在网上搜了三五篇同题材作品,打散焊接而成。这三五篇佳作题材相近,内容相通,但人物不同,单位迥异。小蒙只顾焊接,忘了整合,故而筛子盛水漏洞百出。如今被老蒙笑眯眯无情点破,顿时无地自容。老蒙见他窘迫,笑道你还是有进步的,知道先给我过目,这就是聪明。想我在官场三十多年,写过的公文没有一间房,也有一辆车。就在这个狗屁研究院,我自称公文第二,没人敢说是老大。儿子,我老老实实告诉你,简报,不是这么写的。

小蒙万丈豪情已然崩毁,沮丧至极,只得讪讪道,那你说怎么写?

简报简报,简单汇报。老蒙鼻孔里喷出两绺青烟,笑道你这叫简报?好家伙三千多字,赶上年终总结了。公文要写好,说简单简单,说难也难。关键是抓住重点、突出特点、形成亮点。三点露光,才是好文章。就拿安全保卫来说,你认为咱们院有何可说的?

小蒙皱眉道,那还真没什么好说。就这破楼、破家具,贼都不惦记。门卫老周,年纪那么大了,真有贼也抓不住。

你说的不错,这证明你还是用心观察的。老蒙淡淡一笑,耐心道,关键在视角。楼是破,东西是不值钱,但转过来看,就是办公条件陈旧、工作难度大。所谓安保,就是防火防盗。你想想,这么破个楼,线路老化,就一个楼梯,消防设施先天不足。斜对过就是人才市场,什么鸟人都有。想确保安全生产无事故,难度大吧?难度大还不出事,证明咱们院有水平;咱们院有水平,就是院领导有水平。至于老周,年纪是大了点,但视角一变,就是经验丰富,还能暗示院领导知人善任,善于发现人才,使用人才。这多好?

小蒙啼笑皆非道,楼破,人老,这都是丢人的事,写出来领导能高兴?

领导不高兴才怪。老蒙断然道,楼破,人老,那都是历史遗留,是前任无能,跟他们有何相干?这篇简报递上去,既说明本院还需厅里支援,又说明院领导殚精竭虑搞安保。内涵丰富,语义双关。儿子,你就照我说的写,字数控制在三百字左右,写好,再拿来我看。

小蒙灰溜溜离去,再无心聊天,埋头写稿。经老蒙一番谆谆教导,小蒙对他肃然起敬,路上也不敢置气,父子聊得风生水起。晚饭毕,老蒙洗过双手,把餐桌打扫干净,铺了桌布,点亮台灯,戴上老花镜,方才摊开简报。这一切过程像是个宗教仪式,老蒙做得丝丝入扣,小蒙看得自惭形秽。老蒙先不看简报,郑重教诲道,我这一生,大半时间花在公文上,少说也有几百万字,算是专业了。我有个体会,你务必要记住,公文也是会呼吸、有生命的,是毛茸茸的生命体。你尊敬它,它就成全你。你糊弄它,它就惩罚你。千万别以为文件好写。一份好文件,不比一篇好小说容易。大师作画,文豪作诗,你我作文,都是创作,没有高下之分。你写文件,千万不要认为是在写文件而已,要把它当成作品,油然而心怀敬意。这是其一。其二,要尊重读者。我们的作品,读者是领导。领导都是行家。他们或许不会写,但会看,会挑毛病。仕途官道,贬黜升迁,成也文件,败也文件。尊敬作品,尊重读者,这就是写好文件的基础。

小蒙心悦诚服,点头不止。老蒙满意一笑,不再多说,提笔便改。说是修改,其实和重写差不多。老蒙删字,小蒙但觉在割自己的肉,刀刀见血,义不容情。不多时简报改毕,小蒙也血肉殆尽,唯余累累白骨。老蒙点评道,你说老周是经验丰富的老同志,我改成经验丰富、年富力强的同志。一个年富力强,下至四十、上到退休,都用得上,这就是中文之奥妙。你也别怕,没人来落实。还有这里,你只提到斜对过是人才市场,为什么不点出人员构成复杂?人口流动量大?这才是全文点睛之处。另外,全文三四百字,你有两处写到老魏,一处写到老孙,这就不平衡。简报是给厅领导看的,厅领导看之前,院领导肯定要先看。万不能厚此薄彼,此乃大忌也。

小蒙见简报已是面目全非,心中不忍。好在是老蒙亲笔,总归是蒙氏出品,没有花落别家。小蒙要收起简报,老蒙又道不可,这笔迹太明显,被人看出是我代笔,难免小瞧你。记住,细节决定成败。你就在咱家电脑上打,明天带到院里去。小蒙早已佩服得五体投地,当即照办。打完,拷进优盘,老蒙小蒙相视一笑,志得意满。老蒙回房睡觉,小蒙激动得心潮跌宕,难以成眠,就在网上溜达。时值深夜,好友们都下了线。小蒙渐渐觉得无趣之极。正打算关机,却见美如的头像赫然点亮。上次分别后,小蒙和她再无联系,原因很复杂,主要是胆怯兼心虚。小蒙想了想,还是一咬牙要关机。不料美如头像一动,发来一条信息:

这么晚了,还没休息?

小蒙摸出大三元,抽出一支,颤手点上,打字道:领导要得急,加班写个文件,你呢?

前期铺垫很快结束,开始直奔主题。大概因为彼此有过深入了解,废话几句之后,美如倒也不遮掩。原来她这几年商场得意,情场失意,谈过几次恋爱,全都无疾而终。小蒙油然有些许醋意,又觉得无疾而终的说法很狡猾。恋爱的开始可以没有道理,但结束一定有原因。所谓无疾而终,多半是在美化自己。于是小蒙也狡猾起来,坦白说他也谈过两三个,因为没车没房,能力有限,也就没能继续。两人见过面,以美如之法力强悍,自己的现状也无需隐瞒。美如惊讶道你工作蛮好的,这些女孩子也太挑剔了。小蒙闻言,暗自得意。两人越说越默契,一道回忆当年。虽然分手,毕竟曾有不少甜蜜,而拿往事下酒,容易醉人;加上夜深人静,便于动情,两人一直聊到凌晨两点。结束之际,又约好周末见面。上了床,小蒙仍喜不自胜,辗转反侧再三,这才枕着笑意入眠。

第二天上班,小蒙先把简报打印好,送到老焦手里,而后依旧是打扫全院。想起昨晚,小蒙兀自偷笑不断。心情好,动作就麻利,不多时打扫已毕。小蒙脱了蓝布工作服,摘下黄胶皮手套,边洗手边哼歌。哼到一半,老焦提裤子从卫生间出来,迎面看见小蒙,立即笑道小蒙辛苦了,一会儿到我办公室来。

主任召唤,小蒙当然要去。去之前,他专程找老蒙汇报。老蒙听毕大笑,说你赶紧去,肯定是好事,注意要谦虚。果然,老焦看了简报,惊为天人,想不到手下还有如此老辣的刀笔小吏。文笔流畅,如同一马平川。该拍的,该说的,该卖的,该瞒的,无所不用其极。此等案牍佳作,不由人不赞美。老焦对小蒙大加赞扬,鼓励一番;又见他并无得意之色,态度甚是谦恭,便慷慨解囊,发给他几份材料去写。这次任务重大,有简报,有请示,有报告,有总结。老蒙过了目,少不了一番指点,手把手替他布局谋篇。小蒙深知机会难得,宜将剩勇追穷寇,便心无旁骛,埋头开工。一天下来,除了跟美如聊上几句缓解疲劳,其余时间都在写文件。好在老洪得了痔疮,不堪其苦,要住院动手术。小蒙当仁不让,坐了他的空位。临近下班,四份文件写成。小蒙仍是打印出来,回家交给老蒙先睹为快。老蒙端坐餐桌前,细细研读修改已毕,又嘱咐他不可立即交稿,按照一天一份的节奏陆续呈上。小蒙算刚刚入行,经验全无,理解力有限,直听得一头雾水。老蒙耐心解释说文件写得再好,领导也要修改。早早上交,留给领导修改的时间就长,领导就从容不迫,工作量也就大了许多;拖上一拖,领导急着要用,大差不差也能通过。

238

文件好比如厕手纸,当然越软越好;不过到了呼之欲出的关头,牛皮信封也得将就。末了,老蒙叹道,这都是我积攒数十载才有的心得,不是亲儿子,才不会说。小蒙又钦服,又感动,连连点头称是。

按照老蒙所授独门手段,小蒙不慌不忙,次第交出文件。篇篇想领导之所想,急领导之所急,矢矢无不中的。老焦阅后爱不释手,将文件送到老魏老孙那里,都称赞院办的材料大有进步。老焦受了表扬,心里愉悦无比;愉悦之余,也让小蒙分享。老焦认为小蒙出手不凡,突然间大放异彩,全是自己伯乐之功,对他越发重视。蒙家父子苦尽甘来,一前一后,终于进入事业上升期。小蒙感慨万千。看来之前的四年,完全是荒废了。好在醒悟得及时,一切尚有余地。份份文件中,小蒙迅速成长。以往不会做的事,忽然就会了;不敢说的话,忽然就敢了。真可谓人如其文,文如其人,人文二字本就难舍难分。就像哲学里的生产力与成产关系,和谐了就彼此促进,不和谐就彼此拖后腿。还是和谐重要啊。

小蒙春风得意,矜持地斟酌词句,像老焦那样将事业前进的喜悦与人分享。分享的对象自然是美如。美如听了很开心,替他高兴。有此做药引子,两人的周末聚会也挺融洽。小蒙故意没骑车,又精心选了个离美如家近的地方,可在饭后顺理成章地提出散步,顺便送她回家。路上,小蒙鼓足勇气,牵了美如的手。时隔四年,再度牵手,一切又回到了原点,两人的心情都很驳杂。但驳杂归驳杂,还是激动多于伤感,兴奋大过幽怨。告别时,美如面如花瓣,眼似花蕊,让小蒙呼吸湍急,难以自持。回到家,两人又发了半夜的短信,直到凌晨才各自睡下。

七厅执行力甚强,老蒙不久便随团南下,经深圳入港。临走之前,他嘱咐小蒙总结经验,奋发图强,好好对待每一份文件。小蒙言听计从,既尊敬作品,又尊重读者,态度非常端正。而老焦使用小蒙,就像使用某洗衣粉,用过就离不开他。小蒙俨然已成公文机器,每日忙碌不绝。他一经开窍,便牛刀小试智慧的力量。一次,老焦催他交稿,小蒙苦巴巴汇报说没写完。老焦不悦,把他叫去问原因。小蒙惭愧说电脑都被用着,没法写。老焦勃然大怒,痛斥乔赵二老尸位素餐,占着茅坑不拉屎,又埋怨老洪明明得了痔疮,不赶紧做手术去,就惦记着下围棋。小蒙心花怒发,暗笑不断,连夜写了个购置办公电脑的报告,别上公文签,让老焦批了同意字样,送到书记老孙处。老孙早听说小蒙最近雄姿英发羽扇纶巾,又是自己一手安排进的院办,故而伯乐感丝毫不逊老焦。加上小蒙是真心要电脑,此报告批阅多时,增删屡次,字字看来皆是血,一番辛苦不寻常。老孙当然被打动,便大笔一挥,判曰确属工作需要,请院办、财务室尽快解决。批示在手,小蒙如沐春风,浑身毛孔一起张开,说不尽的酣畅淋漓。财务主任老古看了批示,并无异议,却说月底核账,下月再买。小蒙虽觉遗憾,但毕竟胜利在望,无非多等几天。就像男女幽会,开了房,取了卡,亟待电梯上楼。心情所致而已,因此显得等候分外漫长。

次日一早,小蒙到了院里,仍是先忙活老一套。扫到三楼,却听得楼道里高跟鞋笃笃作响;抬眼望,一位风姿女生来到近前,笑盈盈问他老魏在哪个办公室。女生娇小玲珑,大包短裙,容貌尚可,但不会说话。见他一身蓝衣,手裹胶皮,便随口称他"师傅"。搁在以前,小蒙身心落魄,也就认了;但他如今正在事业上升期,早将身份等同于三老,陡然间听见一声"师傅",简直是莫大的侮辱。

小蒙强压怒火,指了指老魏的房间。女生轻步如莲,敲门进去。小蒙兀自置气,恨不能大步跟上,抽她几个耳光。不多时,老焦急匆匆过来,也敲门进去,显然是奉命赶到。再不多时,老焦和女生一前一后走出,都是笑逐颜开。老焦见了小蒙,说先别忙了,咱们开个会,迎接新同事。

女生原来叫韩晓嫣,省大硕士,毕业一年,来院里实习。研究院里研究生当然不少,不过非在职即党校,统招出身的硕士,迄今为止仅此一位。物以稀为贵,一来就成了宝贝。老焦介绍已毕,又强调道小韩是院里重点引进的人才,能到咱们院办,是院领导对院办工作的重视。希望新老同志能够不负期望,团结一致,一起把工作搞上去。小贾不在,老马以及三老纷纷表态,热烈欢迎新人入伙。晓嫣也落落大方,说自己初来乍到,一切都从头学起,请老师们多多帮助。小蒙如坐针毡,阵脚大乱。老师也是师父,但不是师傅。晓嫣请师父帮助,显然不包括他。小蒙脸色雪白,朦胧中听见老焦说:

小韩,你先坐这里。

小蒙看去,老焦指的是小安的空位,心中稍稍淡定。还没定稳,却听见老焦继续说:

小韩,电脑很快就有了,好好干,干不完的活儿。

3

晓嫣学历比小蒙高,年纪却比他小,才二十五岁。大概她也意识到那天口误,再没称他师傅,改口叫蒙老师。小蒙听了,却觉得全是讽刺。晓嫣新人新气象,每天早早上班,而小蒙也要一大早搞卫生,总能跟她碰面。碰面固然不稀奇,但场面有些尴尬。一个是绰约少女,一个是蓝褂工勤,面面相对之际,仿佛旧时小姐遇到长工,彼此的阶级归属感都很强烈。每到此刻,晓嫣总要说句"蒙老师早",然后错身让路。而晓嫣越客气,小蒙越觉得她居心叵测。人家是研究生,是院宝,自己一介临时工,哪里担得起老师二字。简直是当面羞辱。这天早上,小蒙打扫到女厕所,敲门问有没有人,里面答曰有。小蒙听出是她,顿觉无地自容,周身冰凉。刚要转身,却见晓嫣腮颊绯红,垂首疾步而出。大概刚洗了手,湿淋淋地滴了小蒙一鞋的水。小蒙窘迫得咬碎钢牙。偏偏整理秽物之际,赫然看见纸篓里有女性用品,显然是刚才的产物,怪不得晓嫣一脸娇羞。他站在便池前,又激愤,又痛苦,又绝望,几乎要掉泪,恨不能一头扎进去寻了短见。这个破单位,真他妈的不是人呆的地方。以前全院数他年轻,伺候整楼诸老也就罢了;如今老的老小的小,一并都要伺候。是可忍,孰还不可忍?而这种日子,又何时是个尽头?原以为崭露头角,一篇文章定终身,可以时来运转。但现在看来全是空谈。没有编制,没有空位,公文写得再好,不还是打扫厕所。人家才刚刚进院,便上有老魏呵护,中有老焦帮扶,下有自己垫背,处处高人一头。以晓嫣之得意,自己之潦倒,落魄如斯,死而无憾。小蒙呆立一阵,不觉眼角微润,只闻外面脚步声起,忙颤手抹了抹泪花,提起秽物袋就走。

往常全楼打扫一遍,不过个把小时。今天小蒙身心木然,动作也呆滞,直到10点多才搞完。走到办公室门口,听见里头笑语不绝,推门进去,却见晓嫣正给老乔做按摩,两手翻飞,此起彼伏,还轻声问力道如何。老乔做享受状,点头赞许道小韩真能做!学过吗?

晓嫣一脸憨容道,我妈有肩周炎,我闲着没事儿,照书上学的。

真孝顺!老赵艳羡道,小韩,一会儿也给我按按!

晓嫣笑靥如菊,点头不已。小蒙但觉手脚冰凉,凄惘地坐下,打开老洪的破电脑。新电脑到了,但主人不是他,而是晓嫣。就像花轿停在胡同口,如花似玉的新娘子却是隔壁驼背老赵家的,鼓乐再闹,鞭炮再响,统统与他无关,还是得守着自家丑媳妇度日。就连眼前这个丑媳妇,指不定哪天又跟人私奔了。小蒙恨恨地听着三个女人嬉戏,真想上去一人一个大耳光,痛斥说这是办公室,不是按摩店。可这也只能是意淫而已。乔赵二老何其彪悍,院长老魏见了都客客气气的,他一介编外工勤,哪敢动人分毫?就连晓嫣,虽然刚来几天,却红得发紫,打她就是打知识,就是打人才。说到底,他打了晓嫣,就该全院人打他了。也罢,连人家的女性用品都清理了,听她聒噪几句又如何。好在老蒙今天就能回来,有了老蒙,一切就都还有希望。刚想到这儿,却蓦地发现美如在网上给他留言,说这几天要出差,周末聚会只得取消。小蒙黯然无语。仅有的一点欢愉都没了,人生还有什么趣味?

昏昏噩噩挨过一天,小蒙失魂落魄地回到家里。老蒙已经到家了,正在卧室补觉。小蒙推门就进,坐在床头。老蒙迷迷糊糊睁开眼,赫然看见一张泥塑般凝重的脸,立即睡意全无,惊道怎么了?

小蒙刚想说话,眼泪却先一步扑簌簌掉下。老蒙掀被坐起,安慰道别急,天大的事儿,有爸给你顶着,砸不到你头上!

父子俩合计一夜,大三元抽了半条,终于有了几条对策。第二天,两人分头行动,中午时分,按约定在老蒙办公室碰头。老蒙刚从港澳回来,把入关时买的红双喜万宝路发放一空,也淘了不少信息。譬如关键的一个,晓嫣并非来见习,而是实习。见习与实习,虽仅一字之差,但内涵迥异。见习是办了人事手续,见习完就转正。实习则是没有人事手续,实习完该去哪去哪。也就是说,晓嫣在办公室实习,小蒙在卫生间实习,地点虽说不同,但性质上并无差别。何况小蒙还跟院里有劳动合同,每月领着工资,而晓嫣仅是个实习生,连一分钱工资都没有。这是院办副主任老马说的。老马分管人事,他的话应该靠谱。小蒙也有重大收获。老乔和晓嫣对话中有一个细节,即韩父是五厅四处的科长。老蒙好歹是个副处级干部,又是院班子成员,这个靠山,总比远在五厅的一介小科长强吧?

几方信息汇总在一起,居然全是好消息。蒙家父子心下大乐,风卷残云般吃了盒饭,又抽了一盒大三元。老蒙叮嘱小蒙务必谨慎,务必低调,不去触摸晓嫣的锋芒。老蒙教诲道,她初来乍到,正是急于表现的当口。伟人说过,"风物长宜放眼量",就让她表现去,让她出风头去。她不表现,不出风头,也就不会犯错。犯了错,就知道水深水浅了。研究院是小,可庙小妖风大,池浅王八多,说不准那天就被王八咬一口。小蒙还是心有余悸,说人家是研究生,学历高。老蒙哂笑不已,说你居然还迷信这个?真是白在院里混了。在咱这里,硕士算个屁,学历算个屁。真要尊重知识、尊重人才,老子公文花团锦簇,一支笔打遍七厅,早他妈是厅长了,你早他妈有空位了,放心地回去,就等着她出问题吧。

这天正好是发工资的日子,小蒙主动到财务领工资条,逐一数过,果真没有晓嫣的,心中不胜欢喜。他回到院办,逐一发了工资条,眼睁睁看着晓嫣的脸色红里透白,心情越发熨帖。不料老乔抱打不平说,怎么没有晓嫣的?小蒙心里冷笑,但听晓嫣如何收场。晓嫣忙笑,说我是实习生,按规定没有工资,来的时候马主任说过的。老赵也说,实习也不能白使唤人,回头让你爸跟院里说说,多少发些补助也好,小姑娘正是爱打扮的年纪,不能连个雪花膏的钱都没。晓嫣笑笑,说谢谢老师们关心,没关系的。小蒙边听边恶毒地想,韩父是个小科长而已,能有什么作为?老赵更是搞笑,都什么年代了,还雪花膏,真是快入土了。

小蒙眼巴巴等着晓嫣犯错,可几天过去,晓嫣除了给乔赵二老按摩聊天,正经事没干几样,错误也就无从谈起。小蒙这才意识到保守地等人犯错不行,还得主动出击,以攻为守,给她提供犯错的机会。这天老焦急匆匆召集全体开会,连老洪都叫来了。他刚刚割了痔疮,正在休养,气得吹胡子瞪眼睛,嘟囔说谨遵医嘱,不能久坐久站。于是老焦开会,众人听讲,老洪幽灵般四处游荡,根本没个开会的模样。老焦顾不得许多,宣布省里要来考核精神文明创建,近期工作重点就是迎接考核,同时提出要求若干。小蒙马上意识到机会来了。这是晓嫣倒霉的机会,也是他成功的机会。因为七厅是省级精神文明单位,有了这个名头,就可以精神物质紧密结合,每人每月发300块钱精神文明奖。一旦没了,即便有钱也师出无名。七厅下属单位不少,谁出了问题,全厅人都跟着断财路。故而意义重大。院领导明确指示,创建活动由院办牵头搞,所有处室积极配合,而且要人给人,要车给车,不惜成本,不计代价。不过要人是句空话,院里能人倒不少,可惜都不在院办。张口要人容易,却显得本部门衮衮诸公全是饭桶。只有内部挖潜。老焦把手下人扒拉几遍,能干活的只有老马、小蒙和晓嫣。搞创建其实就是材料会战,老马强项不在写材料,指望不上了。只剩下小蒙晓嫣。晓嫣是硕士不假,可这位硕士学的是音乐,五线谱上的本领不错,白纸黑字写材料,还真不知能否胜任。想到这里,老焦有些头懵。不过他转而一想,小蒙理科出身,材料不也呱呱叫?好歹是硕士,好歹多在大学混了三年,瘦死的骆驼比马大,权且抓来救急罢。

小蒙和晓嫣领命而归,分头开始写材料。小蒙家学渊源,又有老蒙指点,对付个把公文当然不惧。晓嫣就不同了。她走的是艺术专业,写作本就胆怯,前些日子又只顾讨好二老,院里工作全然不知,写材料根本无从谈起。小蒙一边噼啪打字,一边乜眼看看晓嫣,发现她资料翻得小溪流水哗哗响,电脑屏幕上还是一片空白,心中不免畅快,抽空给美如发了个信息,说今晚是周末,老地方吧?美如的信息很快到了,短短两个字,讨厌。

美如按揭买了个小户型,还没交房,现在只能住单位宿舍。本来一切都挺好。可最近宿舍里刚搬进一位室友,一切都不方便了。室友刚离了婚,因为是她红杏出墙,只得灰溜溜净身出户。室友心有不甘,整日向美如诉苦,诉得她濒于崩溃。小蒙跟她再见面,宿舍是没法去了,只有去宾馆。宾馆是要花钱的,一开始还挑环境,讲档次,后来随便对付一下也就行了。好在天道酬勤,两人苦心寻觅,终于觅得一快捷酒店,办卡后全天房费八折,钟点房六折,便从此定为据点。五点半下班,时间尚早,两人约好开个钟点房,而后去蒙家吃饭。这顿饭很正式,意义重大。老蒙夫妇思想解放后,打算弥补一下当年决策失误,隆重邀请美如赴宴。小蒙下了班,骑车朝据点赶去。路上,他又想起临走之际,晓妈的材料才刚刚写下标题,不由得心花怒发,急于找美如分享。还未到据点,美如却打电话来,抱歉说临时要陪领导出差,无法赴约。小蒙顿时急了,说饭还吃不吃了?言语中带着极度不满。美如无奈,好生解释说最近公司部门调整,人事更迭,有个经理的空位出缺,领导那里实在怠慢不得。小蒙也知道她混到今天并不容易,升职的关键时刻得罪了领导,以往的辛苦全都白费。就像鸡也杀了,毛也拔了,却找不到灶台下锅,又不能生吃,只能眼睁睁看着臭掉。小蒙挂了电话,气鼓鼓调头回家。

美如当然不知道,为了她来吃饭,老蒙夫妇好生准备了一番。家里家外清扫一遍,花瓶里的塑料花也洗过了,洒了水,跟真的一样。蒙母还狠狠心买了几条黄花鱼,一只小公鸡,说是有鸡有鱼,大吉大利。两人一边整理,一边互相抱怨。蒙母说如果大学时就开始谈,毕了业就结婚,现在孩子都有了。老蒙反驳道当初反对最激烈的是你,现在说怪话的也是你,难道全是我的责任?现在的女孩子都现实得很,要不是我给儿子找了个事业单位的好工作,那个美如会跟他好?再说了,美如算什么?打铁还需自身硬,等有了空位,儿子就是正式在编人员,到时候跟不跟她好,还得斟酌一二呢。蒙母就笑,说你别吹牛,其实我看美如就挺好,大一点也没啥,知道疼人,也知道珍惜。儿子这么大了,早晚得搬出去另过,有这么个人在身边,我也放心。说到这里,两人不约而同地想到了房子。一想到房子,两人就一起沉默了。本地规矩,男方买房,女方买车。以美如的现状,买车似乎并不困难,但房子呢?不好办。以蒙家之实力,买房的想法有些可笑,比小蒙等空位还不靠谱。蒙母的厂子改制，买断工龄退休在家，一个月退休金千把块，加上老蒙的三千多，小蒙的八百块，全家月收入刚过五千。源头如此，蒙母再擅节流，也节不出一套房子来。不过据老蒙说，院里要盖家属院了，位置不佳，但交通还说得过去，关键是便宜，内部价三千多。可更关键的是，院里房子是给正式职工的，老蒙在七厅八处已经分了房，不能再要；而小蒙的空位迟迟未到，轮不上要。眼看未来的儿媳就要登门做客，离谈婚论嫁也不远了，房子怎么解决？而不解决空位，就解决不了房子。解决不了房子，婚怎么结？蒙家就小蒙这一根独苗，老蒙怎么说也是个副处级党员领导干部，让儿子住在儿媳妇买的房子里，还是个客厅卧室分不清楚的大通间。亲戚朋友们去新房燎锅底，转个身都成问题，场面该是何其尴尬，蒙家又颜面何存？老蒙想到这里，再擦不动桌子，颓然坐下，点了支大三元。蒙母刚想劝，却见小蒙推门进来，忙问美如怎么没来。小蒙情绪比老蒙还糟糕，也点了支大三元，沮丧道人家业务多，工作忙，又临时出差了。

　　主角没来，饭菜档次大跌。小公鸡直接冷冻起来，不再担任本餐要职，另有任用。黄花鱼只炸了两条，老蒙小蒙一人一条。吃饭气氛也不好，因为话题不知怎么就转到房子上来。小蒙倒是无所谓，自己没房，但美如有，虽然的确小了点。老蒙明确反对，而且态度还很坚决。不过反对归反对，他空有反对的想法，缺乏反对的招数。父子俩僵在那里。蒙母唯恐又吵起来，拉老蒙出去散步。小蒙独自发了会儿呆，心情黯淡下来，电视也看不进去，索性脱衣上床，居然很快就睡着了。他做了一个梦。梦里，他独自站在深谷中，四周无依无靠，伸手不见五指，也不知自己从何而来，要到哪里去。他想跑,却迈不开脚步;想叫,也叫不出声。他恐惧地想到了死,刚想到这里,便听见四周鬼魅般嘿嘿的冷笑声。仿佛这冷笑声刚刚响起,也仿佛一直都有,只是他刚才只顾恐惧,没有听到。小蒙在笑声中猛醒,只觉浑身都是稠糊糊的血,不禁吓得叫出声来,颤手摸去,才发现原来是一身黏腻的汗。他哆嗦着点上烟,连抽几口,方才平静下来。梦里的情形历历在目。小蒙想,梦里的山谷,大概就是研究院了。多贴切啊。进不得,退亦不得,只能在凄厉的叫声中原地不动。黑夜漫漫,不知何时才有日出。这日出,说到底,无非就是那个悬浮在半空中的空位。有了空位,就是正式在编人员,就能分到房子,就能直起腰杆。院办老沙就要退了,空位就在前方,甚至触手可及。院里等空位的人不少,门卫老周,司机老许,还有晓嫣,都血红了眼睛盯着。老周老许不足惧,眼下最关键的,是赶紧把晓嫣挤走。至少不能让她形成威胁。仅论学历,晓嫣是比他强,但论资历、论背景,他似乎还在晓嫣之上。你会按摩,可你不会写材料,你爸是科级,老蒙还是副处级呢!算来算去,小蒙觉得自己不必怕。其实怕也没用,空位不是怕出来的,是斗争出来的。他首先要做的,就是斗争,就是挺起胸脯,敢于正视淋漓的鲜血,敢于直面惨淡的人生。

周一,院办开例会。老焦终于发脾气了。说好是九点半,可到了点,来开会的只有晓嫣一人。小贾在厅里帮忙,回不来。老洪刚刚割了痔疮,还没好透,不便来。老乔老赵齐齐请假,说院里组织妇女体检,没法来。老马昨天应酬喝大酒,夜里熬不住,去医院挂点滴,来不了。老焦怒道那小蒙呢?晓嫣为难说,单位定的展板到了,蒙老师在楼下验货。老焦再也忍不住,把笔一扔,说都有理!都走不开!我一个人搞创建吧!

晓嫣头一回见老焦发火,不敢说话,唯唯诺诺地低头坐着。老焦吐了几口烟,说小韩,你的材料怎么样了?晓嫣将材料递上,低声说第一次写,不知道行不行。老焦皱眉翻了几页,眼前一亮,叹道幸亏还有你在,不然可真是拉不开栓了。晓嫣忙软软道,都是主任您培养得好,我刚刚毕业,还什么都不会呢。

小蒙验完了货,故意又磨蹭了一阵,这才上楼交稿。他以为晓嫣肯定要碰一鼻子灰,如果自己在场,老焦可能不便太严厉,晓嫣的自尊心或许还能保全。不料材料送上,老焦就哗啦啦翻,不耐烦道最近你的材料呈下降趋势,你看看小韩,才来几天,材料写得多好,周末还主动在家加班。你再看看你,整天都忙什么去了!就知道展板,知道什么是主次吗?小蒙如同搂头一棍,半晌不知道该说什么。好在老焦又道,别的都先放放,院领导明天要审查材料,你今天什么都别干,把材料给整出来。对了,写完之后给小韩先看看,让她帮你润润色。小蒙临走之际,老焦又强调道,记住,明天院领导亲自看,无论如何也得弄好了。

小蒙心惊胆战回到办公室,只见晓嫣志得意满,抱着茶杯在喝水,看网上视频。他强压住心头枪林弹雨,重重地坐下,打开电脑。老焦说他办文能力下降,其实他真没降,而是晓嫣升上来了,而且升得比他快,比他猛。他实在想不通,晓嫣明明连打字都不利索,何以写得一手好材料?肯定是有人捉刀代笔。再想到她父亲,立时豁然开朗。都是爹,自己的爹能帮忙,人家的爹就不能帮忙了?他越想越气,生老焦的气。老焦真是混账,不问青红皂白,就让她润色他的稿子，简直是奇耻大辱。就他这水平也能当上主任，可见研究院是个什么鬼单位。生完老焦的气，他又生自己的气，看来太低估晓嫣了。这么关键的时候，怎么就没想到人家也有高人指点呢？还要创造条件让她犯错，真是可笑之极。小蒙数气并发，腹中气流滚滚涌动，一直气到下班回家。老蒙去厅里开会了，遇见一帮八处的老熟人，本来说要好好喝一场，却接到小蒙电话，说形势很严峻。老蒙不敢怠慢，喝了三杯离席酒，心急火燎地回到家。父子俩熬了一个通宵，把几篇文件弄好。事情发展到这个地步，已经不是小蒙和晓嫣在斗争，而是老蒙和老韩在斗争。两位文牍老将亲自出马，隔空斗法，好戏才刚刚开场。老蒙陡然说，斗争我不怕，你也别怕，人与人最基础的关系就是斗争。不过你整天捣鼓电脑，就没想想办法，怎么阴她一下？

小蒙诧异地看着老蒙，阴？我怎么阴她？

老蒙指了指小蒙手里的优盘，启发道你是在家打好了，拿到单位打印，想必她也是如此。你想个办法，让她打不出来。明天老魏老孙要看文件，这不就正中下怀了？

这倒不难办，可要是被发现了，身败名裂啊。

有时候，该赌也得赌。老蒙脸色阴沉，点了支烟，重重地吸了一口。小蒙腮颊潮热，炯炯地看着他。老蒙叹道，我吃亏就吃在不敢赌，不会赌。要是我敢，早就是七厅的处长了，绝不会沦落在研究院。想我几十年的官场仕途，却弄得人不人鬼不鬼的。儿子，你千万不能软弱，走了我的老路。

小蒙没料到老蒙如此自贬，想安慰，又无从谈起。因为老蒙说的句句都是实情。老蒙苦笑一声，继续说依我看，院里玩电脑比你熟的没几个,应该不会露馅。退一万步讲,就是有人怀疑你,你咬死不认,谁还能严刑逼供?不会。咱们看足球,有时候人家前锋已经到了门前了,抬脚就能踢进去,这时候就得壮士断腕,哪怕给他一个点球,也得把他拉倒。就算吃牌,就算罚下,也得认了。点球还有可能不进呢,就是不能让他起脚射门。这算阴吗?不算。这就是游戏的规则。明的也好,潜的也好,反正所谓公平竞争,从来都是扯淡。生死攸关之际,你不拉人家,你能保证人家不拉你?

小蒙从未见老蒙如此强硬,一时惊心动魄,半天没说话。老蒙披肝沥胆已毕,苦笑一声,疲惫道你睡吧,想想看,实在不行就算了。小蒙听话地站起,进屋。老蒙心烦意乱,到卫生间洗漱。洗着脸,觉得脸颊扎手,又打了香皂,想刮胡子。蓦地,他发现镜子里的人慢慢模糊,不复有人的面容,而是绿眼,尖嘴,獠牙,分明是一只狼。老蒙悲哀地想,还是狼好,要早这样就好了。人家都是狼,唯独自己不是,所以人家都提了,自己没提。而屁股底下这个副处级,也是空的。人在班子里,却不管事务,无权决策,连个分管的部门都没有。可着这么多厅局,那么多单位数一数,有几个这么窝囊的副处级干部?原因就是周围一群狼,大狼也有,小狼也有,而自己是羊,狼爱把羊叼到哪算哪,羊真的无力抗拒。老蒙一笑,露出门牙来。他刚才鼓励小蒙做手脚,阴晓嫣,就是让老实人做坏事,就是硬要羊变成狼。就当开了个从羊到狼的速成班。他当羊的日子久了,也吃够了苦头。自己是羊也就算了,儿子不能也成了羊。空位不属于羊,房子也不属于羊。指望咩咩叫上两声,狼就不啃了?天上就掉金子下来了?这种情况绝无可能。真要是有,也是金子不再值钱,值钱的变成了砖头。

次日一早,父子俩吃了早饭,骑车上班,一路无话。到单位时间尚早,楼里空空荡荡。过了很久,才陆续有人来到。小蒙扫着楼道,看见晓嫣依旧短裙及膝,笃笃而来,便冲她一笑。晓嫣叫了声蒙老师好,侧身过去。两人错肩之际,小蒙闻得见她头上湿漉漉的洗发水香味。狗日的,小蒙想,知道今天跟领导汇报,还精心打扮了。笃笃声远去。小蒙走进洗手间,找了个隔断蹲下,点上烟,手不停地颤抖。过了一会儿,笃笃的声音又响。晓嫣在楼道里慌叫着,蒙老师,蒙老师!

小蒙抽了最后一口,扔进下水道,放水冲掉,这才喊了声,来了。

晓嫣站在门口,急得腮红如霞,说蒙老师,不知怎么回事,今天我一插优盘,就给格式化了!

小蒙一愣,忙说不急不急,咱过去看看。

小蒙在前,晓嫣在后,朝办公室走去。晓嫣一路喃喃道,文件都在优盘上呢,这可怎么办啊。小蒙安慰道,没事,我好好想办法。他坐在晓嫣的电脑前,点开优盘,里面果然是干干净净。小蒙皱眉道,糟糕,可能是中病毒了。我试试我的。晓嫣扶着桌子,站在他身边。她的手在抖,桌面好像也在抖。小蒙插上优盘,果然屏幕上提示说正在格式化。他大叫糟糕,我的文件也在上头呢!晓嫣吃惊地张大嘴,眼睁睁看着小蒙的优盘也成了一片空白。小蒙满头大汗道完了,昨晚熬了一宿,文件全完了。

老焦赶到之际,小蒙面如死灰,晓嫣伏案饮泣。老焦像是喝多了酒,眼红脸热道一会儿就开党委会,你们让我拿什么汇报?电脑不是刚买的吗?也会出问题?

小蒙斗胆道,焦主任,离开会还有半个小时,我再想想办法。老焦盯着他,粗声粗气道还有什么办法?不是全删了吗?小蒙谨慎道,文件是昨天晚上刚打的,我还能记得一些,现在开始写……

老焦喝道那你还愣什么,写啊!他又转向晓嫣,皱眉说小韩,你也别哭了,哭有什么用?赶紧回忆一下,写多少算多少,起码把大纲列出来。

老焦是真急了,干脆拉椅子坐下现场办公。小蒙噼噼啪啪打着,边打边做回忆状,不忘偶尔同情地看看晓嫣。而晓嫣两眼空空,看着屏幕,半天不敲一下。老焦眼里喷火,说小韩,你怎么不动啊?晓嫣已然濒于崩溃,哽咽道焦主任,我,我真的什么都想不起来了。老焦气得虎目圆睁,说怎么会想不起来?文件不是你写的?

晓嫣毕竟是女同志,承受力本就有限,再加上实在心虚,终于忍不住哭出声来。动静还挺大。老焦莫名其妙,一时愣了。办公室门半开着,外边围着不少好奇的同事,正纷纷然朝里看。老焦只觉喉咙枯燥,一股邪火油然而生,正待发飙之际,小蒙却恰到好处地抬头,说焦主任,我的差不多了,您看看吧?

汇报会上,老魏老孙一起发作,矛头直指老焦。按理说,老焦和老孙走得挺近,老孙好歹应该庇护一二,没想到老孙训起老焦,反比老魏更甚。说什么你做院办主任,为全院服务,是全院的大管家,可你这管家怎么当的?这么多天了,就拿这几页破纸糊弄院党委?简直是胡闹!事业心我就不说了,责任心我也不说了,院里培养你这么多年,起码得有点感恩之心吧?要是因为你丢了精神文明奖,你就是全院的罪人,全厅的罪人!你担得起吗?老焦听得抬不起头,恨不能当场开胸验心,让大家看看里头有没有感恩。书记发火,大家又是集体无意识。后来连老魏都看不下去了,主动打圆场说院办还是有成绩的,像这篇总结写得就不错云云,好歹让老孙消了怒气。老蒙是班子成员,虽然坐的是空位,也能出席党委会。他悠然坐在会场一角,看着老魏老孙老焦,自始至终都在沉默,仿佛眼前是一群昆虫在不知疲倦地鸣叫,有趣极了。

出了这档子事,老焦在院里一连几天灰头土脸。他一直觊觎提拔,在野心勃勃之际突遭重创,下手之人还是素来倚重的靠山,心里难过可想而知。好在他平日里人缘不错,现在挨了训,不少人去安慰压惊。老蒙是第一个去的。这让老焦有些感动。老蒙虽然坐的是空位,但毕竟是班子成员,是副处级。老焦级别正科,名义上还是他的下属。老焦给老蒙让烟,两人吞云吐雾一番。老焦感慨道,还是小蒙管用,没想到小韩的文件全是她爹写的。

老蒙惊讶道,哦?

老焦一拍桌子,道蒙院长,我又不是瞎子,我看得出来!

哦?

俩人的文件都没了,小蒙是自己写的,一字一句能回忆起来,小韩呢?关键时刻就露馅了,一句话都想不起来。那能是她自己写的?

老蒙劝道可怜天下父母心,说实话,小蒙写稿子,我也给他修改过。

那不一样。老焦正色道,您是给他修改,是帮他进步。小韩呢?自己一点脑子都不动,全靠她爹代笔!蒙院长,您不知道,我最烦的就是这样的同志。不懂就学嘛。硕士怎么了?硕士就是人才了？硕士就是骨干了？狗屁！要不是小蒙那篇总结,我这张脸算是掉在地上,再也捡不起来了。

老焦连连摇手,笑道他那点水平我知道,跟你小焦差得远呢!

老焦低声道我打听了,小韩她爹,不过是五厅一个科长,托的关系让闺女来实习。实习而已,过了半年就撵走她,想在我的一亩三分地混个事业编制,美死他!蒙院长,等老沙一退,空位一出来,我就打报告给院长书记,给小蒙转正。

老蒙倒不急着感谢,沉着地慢悠悠道,院党委里,有几个人能支持呢?

这不是还有您蒙院长吗?小蒙是自己子弟,又是正规本科生,他不转正,谁转正?老焦见老蒙赞许点头,便又高声正色道,我可不是看在您蒙院长的面子上才说的,我这是经过了教训,知道了谁是可用之才。小蒙孩子不错,在院里这么多年了,再不转正,成什么话?

小蒙得到喜讯,已是下班时间了。老蒙唯恐小蒙道行浅,城府不够,故意压了一天才讲。小蒙正要弯腰开锁,闻言一时没直起来,手指却一松,钥匙掉在地上。老蒙问他怎么了。小蒙不语,蹲下好容易抓住,捡起来,却怎么也插不进钥匙孔。看门老周就在前边,老蒙拿身子挡住小蒙,低声说别着急,慢慢来。

小蒙几乎要哭了,嘟囔说,真的吗?真的是真的吗?

老蒙忍住激动,一脸的警觉,低声道走吧,有人看着呢。

骑出研究院,父子俩一直无话,都咧嘴笑着。小蒙看看老蒙,笑。老蒙看看小蒙,也笑。两人的笑都发自肺腑。一个路口,两人停下等绿灯。小蒙终于说老沙退了,就轮到我了?这是真的?老蒙点头,说老焦表态了,空位就是你的。

那我就能转正了?

转正。

那我就能有房子了?

有了。

小蒙又笑,奋力蹬车。刚骑出不远,他又猛地停住。老蒙一愣,问你怎么了?小蒙赧颜道我拐个弯,去看看美如。老蒙看着儿子,忽然觉得眼前这个人已经长大,不再属于自己。虽然他还有赖于自己的羽翼,但毕竟是男人了。就像苹果,一旦成熟就要落下。老蒙原以为自己是树,今天才意识到哪里是树,分明仅是一段枝桠。苹果早晚要成熟,而枝桠肯定会干枯。在自己干枯之前,还是让苹果掉下去好了。想到这里,老蒙酸酸一笑,挥挥手,本想说你去吧。话没出口,小蒙已然朝一旁奔去。老蒙看着儿子的背影,像枝桠看着苹果迫不及待地坠下,而断口处明明还在痛,脸上却依旧是牵挂的微笑。

美如的宿舍离公司不远。说是宿舍,其实就是一个两居室,由公司租下,让有一定级别而未婚的员工住,也算是福利。美如和室友各住一间,类似当年的合居团结户。美如出差多日,今天归来,小蒙难免相思成灾。他站在门前,激动得浑身都软,唯有一处坚强。敲门多时,门开处却是美如的室友,皱眉竖目,问他是谁。小蒙大窘,只好亮明身份。室友掠眼打量他一番,像是看外星人。小蒙进退两难,室友倒格格笑起来,一把拉他进去,说早听美如念叨你,今天算是见着活人了。

室友三十多岁,个子不高,三角脸,三角眼,假睫毛长得像刷子,把眼睛结结实实地罩住。小蒙局促地坐下,问美如何时回来。室友诧异道这还要问我?你该比谁都清楚。小蒙苦笑说只知道她今天回,没问具体时间。室友便大包大揽地给公司打电话,问行程,声音大得吓人。时值盛夏,空调老态龙钟,动静挺大但效果不足。小蒙眨眼就是一头一脸的汗。室友穿了件睡裙,坐在小蒙对面,下摆搭于大腿上,两腿不时交错。他年纪也不小了,却没见过这个阵势,但觉两股战战,几欲先走。室友笑吟吟放下电话,两根手指捻了领口,轻轻扇着,说美如是晚上的飞机,估计后半夜才到,你等她吗?不待小蒙回答,室友站起说到饭点了,你就别走了,大姐请你吃饭。说到这里,室友朝他妩媚一笑,说你想吃什么?

离开宿舍之际,小蒙身心一片茫然。像是大雪过后,长城内外惟余莽莽,大河上下顿失滔滔。所有的颜色都不见了,所有的声响也都不见了,只有通篇的空白。一切都是稀里糊涂。可如果是梦,记忆不该如此清晰;如果是真的,又觉得太突如其来,简直难以置信。他分明记得刚才慌慌张张找衣服的时候,室友还倚在床头,吃吃地笑他胆小,连带着浑身的丰腴一起颤抖。骑了一阵,他心绪依旧紊杂,便索性停下,坐在路边抽烟。窃玉偷香的心思他也有过,只是没想到来得这么快,这么直接。明明不是登徒子,却做了西门庆的勾当,这让小蒙又得意,又害怕。时而觉得男人都是如此,别人做得,我做不得?时而又怀疑室友别有居心,分明是故意勾引,拉他下的水。那自己到底是什么角色呢?征服了别人,是猎手,被人家征服,是猎物。难道真的是冥冥之中有安排,见他苦巴巴过了那么久,让他今天双喜临门?小蒙哑然一笑,猎手也好,猎物也罢,反正是跟她睡了。这是个不容争辩的事实。事已至此,多想无益。

于是小蒙吸完最后一根烟,上车走人。

次日一早,小蒙照旧来到院里,从一楼开始打扫。他毕竟还是老实人,没经过历练,总觉得做了一出丑事,马上就路人皆知。因而见谁都心虚,工作格外卖力。女厕门口,小蒙又碰见了晓嫣。原来她也来得很早,姿态也很低,见了他粉颊涩红,怯怯地叫"蒙老师"。小蒙点头笑,侧身让她过去。晓嫣今天穿了件黄色短袖衫,白色纱裙,走路时屁股盈盈挺挺。小蒙看着她的背影,惋惜不已。如果不是争夺空位的对手,她还算有几分可爱。可惜了。小蒙刚要进去清扫,美如电话到了。原来她的确后半夜才到宿舍,今天在家休息,约他过去。小蒙心虚,胡乱编了个借口推搪。美如显然很失望。不过既然她失望,就说明她没发现什么。这就好。他抖擞精神,开始清理各类秽物,全然忘了刚刚离去的是晓嫣。

4

老沙退了。他在院里工作三十二年,官至正科。临退之前,高级政工师也评下来了。他行政级别是正科,业务职称是副高,相当于副处。按院里就高不就低的政策,能以副处级别退休。研究院是处级单位,退休在副处级也算不易。老沙得病之前,一直埋怨院里解决他高级政工师太晚,说按他的资历,教授级政工师都应该。如今大病一场,能活着就是惊喜,副高正高之类的身外事就恬淡多了。老焦布局谋划,想搞个小仪式欢送老沙。不料老沙并不愿去,推说自己一身病,不想给大家带去病气。老焦坚持要搞,还亲自开车去接。老沙无奈何到了包间,赫然看见院班子成员全在,颇为感动,说了不少感谢的话。酒终人散,老蒙小蒙骑车回家,老蒙不住地冷笑。小蒙懵懂不解,便问何故。老蒙点拨道老焦的心思不在欢送,而在讨好。欢送老沙是假,讨好领导是真。一个小科长退休,老焦居然请来了所有院领导欢送,与其说是老沙有面子,不如说是老焦有面子。对一个退休老同志都这么好,对现任领导更是自不待言。院里要提拔一个副处级干部,老焦这是往自己身上加分呢。

小蒙才不关心谁提拔副处,追问道老沙退了,空位有了,他何时能补上?老蒙莞尔一笑,说不必着急,老焦会来找我的。底下的话他没说。这几个月不光小蒙在成长,老蒙也在成长。越成长,越意识到以往的岁月何其蹉跎。以前在七厅,总是眼巴巴看人升迁,除了回家痛哭别无手段。而今身在研究院,坐了空位,有了闲情,难免痛定思痛。一番总结之后,就明白了个中缘由。虽然晚了些,但还来得及。时间不多,他是不指望再升了,可他还有儿子。能在自己仕途人生最后两年里,给儿子铺一条路,扶他上马,送他一程,也能算是此生无悔。老蒙看得很清楚,老焦一心要进步,他这一票尽管含金量不高,总是聊胜于无。老焦为了进步,连老沙都能当道具使唤,何况是自己?品位再低的药材,也比药渣子强。现在老焦是病号,用不着送药上门,他自己知道药铺在哪儿。

老蒙打定主意,也不主动出击,静候老焦上门。可一连几天过去,并未见老焦来访。其实这也不怨老焦,他最近的确是忙。办完了老沙的事,文明办的考评组就来了。跟考评相比,小蒙的空位简直轻如鸿毛。考评也简单,一共五项,群众评议、考试测验、查阅资料、查看奖励、实地考察。后边三项好办,前两项则有些微妙。所谓资料,无非是本单位有关创建的文件、纪要、简报之类,早就突击搞完了。奖励也都是现成的,国家级的,省部级的,真的,假的,应有尽有。至于实地考察,全院上下一番净化绿化美化亮化,也能应付过去。关键还是人。群众评议、考试测验都是人参加的,有人的地方就有江湖,江湖本来不乱,考评组一来就乱了。院里并不是铁板一块,养了不少怨天尤人的钉子户。比如自认该提拔没提的,该晋级没晋的,该涨工资没涨的,人数不多,可实在讨厌。群众评议,他真就敢给"差"评;考试测验,他真就敢故意交白卷。这些都是当场公布的,虽不像计划生育、纪检监察那样一票否决,毕竟是自己人都搞不定,家丑外扬,领导颜面无光。领导丢人,老焦跟着倒霉。所以老焦最近忙得不亦乐乎,整天赔着笑脸,对落后分子进行慰问安抚。

院里钉子户的首领是研究一室的老尤,身高一米八五,一头银发,命犯桃花。因为几次作风问题,临近退休连个副研究员都没评上。去年年终总结大会,老魏正在慷慨致词,老尤冷不丁站起,手举条幅大步上台,条幅上四个大字"还我副高"。老尤站在老魏身边,一语不发,只是条幅高举。老魏也是个狠角色,你站你的,我讲我的,两下里并不影响,一直到发言结束。那次还算是被窝里放屁自产自销,要是当着考评组的面再来一次,这脸可就丢到省里去了。老焦拉着一室主任老霍,一道找老尤谈心。两位主任好话说尽,答应一定解决副高问题,又安排老尤去桂林参加一个全国会。老尤这才答应顾全大局,但要两位主任签字画押,写下保证书一份。此要求史无前例,老焦老霍面面相觑,哭笑不得。老尤见主任们犹豫,当即变了脸,要轰他们走。老焦无奈,手写了一份保证给老尤评副高的字据,老焦老霍一一签字,这才功成身退。

老焦一颗红心全在考评上,当然顾不得小蒙空位一事。小蒙心急如火,嘴角口腔烧出一溜燎泡。老蒙心疼他,安慰说考评之于老焦,正如空位之于你,都是心尖上的事,等过去这一段再说。小蒙无奈,整日里愁眉不展。就像种豆南山下,草盛豆苗稀,眼看收获时节将至,自家田里还没几根苗。自家田里没庄稼也就算了,偏偏隔壁田里倒是麦浪滚滚。原来晓媽上次栽了跟头,本是丢人的事。可塞翁失马焉知非福,老焦从此不再让她写文件,她倒也自在,每日除了给乔赵二老按摩,就是陪二老聊天,并无太多事做。而没事做是院里芸芸众人的常态,大家都没觉得不好。反倒是小蒙倒了霉,所有文件都压在他一人头上,事多了难免出错,出了错就挨训。往往是下了班,别人都走了,小蒙还守在电脑前写稿。但不管他多晚回家,第二天一大早,还是得来单位打扫全楼。加班没人看见,厕所一脏立马就有人反映,埋怨小蒙身为工勤,工作不到位。久而久之,小蒙腹中尽是块垒,又无物可浇,无从排遣。一日与美如老地方见面,居然软而不举,颜面扫地。美如最近刚升职,坐了经理的空位,心情大好,也没在意。她见小蒙积郁成结,便找来两张球票,让他去换换心情。小蒙坐在五万人球场里,听着耳边山呼海啸,忽然来了灵感,振臂高呼:

老焦我操你妈!

骂了老焦,小蒙仍不过瘾,想了想又高呼:

小韩我操你妈!

小蒙连喊几遍,心下畅然。那天本省球队也争气,踢进去三个球。小蒙的叫骂混在球迷声里,根本无人注意,连美如都没听明白他叫的什么。看了场球赛,小蒙嗓子都累哑了,胸中恶气吐了大半,第二天依旧精神抖擞去上班。考评组来的那天,全院如临大敌。考评组检查文体活动场地,老焦特意让晓嫣弹了首钢琴曲。晓嫣好歹是音乐研究生,一支曲弹得神鬼皆泣,考评组赞不绝口,连称研究院人才济济。老焦大喜,待考评组走后,当众夸晓嫣身手不凡,《欢乐颂》弹得好。小蒙心想,白痴都知道她弹的是《献给爱丽丝》,估计以老焦的底蕴,也就知道个《欢乐颂》。

创建成功,院里论功行赏,参与创建活动的同志人人有份。奖金不多,一视同仁,都是一千块。小蒙有,晓嫣也有。小蒙就很生气。在他眼里,自己这一千块,是一尺多厚的文件一页页写出来的;而晓嫣那一千块,是几分钟弹琴弹来的。领导也瞎了眼,怎么能搞一刀切?其实钱还是次要,关键是晓嫣露了脸,出了头,这是他最不愿看到的。小蒙唯恐夜长梦多,催老蒙找老焦摊牌。老蒙也等不及了,果然找到老焦索要空位。老焦满口答应,但一直拖着不办。老蒙小蒙阵脚大乱,连夜开会分析。老蒙为难说,难道他是等咱送礼?小蒙咬牙切齿说送就送,刚发了一千块,全当是喂狗了。老蒙又犹豫道,明着送钱肯定不合适,我好歹也是他上级,上级给下级送钱,这不是乱了规矩吗?

小蒙也是真急了,脱口而出道你那上级有屁用,真要是上级,还用咱们开会分析?不就是个空位嘛,他该主动送上门来才是。

小蒙的话凌厉如鞭,抽得老蒙半晌无语,脸上红而转白,像是刚煮熟的鲜肉。小蒙明知语失,却不肯认错,低头狠狠地抽烟。老蒙想了想,一声叹息道这样吧,你也别急,我明天买一千块钱的购物券,给老焦送去。他要是还不办,我豁出老脸不要了,直接找老孙。

第二天是周末,老蒙去商场买券,小蒙去找美如。时间还早,美如让他到宿舍等。小蒙本就心乱如麻,当然不肯。自从上次事后,小蒙再未去过那里,唯恐见到室友露了马脚。可美如说她临时要写个报表,一时半刻弄不完。小蒙无奈,只得硬头皮上楼。室友倒泰然自若,宛如一切从未发生过,还热情地要给他煮咖啡。小蒙坐在美如身后,看她噼啪打字,心里愁肠百结,又不知从何说起。美如写毕,抱歉说要送到公司去,让他继续在宿舍等。小蒙皱眉道发邮件不行?美如解释说头头是个土鳖,不会收邮件,报表又很急,只能送过去。说完,在他脸上啄了一口,笑嘻嘻换衣服。小蒙长叹一声,倒在她床上,无力地挥挥手。

也许是太疲惫,小蒙居然昏昏然有了睡意。正迷迷糊糊中,室友推门进来,端着两杯咖啡,笑道佳人已去,还赖在人家床上回味呢?

咖啡很香,小蒙很乱。他慌张坐起,谨慎一笑说,谢谢大姐的咖啡。

大姐在他对面坐下,啜了口咖啡,悠悠道我问你件事,你和美如,是认真的吗?

小蒙紧张地想,终于要摊牌了。她究竟要干什么?要钱?应该不会。他从头到脚,没一处像是成功人士。那就是她婚姻失败,要报复社会?也不像,兔子还不吃窝边草呢,她今后不想在公司混了?没等他想好对策,室友偏偏又追问,到底是不是?

小蒙只好郑重地点头。室友一笑,正色道,那就好。有件事,是关于美如的,我想你应该知道。我也希望,你能承受得了。

小蒙当然承受得了。所以他并没有按室友的情报去找,而是在小区里转了转,随便寻了个地方坐下,默默抽烟。美如在干什么,室友说得很明白。去,或者不去,结果就在那里,不会改变。他相信室友的话。以美如的条件,以他对世道的体验,如果没有工作之外的付出,美如很难做到经理。付出了也就付出了,他不能求全责备。美如对他是真心的,至于她是否真对别人付出过,付出过什么,都无所谓了。不是他大度,而是有所谓又如何?两人尚未结婚,所以谈不上忠贞;两人又都想结婚,因此只能坚忍。何况他自己混成这个样子,不管是什么原因,一旦跟美如分了手,谁会看得上他?且莫说空位还未到手,即便真到了手,也是个人人颐指气使的小职员。跟美如相比,他还差得太远。一支烟吸完,小蒙又点了一支,眼里也有了泪。他感到很恐怖。他怎么可以这样冷静,这样沉着,完全不是雄性动物应该有的。其实冲出门的时候他还想,老子也是公的,遭遇这样的事,当然要冲动,要生气。可一出楼洞,一见阳光,冲动和生气立刻像雪花一样不复存在。现在的小蒙,已不再是以前的小蒙了。他不住地提醒自己,他想要的无非是一个老婆,一段婚姻,而不是因为女友出轨愤而分手,况且这出轨来自于她讨生活的本能。分手是容易,逞了一时之快,到头来什么都没落下,未免太悲催。在研究院多年,要是这点账都算不明白,真是白混了。

想到这里,小蒙颓然低头。眼泪遽然滴在镜片上,圆圆的,中心鼓起,像是一座微缩的坟茔。从追逐空位开始,几年里他陆陆续续把理想、尊严、底线统统埋葬进去,但眼下空位依旧悬浮,落不到地面。没有空位,他就无法自立,就连发火的资本都没有。即便是眼前这惨淡的人生,淋漓的鲜血,他也只有去直面,去接受而已。好在人的记忆是可以删除的,该忽略的,就忽略过去吧。

不知不觉到了中午,美如终于回来,蓦地看见长椅上的小蒙,不由吓了一跳。小蒙说宿舍里就一个女的,坐着不方便,就到楼下抽抽烟,顺便等你,哦,不对,是等你,顺便抽抽烟。美如笑靥如花,嗔笑道就你贫。说着,亲热地挽了他的胳膊,一起回到宿舍。室友见到他们,意味深长地一笑,爽快说今天大姐开心,请你们小两口吃饭。小蒙想婉拒,美如却嚷着马姐涨工资了,该她请客。于是三人谈笑风生出门,找了个馆子坐下。一瓶白酒很快喝完,又开了一瓶。室友的酒量深不见底,美如已是大醉,她还是方寸不乱。小蒙脚步踉跄,和室友一起将美如扶回宿舍,刚放在床上,她便酣然睡去。两人回到客厅坐下,谁都没再说话。CD里静静地放着王菲的歌,应该是《流年》:

> 有生之年狭路相逢
> 终不能幸免
> 手心忽然长出纠缠的曲线
> 懂事之前情动以后
> 长不过一天
> 留不住,算不出,流年

小蒙抬头看着室友。她靠在沙发上,两眼微闭,轻轻地跟着旋律点头。小蒙胃里的酒精刹那间燃烧起来,蔓延到四肢百骸,灼得他再也坐不住,冲过去按住室友,不顾一切要吻她。室友睁开眼,想也没想就是一记耳光。小蒙毕竟是老实人,流氓系数太低,恶意也有限,一巴掌就打回原形。室友恶狠狠地盯着他,翻腕又是一耳光,低声说你对得起美如吗?她连那么一个糟老头都——她为了什么?你给我滚!

小蒙浑身哆嗦,闻言转身就走,片刻不敢停留。骑在大街上,小蒙心里一团漆黑。原来室友是可怜他,才跟他好了一次。而面巾纸不是手绢,可以洗了再用;室友也远非情人,可以反复索取。他忽然觉得美如也好,室友也好,以前谈过的各色女友也好,他自始至终都是被动。人家想给他,他就能拥有,人家不想给,他只能干瞪眼,还得顺带挨打。真是窝囊透顶。男人混到这个份上,羞也羞死了。小蒙对自己说,忍一忍,再忍一忍吧。空位就快到了。他现在不能苛求美如什么,因为他除了一身皮囊,什么都给不了她。身为男人,连个固定饭碗都没有,人家女孩子凭什么跟你?如今的女孩子现实得很,房,车,都是必问的判断题。比起她们,美如的要求低得多。尽管这样,他和美如仍像倾斜的天平,空位一到,好歹能平衡一些。何况当年美如委身于他时,还是个懵懂少女。虽然这几年不知她都跟谁好过,跟谁住过,权当自家车子丢了,被人骑了一圈又送回来,也没见少什么零件。

茫然打开家门,青烟扑面而至。小蒙本能地停顿。老蒙坐在客厅,烟灰缸里挤满了烟头。蒙母在一边轻轻擦泪。见他进来,老蒙张了张嘴,却没说出话。蒙母马上站起,转身进了厨房。小蒙知道肯定出事了,但什么事能比美如跟上司幽会还有杀伤力?那种事都能忍,也就百毒不侵了。老蒙对此当然全不知情,斟酌了半天才道,空位,出问题了。

事情出在韩父身上。蒙家父子机关算尽,却根本想不到远在五厅的小科长,居然真有扭转乾坤的本事。不但他们想不到,老焦也想不到,老魏老孙也想不到。本来,老沙退休,留下空位一个,实在难得。怎么安排这个编制,老魏老孙想法也差不多。老蒙在院里这几年,虽然是副院级,是班子成员,但姿态低得吓人,打不还手骂不还口,跟谁都赔笑脸。老蒙快退了,于公于私于情于理,让小蒙顶上空位,都说得过去。至于门卫老周,司机老许,实习生小韩,老的老,小的小,又没有过硬的关系,犯不着替他们出头。而且老魏主动找老孙沟通,问他想法。其实老孙也有此意,但慢他一步,虽有被人抢功的遗憾,也乐于成人之美。两人沟通已毕,还一起聊了些老蒙的逸闻趣事,都感慨老蒙算是白活了。既然他虚度一生,作为老友也好,旁观者也罢,帮他含笑九泉也是功德一件。两人主意已定,本想找个机会,在党委会上当众宣布,以示关怀。不料情势急转。财务主任老古慌张来报,说五厅打电话来,要求按规定审计院里账目,重点查院家属楼工程。打电话的正是韩父。

其实审计年年都有,院里账目也并不糊涂,老魏老孙没理由胆怯。不过以五厅之尊,突然点名来查,查的还是个小小的处级单位,七厅领导会有什么想法?各厅属单位会有什么想法?知道的,明白是有人捣鬼;不知道的,还以为院领导不会混,惹来邪火烧身。家属楼还只盖在图纸上,就有人来查了,难道真有问题?流言林林总总,一言以蔽之,影响不好。老魏老孙相视苦笑,各自找五厅的熟人,以求大事化小小事化了。熟人也的确帮忙,答应调解。调解了一阵,却发现调不动。原来韩父跟老蒙差不多,也是多年的资深科长,历尽宦海沉沦,在临退之际幡然醒悟,替子女奋力一搏。老魏老孙动员了五厅多个处长相劝,毫无结果;又联袂找到副厅长协调,韩父依旧寸步不让。厅长处长虽觉脸上无光,但也奈何不了他。人家公事公办,于理不亏。年纪也大了,再有半年就退休。韩父素来讲大局,听招呼。人家大局讲了一辈子,招呼听了一辈子,不能因为这一次不讲不听,便罢了他的科长,降成副科长。何况韩父态度坚决,就是撤职也要查。民不畏死,奈何以死惧之?韩父理直气壮说,我就一个女儿,你们当领导的不给安排,也就算了,我老韩自己想办法还不行?谁他妈的都别想拦住我,谁拦我我跟谁是仇人,血海深仇,做鬼都咒你。

大家都是人之父母,理解舐犊情深。老韩要求也着实不高。又不是公务员,一个事业编制而已,晓嫣虽专业不对口,但是实打实的硕士。再加上都在五厅混,亲不亲一家人,不好太较真。于是熟人们纷纷同仇敌忾,调转枪口,反过来劝老魏老孙就范。正所谓任你官清似水,怎奈吏滑如油。阎王好办,小鬼难缠,两人做梦也想不到会是这个局面。灰溜溜回到院里,两人面面相觑,沉默无言。良久,老魏怅然道,幸亏还没跟老蒙通气,不然真是骑虎难下了。老孙赞同说也是,为了全院的利益,只好牺牲老蒙。两位领导达成一致,发话让老焦写报告,请院里留用晓嫣。老焦听了指示,当然大吃一惊,偷偷找老孙了解了情况,这才恍然大悟,又痛悔大话都说了,胸脯都拍了,实在跟老蒙无法交代。偏偏他万般为难之际,老蒙怀揣购物券屈尊拜访。看着热气腾腾的购物券,老焦愧不敢当,只得实言以告。

老蒙讲完,小蒙已然抽了半盒大三元,抽得唇干舌苦。老蒙看得心疼,慨然道你不要难过,他是当爹的,我就不是了?他能撒泼无赖,我就不会了? 不要脸还不简单,太简单了。明天我就搬到老魏那里办公去,他不给你解决空位,我真就死给他看! 一个空位逼死一个老同志,我看他敢不敢!

厨房里传来抽泣声,应该是蒙母了。她一直在听着。小蒙忽然觉得自己仿佛指间的烟卷,慢慢燃烧,慢慢灰白,慢慢化成尘埃。他默然站起,突兀地一笑,说谢谢爸,而后走进自己房间。小蒙没有开灯,把头埋在被子里,咬着被褥哭,不想让父母听见。不知哭了多久,他觉得牙齿都咬松了,泪还止不住。美如为了当经理,还能对上司献个身,求个现世的安稳。他为了求空位,也甘愿献出去,却连献身的对象都没。所以都是空位,美如得到了,而他一无所有。这是何等悲怆的讽刺。

其实小蒙也明白,说来说去,不是小蒙不如晓嫣,而是老蒙不如老韩。像是《西游记》里的妖精,有靠山的都被主人救走了,没背景的全被大圣一棍打死。他是个小妖,原以为老蒙是副处级神仙,即便不是大仙,也算个小仙,大棒抡来之际,可以现身求个情,救条命。可他走投无路,茫然四顾的关头,猛地发现老蒙原来仅是个老怪,同样一身长毛,两只绿眼,被逼得漫山遍野地逃窜。顶多临死之前能扑在他身上,替他吃上一棒,延缓他片刻的生命。但是,他又能怪老蒙吗? 不能。撇开父子纲常不讲,老蒙除了这条老命,已经做足一切。非但不能怪老蒙,连老魏老孙都怪不到,人家也是出自自保的本能。小妖老妖而已,命如草芥,换做他是院长书记,他也这么干。

小蒙掀开被子,深深地吸了口气,却赫然发现老蒙就坐在跟前。小蒙想坐起来,安慰他几句,但又浑身瘫软,连支起身子的力量都没有了。老蒙在黑暗中一笑,慢腾腾自言自语,说我真蠢,还想给你开个羊变狼的速成班呢,可羊就是羊,狼就是狼,披了狼皮的羊还是羊,披了羊皮的狼还是狼。这个空位,你得不到,你知道因为什么?这不怪你,怪我。因为我不争气,虽然是副处级,但屁股底下是空的,不实在,所以有了空位也不归你。人家的爸爸是科长,级别比我低,但屁股底下不空,是实实在在的。他就这么一点小权力,所以领导怕他,不怕我。可怜我老蒙一辈子,死到临头了,连儿子都安排不了。说着,老蒙忽然低沉地哭起来。小蒙躺在床上,一动不动,也在流泪。他见过老蒙哭,还不止一次。以前总觉得老蒙为错过提拔而哭,有些不可思议。处长是人,科长就不是人了?现在他明白了,大势已去之际,这泪水里有太多懊恼,太多沉重,太多不甘心。

次日是周一,老蒙小蒙一道上班,一路无话。到了院里,小蒙依旧默默打扫全楼,老蒙也没有去老魏老孙那里闹。两人都知道,闹也没用。不闹,或许还有人同情;闹了,无非成别人的笑柄,改变不了什么。院班子开例会,老蒙还是一语不发,远远地躲在一侧,却比从前更寂寞。老魏老孙看见他,都觉得过意不去,有点惭愧。不过这点惭愧也稍纵即逝。院家属楼就要开工了,他们需要忙的事情还很多。老蒙和小蒙纵有再多故事,无非像大船破浪时的几许水花,卷起,又沉下,消失于水面。而船早已不见了。也就不过如此。

一天很快过去。下午下班,美如打来电话,抱歉说又要出差。小蒙问她和谁一起,美如说和领导。小蒙当然知道领导是谁,便没再多说,草草嘱咐几句,挂了电话。老蒙来叫他回家,小蒙推说要加班写材料,让他先回。老蒙看看他,默然点头离去。办公室里只剩下小蒙。他关了电脑,一支接一支抽烟。空位已不属于他,可他还得坚守。老蒙还在,机会就在。一年多之后,老蒙退休,那才是破釜沉舟的最后决战。而这一年多里,他千万不能出问题。工作要继续干,而且还要干好,让谁都无可挑剔,让领导满意。他忽然觉得正是一个轮回。老蒙走过的路,他正在重走一遍。这也是没有办法的办法。蒙家没有背景,没有资本,想得到空位,谁都靠不住,只有依靠组织,感动组织。老蒙二十多年正科,不就是感动了组织,才提拔的副处级?这就是希望。思绪及此,小蒙多少平静了些。至于美如,他已经完全释然。都这个年代了,谁没点过去呢?一个是过去,几个也是过去。大可不必追究。同样都是有过去有故事的女人,美如比那些张嘴就问房问车的,不知伟大了多少倍。

门突然开了,晓嫣站在门口,惊讶地看着小蒙,说蒙老师,您还没走?

小蒙下意识道事情没做完,加个班。刚说完,立即意识到电脑是关的,不免有些尴尬,只得讪笑一声,随手打开。

我钥匙忘带了,晓嫣一笑,说也不知道怎么了,最近老忘事。晓嫣说着,走到自己办公桌前,弯腰打开抽屉,拿了钥匙,却没走的意思。小蒙不解道,你怎么了?

晓嫣转过身,看着小蒙,眼里居然全是泪。小蒙吓了一跳,本能地站起。晓嫣喃喃道蒙老师,我想求您件事。

小蒙蓦地不知所措,只好道你说,你说。

我求求您,把这个空位让给我吧。

晓嫣满脸泪水,亮晶晶的,仿佛月光下的片片鱼鳞。我爸爸高血压犯了,医生让他住院,他不肯,坚持来院里查账。他是为了我。

小蒙吃惊不小。难道老焦还没写报告？或者,老魏老孙的决定,她还没得到消息？可见韩父外表再剽悍,其实心里也是虚的,也快撑不住了。没等他想下去,晓嫣挪了两步,啜泣道蒙老师,我知道,这个空位应该是您的。可我爸今年就要退了,身体也一直不好……我爸要是不在了,我们家就完了。求求您了蒙老师。

小蒙微微讥讽道,这些话,是你爸让你说的？

晓嫣一愣,急得脸红似血,连连摇头。刹那间,小蒙想到美如；一想到美如,他反而有了主意。他走到门口,把门反锁上。晓嫣茫然地看着他,仿佛明白了什么。小蒙像只真狼似的,过去拧着她的脸,狠狠地吻上去。晓嫣本能地推开他,颤声道,蒙老师,您答应了？

小蒙好容易忍住笑。这倒是阴差阳错,意外收获。可见冥冥之中真有主宰,让他多少有些补偿。老韩做梦也想不到,他那边以死相逼,他闺女却来投怀送抱。太有趣了。小蒙点头,理直气壮道你快点,别跟处女似的。晓嫣点头,眼角挂着泪,脸上却有了微笑,主动环手抱着他的脖子,凑上脸去。云散雨停,小蒙坐下抽烟,静静地看晓嫣收拾妥当。其实晓嫣还是挺好看的。可惜刚才时间太短,入港之前还差点不举,简直有些丢人。晓嫣拢了拢头发,也坐下,伸手问他要烟。原来女硕士什么都会,什么都懂。小蒙帮她点上,晓嫣斜着嘴角,一笑不语。小蒙觉得很惭愧。不是因为占了人家便宜,而是便宜虽占了,但没占好；或者说好是好了,但没好透。空位没斗争到,人也没斗争好,心中不免怨懑。晓嫣弹了弹烟灰,坦然道,满意了吗？

原来他还是猎物，原来他还是被征服了。小蒙心里灰暗，不知怎么回答，只得跟着一笑，使劲抽了口烟。晓嫣脸上红润剔透，镇静说那我可以走了吗？当然，如果您还有要求，我可以满足的。小蒙但觉浑身骤然僵硬，唯有一处疲软难当。他苦笑一声，说我真想不到，会是这样。晓嫣便无辜地叹口气，不再说话，转身出门。笃笃的声音越来越远，逐渐消失，小蒙心里失落之极。人倒霉了，再好的机会也把握不住。晓嫣如此，空位亦然。总是到了眼前，甚至可以伸手握触，却还是失之交臂，不得饱尝。不过片刻之后，他也释然了。他本来就是老实人，总觉得艳遇与他无缘。没想到短短几个月，一下子有了三个女人。女友，离婚女人，还有搞艺术的女硕士，而且一分钱不花，一点风险没有，都是主动奉上。身为男人，怎么想都值了。想到这里，小蒙无声地一笑，站起走人。

半年之后，小蒙和美如结婚，住进了那个小户型。院家属楼也正式开工。大家很亢奋，每天都打听进度，恨不能第二天就能搬进去。老魏老孙都想亲自抓工程，彼此又不放心，索性各退一步，让管后勤的副书记老鲁来抓。老鲁比较中立，胆子也小，屁大的事都郑重汇报。他忙着施工，后勤就没人管了。老魏老孙良心未泯，还真惦记着空位的事，便顺水推舟，让老蒙暂管后勤，算是安慰。虽然工勤不归后勤管，但老蒙毫不客气，一上任便写报告，要给工勤涨工资。老魏老孙又好气又好笑，你老蒙倒是隔山打牛，举贤不避亲，一点掩饰，一点避讳都没有。两人商量一番，本院职工是参照公务员管理，便给小蒙参照事业编制管理，从进院开始算工龄，套工资。后来工地出现了偷盗事件，索性让小蒙当了保安队长，发了套蓝制服，黑皮带，橡胶棒，率领保安在工地驻守。小蒙新婚不久，又被委以重任,总算在一望无垠的等待中,捕捉到了一点希望火花。小两口都很高兴。老蒙也与时俱进,又有了新想法。老蒙想,家属楼盖成,总得有个物业科,给大家搞服务。小蒙如今提前介入,还是队长,起点不错。将来自己退了,小蒙顺理成章地接班,说不定还能混个副科级。即便不是副科级,也能享受副科级待遇。老蒙小蒙交流了思想,都很愉快,觉得未来大有希望。

这天下午,老魏老孙在工地巡视,随口表扬小蒙几句,说了些将来如何如何的空话。小蒙比较激动,马上向老婆汇报。美如自然欣喜如蜜,拉他去超市购物,说要改善生活,庆祝庆祝。超市人很多,一派物足民丰的气象,跟两人的心情很契合。美如挑了几条黄花鱼,蹦蹦跳跳去称重量。小蒙在水产区等她,无意中看见标签20元一斤的玻璃柜里,一只螃蟹正奋力在爬,想爬到隔壁28元一斤的柜子里去。努力,失败,又努力,几经反复,终于快要成功。小蒙冷笑上前,把螃蟹拿起,扔回原处。真是不知好歹的东西,连位置都找不准,活该被人蒸了吃。美如提着鱼过来,问他是不是想吃螃蟹。小蒙连连摇头,说好日子慢慢过,别一下子档次上去了,想下来就不容易了。美如就笑,两人手拉手离去。小蒙边走边想,老天其实还是照顾他的。虽然空位没得到,可这次没有,不代表以后也没有。何况在家有美如,在单位有晓嫣。有了那次之后,晓嫣跟他关系很融洽,没人的时候也能说几句疯话。婚前,某次单位聚会,两人心有一犀,便都借口酒醉,开了房间。事毕,小蒙问她转了正,有什么感想。晓嫣想了想,妩媚一笑道,将来你有了空位,就知道了。小蒙也笑。看来谁都知道他会有空位的。那就等吧。小蒙从未如此自信。排队结账之际,美如悄悄告诉小蒙,家里避孕套用完了,要他再买。小蒙看看货架,有国产的,有进口的。小蒙就拿了盒进口的。美如有些不好意思,又心疼价钱高了,踌躇起来。小蒙低声道,没事,保安队的工作餐是他负责定的,那家老板巴结他,刚给他送了二百块钱的购物券。美如一愣,有点惊讶地看着他。小蒙顿时自豪起来,笑而不语。他想,如今老子也是有人贿赂的人了,等家属楼建好了,物业科成立了,空位也有了,那日子不就更好过了么?

二〇一一年三月　郑州马李庄

天蝎

1

竺方平其实很后悔。迈出民政局之际,他应该对杜筱葳笑上一笑,以示心中无鬼;或者不必去笑,平静一瞥也就足够,甚至笑也不用笑、瞥也不用瞥,转身走掉也行,但他看着姹紫嫣红开遍的前妻,偏偏忍不住问了句,你去哪儿?前妻当然冷笑不答,身子拧了一拧便走开,留下一地湿漉漉的鄙夷。他那时道行尚浅,脸皮不厚,以为鄙夷就是鄙夷,不屑只是不屑,其实事后细细想过,杜筱葳完全是虚张声势。一个三十五岁的离婚女人,中人之姿,好勇斗狠,既无恒业也无恒产,全部底气来自于她姐夫。说到杜姐夫,竺方平倒心头一凛。眼下既已离婚,姐夫之说自然扯淡;不过仅是扯了淡也就算了,就怕他不依不饶,有理无理都要替小姨子出头。杜姐夫是五厅三处处长,五厅和七厅业务上有些来往,而如今竺方平的副处级正悬空待定,此诚季节交替疾病多发之秋也,是进亦忧退亦忧,不容他不介怀。

七厅八处里最先知道竺方平离婚的，是处长老冯。老冯五十有五，也离过婚。冯妻老杨是厅工会计生专干，专干计生凡三十年，主管全厅避孕器具发放和避孕知识普及。前几年厅里集资建房，冯杨夫妇想多要一套，痛痛快快离了婚。老冯是正处，分一套三室两厅，老杨是正科，不过年头长，分一套两室两厅。两套房子到手，也都装了修，老冯却羞答答不提复婚。老冯不提复婚是他心术不正，而老杨竟也不提，每天早上跳《为了谁》，晚上跳《小苹果》，菜也不买饭也不做，百忙中拨冗来跟前夫吃个饭，手机还响个不停，全是舞伴们声声呼唤。舞伴中有个机关党委老楚，多年前曾是老冯下属，两人还拍过桌子对让骂。这老楚居然也踏香而来，来了便不肯走，而且只跟她老杨跳，从慢三慢四跳到恰恰伦巴，跳了也就跳了，还不算完，还在朋友圈大发两人自拍照，惹得全厅议论纷纷，这分明就是刻意报复了。是可忍孰不可忍。久而久之，老冯再受不住摧残，可婚已离过，不能再离一次；有心提复婚又自觉丢人，落得个心乱如麻。不过即便心乱如麻，老冯也没影响工作，见竺方平一脸萧瑟地回来，便问他，离了？

不等竺方平苦笑声落，老冯又正色道，也不早了，开个会。

八处编制一共六人，原本有一个副处长小侯，因为年富力强，借调去了省政府，不料有去无回，要留在那里，处里就只剩五个人；而助理调研员老郭行伍出身，一向桀骜，又临近退休，根本不把老冯放在眼里，常年病假悠游在家。人是少了，工作却依旧。以老冯处长之尊，当然不便事无巨细，其他诸老又不堪重用，于是竺方平不顾有实无名，主动勇挑重担，组织协调，撰写材料，兢兢业业替老冯分忧。无奈老杨舞场实在得意，老楚之流如同蚁聚，老冯之忧与时俱进,竺方平左分右分,直分得黔驴技穷,把自家老婆也分走了。老冯实在过意不去,一再上书请求加人,厅里见八处着实人少为患,特同意增加两个人手,老冯命竺方平召集开会,主题就是迎接新人。

新人一男一女,男小梅女小丁。其实小丁算不得小,也三十出头了。老冯端杯子进了会议室,见人已齐整,便笑眯眯落座道小竺,人都齐了吧?齐了就开会。竺方平忙道刚给老郭打了电话,他脚上鸡眼又发炎了,来不了。老冯就冷笑道,毛病多,属老郭,昨天脱发今天鸡眼,能活到现在简直是奇迹。于是老汤老孙都笑了,竺方平也笑起来。对面的小丁也笑,笑得很婀娜,举着文件夹轻轻遮了下唇。

会毕各散,竺方平推门进屋,赫然见老郭正在屋中昂首踏步,喊着一二一。老郭见他进来,笑道会开完了?竺方平忙掩了门,关切道你不是鸡眼发炎了吗?老郭正色道,那是骗老冯那个王八蛋的,你怎么也信?老子每天不折不扣要走一万步,朋友圈里头排在前几位,怎么会长鸡眼?要长也是他老冯长,不但脚上长,浑身他都长。言罢两人大笑。今天周一,又是月初,七厅各处发鸡蛋票,老郭是来领票的。竺方平把票给他,笑道处里来了新人,往后这事找小丁。老郭皱眉想想说小丁、小丁,丁婧蓉吗?竺方平点头称是。老郭一拍大腿,笑道传闻好久,果然是她!丁副厅长,大老丁,五处的,还记得不?

竺方平进七厅那年,丁副厅长还是五处的副处调。五处管人事教育,竺方平入职培训的带队老师就是老丁。后来老丁升迁副厅长,调去了五厅,就再没见过,按岁数差不多该退休了。原来此小丁就是彼老丁的女儿。竺方平正要感慨,忽听老郭又道,我小舅子的老婆跟她一个单位,听说她刚离婚,前夫也真泼妇,一个男人,居然总去前妻的单位闹——竺方平此刻最听不得的就是"离婚"二字,恍惚间就像被抓嫖时的无助,他脸色才刚泛白,只听门口两声鞋动,有人敲门道竺老师在吗?

进来的还真是丁婧蓉。很久以后的某个夜晚,两人云雨已毕,竺方平揽她在怀,闲聊中问她是否听到老郭讲八卦,她狡黠地笑,摇头说没有,又追问到底是何八卦。其实他事后回忆,那两声响动并非由远及近,更像是原地打转,分明是在提醒。不过当时的竺方平根本顾不上想这些了,因为丁婧蓉抱着一摞文件,已经推门进来。他只好抢着道小丁啊,有事吗?对了,这是咱们郭处。

其实老郭的无助也不亚于竺方平的被抓嫖,一脸讪笑写满坦荡荡的狼狈为奸。丁婧蓉落落大方地冲他点头,说是郭叔叔吧,我记得您。

老郭到底也是久经场面之人,三言两语讲了些关于老丁家的回忆,便一笑间起身溜了。竺方平翻着她放下的文件,笑道想不到你和老郭还有渊源呢。

不料丁婧蓉笑容宛在,笑意却瞬间全无,冷冷道是我爸跟他有渊源,我才没有。

这句话有点硬邦邦的,幸好不是针对他。丁婧蓉站在他一侧,居高临下地砸下来,让他一时不知怎么回,只好脸上带着笑继续看文件。丁婧蓉见他沉默,便继续道不过呢,我跟竺老师倒是有点渊源呢。说罢,丁婧蓉自己拉椅子坐在对面,对着他嫣然一乐。

这分明是要过招的意思了。以前在婚姻内,跟人过招多有不便,如今枷锁已去,暧昧一下无非是生活调剂。再说他其实也算高手,本能地明白人家出了招,再装聋作哑就不大好,便抬头愕然道,是吗?

丁婧蓉格格一笑,说竺老师好健忘哦,那年母校中文系新老校友联欢,您是嘉宾,我是学生会的,给您打过电话。

其实丁婧蓉刚说及母校二字,竺方平就想起来确有此事,不过嘉宾不是他,是七厅高副厅长。那年中文系五十周年,搞了个新老校友联欢会,老高堂堂副厅长,自然是杰出校友,竺方平一介普通校友,负责给杰出校友拎包。他下意识"啊"了一下,眼前丁婧蓉不再是丁婧蓉,而是漆黑中一簇花火轰然铺开,铺出了高副厅长——真是该死,这么多年在七厅霜雪催打,受尽委屈,真他妈的算白混了,连钻营奔竞都没学会,怎么能忘了校友这档子事?当年的高副厅长,现已贵为高巡视员,级别比副厅长都高。即便白云苍狗已过,贵人或许忘了拎包之谊,不过这也不怕,记性不好的才是贵人,主任科员记性再好有屁用;而就算高巡视员真不记得了,还可以去暗示他,提醒他,这就得讲艺术,要委婉,懂策略,一旦迂回地提醒一次未果,就不妨直接再提醒一次,只要他不是故意不记得就行——

竺老师?

嗯。

竺方平眼前的高巡视员猝然绽放成花火,这花火聚敛成团,明明又成了丁婧蓉——他微微笑起来,仿佛刚才的沉默不是沉默,而是关于那次聚会的沉思;沉思大雪纷飞,落地化为感慨:好多年了,真的是好多年了——你还好吧?

竺方平当然不会白混。七厅多年,钻营修炼不精也就罢了,见风使舵还算基本功的,不然何以是高手。丁婧蓉显然被他某处的柔软打动,或者她自己柔软的某处被他打动,语感也轻了下去,说是啊,好多年了。

竺方平见她并不直接回答"好"或"不好",便猜出老郭所说并无虚言。一个三十出头的离婚女人,前夫一直纠缠,当然说不上好;明明不好又不肯直说,那就只有两个原因,要么是不想说,要么是想说又不打算明说,在等人来问——那么问还是不问呢?竺方平的笑意从心底浮起,氤氲到脸上却成了肃然的唏嘘:也是,都不容易。

"好多年",和"都不容易",一般不会是正比。不过对两个离了婚的人来讲,此时心绪林林总总,仅是"不容易"三字又怎能概括,何况还有个"都"。两人一下子近在咫尺,却又沉默起来。丁婧蓉就坐在旁边,竺方平手里拿了文件,看上几眼,思路瞬间又被带走,便又抬头看看她——这里是十一楼,巡视员老高的办公室在十五楼,距离不远,可惜他并不分管八处。分管八处的是新来的副厅长老余。既然老高不分管,贸然去汇报什么就没有来由。而来由是一定要找的,不然就——

丁婧蓉忽然道,竺老师您什么星座?

竺方平想了想,说大概是射手座吧。

丁婧蓉就笑道,这怎么还有大概的?

竺方平耸了耸肩膀,说星座这东西,一般都按公历算吧?

丁婧蓉一边笑,一边执意问了他生日,而后肯定地点头道当然是射手座了,我比你早一些,天蝎。

竺方平满脑子都是老高。眼前的丁婧蓉固然有几丝妩媚,但远不及脑海中老高的慈祥。竺方平脸上微笑还在,眼光却分明游散开来,场面也一时沉默。丁婧蓉便站起一笑,说竺老师忙得很,我先走了。走了几步,她又回身道,对了,周末校友有个聚会,您也来吧?

竺方平压抑着喉头忽然迸起来的抽搐,想了想,平静道,好多年不参加这样的聚会了,有什么熟人吗?

丁婧蓉此刻已经站在门口,侧身侧脸,菩萨般地看着他,笑了一下,说有啊,好多呢,还有,高厅长算不算熟人呢?

下了班,晚上有局。酒水未过三巡,大家不及入港,老冯眼中忽然凶光毕露。竺方平偷偷摸摸刷下朋友圈,果然有老楚新发的自拍。照片上老杨看着镜头,而老楚则看着她,两人容光熠熠,双手紧扣,郎情妾意溢于言表。老冯看罢照片,仿佛看罢战书,自然心不宁静,心不宁静难免喝得就急,很快便有点过了。竺方平暗笑老冯有胆灌酒,却无胆动手,笑毕,又有些可怜他。话说彼此都是离婚,算是同病相怜了,但自己与往事干了杯,落得个清静,老冯同样离婚,却是麻烦的开始。

熬到酒尽人散,竺方平和老冯一道回家,老冯路上咬牙切齿,还在路边出了出酒。竺方平放心不下,送他进了电梯才告辞。晚上十点多钟,家属院里人很少,竺方平索性坐在长椅上,点了支烟,抬头看天。天空晦暗不明,星辰无迹,他忽然想起丁婧蓉问他什么星座。真是可笑,老子又不是马王堆里刚刨出来的,怎么会不懂星座?人何其复杂,人心何其多变,雨纷纷草木深,星座要是能解释一切,世界倒太平了。怪力乱神而已,子不屑语也。当初杜筱葳耽迷星座,曾买了不少书看。一般看这种书,有人是好奇,有人当消遣,有人瞎琢磨,杜筱葳则是虔诚。大概她实在糊涂该是什么样的秉性,所以需要靠人指点。而自从她顿悟自己除了属羊,还属天蝎,离婚或许就不可逆转了。竺方平想,其实羊也分好多种,绵羊固然是羊,斗羊也是,你杜筱葳本来就是斗羊,两角威风凛凛,又新添一支毒刺,老子又不是大力水手,既然斗你不过分开也好。可惜丁婧蓉了,居然也是个天蝎。从今天的情况看,纯属巧合的可能性不大,反之,则丁婧蓉显然是有备而来。原来她才是高手。起初示弱,继而诱惑,最后亮出底牌,看来他故作玄虚的那点小心眼,几乎都在她算计之中。不愧是老丁的女儿,自小耳濡目染,起点高他许多。他现在需要什么,问谁去拿,怎么拿到,她全都清楚。也正因为清楚,底气也就很足。丁婧蓉是天蝎,又有这样的出身,难免一出手便如此霸气,刀刀扎在他的痒处,正如主人在宾客面前逗狗,表演一次就有一次好处,当然狗也可以不表演,但愿意表演的狗何其多,慷慨的主人又何其少?就他而言,硕士毕业浪迹七厅十几年,眼看临近不惑,官场无所成,情场无所就,就像鸬鹚捕鱼,吞到嘴里的又常得吐出,循环播放十几年矣,到头来一无所有。人最宝贵的是生命。生命属于人只有一次。人的一生不应当这样度过。

竺方平又吸口烟,忽然一念闪来,其实也不全是自作多情。老子年富力强身体健康,正经八百的硕士毕业,离过婚却正好懂得珍惜,又没有孩子拖累,政策放开了想生几个都没问题;虽说眼下仕途有些不景,但换个说法就是进步空间很大,如果丁婧蓉真肯帮忙,未必就打动不了校友老高。周末聚会是一定要去的,厅党组会上有老高一票,投别人是投,投校友不也是投么?副处级调研员而已,又不是副处长。至于以后,一时还拿不定主意。丁婧蓉再天蝎,也只是个女人,还是个离婚女人。婚姻对她来讲是刚需,对他则是可有可无,可早可晚。再过十年,老子依旧谈得动恋爱,搞得动女人,她就难免力不从心了。思绪及此,竺方平忍不住酸酸地笑了,扔掉烟头,踏脚一拧,起身朝家走去。他一边走,一边想。周末,老高,副处级,什么时候才能到来呢?有了副处级,既可以遮羞,又足以自慰,说不定还能再搞搞暧昧,多好。

一夜无话。第二天一早,竺方平特意换了身衣服,镜子前看了又看,忽然又觉不妥。不是他要暧昧,是丁婧蓉主动跟他暧昧;尽管有求于人,但毕竟是她主动,那么他就要含蓄一些,刻意了就不大好。高手都不这样的。于是重换了昨天那身,周身检查无误,方才郑重出门。班车将开,老冯匆匆上了车,衣服也未换,一身隔夜酒气。老冯坐在他身边,喘息着低声道,娘的不能再喝了,昨晚在家门口掏钥匙,掏半天没掏出来,靠墙睡着了,到后半夜才醒。竺方平担心道没感冒吧?老冯苦笑着打个呵欠,说老子现在是单身,火力旺着呢,睡雪地里都感不了冒,娘的。竺方平只好一路苦忍,直到办公室才笑出了声。

八处在七厅算是业务处室,上午有个厅长办公会,研究一项本省条例细则,厅办前几天就通知八处派人参加。照惯例,这种会要老冯亲自参加,但老冯昨夜大醉,也未洗浴休整,状态实在不堪参会,便软绵绵打电话过来,要他替会。竺方平心思一动,说这事归口小丁,让她也去吧,学习一下。老冯声音黏得像脓鼻涕,浓重地嗯一声,挂了电话。九点半的会,两人早早到了十三楼厅会议室,并排靠墙坐下。丁婧蓉昨天才报到,今天就参会,表现得有点紧张,手里文件翻来翻去,像是风吹树叶沙啦啦作响。竺方平轻轻一笑,忙掩饰地咳了一声。丁婧蓉显然明白了什么,低声羞道竺老师,您别笑我呀。

竺方平扭头看去,她只给了他侧脸。丁婧蓉嘴唇淡薄,眼并不大,脸颧上还有一两点雀斑,眼角也微微有了褶皱,一切都像正常的三十多岁的女人,只有脖子很年轻;他的目光停留在她年轻的脖子上,随着呼吸默默地在上面摩挲。他知道这一瞥不能太久,便正过头去,朝她那里偏了侧,也低声说,别紧张,一会儿我来讲。

丁婧蓉抬起头,学着他的样子,也是两眼看着前边,头朝他歪了歪,说我知道,我听汤老师说了,这些文件其实都是你写的,是吗竺老师?

八处老汤是个女同志,女儿去年经竺方平力荐,得以拜在同一导师门下;老汤家条件不好,竺方平又帮着申请了助学金。一来二去,他便成了汤家人;老汤给自家人贴贴金,当然理所应该。竺方平一笑,没来得及谦虚,厅办的人一拥而入,摆座签茶杯,放文件铅笔,之后会议室门开,厅党组成员们各自落座。今天议题很多,八处的汇报排在中段。报告本就是他写的,又不是第一次参会,汇报阐述起来行云流水,不多时利利索索结束。会后回到办公室,竺方平倒了杯茶,点上支烟,陷在椅子上复盘。可惜了,表现只能说是一般,或者是表现得不错,但结果不乐观。方才汇报结束之际,他特意瞥了一眼领导,分管副厅长老余面无表情,巡视员老高戴着花镜看材料,头也没抬,好像还蹙着眉,不知道是在想什么,是跟老婆吵架了?跟儿子置气了?还是痔疮又犯了?还是他汇报得不好？可是细细回忆,整个过程并无差错,领导随口问的几个数据,他也是一一道出,毫无露怯,若不是天天干业务做基层的,怎有这个底子？但即便表现如此,也未能引来些许关注,甚至一干领导连个把微笑都未舍得赏下。看来即便业务再好,水平再高,在七厅这种鬼地方也算个屁。不过明知想了也没用,而不想又根本做不到。临近四十岁的男人了,已然付出许多,就像便秘的人想一咬牙提裤站起来,又不甘心蹲了许久却一无所拉。对不起观众,对不起自己。

中午吃饭,食堂里碰见老汤。老汤带了自制辣椒酱,非要拉竺方平一起吃。老汤喜欢做辣椒酱,也喜欢做媒人。两人刚坐下,她就神秘道你发现了吗？小丁对你有意思嘞。

老汤的声音有点大,或者并不大,但竺方平听来却宛若黄钟大吕,忙左右看罢低声说汤老师,您小点儿声啊。

老汤得意地朝他盘子里拨辣椒,说你们俩是校友吧？年纪也差不多,情况也差不多,挺般配的。我可是把你夸成一朵花了。

竺方平笑起来,由衷地说是吗？那刚才应该刷我的饭卡啊！

老汤也笑,两人就有一搭没一搭地边吃边聊。老汤看来是诚心撮合,情报工作做得很扎实,归纳之后有三条：首先,丁婧蓉结过婚,离了,现在是单身,没有男朋友；其次,丁婧蓉家里条件好,父母年纪大了,催着她尽快再找一个；再次,丁婧蓉结婚八年没孩子,但不是她不能生——老汤说到这里,声音低下去,郑重道这不关小丁的事,是她前夫的问题。竺方平差点噎着,尴尬道汤老师,您可真能打听,这都知道啊！

老汤得意一笑,说我当然得打听了,孩子是大事,做媒人也得负责嘛！

　　午饭过后,竺方平有近两个小时午休时间。跟他同室的老郭常年鸡眼发炎在家,办公室的沙发只服务于他。沙发有些短,腿无法全伸,身子也就放不平,只能侧卧半蜷,像是涮过的鱿鱼片。竺方平半蜷着身子,却睡不着;或者也不是睡不着,而是睡不安稳,老想吼几嗓子。正如春季一到,大狗要叫,小狗也要叫,大家都是有所求罢了,只不过大狗小狗叫在明处,竺方平也叫,叫在心里。老汤归纳的那三条,其实跟他已经掌握的差距不大,惊喜之处是第三条。既然没孩子罪在前夫,那是他茶壶不管用呢,还是茶壶嘴不管用呢,还是都不管用呢？这点估计老汤也不知道,只能问当事人去。其实丁当事人此刻距离他不过10米,就在斜对面,跟老汤同室,可惜老汤中午也不回家,休息起来没他方便。但就算只有10米,也总不能即刻就去敲门,请她解答有关茶壶和茶壶嘴的疑惑。想到这里,竺方平莞尔一笑,伸了伸腿。沙发在门口靠墙,墙外就是走廊,各色鞋跟停停凿凿一路旖旎,动静很清晰。有人敲门,笃笃三下,接着是把手转动。竺方平闭着眼叫道来了,等会儿。门开处,却是丁婧蓉。她胸前抱了份文件,文件挡住的是一盒茶,她径直走到竺方平桌边,放下茶盒,说知道竺老师喜欢茶,您尝尝这个水仙怎么样。

　　道具选得不错,竺方平心说,果然高手。换做他大概也会如此。男女之间并非陌生,也不够熟悉,送礼物重不得轻不得,贵不得贱不得,既要有空间可解读,又不能空间太大,解读过分。一盒茶,介乎雅俗之间,彼此都不感唐突;一盒茶而已,也算不上什么深意,可以不必联想过多,足以进退两便。竺方平一手平托茶盒,一手食指微屈,轻轻地在桌面敲啄,抬头看着丁婧蓉,含笑说怎么谢谢你呢,得好好想想了。

丁婧蓉也含笑,说那您就好好想想吧!

竺方平听出点总结的意思,但她应该不会就此告辞。果然,丁婧蓉说完并未离开,而是轻轻拿起乱纷纷的文件,翻整,归类;又自然地抽出纸巾,蘸了水,抹掉落在桌面的烟灰,抹得很轻很细,柔顺道烟还是少抽的好,我爸戒烟的时候,全家都兵荒马乱的。

那丁厅长戒成了吗?

丁婧蓉看着他,少女般点头傲娇道,少多了,偷偷抽一两支,我知道,我妈不知道。

竺方平忍不住笑起来。丁婧蓉认真道您不信吗?他的烟我拿着呢,表现好的话,散步的时候才给他发一支。她下意识地掏口袋,又脸红道在包里呢,不信我去拿您看。

竺方平忙摆摆手,说我信,我信,我要是有个女儿也为她戒了。

丁婧蓉笑道为什么只为女儿,不能为老婆呢?

也想过,竺方平苦笑,没机会了。

丁婧蓉当然明白这是在说离婚。竺方平本以为她会犹豫片刻,斟酌一下语句,不料她轻哼了一声,很快就回应道,我前夫倒是不抽烟。

这话说得很狡猾,信息量也大,竺方平能听出三点来。第一,老娘离过婚,并不觉得离婚有什么丢脸,竺老师你也别瞧不起人;第二,抽烟与否,不是老娘对男人的研判标尺,老娘看的是别处;第三,老娘觉得竺老师你还有点意思,你是不是主动点?

气氛顿时变得饶有趣味起来。杜甫诗云"花径不曾缘客扫,蓬

289

门今始为君开"。一个离婚女人,亲口对一个离婚男人说了这三点,略等于小径已扫,蓬门半开,前客已然送走,但等君来。两人交往至此,算是正式确认了对方婚姻状态。本来都是心知肚明的事,比如都离过婚,都没有孩子,别人介绍一千遍,也不如当事人亲口承认有用。都离过婚,谁也不要嫌弃谁,都没有孩子正好,生一个不就得了?

竺方平不觉踌躇了一下,把烟头摁灭,说其实也就这点嗜好了,要不然还能干嘛呢?你说是不是?还有,往后别叫我老师了,叫师兄吧,显得我也年轻点。

丁婧蓉一乐。两人便有一搭没一搭地聊着,桌面上很快就井井有条,正如刚剃过胡子的脸。丁婧蓉拿起几份文件,飞快地一翻,说这几个时间太久了,放柜子里吧,我分类放好,再找起来也容易。她一边说,一边碎步走到柜子旁,打开玻璃门放了进去。竺方平一直没吭声,看着她的后背。丁婧蓉穿着一件薄薄的羊毛衫,密密地贴合着身子,俯身之际露出一线腰,直了身子又下意识地拉上,不给他再见。等她关上了柜门,转过来的时候,竺方平猛地说了句,好。

丁婧蓉仿佛吓了一跳,惊讶地微睁了眼,忽而明白了什么,连声笑起来,说竺师兄反应够快的嘛。文件柜就在门口,她便走到门口,微微打开了门,回头道,师兄还可以休息半个小时,不打扰了。言罢朝他一笑,关门离去。竺方平早已口干舌燥,下意识伸手摸出烟盒,抽出一支,正要点上,门又开了。丁婧蓉探头进来,看着他得意一笑,轻声说还抽!还抽!说完略略一顿,这才关上了门。人是走了,音容宛在。

竺方平深深地吸了口气,有点犯傻。丁婧蓉刚刚的林林总总,应该没有准备剧本,就算进门前有剧本,送茶叶有剧本,进门后的一切也全靠临场发挥;但即便是随手拈来,他也只有招架之功,可见丁天蝎气场之猛。天蝎座的女人,好歹经历过一遭了,难道再来一次?头一回跟杜筱葳算是上了当,现在已然懂了厉害,再一次便是飞蛾扑火,智者不能为也。而他转念一想,其实蛾也就蛾了,扑也就扑了,关键在扑过之后有无所获。他侧面打听过周末的聚会,获邀参加的校友不多,一个三局的副处长同学居然没被邀请,他能感觉到电话那头的声音立刻变了,冷了,慌张了,像是撤退时落了单的伤兵。当然聚会与否,并不是提拔的必需,但至少是一块砝码,一丝希望。不过丁婧蓉一手的好牌,明明可以再强势一些,嚣张一些,却表现得很低调,而这种刻意的低调,又显然是给他看的,给他咂摸的。这就是她比杜筱葳高明之处。相较之下,姓杜的甚至糟蹋了天蝎这个名词。

竺方平拿过打火机,擦亮,细长的火苗蹦蹦跳跳。他点着烟,却不去吸,放在烟灰缸沿上,看着它越来越短,直到枯败成了一截灰。丁婧蓉和她的暧昧宛如正弥漫的烟味,看不见触不到,却笼着他、罩着他,告诉他天蝎的气场无处不在,防不胜防。他身子忽地一抖,忙按住桌子,可胳膊还是抖得要掉在地上。原来玻璃板下一张照片上,居然还是跟杜筱葳的合影,合影也就合了,偏又是结婚那年在什么天涯海角。想到刚刚丁婧蓉在,还细细地擦了桌子,肯定是看到了。一个男人将前妻合影公示于众,难免惹人遐思。一般女人自然会变脸离去,但丁婧蓉到底是天蝎,她才不会,不但不走,还装得若无其事,丝毫不影响发挥。竺方平赶忙撬起玻璃板,正要去拿照片,忽然又停下。不可不可,既然人家都若无其事,自己这么做就显得贼人胆虚了,反而授之以柄。他脸上浮出一丝笑,慢慢地放下玻璃板,心想,说不定这还是一招妙手呢!

几天之后就是周末。竺方平跟丁婧蓉约好一起去酒店。那天下小雨,淫雨霏霏,杨柳依依,诗情画意都有,但车却不好打,总不能披了雨衣骑电动车去,还是丁婧蓉善解人意来接的他。他想起离婚时架不住杜家姐妹忽悠逼仄,车也给了杜筱葳,当时觉得很悲壮,现在觉得很悲情。他妈的快四十岁的男人了,硕士研究生,公务员身份,却连四个轮子都没有,约个会还得女的来接,这么谈恋爱太滑稽了。不得已坐在她车里,竺方平像被绑架了一般,想起离婚,想要暧昧,想到升迁,想来想去,委屈得直想哭。

十点开始的活动,下午三点多钟方才结束。送走各与会杰出校友,他和丁婧蓉留下来扫尾打杂。他抱着剩下的一箱烟酒,跟着她朝外走,边走边思忖,留下来或许也是她的设计,因为可留的、愿留的人很多,为何偏偏是他。一顿饭过去,雨不见大也不见小,倒添了几分寒气。停车场挺远,两人坐到车里的时候,衣服都濡湿了。丁婧蓉开了暖风,吹在身上又稠又黏,一粘上就不肯掉。竺方平当然喝了不少,耳后一阵阵燠热。丁婧蓉推了推他,笑道困了么?给。说着竟递给他一支烟。

因为她在,竺方平今天控制得很好,觥筹交错之间一支都没抽,熬得也蛮辛苦。他见她递烟过来,诧异地看着她。丁婧蓉还是笑着,声音妩媚了许多,说忍得难受吧?表现不错,允许抽一支,我爸喝多的时候,我都给他发一支。

车里气息如兰,应该没人抽过烟,可竺方平再拒绝就真的有点见外了,只好接过去;没等烟塞进嘴唇,但闻水晶般"叮"的一声脆响,丁婧蓉已经把打火机凑了过去。竺方平凑近点着,吸了一口,烟草滋滋声丝丝缕缕。两人一时无话。竺方平本想说,打火机不错。话到唇边又硬压了回去。打火机当然不错,像是都彭的,要一万多块钱。但识货未必就要说,人家也未必就爱听,以她的段位,当然不至于想炫耀什么,说出来反倒小瞧了她。他不说话,她也不说话。两人就这么默契地坐着。车里很安静,竺方平耳朵里却一派军歌嘹亮。丁婧蓉不知何时打开了音乐,应该是王菲:

  你在我旁边
  只打了个照面
  五月的晴天,闪了电
  有生之年,狭路相逢
  终不能幸免
  手心忽然长出纠缠的曲线

  竺方平听着音乐,忍不住开了一缝车窗,马上有更细小的雨点钻入,密密地打在手背,凉意顷刻间侵入皮肤。丁婧蓉虽然没看他,却也转手抽了张纸巾,递给他。
  竺方平浑身发抖。太可怕了。太可怕了。他的所思所感,几乎寸缕不挂,全在丁婧蓉眼里。倦了,给你烟抽,湿了,给你纸巾,桌子乱了,给你整理干净,想要进步,给你创造机会,没了女人,主动送上门来。这种由表及里的侵略性何其霸道,就是要让你习惯,让你舒坦,让你离不开,可又无法轻易得到。同是天蝎,控制欲都强,而杜天蝎就只会声色俱厉。竺方平把烟头丢出去,看着雨丝争先恐后地噙住烟头,把一点红热变成一点灰黑,而体内酒精的热力却灼灼燃烧起来。那一瞬间他打定了主意,他要猛地转过身去,左手抬起,穿过她年轻的脖子,把她拉过来,亲上去,动作要狠,咬出血也不怕,想来她也不会反抗。她又怎么会反抗呢?他知道,这是扭转局面的一次逆袭,这是志在必得的一次逆袭,他默然微微地攒了攒力道,吸了口气——

哎呀。

竺方平悚然一惊。丁婧蓉又羞赧又懊恼地捶了一下方向盘,脸颊的红带着油润,像是黄纸袋被糖炒栗子洇出的透明。

怎么了?

喝酒不能开车呀,怎么办?

竺方平刚才暗暗积攒的气息瞬间放空,只好关切道你着急有事吗?

丁婧蓉还是看着前方,语气却分明对着他,说我当然没什么急事——说着话,她的下颌微微垂下,却还是不看他,继续说,我是担心你有。

竺方平茫然想想,他刚才的确有点急事要办,可还未来及扑过去,就被一句"哎呀"活生生扼杀了。眼下一鼓作气已不复有,酒精轰燃之后也片迹皆无,他只好衰竭地靠上座椅,眼皮再也撑不住,羞恨交加道,我也没有。

丁婧蓉继续看着前边,雨刮慢吞吞摇摆不定,视线时而模糊时而清楚。但竺方平分明听见她体贴地说,不然的话,先找个地方歇歇吧。

云收雨住。丁婧蓉去拧了条热毛巾,给竺方平细细擦过。到底是有过前夫的女人。他恍惚记得上次有女人这样服侍,还是小学时彻夜高烧,他妈给他擦身子降温。如此一算来,三十年中都是空白。窗帘厚重垂地,缝隙中有霓虹灯的明昧的光。原来不知不觉天都黑了。两人相拥靠在床头,谁也不提离开,现在说再见会不会太早。男女关系的迅速庸俗化,往往是另一形态关系的开始,正如鲜红的羊肉翻滚在锅里,很快变得灰白。其实羊肉还是羊肉,两人也依然故我,只不过此时隆然高炕,大被同眠,可以彼此依托上片刻。又是一声水晶般的"叮"响,丁婧蓉给他点上烟。竺方平噙着烟,要过烟盒,摸出一支反递给她,丁婧蓉似笑非笑地接过去,也给自己点上,缓缓地吞进又吐出,有些不好意思道,其实我偶尔也抽一支,特别是——这种时候。

竺方平当然明白她的所指,却不说话,呼吸着她的身体和烟杂糅后的腥甜干燥的气息。他终于想明白了,和她在一起,一旦不知道说什么,或者想说什么、又不便说出口,最好沉默。她是天蝎,她当然知道该怎么办。

果然,短暂的安静之后,丁婧蓉开口道,你今天表现不错。

这个我知道。竺方平脑子里又浮现出茶壶,茶壶嘴,却一脸老实地看着丁婧蓉,说这方面我还是有自信的。

丁婧蓉倒是一愣,随即又气又急地笑起来,直了身子,说你怎么这么流氓啊!我是说中午,聚会的时候。

丁婧蓉的乳房扎实精致,暴露在空气里,被窗帘缝隙的光线渲染得很缤纷。竺方平并未被这突如其来的暴露骇住,静静地看着她,说聚会上人那么多,只是敬酒的时候跟老高聊了几句,他好像还没忘给他掭过包。说完,竺方平笑了笑,目光还是打在她胸前。丁婧蓉倒也没遮掩,坦然地任他目光逡巡往复,继续问他道,那老高都说了什么?

竺方平有个习惯,每次跟领导接触都当作大战一场,而每次大战之后,都要复下盘,略作总结,以期惩前毖后治病救己。其实老高也真没有说太多。但言简意赅,春秋笔法,往往都是领导的基本功。事后分析检讨,老高话虽少,却也可以探究出五层意思:

一、你早就该来找老子,现在再找他妈的晚八秋了;

二、虽然是晚八秋,但毕竟来找了,老子念在他妈的同校之谊,也不会不管;

三、不过还是晚八秋了,厅里人事上早有考虑,老子他妈的总不能搞一手遮天;

四、其实真他妈的搞一次一手遮天,也不是什么大问题,以前又不是没搞过,但要有个前提;

五、这个前提就是,你他妈的总得是老子这边的人吧。

这些意思是给老高敬酒时,老高微言大义说给他的,竺方平听罢,当然立刻表态老子他妈的就是您这边的人,真他妈的是,真是。

现在竺方平遇到的问题是,不能光表态,还要有行动。老高宦海漂泊半生,野兽丛林都过了,竺方平这样单细胞浮游动物见得太多,仅靠同校之谊远远不够,校友那么多,帮也帮不过来。何况仗义多为屠狗辈,负心总是读书人,知识分子小官僚历来最没有信用可言。但在以前这是问题,眼下应该不是了,即便眼下还是问题,今晚过后也应该不是了。这一切全因他睡了丁婧蓉。睡过她,等于纳下投名状,进而勇敢一跃上了贼船。据厅办小吕讲,厅务会很快就要开了,专题讨论人事任命,这个节点上不容犯错,错过一次不知再等多少年。

丁婧蓉听他重复完老高的话,并没有说什么,而是把刚吸了几口的烟掐掉,两手朝后撑住身子,下巴微微扬起,一头及肩短发垂在黑暗中,眼睛倒没有闭上,凝神看着天花板。竺方平一时无语。她显然想要说什么,却没有说,与之前的欲擒故纵如出一辙。她总能精准地判断出竺方平的底线,不断地侵蚀和突破,逼得他一再退却,而每次退却之后,又总能及时地给他甜头,让他感觉退有所值。竺方平心想,老子又不是提裤翻脸,难道刚刚睡过,现在就得求婚?这也实在滑稽了,就跟他找不到女人,她找不到男人似的。可除了求婚、效忠、发誓,他又委实想不出其他套路。房间里很安静,丁婧蓉还保持着刚才的姿态,胸口微微顺着呼吸起伏。可能有些凉了,暴露在空气中的皮肤微微泛起皱褶,涟漪般一圈圈荡开。平静之中的对峙最惊心动魄。他忽然记起星座书讲的射手座,什么自由啊、冲动啊、激情啊,统统都是扯淡。他在七厅厮混到这把年纪,别说是射手座,就是杀手座,张弓搭箭的力比多也早没了,所图的就是个现世安稳。同理可循,书上讲的天蝎座也未必都神秘啊,多疑啊,控制欲强啊,像丁婧蓉这样的女人,强势也强势了三十多年,前头一个男人都让她强势没了,未尝不想稳定下来。天蝎也好,射手也好,就算是星座之论有些道理,在七厅这个不靠谱的鬼地方,也难以自圆其说,除非十二星座里再加上一个新的,叫"七厅"。

尽管竺方平脑子里烟花灿烂,表情却一直定格在方才的沉默。其实丁婧蓉也未必就心若止水。她缓缓变个姿势,坐直了,静静地看着他。她的乳房又回到霓虹灯的缤纷笼罩下,两只眼睛忽亮忽暗。她分明在看他,目光里带着点难以名状的揶揄,也像是冷静,是自嘲。他只听见她微微叹了口气,慢悠悠说师兄啊,我俩这样,算不算是好了呢?

竺方平一时不明白她的意思了。难道现在还不算"好了"吗?倘若这都不算,那究竟什么才是?结婚?娶她?她明知主动权根本不在他,又何出此言?难道还是不放心?难道真不懂他选无可选又遁无可遁?眼前这局面,难道不是她一步步牵狼入室?他恍然意识到原来她既然身为天蝎,要的便是完胜,连劝降都不肯,逼他自己主动纳降书递顺表,做个归化的良民。一念至此,竺方平心头苦笑一声,决定彻底认输,或者也不能叫认输,向真理低头其实是一件无比幸福的事情;而他的真理很简单,就是把副处级弄到手,越早越好,那样幸福也就随之而来,何况还有个不算难看,也不算太老的女人做陪嫁。天蝎也就天蝎罢。真理自然是赤裸裸的,正如眼前这对乳房,这头短发,这张脸庞。

竺方平如梦初醒地看着丁婧蓉,说你是天蝎座,对吧?

丁婧蓉讶异地眨了眨眼,点头。

射手座和天蝎座很配的,竺方平忍住笑,认真道你相信我,这是书上说的。

丁婧蓉皱眉想了想,摇头正色道才不是,我看过那么多星座的书,都说这两个星座根本不搭的。

竺方平本能地伸出手,一根指头抵住她的下唇,轻轻按了按,而后手掌慢慢下滑,覆盖了她的胸口,一点凸起凉凉的硬硬的,顶在他的手心,而她依然端庄地坐在那里,看着他。一派肃穆之中,竺方平觉得自己是在亵渎神明。不错,丁天蝎当然就是他的神明。

他继续认真道,那是他们都不懂,不管他们,你相信就好。丁婧蓉终于也笑起来,抬腕遮住他的手,指尖冰凉,掌心却是温热,说这点霸道,倒像是个射手座了。丁婧蓉说着,继续抓着胸前的手,不许他离开,又稳稳地躺在他怀里。离开被子已久,她的身子已经很凉了,刺激得竺方平不由一个战栗,一瞬间恍恍惚惚,不知自己身在何处。

2

七厅八处有读报的传统,每周四下午政治学习,主题就是读报。政治学习是试金石,谁先进谁落后,谁老实谁耍滑,一到学习便真相大白。为防止落后分子们打瞌睡,老冯便让大家轮流读报,读社论,读大块文章。老冯爱读报,不代表处里人人爱读。副处调老郭就挺反感,说老冯的便秘就是马桶上读报读出来的,他一个人便秘还不行,还非要大家读报,而且一读一下午,这不是要把大家的痔疮也读出来么?老子打过仗杀过人,什么样的阴谋诡计没见过,才不会上老冯的当。于是轮到老郭读报,他偏要站着读,不但站着读,还加上许多技巧,手眼身法步五艺俱全,像是五四青年在街头演活报剧。老冯哭笑不得,却也毫无办法。如今老郭常年鸡眼发炎不来上班,无人再来戳穿老冯的阴谋诡计,可他的便秘却不见好转。他原就有这个毛病,马桶上做大事一般从头版开始,到本地要闻结束;这几天尤甚,一泡万年屎能消磨掉一整份晚报。他便秘有老郭等若干历史遗留问题,更多的是当下原因。上个周末,老冯终于鼓足勇气,跟老杨摊牌商量复婚,老杨居然未置可否,而且不但未置可否，还倒打一耙，要他在商量复婚之前，先好好想想这些年来有没有珍惜过她。真是可笑。爱复不复，不复拉倒，犯不着因她便秘。老冯便秘是因为上火，上火缘于生气，老冯本来并不太生气，他很生气是因为老杨找的偏偏是老楚。老楚比老冯大两岁，两人同年进七厅，同年提正科，那时关系尚好；后来两人交恶，老冯一路稳步前进，老楚则因生活作风问题匍匐迂回，浪迹多个处室部门，最后落草在七厅机关党委——老冯越想越生气，你老楚心理找平衡，他妈的应该去找组织，怎么找到老子头上了？老子是跟老杨离婚了，可七厅上下谁不知道那是假的？往一般里说，老楚这叫寻衅滋事，往严重里说，就是第三者插足。杀父之仇夺妻之恨，是可忍孰不可忍，老子焉能不便秘？至于前妻老杨，自然是从此恩断义绝，再不提复婚了，你他妈的爱找谁跳舞就找去，就是跳脱衣舞老子都不会再管。

老冯上火便秘，按道理说是不会传染的，可偏偏竺方平最近也有些上火，居然也便秘起来。厅里风言风语刮得震天响，谁见了他都是高深莫测地笑，仿佛这还悬在半空的副处调是骗来的，抢来的，或合法继承的，或是做了女婿换来的。而说好的厅务会迟迟不见动静，就像剃头时洗也洗过了，围巾也扎上了，剃刀也磨亮了，剃头匠却不知何往。迟则生变，夜长梦多，怎能不心焦？心都焦了，又怎会不便秘？丁婧蓉知道他心里发急，当她面又不便说，除了安慰之外也似乎没太多办法。以至于竺方平这天上厕所，方才蹲下，却听得旁边隔断里有人进来，翻动报纸，哼哼哈哈，一听就知道是老冯。等他事毕走人，竺方平还是两眼圆睁在运气。他一边运气，一边惭愧，居然连老冯都不如了，真是堕落啊；转念一想，自己便秘是因前途未卜,老冯便秘是因老婆被抢,所以自己严重些也属正常。回到办公室,刚进门就见丁婧蓉在等,小鸡叨米般说你去哪儿了?快点,高厅长要见你。

老高是巡视员,巡视员是正厅局级,所以全厅都称他高厅长,而不是高巡视员。或许刚才蹲过了头,竺方平进了老高办公室,两条腿还是微微颤抖。老高正打电话,朝他俩一笑,指尖点了一点沙发。两人落座,竺方平四下看了看,对面墙上有一联,米芾体写着"万修万人去,一念一如来",落款却是怀素体,隐约认得出"三岳"二字。竺方平忽然记起老丁大名就叫"丁三岳",见到老丁的字,宛如见到老丁的脸,只觉老丁就在旁边,心里便坦然了好多。高厅长这时挂了电话,对丁婧蓉道,小丁你先忙吧,我跟小竺聊几句。

丁婧蓉忙站起,笑盈盈说那我先下去了。说罢转身走到门口,推门出去,小心翼翼地合上门。竺方平坐直身子,老高给自己点了支烟,又指了指他面前的茶几,说记得你抽烟,自便吧。竺方平后悔刚才未能冲过去给老高点火,心里懊恼不迭,强迫自己镇定地点了支烟,抽上一口,慢慢平复下来。刚才上楼,两人走的是步梯,为的是匆匆忙说上几句。原来老丁耐不住妻女夹击,昨晚给老高打了个电话,多少提到了竺方平的事,没想到老高这般雷厉风行,今天便传旨召见了。看出竺方平有些紧张,她又安慰说没事,好好表个态。

竺方平当然知道要表态,可也得有个由头,寻个机会。上次校友聚会算是个机会,但是时间太短,杂人太多,谈恋爱还需找个僻静处,何况跟领导表态远比向恋人表白微妙。失了恋还可以再找,失了宠这辈子就没啥指望了。

老高看着竺方平,一时无话,把竺方平看得惴惴发慌。忽然,老高一笑道小竺,在厅里时间也不短了吧?

这个头开得不错。竺方平忙说也不长,十来年了。

老高的话变得不着边际,信马由缰忽南忽北,还不时会笑上几声。竺方平的心在笑声中越来越凉,最后几乎凝固。眼看一支烟将尽,一句瓷实话都没说。竺方平一再让自己冷静,冷静,但他能感觉到表情已然不能由自己控制,应该是似笑非笑,似哭非哭,活脱脱一个无常鬼,难看得要命。这时有人敲门,老高不慌不忙道请进。竺方平下意识抬头看,进来的却是五处处长老路,忙站起道路处好。五处管全厅人事教育,归口老高分管,老路手捧一份文件,对他客气一笑,把文件放在老高面前,说高厅长,这是您要的文件。老高说了声辛苦,老路便又朝竺方平客气一笑,推门出去了。老路幽灵般飘进飘出,不过十几秒钟,却把竺方平完全弄懵。老高低头翻文件,他便只好傻站在原地,走也不是坐也不是,但觉所在之处并非人间,连拔腿就跑的心思都有了。

老高点着文件,从老花镜的上沿看过来,笑道小竺的论文发了不少嘛——坐,坐。

竺方平这才明白文件是自己的简历。这才一两分钟时间,他的嗓子竟哑了,忙干巴巴道都是母校老师们照顾,学报那儿也有几个同门的师兄弟帮忙。

老高摘下老花镜,点头道年轻人,又是高学历,专业可不能丢,像我,天天忙在事务堆里,大办事员一个,想看本书都没时间。

竺方平笔挺着腰,慢慢地似乎找到些感觉,应声说领导太谦虚了,上次您做国家课题,我几回都想毛遂自荐,就是担心学养不够,没敢。

老高笑起来,说有什么敢不敢的,下次带上你。

那可得提前谢谢领导了,竺方平顿了顿,欲言又止地看着老高。他知道早晚会经历这次见面,也原本准备了好多套说辞,可事到临头,所有预案全都忘掉。明明有满腹心事要说给老高,却不知如何吐露,初夜都没这么紧张。直接表个态?可老高不提,这个态该怎么表?会不会被看作跑官要官?但如果不表态,继续这么兜圈子拉关系,说着没有营养的废话,老高不烦自己都烦了。丁家人在哪里啊?如果在该多好,老丁叫一声高老弟,小丁叫一声高叔叔,什么问题都解决了。他从未如此思念丁婧蓉,思念一个天蝎座的女人。

沉默的时间大约有几秒钟。老高慈悲地一笑,替他做了了断,总结说年轻人嘛,好好工作,心无旁骛。竺方平下意识地站起,看着老高道,您放心高厅长,我一定好好工作。

老高脸上依旧是慈悲的笑,说该干嘛干嘛,别的事,领导会有考虑。

竺方平明白身为下级,能跟领导聊到这般田地,已是不易了,见好就收才是正经,切不可画蛇添足。不过这话不能下级说。想来就来,想走就走,那是公共厕所;在上级这里,想求见要承蒙召唤,想滚蛋须得到批准。老高让他该干嘛干嘛去,这就是批准了。竺方平本能地哈腰一躬,告辞离去。

从老高那里出来,竺方平知道丁婧蓉会在办公室等他,便直奔厕所。一来是老高此番召见,显然是老丁的面子,而他身为男人,不想让小丁太有成就感;二来是腹中遽然翻涌,大有喷薄欲出的苗头。危坐马桶之上，竺方平两手扶膝，瞑目沉思，开始复盘。刚才的表现尚可，老高所言除了废话，大体上还算清晰，领导能讲这些掖掖藏藏的话，已属难能可贵了，这可不是一粒定心丸，而是一把。看来睡过丁婧蓉，纳下投名状，真真的大不一样。照此说来，天蝎就天蝎罢，不能因为一个杜天蝎，就把丁天蝎也否定了。天蝎里老鼠屎自然不止一颗，害群马也不止一匹，能遇到丁天蝎算是否极泰来，老天有眼。想起当初闹离婚，杜天蝎嫌他窝囊，总结为"三不"：仕途不顺、钱途不景、房事不久。杜姐夫两口也毫无遮拦地瞧不起，说干了十几年，还是个主任科员大头兵，连个"长"都混不上，羞也羞死了，干嘛还占着筱葳不撒手？当时竺方平气得要吐血。据说杜天蝎离婚后很快有了男朋友，年轻有为，有自己的产业，还是个二级运动员。竺方平不禁冷笑一声，打个哆嗦，顿觉腹中畅快不少。什么仕途不顺，现在不就要顺了？钱途跟仕途，好歹落了一头。至于房事的问题，那得看对象。天蝎也有好多种，有暴戾的，有柔情的，老子不是二级运动员，也睡了厅长家的千金，人家千金也没说不满意。一个省二线队退役打篮球的，街头开了个体育用品店，卖些假李宁假安踏，居然也成了产业，居然看上了杜天蝎，也算是茫茫人海，终于找到了前世的仇家。一时间腹中块垒出尽，竺方平精神抖擞地提裤起身，忽然意识到，是该见见老丁了。

老丁爱钓鱼。丁婧蓉想来想去，把地点安排在南郊一个渔场。路上，竺方平问她买什么礼物合适，丁婧蓉便一笑，拿出一个纸袋，里面是一副墨镜，说等你想起来孝敬老丁同志，小丁同志早成别人的了，拿好，就说是从国外带的。竺方平已经习惯了这样的无微不至,坦然笑着接过,想说什么又觉得太虚伪,索性凑过去亲了亲她的脖子。丁婧蓉笑着推开他,说老流氓。竺方平有些羞涩道,就不害怕我真是流氓啊?丁婧蓉便扑哧一笑,说我是害怕你不够流氓——好好开你的车罢。

渔场不大,由一片野湖改造而成,不像人工渔场那么整齐,一条栈桥从岸边枝桠蜿蜒,直到野湖中央。栈桥尽头一顶伞下,老丁正在上饵,认真得像是在小楷抄经。丁婧蓉拉着竺方平过去,笑着说爸,这是竺方平。老丁从容甩出钓钩,支好渔竿,站起对着他们一点头,朝竺方平伸出手,笑道不用介绍,小竺嘛,我带过的研究生。

您记性真好,刚进七厅的时候,您是入职培训的班主任。

老丁拍拍竺方平的肩膀,说坐,坐,一块儿玩一会儿——蓉蓉你去找你妈,她在人家厨房忙活呢,我跟小竺聊聊。

那天的见面很融洽。午饭时,老丁兴致很高,跟竺方平分了一瓶白酒,丁婧蓉破例给他们各发了一支烟。直到很多日子过去,很多事情发生之后,他才意识到选择在渔场见面,不会是丁婧蓉的意思,多半是老丁的想法。毕竟是曾经的上下级,在家里见面多少会有拘束;而渔场本就是消遣之所,容易放松下来,也方便两个男人单独说些什么。丁婧蓉问过他那天的事,竺方平认真回忆,发现其实除了家常话,还真没聊别的,无非是小竺真诚表态,老丁一番嘱托,话题都围绕着丁婧蓉。不管怎样,算是未来女婿拜过了岳父,帮会新人跪过了大哥,程序是走过了。至于在厅里,花边新闻小道消息,从来没消停过,只不过两人都是单身未婚,再加上老汤等亲友团圆场,让一心看热闹的有些失望。连老楚老杨那里都比这边精彩。前一阵子,老楚夫人自国外带孙子回家,发现根据地战事吃紧,西风压倒了东风,便果断出手,跑到七厅来找组织;她来找组织帮忙,却又不听组织的劝,不肯好好说话,哭来闹去,唯恐天下不乱,大有炸平七厅,停止地球运转之势。七厅群众工作归口厅机关党委,恰好老杨、老楚也归口厅机关党委,专职副书记老辛责无旁贷,辛辛苦苦做了一下午工作,直到老楚书面承诺再不下舞场,老杨口头承诺不再跟老楚工作之外有联系,一番争执这才算抹平。经此一场风波,老楚当仁不让做了缩头乌龟,老杨就独力难支了。不过老冯也打定了主意,绝不再提复婚,非但他不提,老杨提了也绝不能同意——老冯慷慨激昂地表完态,给对面的竺方平递过一支烟,满脸忧国忧民道,其实小竺你跟小丁的事,我是有保留意见的,男人离了婚,正好可以反思一下,冷静一下,梳理一下,实在不必着急再婚。你年纪又不大,才三十多岁,着急做什么?大丈夫何患无妻!老兄我年长你快二十岁,说是老叔都可以了,同事这么多年,这点掏心窝的话,还望你好好体会——当然,这话跟小丁要保密啊!

竺方平自然连连答应替他保密。说笑间有人敲门,老冯正在兴头上,便叫了声请进。门开处,赫然站着要保密的"小丁"。老冯脸上跟打翻了酱油瓶一般,立刻黑里透红。丁婧蓉眼瞅老冯,格格一笑道冯处好,还忙着呢?

老冯被抓了现行,深感为老不尊,羞愤夹杂,恨不能一把掐死自己,只得猛吸着烟,讪讪笑道有什么好忙的?本想跟小竺喝点小酒,既然小两口都在,我就不碍眼了,你们去,你们去。

两人笑着告辞。刚出门进了电梯,丁婧蓉脸色蓦地耷拉下来,恨道呸,自己过得不好,还不许别人好。竺方平早知道刚才老冯的话一字不落,肯定全被她听了去,忙示意她小声。丁婧蓉也眼瞅着他,说你还真听他的么?还反思一下,冷静一下,梳理一下,是写学习体会吗?写思想汇报吗?满脑子大一二三小一二三,首先其次再次,特此报告妥否请批示,除了这个还会干嘛?活该他戴绿帽子。竺方平深知言多必失,不敢再多言,只是一路赔着小心。等到了停车场,来在车边,丁天蝎脸色才稍稍恢复,没好气说本来要去你家,给你做顿饭,现在心情不好不做了,你请客吧。竺方平如蒙大赦,忙连连点头。这时有几个加班的同事结伴也来取车,见他俩在,远远地打招呼。竺方平有些赧颜之色,丁婧蓉倒坦坦荡荡,跟人招手寒暄。一个大姐亲热地拉着丁婧蓉聊了几句,不时瞟他一眼,低声说句什么,像是屠夫打量生猪,盘算从什么部位动手。商量了一阵,两个女人便一起摇曳生姿地笑起来,直到进了车,丁婧蓉脸上还挂着笑。竺方平小心翼翼问去哪儿,丁婧蓉一边系安全带,一边随口说你定吧,我听你的。

这么久相处下来,竺方平总算搞清楚了丁天蝎的所谓民主,是彻头彻尾的假民主。她表面上从谏如流,什么都让竺方平做决定,但他每一个决定都会被她否决掉,理由实实在在,不容辩驳,既证明了她的一贯正确,又强调了他的目光短浅,还夹杂着些许的恨铁不成钢。上了几次当,他这才醒悟过来,智商不及爱因斯坦的男人在天蝎女人面前,是不配拥有民主权利的;而且丁天蝎的霸气笼罩下,想保持沉默也不可以,民主权利必须行使,哪怕这民主是假的。竺方平想,真独裁也就罢了,真独裁下的假民主才最可怕,过场戏也不可忽略,而且要投入地演好。想到这里,竺方平就入戏道,只要你喜欢就好,我都行。

竺方平见她的脸上露出微笑,知道她也入戏了,原来独裁者更喜欢溜须拍马,便马上乘胜追拍道,其实到了我这个年纪,吃什么都无所谓,只要跟你在一起。

晚饭时丁婧蓉心情极佳,还主动要了红酒,几杯饮下,脸色愈发妖娆。一刹那间竺方平有些想入非非了。坐在车里,握着方向盘,竺方平几次想一把方向开回家——反正又不是第一次去,渔场聊过之后,老丁大概也会对此不闻不问吧。至于丁婧蓉,自然还是一如往昔的善解人意,娇懒地靠在椅背,一会儿看着前面,一会儿侧脸看他,眼里秋波荡漾不敛,帮他酝酿气氛。电台也善解人意,应景地传来王菲雾锁莲池的歌声:

　　有生之年,狭路相逢
　　终不能幸免
　　手心忽然长出纠缠的曲线
　　懂事之前,情动以后
　　长不过一天
　　留不住,算不出,流年

竺方平认真地开着车,丁婧蓉的眼神,王菲的声音,无处不在的暧昧,似乎都无法让他迷离。他想,还是不大好。两人毕竟尚未结婚,她又是跟父母住,夜不归宿的次数太多总归不美。按理说作为男人,此刻毫无情动有些不礼貌,但他毕竟一介书生,谦谦君子,堂堂公务员,幻化成禽兽的速度不宜太快。送到楼下,分别之际见她幽然一瞥,他到底有些不忍,长吻嬉闹良久,两人这才分开。丁婧蓉让他开车回,竺方平一笑婉拒,车不算是他的,即便结了婚,他也不愿多开,面子上挂不太住。好歹是个男人,又不是专业吃软饭,事业靠人照顾已属无奈,生活还是自立一些罢。吃人嘴软,所以才需要偶尔嘴硬一下。正如老冯老杨这对活宝,老冯口口声声说不会考虑复婚,焉知他不是戴了绿帽子,兀自嘴硬而已。

时至夜深,竺方平走在大街上,人很少,灯很亮,心很乱。他突然又有些踌躇。难道就这么定了么?距离上一次结婚,恍然已经十年过去了,十年间艳阳高照也有过,血雨腥风也有过,蠢蠢欲动也有过,百般遗憾中有幸离婚,正如电脑死了机重启一次,一切可以刷新再来。而离了婚匆匆再结,一般有两种情况。要么是离婚之前就筹备已毕,旧人既去,单等新人过门;要么是鬼迷了心窍,死里逃生还不知悔改。他又算哪一种?其实,现如今他好比进了火锅店,坐也坐下来了,蒿子秆也端上来了,羊上脑也端上来了,就是锅一直不开。锅不开,菜就没法涮;副处级不来,脂粉再多也只能搽在膝盖上。也罢也罢,无非是结个婚,娶个老婆,又不是绑着上刑场,索性就跟着丁天蝎走吧。夜深人静,清风徐来,一念及此,他便怅然一笑,再无所谓得失之惑,挥手打车回家。

此后又近月余,厅务会却一直难产。其实七厅的厅务会历来高效,原因在于事先通气得好。开会之前领导们已有共识,开会就是个形式。这次难产因为气始终不通,不通的原因是突然冒出来个五处老蔺。那天周四,厅直各处室政治学习。学完文件,轮流发言,谈体会心得,开展批评与自我批评。轮到老蔺时,他手捧文件却不说话,脸憋得紫红。学了文件有触动,红红脸出出汗当然好,但学出人命来可就糟了,处长老路怕他是心脏的毛病,便忙问道老蔺,哪儿不舒服吗?

老蔺看向老路,毫无征兆,忽然哽咽;而且这哽咽不同常人,嘴唇紧闭,喉头鼻口嗡嗡响,像是打不着火的车。老蔺哭,老路只好劝,但越劝越哽咽,最后放声大哭。一时间四面八方全是撕心裂肺的声响,五处同仁们便都傻了眼。老路技穷,只得先让众人散去,单独留下老蔺;好烟好茶奉上,苦口婆心商量,这才明白缘由竟是失恋。老蔺老伴去世多年,眼下对象姓沈,老沈刚满五十,二老相处数月,情洽意投。老沈是省城郊县人氏,做保姆出身,挺会照顾人,应老蔺要求打算长期照顾下去。某晚,老蔺受过照顾,异常放松,警惕性就低了,老沈冷不丁问他什么级别,老蔺脱口而出主任科员。他寻思老沈一介农妇,寻常保姆,见识应该不高;但她做保姆却是在一个副省级领导家,耳濡目染多年,闻听老未婚夫是个六十岁的主任科员,立刻把脸一抹,血红着眼睛哭闹一番,径自扬长而去。老蔺看着老路,捶胸道她走就走了,还把我手机拿了去,把我钱包拿了去,买了新手机好容易找到她,破口大骂我是个骗子,窝囊废,几十年了还是个科员——路处你说,我屈不屈?

老路焦头烂额,只好说这个,这个也不能这么说——

老蔺勃然昂首道,所以说路处,退休之前,我一定要解决个副处级。厅里不正研究名单吗?厅务会不是快开了吗?这个副处调,路处你一定得给我!

老蔺说完目光炯炯,直直看向老路。他是不哭了,想哭的变成老路。五处是大处,一正两副早已配齐,老蔺退休在即,此前又从未铺垫,时间也来不及了;就算时间来得及,他这样一折腾,影响太坏。一旦真给他解决了,七厅里人人效仿,老少皆宜,哭谁他妈不会?到时候主任科员提副处,找处长哭;副处提正处,找厅长哭;正处提副厅,难道还要去组织部哭?老路啼笑皆非,跟老蔺恳谈一个小时,说他想办法往上反映,让老蔺注意形象,老同志了要做表率云云。好话说尽,老蔺这才离去。老路闷头抽了几支烟,脑子里把老蔺强奸了八百回;还没理出头绪,老高的电话就过来了,让他立刻上去。老路两脚生风到了老高处,老蔺正在抹泪。老高脸色很难看,让老路先把人领回去,提拔的事慢慢研究;又安慰老蔺道,有什么要求,不要有顾虑,都提出来,厅里会综合考虑,不过还是要正常渠道反映;又批评老路道,自己部门的老同志,平常是怎么关心的?平时关心不够,现在有问题就上交,还要你处长干什么?五处管全厅的人事,你就这么个管法?回去好好反思。

老蔺惊世一哭,顿时传遍七厅,成为美谈。竺方平当时就听说了,一时还没意识到严重性,跟着众人哈哈一笑,也就一笔带过;带过之后,猛醒到坏了,阳光道上正走着,冷不防老蔺发一声喊跳出来亮剑,这跟拦路打劫有什么区别?眼下厅务会正要研究提拔名单,是不闻不问照常进行呢,还是把老蔺也加上呢?老蔺有此一哭,看来已然无所畏惧,反正领导再恼火,总不能把主任科员再给撸了,民不畏撸,奈何以撸惧之?仔细想来,领导们还真不好办。思虑及此,竺方平不由一身冷汗,前后心都湿透,赶紧打电话叫来丁婧蓉,两人彼此安慰一番,都明白除了苦等,再无良策。下了班,丁婧蓉有意留在竺方平家,极尽柔情缱绻,而竺方平却放不下,努力一阵毫无效果,轰然倒在她身边,又焦躁又羞赧地一声叹息。

又是半月,厅务会依旧一步之遥,却越发遥不可及。时间一拖,各种说法也就多了。最可气的说法,是老蔺一天一小哭,两天一大哭,厅领导被哭得没脾气,索性该提的也不提,单等他数月后自然退休,再说提拔的事。同在人选名单上的二处老侯、七处小韦,厅属研究院老赵,闻言都来找竺方平,都拍案大骂老蔺不是东西,不得好死。可骂过之后,老蔺毫发未损,依旧能哭,依旧两天一次找领导汇报思想,表达诉求。而名单上四人中,竺方平的实力公认最弱:老侯老赵资历比他老得多,小韦虽年轻,但是个博士,又是女同志,综合起来倒是最有优势,骂起老蔺也更彻底,"不得好死"就出自小韦之口。再者,二老一小已是副处调,这次要提副处长,竺方平和老蔺则同为大头兵科员,照此分析下来,一旦领导真扛不住,危险最大的就是他。七厅虽大,副处级岗位却是稀缺资源,五处是没有了,八处倒正好空了一个。有鉴于此,也保不齐领导找他做工作,说什么老蔺就快退了,先到八处做几个月副处调,等他退了再把你小竺推上去,小竺你还年轻,有的是机会嘛——虽然可能性不大,但毕竟是有——万一老高真就找了他,真就这么谈了,他是答应还是不答应?

周末,丁婧蓉让竺方平去她家吃饭,竺方平心乱如麻,如何吃得下;心里乱,态度就有些敷衍。丁婧蓉本想由老丁出面开导一下,让他不要太伤情,却并不见他响应,只觉一番好心肠不被认可,虽然语气还是软如柔荑,脸色就有些不悦了,说什么事情急不得,老丁有经验,让他帮忙分析一二,都是为你好。竺方平看着丁天蝎又是一副欲擒故纵的妆容,不知怎的火往上撞,竟结结实实地回过去,说既然如此,早让老高把厅务会开了,还有这些麻烦?你爸和老高他们隔三岔五就聚会,还不是一句话的事!

老丁老高他们有个圈子,也还真是隔三岔五聚个会,艾个灸。老丁一旦喝多,还是竺方平开车拉着丁婧蓉去接人。有次老丁喝得多,老高也不少,赤红着脸前前后后张罗送人,根本没注意到竺方平。老丁上了车直喘粗气,小丁一旁服侍,竺方平便老老实实开车,边开边想,喝酒之际,话肯定很多,只是不知二老推杯换盏之间,到底说没说过提拔的事;又想老高已是正厅级了,还跟喽啰似的前后张罗,也不知其他人都是何方神仙。正想间,老丁突然打起电话,大约是问对方是否到家了,还说嫂夫人是新司机,没事要多练练手。老丁说罢笑了两声,挂了电话,打了个酒嗝,又问丁婧蓉要烟。打火机叮咚脆响之后,车里顿时瘴气撩人,正如竺方平乱麻一团的心思。

不过这时已经不允许他多想,因为刚刚话一出口,竺方平就后悔。须知冲动是魔鬼,而丁天蝎比魔鬼还魔鬼。果然,丁婧蓉一脸惊讶地看着他,喃喃道这是真的吗?你在凶我吗?为了跟你聊聊,我爸连聚会都推了,你还凶我。

竺方平一下子面条般软了。他能上名单上会,全仗丁家人帮衬;人家不帮衬是正常,帮衬了是施舍,哪有要饭的嫌食材不新鲜,还去跟主家闹呢?要饭的不讲究,丁婧蓉却并未动怒。该冷静之际冷静,该冲动之际还是冷静,一切尽在掌心,这才是天蝎。竺方平见丁婧蓉静静坐着,并不看过来,但觉后悔得血洒前襟,只好哑着嗓说婧蓉,都怪我,是我口不择言了,我错了。

自从有了丁婧蓉,竺方平认错的机会就多了。这也是他最近迅速成长的原因。其实每个人为求心安,总得有一个认错的去处,菩萨也好,佛爷也好,大罗神仙也好,她就是他的去处。认了错,菩萨就不能怪罪了,菩萨不会小肚鸡肠。竺方平乖乖地随菩萨回家,在菩萨家吃了晚饭,跟推掉聚会的老菩萨平分了一瓶白酒,老老实实听了他一番教诲,而后刷了碗,拖了地,再起身告辞。拖地的时候不小心踩到了猫的尾巴,因为是边退边拖,这一脚踩得挺结实。丁家猫姓丁名大花,丁大花一声凄厉,吓得丁母摔了水果盘子,歪瓜裂枣滚落一地。竺方平又老老实实跪在地上,撅起屁股,用膝盖挪动,在各类缝隙处找。找啊找。一切都就位了,连丁大花都入窝就寝了,竺方平方才得以告退。丁婧蓉大约还对他的敷衍不满,便只是在出门之际,朝他同样敷衍地笑了笑,没有一句话。竺方平只感到两人的关系迅速地变冷了,疏远了,他也幽暗了,慌张了,一切仿佛都回到了两人初见的光景;不,还不如初见的时候,起码那时他还不像是一条丧家犬。

  竺方平不知是怎么来到马路上的。五厅家属院在城西,七厅家属院在城东,步行要两个小时,打车则是十五分钟,慢行快走,都能到达。但竺方平等不及了,他得快点到,再快一点。但走着走着,他就走不动了,扶了树想吐酒,可那半瓶酒冷却在肚里,像是变成固体,硬邦邦的一大团,怎么吐也吐不出来。这就是命吧。底线早没了,能做的都做了,就差没往脸上写"上门女婿",就差身份证上没改叫"丁竺氏"了,但还是不行。怎么就这么难呢?原来七厅这个鬼地方,真的是没道理可讲。你跟他讲实力,他跟你讲年头,你跟他讲年头,他又跟你讲关系,终于能跟他讲上关系了,他又跟你讲未来讲理想,提醒你还年轻,安慰你有的是机会,好好干着,自己人嘛,领导心里有数。十几年了,翻来覆去都是这些话,年轮滚滚不停循环。继续干吧,看不见希望,不干了吧,又不甘心。若是没有丁婧蓉也就算了,眼下明明有丁家人在撑腰,却还是提拔不了,且不说别人会怎么看,自己羞也羞死了。谁都觉得他离婚是因为仕途窘困,为了提拔连离过婚的女人都当成宝,死皮赖脸贴上去了,还是提拔不了。本来,男人能这么不要脸,就算尊严扫地;脸都不要了,却还是得不到,那就是该死了,这才是彻头彻尾的失败者。

竺方平把手指伸进喉咙,转着,抠着,剜着,胃里一团酒架不住折腾,总算喷涌而出,酒气辛辣刺鼻,让他差点站不稳。他喘息着平静下来,抬头看,感觉四下里很熟悉,以前肯定来过此处,还不止一次,不然何以懵懂间摸到这里,或许也不是懵懂,是本能。其实还是有办法的。一个知识分子,一个公务员,一个硕士研究生,怎么能连个鱼死网破的办法都没有。这办法以前没用,是火候不到,勇气不足。现在被逼到这等田地,便再没有忌惮。反正也想不到还能失去什么。马路对面万点灯火,车来车往,车灯拖曳成一道光线。竺方平扶树而立,身子摇摆,强迫自己眼睛聚焦,盯着来来往往的车牌。直到夜不早了,车也少了,像是火锅吃到最后,拿漏勺也捞不出什么结果——不,今晚一定要有个结果。终于,对面停车场上聚了一些人,有人前后张罗着送行。一辆黑黑的车开出来,开到街上。他便嘿嘿笑,大步朝前走去。他忽然感觉眼前白光夺目闪过,又有一声刺耳的摩擦音骤起,继而似乎黑蓝色的天空中有人朝他招手,慢悠悠便飞翔起来。

3

  醒来的时候,竺方平但觉满眼皆白,身边一个人都没有。床很硬,硌得他肩头酸楚,他感觉自己像是晒在窗台的萝卜条,生命的水分剧烈地蒸发着,从丰沛到枯萎。他缓缓地抬了头,还好,脖子还能活动,他想看看身上各部件是否还在。要是少了就麻烦了。丁婧蓉要的男人至少得是健全的吧?不能是一个累赘。都结过婚,都明白婚后的琐屑是多么要命。久病床前,似乎也只有爹妈而已,这个刚认识不久的女人根本指望不住的。何况趋利避害,本就是人的天性,而且她本就是个天蝎。竺方平感觉右臂还有些力气,便勉强支撑着坐起来,迷茫地看向四周,视线所到之处都是灼目的白,真白啊,还会动,原来周遭爬满了白胖的蠕动的虫子。冷不防听见"嚓"一声响,他下意识地看着右臂,这才发现右臂赫然掉在了床上,原来被油炸过了,炸得酥黄焦脆,淅淅沥沥滴着油,冒着烟,蛰得虫子们纷纷躲避。他额头上也冒着油汪,顺着脸滑下来热辣滚烫,灼得皮肤滋啦啦响。他顾不上再看折断的胳膊,左手伸出来要去掀起被子,左手倒没有炸过,却像是干枯的树叶,也是又薄又脆,一用力就有两根手指剥落下来。被子下的身子,腿脚,也都是一半油炸过的黄焦,一半火烧后的黑枯,根本没法动,一动就噗噗啦啦地爆裂,折断,满床油腻腻的碎片。他又害怕又木然地看着,却感不到一丝的疼痛。渐渐,脖子也活动了,跟肩膀的连接处悄悄翘起来,露出粉艳鲜嫩的肌肉,最终干脆地掉下,在床上滚着,眼睛倒还睁开,只觉得一切都飞快地转,像是不停歇的陀螺——竺方平忽然明白这是个梦。梦不可怕,可怕的是不知梦何时能醒。他想挣扎,想指挥着干枯的左手把头捧起来,安到肩上的大窟窿里去,但他又仿佛被牢牢固定着,动也动不得,只好虚弱地叫出声,听上去却像是绵软的一个呻吟。很快,病床尾部有人探过身,竟然是丁婧蓉。对,是丁婧蓉。

竺方平看着她,忽然感觉到四肢百骸都在,只是头还有些眩晕。周遭那些白胖的蠕动的虫子全不见了,酥黄焦脆的胳膊也好端端的,头也还在肩膀上——大约是梦醒了。梦醒了,丁婧蓉就在眼前,倏忽间眼泪已经爬满她整个脸庞。看见了她,竺方平隐约知道可能并无大碍,真要是少了点什么,想必日夜守在身边的也不会是她。想到这里,他心里酸酸一动,不由得也落下泪来,说不清是难过还是庆幸;又觉得即便在已谈婚论嫁的女友面前,自己也像只蚂蚁般无足轻重,因为他也实在不能确定,如果出事的是丁婧蓉,他将如何自处。

据丁婧蓉说,那天晚上的事,司机是全责。司机是个女同志,六十岁出头,开车是个新手,素质还挺高,撞了人也没跑路,还及时把竺方平送了医院。碰巧这个女司机丁婧蓉还认识,平常都叫她张阿姨,简称张姨,跟老丁老高他们一个圈子的。竺方平接老丁时说不定还见过,当然,张姨是记不得竺方平的。得知他醒了,张姨特意派了秘书来看望,或者不能说是张姨的秘书,是张姨丈夫的秘书;秘书还送来一束鲜花,一个果篮,又嘘寒问暖好半天,整得竺方平和丁婧蓉都有点不好意思。等秘书走后,丁婧蓉还在果篮里发现一个信封,里面不多不少两万块钱,两人就更不好意思了,只恨他不是壁虎,断了尾巴很快就能长出来,好不让张姨夫妇牵挂。到底是丁婧蓉心思细,跟竺方平商议等他出了院,一起到张姨家表示感谢,不然显得不懂规矩,情商太低。其实竺方平皮糙肉厚,飞出去七八米,只是落地晕倒之际摔坏了左臂,过几天又是一条好汉。两人说完正事,丁婧蓉柔声问他感觉怎么样?竺方平说饿了。丁婧蓉又问想吃点什么,他就真的想了想,说想吃烩面。

　　病房里又剩下竺方平一人。房间很宽敞,也没有一般病房惯常的污气。硕高的龟背竹立在落地窗边,郁郁葱葱,宛如一大盆怒放的渴望。竺方平调了一轮电视节目,摁得手指起热发红,便扔了遥控器,闭上眼睛。腾飞的那个瞬间,失忆的那个瞬间,乍然又浮起在脑海。其实这样也很好。跟丁婧蓉在一起本来就不平等,他只得步步留心,时时在意,不肯轻易多说一句话,多行一步路,唯恐被耻笑了去。如今撞也撞了,晕也晕了,胳膊也断了,只因撞他的是张姨,倒像被上师佛爷们摩了顶加过持,一下子强大起来,可以平起平坐了。正所谓手中有粮,心中不慌,脚踏实地,喜气洋洋。反倒觉得太轻易就许了丁婧蓉,有点太欠考虑,太饥不择食。明明可以有更好的。竺方平翻了个身,有些不好意思地想,虽然是奔四十去的人,不过十几年办公室坐下来,捂得白白净净,自觉还不算太显老,找个小上十岁一轮的,也不是接不住。好容易有了洗底重来的便当,何必非她不娶?之前是靠她争副处级,现在如愿被张姨撞了,副处级想必也就探囊可获,本以为是自己占便宜,殊不知到头来占便宜的竟是她丁天蝎。两人相处,她本来就有执政的合法性;照顾完病号,她又占了道德的制高点,再加上早已洞悉的天蝎秉性,将来还能有他的好?多情却被无情恼,吃亏总是不读书。早知要遇到她,就该多读点星座的书。看来本月一定是天蝎运势好,气场强,她的好事是她的,别人的好事也是她的。只可惜匆匆就把关系定了,离婚时勾画的各种桃花艳遇,诸多悱恻风情,看来全然是泡影,再无法企及了。只叹一片相思谁赋予,当时只道是寻常。

不多时丁婧蓉提饭盒回来,端着碗喂他烩面。毕竟已是深秋,碗盖边缘凝结出一层浅浅的油花,星星点点,微亮泛黄,房间里很快弥漫着羊肉和麦香交错的气息。竺方平老老实实吃完烩面,忽然有点想不老实了。他左胳膊不能动,并不妨碍其余部位的功能正常蠢动。不过这里并不是家,也不是宾馆,不老实起来多有不便。刚想到该怎么张口,却见丁婧蓉早收拾好餐具,送到卫生间里,出来关上房门,轻轻扣了锁,还把门上小窗的布帘挂上,转身对他脉脉一笑。又来了,又来了。竺方平吓得差点不举。她怎么就这么霸道呢?霸道的星座不只有天蝎,但天蝎的霸道在于有鉴别,有判断,有方法。别说是一肚子鬼主意,哪怕一丁点不老实的念头都逃不过她;其实要命的还不是逃不过,要命的是她知道他的不老实是否能满足,如何去满足。正如现在,丁婧蓉就朝他走过来,脸上俏意盈盈,遮掩了些许憔悴,胸前绒衫上两朵毛茸茸暗红的花,像是晚秋凉风吹来的蝴蝶,颤巍巍停在竺方平身前。他脸上一定满是不安和忐忑,甚至不知羞地笑了一声,说,这个,这个。

云雨已毕。丁婧蓉依旧拧了条热毛巾,贴心地清拭妥当,问他累不累。竺方平说累倒不怎么累,就是那碗烩面用完了。丁婧蓉姑娘般噗嗤一笑,说我要是大夫,今天就放你出院。不久,小护士例行检查,可能发现了什么,笑意透过口罩滴下来,满目含春道领导恢复得挺快,基础好。他只得装作很单纯地道谢,并安慰自己是做贼心虚了。一周后竺方平出院,左胳膊吊着,像是胸口挂着一条绶带,显得很光荣。认识的人见了他,都老远地一脸笑,说不清是关心,是羡慕,还是别的什么。因为有伤在身,老冯死活不让他上班,说你一只手不能用,打不成字写不成材料,来上班做什么?不但如此,还让丁婧蓉没事多去照顾。老冯找机会单独留下他,诚恳道上回说的话,仔细想想也不是很全面,有道是患难见真情,小丁对你还是有情有义,既然都有此意,就不要再拖了,早点吃你们俩喜糖才好;还有,厅里规矩是夫妻不得在同一个处,如今二处老康表态,小丁可以调到二处去,手续已经在办了,五处老路也表态要小丁,可惜他白搭管人事了,倒是晚了一步,二处管计划财务,五处管人事教育,都是厅里要害部门,还是小丁人缘好啊。竺方平谨慎地一笑,说冯处您别这么讲,就跟咱们八处不是要害似的,我还打算为七厅八处奋斗终身呢。老冯笑起来,连声说那是那是,二五八处,都是要害,都是要害。

此后某天下午,竺方平和丁婧蓉在超市买菜,她挑来拣去地搜罗,他便在一旁看着,心想这就是未来若干年的生活吧?两人相处至今,时间并不算长,却也是你来我往过招已久,对手自然是最熟悉的。和她在一起像下棋,下棋就要讲对弈的规矩,你一招我一手,不能由着一方出手不停,那就成拳击了。不过下棋也可以长考,蹲茅楼还允许便秘,毕竟是婚姻大事,他决定再等等。让丁天蝎急一回也好,以前全是他迫切焦灼,这次总算被张姨撞了,起码可以跟丁天蝎平等对话。竺方平忍不住暗中发笑,正好丁婧蓉推车过来,兴致勃勃说买了棒骨,请人砸开了,晚上给你熬汤——你笑什么?

竺方平便悄声问,这个壮阳吗?

丁婧蓉一愣,说这个是给你补钙养伤的,哪儿来的壮阳?竺方平笑道也对,在下的阳不用壮,你懂的。丁婧蓉闻言便是一脸的嫣然。

晚上喝过了棒骨山药汤,丁婧蓉收拾妥当就要告辞。竺方平当然要挽留一二,她却婉拒说最近这事太频,对他身体不好。临走时安慰性质地又吻了好久,把他搞得氢气球似的不上不下,悬在半空。门关上了,人走了,竺方平有点不高兴。天蝎毕竟是天蝎,他不主动,她自有让他主动来求的手段,可哪有这么整人的?什么这事太频,都一周没动静了,老子一点都不频,你频是跟谁频去了?不但不给动静,还整天山药泥鳅生蚝地补,老子又不肾亏,整得一到晚上就想惹是生非,你他妈存心的吗?竺方平皱眉端坐半天,气鼓鼓拿了份报纸到厕所。刚看到文娱新闻,就听见客厅里手机叮当作响,知道是丁婧蓉,故意不去接。手机不知疲惫地响了三五回,整份报纸也翻完了,竺方平这才提裤子出来,慢悠悠打开手机看去,不由得一愣,居然是杜筱葳。

是杜筱葳。

这个倒要细细考量一番。离婚之后这么久,她还是第一次打电话。自忖在离婚时让她占尽了便宜,财产上应该不会有纠纷。那又会是何故?可能是听说跟丁婧蓉好了,也可能是听说被张姨撞了,反正圈子就这么大,瞒也瞒不住。以杜天蝎一贯强悍而不着调的性格,破口大哭一阵,自我阐述悔意;或是破口大骂一阵,发泄完就走,她都做得出来。毕竟无论是年龄,家庭,还是身份,长相,外在也好内在也罢,丁婧蓉都比她强许多。冷不丁发现前夫跟这样的女人好了,杜筱葳迫不及待地来后悔或者来寻仇,皆属正常。

那么,眼下究竟理不理她呢?竺方平躁起来了,忽然想起前两年想要孩子,和杜筱葳扎扎实实奋战半年,那段时间倒是需要山药泥鳅之类。如今老战友重逢,却不能再携手奋战了。离婚前奋战是受法律保护的,离了婚再要奋战,虽然法律管不了,但舆论管着,即便舆论不管,丁婧蓉还管着呢。当下又是提拔的关键时刻,真是和杜筱葳暗中奋战一番,被姓杜的抓了把柄要求复婚,丁婧蓉肯定是得罪死了,老丁自然也不用说,张姨夫妇也不会向着他,如此算来大势去矣。古往今来多少英雄难过美人关,自己虽不是英雄,她杜筱葳离美人差得更远。不值得,风险太大,成本也太高。

纷乱思绪中,手机再响,却是一条信息,还是杜筱葳的,说她就在楼下,见家里的灯亮着,不知现在方不方便,能否上去说说话。看这个语气,倒不是杜天蝎的性格。竺方平盯着手机,狰狞笑了片刻,回复说不太方便,我下去。回复完了,他又故意磨蹭一会儿才出门,给杜筱葳一点咬牙切齿的空间。她果然在楼下,身边还有那辆原本姓竺,现在姓杜的车。远远地看他一身睡衣走过来,杜筱葳勉强一个笑容,说麻烦你了,大冷天还跑下来一趟。

刚才电梯里,竺方平打定主意绝不多说话,便一笑而已。杜筱葳见他并不热情,想必也是有所预料,便继续勉强笑道,听说你受伤了——没事吧。

还好。

杜筱葳显然不知该怎么继续对话了,无助地回头看看车里。此时从车里下来两个人。竺方平都认识,一个是杜姐,一个是杜姐夫。竺方平心里冷笑,亲友团都上了,也不看看这是哪儿,堂堂七厅家属院,你们五厅的还敢来砸场子吗?

杜姐夫短促地看了看老婆,杜姐便朝竺方平一笑,也不说话,拉了杜筱葳上车。杜姐夫一脸笑地看着竺方平,说小杜不懂事,以前是委屈你了。

原来这才是今晚的主将。竺方平抖擞精神,淡淡道,那也是以前了。

杜姐夫依然是笑,点头说是啊,一日夫妻百日恩嘛,总不会说没就没了。

这就是典型的官僚主义。不管你说什么,他都先肯定你,而后从反面再来全部否定。老子混在七厅十几载,见得多了。什么一日夫妻百日恩,狗屁,老子恩没见着,全是怨,都给你们老杜家攒着呢!竺方平也不正面回答,扭头看了看自家窗户,坦然一笑道老兄,有什么事您就说吧,我家里——

杜姐夫坚硬的笑容悄然龟裂,微微蹙眉道明白,明白。我想打听个事情,我们五厅的丁厅长,跟你是不是很熟?

竺方平差点说跟他不熟,跟他女儿挺熟;好容易憋住,慢吞吞说,还行吧。

杜姐夫字斟句酌道,如果方便的话,能否跟丁厅长说一下,我们做下属的考虑问题不全面,不到位,难免出岔子,如果能当面汇报一下,表一下态,就更好了。他的笑容几乎荡然不复了,看得出是由衷地恳求。竺方平只好也诚恳道,我不太了解情况,不过老兄跟领导汇报工作,似乎也不用这么麻烦吧?

竺方平这就是故意的了。事情再清楚不过,办公室汇报已经无法解决问题了,杜姐夫分明是想私下里见老丁,而老丁不想私下接见而已,可见对他成见之深。而竺方平明知故问,等于在他脸上

323

又来了一个大耳刮子。果然,杜姐夫尴尬一笑,也不解释,只是说还得麻烦兄弟了。

竺方平更加诚恳道,老兄是这么回事,我现在不知道您是什么情况,也不便了解太多,您的意思我倒是能转达,但效果怎样,实在不敢说。

这就好,这就好。杜姐夫苍白的脸上依然缺乏血色,像是洗得白生生的水萝卜。他艰难地看着竺方平,上前一小步,声音低下去道方平,我知道丁厅长的女儿就在楼上,我能见见她吗?有些话我想当面——

不行。竺方平还是一脸诚恳地截住他,断然说这不方便,你懂的。

是,是不方便,不方便。杜姐夫显然积攒了一卡车的话要讲,但竺方平一句不咸不淡的话,把前后的路都堵死了,进不得退也不得,盘亘在杜姐夫嗓子眼处打转。竺方平油然想起离婚之际,杜家姐妹逼他就范的咄咄面目,这就是报应吧。这还不够。

杜姐夫回身招招手,杜家姐妹忙下车,杜姐递来一个黑塑料袋,杜姐夫转呈上来,说没什么别的意思,知道方平抽烟——

戒了。竺方平摇头淡淡一笑,说一直想要个孩子。他一边说,一边瞟了眼杜筱葳,一边又抬头看看窗口,抱歉道要是没别的事,我先上去了,你们慢走啊。

竺方平说着便要转身,连告别的话都不准他说,想留给呆若木鸡的他们一个背影。但杜姐夫出人意料地箭步上来,拉住了他的衣袖,另一只手攥出一个东西,塞进他兜里,并不容置疑地低声道,这个麻烦转给丁厅长,拜托了兄弟。

竺方平勉强一笑,点点头,转身就走。他强迫自己走得稳一些,不要太兴奋。他脚步凌散走进电梯,忽然觉得再难以自持,又怕被人看见,便紧咬牙关忍着。直到进了家,才背靠了门蹲下,捂着脸哞哞地低声叫着,痛哭起来。这个夜晚是他们该得的,也是他该得的。受杜天蝎欺负那么多年,或许为的就是如此美好的夜晚,也不曾想翻身的快感来得如此猛烈,如此销魂。从此后跟杜家再无瓜葛,算是两清了吧。可他越这么想,以往受的痛苦,磨难,乃至于屈辱,一股脑全都历历在目,就像沸腾的水咕咕叫着溢出水壶,跟火苗撞在一处,劈劈啪啪乱响。哭罢良久,竺方平起身,这才意识到兜里还有东西,拿出看,是个信封,并未封口,里面一张折好的纸,隐约写满了字。字是写给老丁的,一共三段。第一段回忆,感激老丁的知遇之恩,提拔之谊;第二段表功,列举为老丁鞍前马后做的林林总总;第三段就微妙了许多。原来巡视组到了五厅,检举杜姐夫的材料不少,他恳求老丁帮忙,如帮不了或者不肯帮,或再这么避而不见,电话不接信息不回,即便有前两段所述的交情,杜姐夫却也顾不得了。文字至此戛然而止,杜姐夫没有署名,也没说要如何"顾不得",以及真的"顾不得"之后,会有何种结果。

信封没有封口。既然没有封口,杜姐夫就应该不怕他看;甚至是担心他不看,意识不到其重要。其实看至第三段末"顾不得",竺方平滚烫的身子便遽然冷汗一片,再也站不住。意外来得这么快。他急走了两步,想给丁婧蓉打电话,这已成了他的习惯。但指尖刚触及手机,却又停下。打还是不打呢?以前这根本无需犹疑,因为老丁要是倒了,他跟丁婧蓉好还有何意义?他的委曲求全,她的苦心算计,全都付诸一梦而已。不过现在情势又是一变。被张姨撞了,算是他否极泰来,副处级在张姨那里也就一声呵呵罢了,况且就是轮也该轮到他了。那么这副处级说到底,其实跟丁婧蓉关联不大,也就跟老丁关联不大。这笔功劳究竟是靠老丁呢,还是靠了张姨?靠老丁就是靠丁婧蓉,靠张姨就是靠自己。然而被撞只能是个意外,刀架脖子也只能说是个意外。那就只好归功于丁家人,而一旦是靠了丁家,今后的日子也就可想而知。杜天蝎前车之鉴不远,何况丁天蝎比杜天蝎高明得多。书上说射手爱自由,天蝎爱控制,他想跟她下棋,有来有往,至少是平等;她却跟他在拳击,而且不许他还手,无疑是殴打。那他得有多大勇气,才能接受这看不到终点的被虐呢?虽然理由千千万,可话说回来,即便小丁再天蝎,老丁又不是,因为怕小丁而坐视慈眉善目的老丁危难,这或许又太过绝情——

然而有人却不许他再这么漫无边际地思考。手边的电话忽然亮了,这次真的是丁婧蓉。竺方平一瞬间喉头红肿,结结巴巴道,这么晚了,还没睡?

睡不着,想你了。

竺方平忍不住又看了看那张纸,又看了看那句触目惊情的"顾不得"。不行,他还是要说。大街上见陌生人有了危险,还会上去提醒一二;老丁至少还跟他平分过几瓶白酒,显然比陌生人要亲近,又是人命关天的事,为何不能说?一旦多少帮了老丁,是不是就可以挽回一些卑微?如此一来,他就是丁家的恩人,丁婧蓉或许多少会有些改变。他不敢奢望居高临下,举案齐眉总可以吧?他鼓足勇气刚要说,偏偏这时,他却听见电话那头柔柔道:

我爸今天组了个局,张姨一家来了,说了你的事,老高也在,应该没什么问题了。

按常理讲,他本来就要和盘托出,再加上老丁又着实帮了忙,他没有道理再隐瞒。可这是按常理。丁婧蓉那里是不能按常理的。在和丁天蝎的周旋中,竺射手其实也在成长。以她刚才讲话的气定神闲,分明是告诉他,他的这一切包括张姨夫妇,全都是老丁的丰功伟绩,当然也是她的。两人相处,他本来就弱势,他倒是能够隐忍一辈子,但丁婧蓉能善解人意一辈子吗?她前夫条件并不差,除了茶壶或茶壶嘴的问题,甚至比他要强得多,丁婧蓉不也决然离了婚?已经是半路夫妻了,难道又是因为受不了天蝎老婆的强势,再离一次?竺方平知道不能长久地沉默,而电话那头已经等不及了,嗔怪道你想什么呢?

竺方平深深地吸了口气,说那太好了,替我谢谢丁叔,救命之恩小生无以为报,就只好以身相许,娶了丁小姐你吧。

果然,丁婧蓉格格笑起来,说你最近怎么这么油嘴滑舌的,是真心的吗?

当然是真心,竺方平正色道,丁叔要是现在有空,我这就上门求亲去。

两人卿卿我我聊了一阵,竺方平甚至忘了杜姐夫的信。挂了电话,竺方平静静坐了一会儿,这才把信放在烟灰缸里,点着了,看着信纸痛苦地在火焰中佝偻了腰,昂起了头,丝丝地叫着,最后变成一小撮灰卷。竺方平一叹,有些惭愧,有些慌乱。原来知识分子小官僚最不靠谱,性格有严重缺陷,谨慎有余而果敢不足,凡事有退路就很难下定决心,不到山穷水尽不知道豁出去,不被扔在绝境不懂破釜沉舟。而一旦豁了出去,砸了锅沉了船,却又瞻前顾后谁也不想得罪,但求皆大欢喜。他本来不做坏事,但见了做尽坏事的人快活,便恨自己没有做坏事的勇气;终于做了坏事,又害怕遭报应,意识到头顶三尺有神明,于是惶惶不可终日。不过身边人,身边事,做了坏事而快活的人还是较多,做了坏事遭报应的倒是很少。狗屁的这星座那星座,那是对一般人而言,搁在七厅这个鬼地方,什么星座都扯淡,大家只有一个性格,趋利避害而已。以前的"利"在于老丁不倒,现在物是"利"非罢了。就算老丁真出了事,根本原因也不在他竺方平,就算非要给他划一点责任,就算他自己非要忏悔,那他将来好好对待丁婧蓉也就是了。想到这里,夜已深,城已静,竺方平在半醒半寐中觉得手脚冰冷,心里却活泛过来。原来缘分的辗转,仕途的跌宕,杜姐夫的慌张,生命的纠结和戏谑,和窗外偶尔夜归车辆的轰轰声一样不足介怀。简方平便放松地躺在沙发上,打了个疲惫的大呵欠。

4

民主测评那天下大雨,老冯召集全处开会,安排配合组织考察。处里人来得比较齐,连鸡眼发炎的老郭,省政府帮忙的小侯都来了,显得比考察自己都开心,一见竺方平就都说,恭喜恭喜,请客请客,别说下大雨,就是下刀子也得来给竺处长投票。而竺方平也没想到有此惊喜。人事考察通知上写得明白,拟任职务是七厅八处调研员,不是助理调研员。主任科员到副处调,就是提拔了,副处调又成了正处调,当然更是连升两级的提拔。好比订了房如花美眷,迎亲之际,得知老丈人一时糊涂,居然把更如花似玉的小姨子也一并送上贼船。

会是老冯主持,五处老路作为人事部门代表,来监察列席。老冯说要讲三点,第一点是提高认识,第二点是端正态度,第三点是公平公正。刚讲到第二点,老郭忍不住打断他说,不用讲了,我看就一句话,给小竺投票划钩呗。于是满座皆笑,老路也是笑着摇头,老冯不觉莞尔,点头说那就搞民主,听大家的,不说了,投票吧。

会后处里同事纷纷来找竺方平道喜,嚷嚷着要他请客,他笑着一一答应。应付完众人,他被老冯拉到办公室,两人落座后相识一笑,各自点了烟。老冯轻敲着桌子,说也奇怪,不觉得有多高兴,倒是觉得对不住你,八处对不住你。竺方平一愣,说老兄这是什么话?

老冯摆摆手不让他再说,喟然道老弟啊,我也在八处干不久了,研究院院长老朱要退,我跟厅里表了态,愿意去。事业单位也就事业单位吧,好歹是副厅级。老了,厅里也没劲再干了,事业单位退休也要不了命。你老弟早该提了,这么多年是我扣着你没日没夜地干,无非是想八处能出点成绩,老哥我也好再进一步,实事总得有人干,却也耽误你了。要是早交流到别的处,说不定早他妈的提了。

竺方平隐隐地也有些动情,说老兄这么讲,我倒不安了。

没啥不安的。老冯一笑,说大喜的日子,讲这些干嘛?我跟厅里说了,我一走,最好是你来主持工作,或者换个临退休的来过渡两年。这都是后话了,看命吧。前天单位体检,老楚拍了片子,当场被留下来复查,我就在边上,眼看着他就那么瘫了,还好没事——

老冯又续了一支烟,片刻后才道,扯淡,那点事都是扯淡。你老弟算人到中年,老哥我都五十大几了。在这个年纪,身体健康,略有积蓄,孩子听话,老婆还在,事业上不至于丢人,也就足够了。至于升官发财,多它不多少它不少,仔细想想也就他妈的那回事。

当天找竺方平道贺的,除了老冯众人,还有老蔺。公示上并无老蔺,所以当他推门进来时,竺方平心里还微微一沉,下意识要找动手的家伙。不料老蔺神清气爽坐在他对面,抱拳说小竺,对不住对不住,前些日子老哥我折腾一番,让兄弟作了难。竺方平拳头暗松,确信他不是来踢馆,忙给他沏茶上烟。老蔺道早就知道提拔不了,能提拔才出了鬼,不过老子虽没提拔,儿子的事业编倒是给解决啦,小竺你知道这叫什么?竺方平赶紧谦虚摇头。

老蔺手一挥,说昨天大踏步地前进,是为了今天小踏步地后退,进退之间,孩子的事就有谱了,如果一味站在原地,任你哭倒了长城都没用。老弟你想想,我年近六十岁,一个主任科员,再不剑走偏锋,能解决孩子的事吗?小竺老弟,在七厅混,脸皮薄是没用的。只可惜下周老子就办退休了,在七厅干了四十年,临了才算悟了道,惭愧惭愧。不如你,不如你啊。说罢老蔺哈哈一笑,起身告辞。可究竟怎么个不如法,老蔺却没提。竺方平倒是认真想了想,说的是丁婧蓉?还是说张姨?想来想去,不由得自失地一笑,还是老冯说得对,扯淡啊,那点事都是扯淡。

测评之后就是公示。七厅公示文件一般贴在一楼大厅布告栏。刚贴出来的时候,很多人围观点评,后来偶尔会有人驻足看看,再后来就跟其他通知一样,少人问津了。毕竟事不关己高高挂起,管他提拔的是哪个王八蛋。已经到了二处的丁婧蓉拍了张照片发给他,还加了个调皮的笑脸,要老板发红包。竺方平想了想,回复说晚上去哪儿吃饭?丁婧蓉的回复一如既往,你定吧,我都听你的。

竺方平便把晚饭定在了丁家。丁母自然已经得了消息,亲自下厨做了几个菜,老丁也特意推掉了一个聚会,回家跟准女婿见面。今天是公示最后一天,入了夜,就算是大功告成。在丁家吃晚饭,于丁婧蓉是居功,于他是感谢。竺方平和老丁照例平分一瓶白酒,老丁先代表一家人祝贺,又难免一阵嘱咐。老丁讲话之际,竺方平一直跑神,不知老丁是否接见了杜姐夫,也不知杜姐夫是否已经"顾不得"老丁。老丁依旧慈眉善目,平易近人,而老丁越如此,他就越慌张,越像只惊弓之鸟。那种扎扎实实的忐忑笼罩着他,只觉浑身灼热又灼痒,这里也想挠挠,那里也想挠挠。他在新疆见过烤羊,馕坑里看不到烟,也正如老丁看不出异样,但火在不冒烟时才最有力道。他现在就像在馕坑里,暗无天日,烤羊还是宰杀过的,他却是活生生被烤,亲耳听见皮肉焦烈滴油。胆怯,羞愧,不安,惶恐,一滴滴地脱离他的身体,却又有更多的从他身体里滋长。但眼前却是多么和谐的气氛啊,老丁和他在谈心,丁婧蓉母女在厨房笑语不绝,不用他洗碗,也不用他拖地,连丁大花都主动跳上他膝头,喵喵叫着试探,见他并未皱眉,又得寸进尺去舔他的手背,最后满足地蜷缩了睡去。他看着老丁,恨不能此刻就是世界末日,一切就在此终结,其实也没什么不好。

正式求婚那天是周五。因为是周末,七厅各处没几个情愿坚持到下班的,早早就找借口溜了。竺方平还没上任,不过总要提前进入角色,便让处里众人先散伙,独自坐在办公室里抽烟,看电影,熬下班。求婚总要正式一点,他早定了一家日料店的包间,玫瑰花和巧克力已经送到店里了,打算晚上给丁天蝎一个惊喜。说来也有趣,仇人约架叫摊牌,情人约会叫表白,却都得抱着义无反顾的决心,寻死觅活的准备。他不觉一笑,轻松地打开小盒子,里面的戒指神采奕奕。好容易熬到下班,手机响了,一看是信息,他便一边站起一边浏览,还没走到衣架处,脚步猛地扎住了,但觉浑身的血瞬间全拥挤在头顶,忽突突热浪翻涌。信息是省直各厅局订阅群发的,内容很简单,发件人是一个叫"清风廉政"的公共号:本省五厅巡视员丁三岳因涉嫌严重违纪,正在接受组织调查。

　　来到二处门外,竺方平忐忑着是否进去。他知道丁婧蓉没走。两人约好了下班一起吃饭的。毕竟家里出了这样的事,她又是独生女,一时间世态炎凉如泰山崩于眼前,即便是强如天蝎的丁婧蓉,也未必能绷得住。已是下过班了,周末的七厅大楼安静无比,他甚至可以听见门里丁婧蓉的心跳。他推门进去,她果然在。烟灰缸里上香似的摆了一支烟,大概点着后就没有抽,静静地由红变灰,一缕烟亭亭玉立,半空里摇曳起伏。丁婧蓉手里拿着那个打火机,拨动,熄灭,反复轮回,叮咚声响宛如一渠泉水。丁婧蓉并没有看他,只是看着手里的打火机。她又给了他侧脸,不大的眼睛,一两粒雀斑,年轻的脖子,甚至连羊毛衫都是初见的那件。竺方平关上门,走过去,站在她身边。她还是没有抬头。

　　竺方平的手搭在她肩上,说乖,你不是做了那个以后才抽烟吗?

又过片刻,丁婧蓉终于抬起头,她眼里含着一层水,较之以往却更显得晶亮,说我也没有抽啊!

竺方平坐下,把烟摁灭在烟灰缸里,不满道还是你告诉我的,要孩子之前得戒烟,最少三个月,你自己倒忘了。

丁婧蓉辨析着他的语气,终于不由得一笑,眼泪却扑剌剌掉下来。原来天蝎座的女人也是会哭的,哭起来还如此迷离动人。他想了好多种措辞,比如"别害怕,万事有我",比如"咱们回家吧",甚至是"婚礼什么时候办",但想来想去,都觉得不好,只有暂时沉默起来。丁婧蓉止住泪,转过脸看着他,平静道跟你说实话吧,我爸就是放心不下我,所以我想无论如何,也要在他出事之前能让你娶我,我故意接近你,给你创造机会见高叔叔——

晚上想吃点什么?

让我爸催着高叔叔赶紧办——

晚上想吃点什么?

他似乎忘了她毕竟是天蝎,天蝎的话不是能够被轻易打断的,她自顾自地继续说,其实你现在完全可以——

日料怎么样?

丁婧蓉深深浅浅地呼吸着,没有再说什么,而是看着竺方平。仿佛书家写罢长卷,画家做完大画,退后了几步,凝神观赏一下自己的作品,目光里有大功告成,有爽然若失,也有万般不舍。

那就日料了?

他看着她。她咬了咬嘴唇,终于说,你来定吧,我都听你的。

领证之后不久,竺方平的任命下来了。按丁婧蓉的意思,两人把办公室打扫了一遍,换了个新气象。丁天蝎理直气壮地掀开玻璃板,把有杜天蝎的那张照片揪出来,折了两折,又折了两折,直到再折不动了,才抛进垃圾桶。这一切竺方平装作没看见,心中暗暗好笑。其实离婚和再婚,也原本不像想象中那么可怕。就像这次五厅出事,杜姐夫未能幸免,他一直担心杜筱葳姐妹会来报复,但出事也就出事了,人家姐妹愁绪万端,又怎会想到找他出气。如今丁婧蓉固然依旧强势,也未必就是坏事,两口子搭伙过日子而已,又何必非分出强弱高低,何况谁拿主意谁担责任,领导有领导的不易,下属也有下属的轻松。不多时整理完毕,气象为之一新,两人便有说有笑结伴离开。还是丁婧蓉的意思,两人婚后就住七厅家属院,上下班有班车,方便得多。不过丁母搬来同住后,房子又显得太小,再加上丁婧蓉已经怀了孕,得为孩子早做准备。两人商量一番,打算把两处家属院的房子出手,在七厅周边再买一套商品房,面积要大一些,当然这仍是丁婧蓉的意思——如今只要是家里需要做决定的事,都由她来定;凡她定下的事,竺方平绝无反对,因为反对也无效,到头来还是她做主。看过房子,已是黄昏了,丁母打电话说晚饭已经做好,等他们回来吃,又说房子是大事,也不是一天两天就定的,别误了饭点。两人到了楼下,丁婧蓉忽然说想吃菠萝,竺方平便让她先回家,他去买。丁婧蓉执意跟他一起。于是两人又结伴去水果店。穿过小广场时,两人赫然看见老冯和老杨在跳舞,还是拉丁舞。老冯虽然气喘如牛,舞姿稍逊,但有老杨带着,倒也能看出些激情澎湃。旁边观众们鼓掌喝彩。两人看了一阵子,丁婧蓉问他知不知道老冯和老杨是什么星座,竺方平笑道我怎么会知道?我只知道咱们儿子可能是射手,跟我一样,不然就是天蝎,跟你一样。丁婧蓉便笑着挽了他胳膊,继续朝前走去。舞曲声不绝于耳,丁婧蓉越贴越紧。竺方平幸福地边走边想,如果真是儿子,等他长大了一定告诉他,找老婆要找个天蝎座的女人,就像你妈。

二〇一五年十一月　人大红3楼

皮婚

相框是皮雕的,时间一久会有股味。三年前,穆成泽和王雅琳挑相框,影楼的人没告诉他们这个,一味地说皮质的大气,有质感,性价比高。挑到一半,王雅琳捂住肚子,颤声说不舒服。这次去的省医,果然还是流产的问题。大夫解下口罩,对他说,快点办住院吧!

大夫见他还愣着,又不客气道,要是你还想当爸爸。

王雅琳住着院,影楼打电话说东西都做好了,问什么时间送,送到哪里。穆成泽心烦意乱,就说明天吧,送家里。等他挂了电话,对桌的小查提醒他,说明天厅里义务植树,八处就你一个男丁,你不去不好吧?

穆成泽一听就火了,说狗屁,老范他不是男的么?

小查忍不住笑,说人家是处长,我说的是干活的。

穆成泽就说,凭什么处长就能不干活?不劳动?

小查笑道,可你是八处的人啊!

穆成泽更火了,说你才是八处的,你们一家都是八处的!

同办公室的还有付晓冉,她一直在听歌看书,此刻抬起头,看了看他,还是不说话,又低下头去。穆成泽气哼哼拨通了影楼经理,说明天有事,今天晚上送。他说话之际,付晓冉笑了一声,小查和他都下意识看过去,却见她脸上涟漪圈圈泛起,看得很投入,一点没注意到两人的目光。

其实穆成泽发火是有道理的。大学毕业,他公考到七厅研究院,在八处帮忙好几年了。研究院是参公事业编,八处是公务员编,时间一久,他就不想再回去。八处编制共五人,穆成泽是帮忙的,不在五人之列。在编的有处长老范,副处长老金,副处调付晓冉,科员小查和老赵。老赵老金二老常年生病在家,来上班的只有三个,除了老范都是女同志,有点阴盛阳衰。穆成泽骂老范狗屁,也没有冤枉他。老范再有两个月退休,之前承诺过解决帮忙的问题,看来已经是狗屁了。刚来帮忙那两年,他表现相当积极,老范鼓励他只要好好表现,解决帮忙的问题就不是问题。七厅办处委室二十多个,几乎都有下属单位帮忙的,穆成泽农家子弟,一介书生,跟其他帮忙的相比毫无优势,只能靠表现。在他眼里,结婚、生孩子和好好表现,当然是不可调和的矛盾。所以在造人的事情上,他只想享受过程,不想弄出人命。他这样想,王雅琳却不。王雅琳在省直一幼当班主任,擅长连哄带骗,如果哄骗都不管用,还会一招吓唬人。两人经同事介绍认识,交往不久,王雅琳就怀孕了。穆成泽无奈答应领证结婚,条件是这孩子不能要。王雅琳问原因,他说文件上整天讲"基础不牢,地动山摇",最近烟酒无度,生孩子只有这一次机会,不能太随意。王雅琳倒算配合,但也提出一条,说拍了婚纱照才去做手术。他觉得多此一举,不耐烦道证都领了,还怕我反悔?

王雅琳慢慢地红了眼圈,断断续续抽泣道,我不怕你反悔,我是想以后看照片,知道肚子里有过一个孩子。

穆成泽听了这话,就没法再说什么了。不过婚纱照是拍了,手术却不太成功。两人上网搜了家女子医院,王雅琳进去时脸色苍白,出来时脸色更苍白,到挑婚纱照的时候,后遗症终于发作,只好住了院。穆成泽医院单位两头跑,还得招呼着家里换家具、家电,像是被马蜂叮了一头一脸的包。骂过人,出了气,下了班,他还是去了影楼,领人把相册、摆件、壁挂等等搬上车,又搬上楼,挂的挂,摆的摆。墙刚刷过,还能闻得到潮气,堵在鼻孔里湿嗒嗒的,让人忍不住用嘴呼吸。他看着墙上的婚纱照,目光落在王雅琳的肚子上。她很瘦,很白,笑得也很明媚,根本看不出来那里有过什么。

手机响起,穆成泽看过去,是一条信息。他叹口气,随手删掉,来到了门口。门开处,一个娇小的身子闪进来。两人默默看着对方。过了一阵子,付晓冉才把手放在他脸上,几根手指轻触着他的胡茬,像是在雾气腾腾的玻璃上抹开一小块清晰。她发长及肩,穆成泽的手把住她的脖子,发梢就轻撩在他手背。

付晓冉说,真怕你做傻事。

穆成泽摇头一笑,不就是骂了几句老范嘛,没什么。

付晓冉却摇头,说不是他,是她。

付晓冉说着,下意识去看墙上新挂的照片。皮雕的相框,相框里新娘挽着新郎,一脸的笑。付晓冉也笑了,说,拍得不错啊。

摄影师是她学生的家长,穆成泽手上悄悄用力,把她的脸颊贴在自己胸口。

付晓冉的声音低了下去,说我不该来的,还是这个时候。

339

穆成泽叹了口气,抱紧了她。她的头发乌润,却又有股焦焦的气味,仿佛火柴熄灭后短暂腾起的那截烟。对,就是烟火气。这是穆成泽第一次拥抱她时的感觉,那该是多久之前的事了?

付晓冉慢慢地在他怀里融化,说这是最后一次吧?

穆成泽不敢回答是,或者不是。他也看向那张照片,看着上面完全陌生的自己。付晓冉当然感受到了,也知道他在看什么,所以一动不动,又轻轻问他,她是不是很漂亮?新娘子都很漂亮的。

穆成泽仍不吭声。她闭着眼,让他闻着她的烟火气,看着他的新娘子。他也一动不动,很长时间之后,她才感觉到他一直在哭。他的哭泣和呼吸一样缓慢,但有节奏。

付晓冉叹口气,仰脸道你看你,跟你受欺负了似的,乖,不哭了。说完,她笑了起来,眼睛眯缝成了两道月弯,笑眯眯地看着他。穆成泽也看着她,也笑了,泪却一直在,他又把着她的脖子,揽住她,却只能在她耳边轻声说,对不起。

第二天一早,穆成泽去了医院,带了王雅琳喜欢的枣糕。枣糕买的有点多,她吃不完,就分给病友。病友姓乔,五十来岁,也是妇科病。妇科病这东西,男的都不愿来,你老公还真不错,老乔一边说,一边吃着枣糕,又笑眯眯问,在哪里上班啊?

七厅。穆成泽谨慎地一笑。

公务员啊,老乔赞不绝口道,公务员好,公务员好。

老乔说着,拿目光剜了剜旁边伺候她的女儿。乔女年纪不大,身材跟老乔的热情一样饱满。乔女冷笑了一声,说既然知道好,那你怎么还离了?

老乔也冷笑一声,说你娘我好歹还算嫁过,你呢,三十多的人了,嫁过一回没有?

穆成泽一时没适应这个场面,王雅琳拉了他一下,两人悄悄出去。

这两天吵了好几次,吓着你了吧?王雅琳抱歉着,好像这是她的错。他一笑,没接话,他心里还在轰隆隆的,不知到底因为什么。医院离七厅不远,他说可以再多呆一会儿。她就问,你们今天忙什么?

义务植树,穆成泽点了支烟,说明天还要下地市——

你忙你的,不用管我,王雅琳挽住他的胳膊,说我跟我妈打电话了,她过来几天,等你出差回来了,正好说说婚礼的事。

穆成泽点头,想说点什么,这或许真是他最后一次机会了。然而他终于什么也没说,或者是想说的都没有说出来。王雅琳像是知道这一切,一直有些惊慌地看着他,见他最后只是沉默地点了点头,这才放下心,满足地、默默地挽着他,直到把他送到医院门口。

植树地点在郊区一处公园,园中埋着一位唐代的大诗人,随处皆是金石碑文。穆成泽学的是中文,隐约能认出一些。他来七厅帮忙的第一天,就是到这里义务植树。那天他还心潮滚滚,忍不住念了几句,旁边的人便都夸他有才,说八处这回来了个才子。只有八处的副处调付晓冉一声轻笑,揶揄说,显摆!

这大概就是他们初见的一面。当时吓了他一跳,因为她是他的领导。但次数多了,他也懒得再显摆,因为显摆也无用,该帮忙还是帮忙,该没机会还是没机会。记得当时付晓冉指着一块残碑,问他写的是什么。穆成泽看了一眼,恭敬道付处您这是明知故问,高中毕业生都知道这两句。付晓冉也笑起来,却坚持着要他念,穆

成泽只得念道:

此情可待成追忆,只是当时已惘然。

这两句都被用烂了,付晓冉点评说,不过,还是很动人。

那次植完树,两人前后上了班车。穆成泽刚到八处帮忙,厅里没有熟人,算起来付晓冉是最熟的,又是他的领导,便步步紧随,唯恐她不带他玩儿。可能是累了,付晓冉很快打起了盹,头便歪在他肩上。他推了推她,低声说我女朋友看见了,会生气的。她便一笑,也低声说,那就让她生气去吧。

穆成泽那时候还真有个女朋友,不过很快分了手。之后陆续又谈过两三个,直到年纪过了三十岁,家里也一再催,这时他认识了王雅琳,各自都没有太多不满意,就稳定下来,不过也不到非嫁非娶的地步。付晓冉看了照片,说是幼儿园阿姨?多好,跟你很合适。

穆成泽之前的两三个女友,付晓冉都看过照片,评价也都是"很合适"。这简直就是个诅咒。他有点赌气地拿回手机,说那我就跟她结婚算了。

付晓冉笑起来,抱紧了他,说你长大了,要结婚了,姐送你什么礼物好呢?

他的确比她小,大约是六岁,但他天生显老,她又娇小,两人在一起并不突兀。他曾经试过对她说,其实年龄不是问题——

付晓冉当时就打断他的话,说,那还有什么是问题呢?

穆成泽后来才知道,她说的那人不是他。一次出差,老范喝多了,他殷勤地前后照顾,老范很满意,借着酒劲说的。付晓冉的男朋友是三厅的一个老处长,年纪大她十好几岁,跟妻子常年分居,一直拖着没离婚。孩子小的时候离不了,孩子大了,懂事了,更离不了。付晓冉就被拖了下来。老范醉意道,别看他比我小几岁,没戏,副厅级也没戏,可惜小付喽。穆成泽回到房间,点支烟,心想原来是这样。难怪她会如此在意年龄。他记得她说过,她有一个比较固定的男朋友。没有固定下来的时候,也有很多男人跟她聊过,不管从什么聊起,聊不几句,都会及时找到由头讲到自己。某些在她看来不能说的,甚至是细节,他们也能娓娓讲遍,还一再强调说,"我不是跟谁都讲这些"。

但是你就不同,付晓冉认真地笑着,说你跟他们不一样,你不是嘴里讲着尊重和欣赏,眼神却要把人剥光,这就让气氛一下子掉下来了。

穆成泽就说,那是因为他们级别比你高,居高临下而已,我是你的下属,又是帮忙的,我可不敢。

说完这句,他忽然委屈得想哭。也不知道怎么回事,他在她面前总是泪腺很发达。这句话是有潜台词的。其实在她面前他也想撩骚,但因为级别低,连撩骚一下的勇气都没有。不过他不好意思说,她却听得懂。所以她就无声地凑过来,轻轻擦着他的脸,像是那上面已经有了些眼泪。她接着说,可我不喜欢他们呀。

这次谈话发生在穆成泽结婚前两年。某次下地市,本来老范带队,前一晚喝大了,下楼时一马当先,摔断了鼻梁骨,出不得门,见不得人,只好让付晓冉带着穆成泽去。又碰巧原来安排的司机家里有事,其他司机又都派了活,厅办小管就有点作难,问穆成泽能不能自己开车。那时他刚拿了驾照,不知哪里来的胆子,张口就答应了。小管拿钥匙之际,半开玩笑半提醒道,小心驾驶,安全第一。

小管在厅办管车队,也是下属单位来厅里帮忙的,比他早两年,两人关系一直不错。穆成泽一时不解,小管这才神秘道,你们付处,可是个有故事的人哪。

穆成泽一见车就傻了眼,竟是辆别克商务,在新手面前跟一艘船差不多。他上了车,揣摩着找到了档位、手刹,尝试各种按钮,后悔得万箭穿心。付晓冉在副驾驶上只是微笑。等上了高速,她笑着摘下墨镜递给他,说戴着吧,像个老司机的样子。

墨镜是她的,隐隐还有些体香。穆成泽抱歉道,真对不起付处,我其实是个新手。

付晓冉笑出了声,点头说,这个,我还看得出来。

半小时后,两人换了位置,因为付晓冉说,你这样开法,中午是到不了的。但快到高速出口时,他坚持又换了回来,说哪里有领导开车,下属安坐的道理,在市里车又开不快。她拗不过他,只得照办。不料到了收费窗口,他停车停得太远,后边的车又跟得太近,只好下车去交钱。等他面红耳赤回到车上,付晓冉早已经笑得泪水涟涟。

知道你是新手,不知道是这么新,付晓冉擦了眼泪,又笑起来,说,不过很可爱。

晚饭很丰盛,是按照老范在的标准准备的。地市局领导班子都来了。局长敬酒时一再表态,说范处在都或许来不齐,但是付处在,一定都要来。于是宾主皆笑。那时穆成泽到八处帮忙一年多,表现的劲头正炽。付晓冉有他帮忙,喝酒上也不落下风。等回到宾馆,他强撑着送了付晓冉,这才回到自己房间,趴在马桶上吐得肝胆相照。

  一晚无事,第二天是调研。因为还要下乡,付晓冉办事仔细,请地市局给安排了一个司机。穆成泽找机会表示感激,她却一本正经说,主要是考虑到你要喝酒。在地市呆了三天,他觉得一年都不想再闻到酒气了。返程的时候,他坚持要开车,她也不拦,坚持的结果是开出去好几十公里,才发现手刹没有松彻底,车里全是烧焦的糊味。穆成泽把车停在服务区,找技师检查了半天,又换了机油,这才提心吊胆对她说,付处,咱们走吧?

  付晓冉看着他笑,点了点头。

  这时候天已经快黑了。付晓冉开的车,并没有上高速。出门才两三天,洋相出尽,丢人到家,穆成泽瘫软得像面条,也不敢问她是要去哪里。路不平,也不宽,两旁都是树影子,车灯亮处,涂了白石灰的树干飞快退后,串成一排灰白色的墙,衬托得小路很神秘。路的尽头是一个大院子,由一道真正的围墙圈着。车停下,付晓冉放松地喘了口气,扭头看着他僵硬的脸,笑道下车吧,今天不走了。

  晚饭是付晓冉点的,很清淡,全是清爽的小菜,白粥。穆成泽喝得一头一脸汗,又感觉出来的不是汗,是湿淋淋的宿醉。

  她问道,电话打了吗?

  穆成泽一时不解,等明白过来,不好意思道,现在没有女朋友。

  付晓冉说,今年多大呀?

  二十八了,穆成泽老老实实说,毕了业在研究院干了三年,在八处帮忙了一年多。

  你看那两个人,付晓冉的声音忽然低了下去。

  一旁沙发上是一对中年夫妇,男人在看杂志,女人一手挽着他,另一只手拿着手机,不时地笑两声,举给男人看。男人扭头看了看,也跟着笑了。

他们是夫妻吗?

应该是吧。穆成泽不知该怎么说,心想难道是偷情的?

付晓冉却摇头,说不是的,肯定不是,你看不出来吗?

穆成泽不好意思地摇头,说我还没结婚呢付处。

付晓冉就笑起来。那晚几乎全是她在问,他回答。吃饭的时候是,散步的时候也是。直到夜深,穆成泽送她回房间,觉得已经被问得寸缕不挂。两人道了晚安,各自安睡。这一晚他睡得很安稳,这大概是那次失恋后他睡得最踏实的一觉。

第二天早上,穆成泽食欲很好,吃了好几个煎蛋。他把煎蛋搅碎在粥里,看着嫩滑的蛋黄流出来,稠稠的,黏黏的,再舀起来放进嘴巴。度假村有些冷清,厨师比客人都多。旁边就是那对中年夫妇,女人还好心地看着他,指了指嘴角。他赶紧擦了擦,有点不好意思地看着他们,三个人于是都笑了。离得近了,男女眼角的皱纹都很显眼。他吃完好久,付晓冉才到,话不多,吃的也很少,跟昨晚的活泼迥然而异。

穆成泽很惊讶,不过他想,这才像个副处级的样子。上车之前,他小心翼翼道付处,您来还是我来?

她没有说话,径直走到副驾驶门口,开门,坐了上去。

穆成泽赶紧上了车,打火起步。一路上她不说话,他也不敢说,就这么沉默着开车,连音乐都不敢放。昨晚经过的神秘小路,白天看起来却也寻常。人很少,树不高,也不茂密,甚至树干上的白石灰也不是车灯下那么鲜明。原来夜色可以遮住很多东西,更会强调很多。她一直沉默,墨镜挡住了心事,风衣领子竖着,整个人蜷在里面。穆成泽想,昨晚到底发生了什么呢?会让她完全变了样子。

小路上有一起车祸。中年夫妇被撞了,不远处是一辆面目全非的双人自行车,肇事车不知踪影。经过的时候,穆成泽本能地减速,超过去,握着方向盘的手剧烈地战栗。

付晓冉显然看到了他们,猛地叫起来,停车!

车停下,她冲下去,朝出事的地方跑去。他紧紧跟着。男人在地上爬着,一条胳膊明显地变了形。男人身上都是血,呜呜地叫,断臂搭在身上,松松地歪着。女人距离男人有好几米远,一动不动,头和肩膀的角度超出了常识的范围。男人凄厉地叫,那声音像从脚底下钻出,顶裂了厚厚的地表,钻透穆成泽的耳膜。男人终于爬到了女人身边,拼命地摇着女人,像只挣扎的虾。女人的头,男人的断臂,钟摆般来回晃,仿佛即将脱离他们的躯体。

穆成泽扶着付晓冉,低声道我报过警了。

付晓冉忽然哭了,哭得很伤心,抽噎着推他,你救救他们,快去救救他们。

有车在旁边减速,又飞驰过去,像风从身边经过。外边的悲哀和呼号,被钢铁和玻璃严丝合缝地拦住了,没有一辆车停下来。穆成泽去搀扶男人,弄得自己也是一身的血,男人抓着他的手,要他去救女人。

你抓疼我了,穆成泽强忍着,对男人说,我不是医生。

男人依旧是哞哞地喊着,只是声音不断地嘶哑下去。女人还是一动不动。付晓冉软软地跪在地上,失声痛哭。她的头发在风里很凌乱,像一只黑乎乎的大蝴蝶。

做完笔录,又是下午了,又是那条神秘小路。其实回省城也就三四个小时车程,但省城里又有什么呢?有高楼大厦,有人来人往,有七厅,有八处,唯独没有家。他没有,她应该也没有。不然一个女人,经历了这样惨烈的一幕,是要回家的,是需要男人的怀抱的。但这些省城里或许都没有。所以,当车在黑暗的大院子里停下,当付晓冉毫无征兆地扑进他怀里的时候,他没有感到意外。

他想象着心目中熟练的男人的样子,抚摸着她的头发,让那些乌润的丝丝缕缕在他指尖不断滑过,一股烟火气在他鼻孔盘旋。他安慰着说,别哭了,没事了。她的泪水却一再地打湿了他的衣服,尽管那里还有血迹,还散发着一丝腥甜的血的味道。付晓冉不停地哭,不停地吻着他。她的薄薄的嘴唇很冰凉。她时而吻着,时而停下来,看着他说,她死了,那女人死了。他再不知怎么安抚她,只有用力地去回应她的亲吻。

这天晚上,他们只开了一个房间。

两年后,他跟王雅琳结婚,依旧在七厅八处帮忙,依旧经常陪领导出差下地市。领导是老林和付晓冉。老范老金都退休了,处长换成老林,付晓冉成了副处长。出差时,偶尔老林不在,一时心情好了,气氛到了,有需要了,他会和付晓冉在一起。其实结婚后这三年,在一起的次数屈指可数。平常上班,有时小查离开,只剩他和付晓冉,也是他在噼噼啪啪打材料,她在听歌看书,总是相安无事。他甚至怀疑到底跟她有没有过一些事情。回到家,王雅琳已经做好了饭,两人就一起吃吃饭,散散步,或者看个电影。说来也奇怪,他们是因为有了孩子才结婚,如今结婚都三年了,却一直再未有过。三年里似乎什么都没变,只是客厅墙上的皮雕相框微微发乌,擦拭的时候,王雅琳总是皱眉,说怎么有一股味道?

那该是什么味道呢?穆成泽想,却什么也没说。

因为都住七厅家属院,穆成泽经常能碰见老范。老范退休后身体大不如前,一年前轻微的中风,有点不良于行。一次穆成泽两口散步,王雅琳正讲着幼儿园的趣事,忽见老范挂着三条腿的拐杖迎面过来,一个买菜的布包搭在胸前,葱叶子顽强地从包里钻出来,绿油油地顶住下巴颏。他赶紧上去帮忙。走着走着,老范忽然老泪纵横,说我工作几十年,想来最对不住的就是你小穆,但现在还能叫我一声范处,还能帮帮忙的,只有你。

穆成泽就笑起来,范处瞧您说的,我本来就是在八处帮忙的嘛。

想了一会儿,他终于替老范找了个好事,说其实您也帮过我,要不是您说了话,我一个在厅里帮忙的,怎么能分到厅机关的房子呢?没这房子,跟小王怎么结婚?

他们送过老范,回到家,洗漱上床,王雅琳暗示今晚可以。在造人的事情上,现在的他对过程和结果都不太重视了。云雨已毕,王雅琳两腿高高地支在墙上,说这样有利于受孕。床头墙上也有一张结婚照,也是皮雕的相框,他坐着,她站着,从后边搂住了他的脖子,下巴搭在他的头顶。按照她的说法,她的肚子里正有着一个孩子。

穆成泽靠在床头,看着一本书。书是付晓冉借给他的,据说现在不少干部都在读。

王雅琳忽然说,你们付处那个事,差不多搞定了。

穆成泽放下书，说那太好了，想进你们省直一幼真不容易，比进省直一监都难。

王雅琳笑起来，打了他一巴掌，说去你的，你们七厅才是监狱呢！

第二天上班，穆成泽找了个机会，对付晓冉说了入园的事。她也很高兴，立刻出去打电话。穆成泽知道她是打给谁。那人姓平，三厅五处处长，她的男朋友。转园的是老平的外孙女。老平女儿离了婚，从外地带孩子回家住，点名要转到省直一幼。老平不敢违背女儿的意思，找了很多关系，但都回复说床位早就满了，总不能把别人孩子撵走。老平跟付晓冉约会的时候，大概说了这事，她就上了心，请穆成泽帮忙问问。王雅琳听他一讲就笑了。省直一幼是全省重点，床位资源很稀缺，是要搞点创收的。而老平托的人大多是领导，园里没人敢张口开价，索性就撒谎说没有。有王雅琳牵线，老平也乐意掏钱，再加上内部职工，还给打了个不小的折扣。事成之后，老平非要请吃饭，穆成泽再三推辞。付晓冉心情很好，说要你去就去嘛，你还没见过他呢。说这话的时候，付晓冉眼角眉梢都似笑。

那顿饭气氛很融洽，老平还给王雅琳送了礼物，是一套香水，据她说不便宜。她对付晓冉的印象也很好，说看不出已经四十岁了。穆成泽心里一动，可不是嘛，都四十岁了。晚上回家，穆成泽忽然来了兴致，王雅琳却扒了扒日历，发现不是排卵期，要他再坚持两天。穆成泽觉得索然无味，书也懒得再看，脑子里全是老平和付晓冉。他是第一次见老平，跟他接触过的处长们差不多，谈吐之间，举手投足，全是高高在上的平易近人。他觉得付晓冉等他等了十几年,有些不值得。不过看她兴奋的样子,可能是帮了老平女儿的忙,会给未来增加些砝码。说来也可笑,她帮了老平的忙,他帮了她的忙,而给他帮忙的,却是王雅琳。环环之间,勾连往返,过眼滔滔云共雾,算人间知己吾与汝。

再过几天就是结婚三周年,王雅琳送给他一条皮带,因为网上说,结婚三年叫皮婚。送皮带,看来是想拴住他。穆成泽琢磨半天,也没能想出来回送什么。付晓冉想了想,说送她一双皮手套。

有什么涵义吗?穆成泽皱眉踩住刹车。车缓缓地停在了收费窗口。

有一年冬天,我下了班,给他打电话,刚说了几句,他就跟我说——付晓冉有些不好意思地笑起来,他说别说了,手冷。她又重复了一遍,别说了,手冷。

前方的栏杆抬起,穆成泽接过发票,松开了刹车。他真的不想再说什么了。他忽然觉得身边这个女人在慢慢远离。她却全然没有意识到什么,依旧低着眉,浅浅地笑。他放缓了车速,鼓足勇气,抬起右手去摸她的脸。大概是她眼角余光发现了,本能地倏忽躲开,于是他的手在空气里停顿下来。一秒钟后,他就收回了手。

就手套吧,好吧?付晓冉不敢看他,有些慌张,也有些内疚,说我这就下单,她喜欢什么颜色?

嗯。穆成泽点了点头,就不再说话了。

地市局的办公室主任在高速口等着,早早地挥着手,一脸喜庆地上前来。这次出差是参加地市局的一个评比,老林有更重要的事忙,就让付晓冉带穆成泽来当评委。晚饭结束后,地市局局长抱歉说,现在规定严,有点太简单了,付处不要见怪啊。

简单好,付晓冉笑盈盈道,能早点回家陪老婆孩子呀。

于是大家都笑了,说省里领导体恤民情,应该多下来走走。穆成泽不远不近,站在她背后,也礼貌地跟着笑起来。

评比要两天时间。本来按照穆成泽的想法,这两天里,总能有机会在一起。但车里那落空的一摸,却让他感到再无可能。不但是现在,今后也是。其实这样也好。就像曲水流觞,文人们兴致再飞扬,溪流却终有尽头。尽头也就是结束了。他现在诚心诚意地希望她好,能嫁给老平。至于他自己,也就好好跟王雅琳过日子了。以前一起出差,到了晚上,他总会跟她发个信息,说几句话,而后再睡;如果没有旁人,两人会默契地聊几句,然后再默契地在一起。从这一次起,他决定不再这样。

评比很辛苦,要在两天内看完几百份稿件,并不是一件轻松的事。地市局局长跟他们交过底,说基层的同志们不容易啊,得个奖,对评职称、晋级都有好处。有了局长的关照,他们也就尽量配合,工作量却也大了不少。辛苦之余,付晓冉几次跟他说些放松的笑话,他都彬彬有礼地一笑,或是提醒她稿件还有很多。他有些分不清这是决然还是赌气。在一个年长的、有过性关系的女人面前,男人往往容易变成孩子。

到了晚上,吃自助餐的时候,付晓冉像是命令似的说,陪我散散步吧。

穆成泽为难地看了看表,说我有个同学在市里,约好晚上喝茶聊天的。

那我跟你一起去,付晓冉一笑,看着他,说你不会不方便吧?

有一点,穆成泽只好说,是个女同学。

付晓冉放下筷子,静静地看着他,说你们好过吗?

穆成泽看着她,点了点头。

那也好办,付晓冉说,你把她约到这里来,跟她聊完了,陪我散散步。

那会很晚吧?

付晓冉拿起筷子,继续吃饭,说不是天亮就行。

穆成泽还真有个女同学在这里,也的确约了她来聊天。当然,她丈夫也来了,因为三个人都是同学,两个男的还住过一个宿舍。女同学摸着凸出的肚子,说赶紧要个孩子吧,过两年再要一个,政策放开了嘛。

他就说,你们打算再要一个?

这个还没卸货呢!男同学一本正经说,她爱跟谁生就跟谁生去,反正我是不生了。

穆成泽的笑声很大,因为是笑给付晓冉的。大堂吧人不多,付晓冉果然朝笑声这里望了望,又低头去看书了。看来她是真的要跟他一起散散步。等老同学夫妇告辞离去,已经将近子夜。

穆成泽在她面前坐下,打了个呵欠,说付处,还散步吗?

付晓冉放下书,说不用了,其实就想说几句话。

穆成泽没吭声,点了支烟。他确实不知道她会讲些什么。

付晓冉说,你真跟那个女同学好过吗?

就这个啊?穆成泽忍不住笑起来,说我跟她老公更好,我们一上一下睡了四年,他老大,我老八。

付晓冉也忍不住笑了,她站起身子,又是命令似的对他说,走。

那天晚上,他们又在一起了,依旧很默契。他记不清上一次是在什么时候。两人共同回忆,发现竟是一年前。像之前的每次一样,都是她在他的房间,而后天亮之前离去。不一样的是,两个赤身裸体的人融在一起,相互许诺着今后不再有任何性关系。最后,她告诉他,老平离婚的请求,得到了妻子和女儿的认可。说这句话的时候,她刚刚站了起来,正面对着他,一手横在胸前,准备穿衣服了。他看得到她身心的满足。

第三天上午是颁奖,付晓冉代表七厅给获奖者发了奖状。穆成泽坐在台下,真真切切地意识到,这次是真的结束了。想到这里,他蓦地放松下来,笑着跟随大家一起鼓掌。为付晓冉,也为他自己。

回到省城,付晓冉从网上定的皮手套到了,他送给了王雅琳。她显得很开心,说她戴着手套,就像一直有他的手在握着。穆成泽到底被这句话感动了。其实早在三年前,他就被她另一句话感动过。而这三年来,他几乎从未给过她对等的爱和关心。如今纸婚过去了,棉婚也过去了,皮总比纸和棉更柔韧一些,诚实一些。他下决心要跟她好,尽快生出个孩子来,他已经三十三岁了,在八处帮忙固然是看不到终点,就拿孩子来安慰一下自己吧。

于是,穆成泽开始在皮婚这一年,真正爱上了王雅琳,喜欢上了婚姻生活。他继续每天上班,在七厅八处帮忙,而后下班,回家,跟王雅琳一起吃吃饭,散散步,偶尔看个电影。她的排卵期到了,两人还能再造造人。挺好。

老林是最先发现他的变化的,处里例会的时候,当众表扬他踏踏实实,办事用心。其实老林表扬他也不是因为有变化。老林说老也不老,不到五十岁,二婚太太给他生了个儿子,到了上幼儿园的年纪,也来找穆成泽帮忙。按理说,省直一幼就是给省直职工服务的,老林堂堂七厅八处处长,亲儿子入园并不难;但因为省直一幼名头太响,莘莘家长之中,处长并不醒目。而老林太太还年轻,一心为儿子好,非要挑班,这就有些困难。不过这个困难,穆成泽还真能帮上忙。他和王雅琳请老林夫妇吃了个饭,王雅琳的表现让他很意外。她巧妙地拔高了挑班的难度,又得体地表示今年本来不接小班,如果老林太太信得过,她就向园里申请带小班,孩子这几年就跟着她。老林太太喜出望外,心情当然大好,夸她做事上心,有条理,有办法,靠得住。老林太太表扬了小穆太太,所以说老林要表扬穆成泽。表扬之后,老林又找付晓冉商量,说小穆在处里帮忙这么多年,就给解决一下吧,正好老赵刚退休,编制也空出来了。付晓冉就说,早该解决了,领导真英明。

　　调动手续办起来也快。八处给主管厅长打报告,厅长批示同意,再由厅办转给五处。五处管全厅人事教育,下个文给厅属研究院提档案,调动就算完了。科级干部而已,原本也不算什么。厅办小管看到文件,母鸡般咯咯叫着传播消息,厅直帮忙的诸人很快就都知道了,纷纷祝贺穆成泽终于熬出了头。其实在他来看,公务员编也好,参公事业编也好,实际也没有太大区别。只是在八处帮忙这么久,像是多年沉冤一朝得雪,不可及的终点蓦然眼前,一时有些恍惚,失去了生活的固有节奏感。

　　之后的某天,小查去省政府办事,办公室只有他和付晓冉。她依旧是看着书,听着歌。两人也没什么话。他忽然想问问她跟老平,又不知怎么开口。想了半天,给她发了个信息,说整天见你听歌,共享一下咯?

他看着她拿起手机,看了看,脸上带了笑,却没有回头看他。很快,她回复说,那就过来听听吧。

穆成泽就走过去,接过她的耳机。里面却并不是音乐,而是某种他从未听过的外国语。

付晓冉看着他,吃吃笑道能听懂吗?

穆成泽只好还给她耳机,摇头。

德语,付晓冉见他还是一脸懵,说是考博用的,比考英语竞争的人少。她静了静,又笑起了来,说我跟老平分手了,就忽然想换个生活环境。你说咱们在机关这么多年,又不懂做生意,离开了机关,那点人脉也就没什么用了。除了考博,也没别的机会改变自己——你看你,怎么哭了?奔四的人了,动不动还要哭鼻子,还要姐哄你。

其实他没有哭,只是有点想哭的意思,而她跟他又太熟,这点意思也就瞒不过她。穆成泽缓了一下,说什么时候的事?

就是他外孙女转园不久吧。你记不记得那次地市局搞评比?就那次回来,我们约会的时候,他很兴奋,告诉我有个机会提副巡视员,所以希望我再等他几年。其实我能等,十几年都等了嘛。但是我想,如果他是因为妻子、女儿,我会等的。说真的,有时候我想就算是他落马了,被抓了,妻离子散了,我也还是会等他的。但是为了一个副厅级——就算了。这样的人我就不等了。

泪水终于落下,不过哭的是付晓冉。穆成泽走到门口,关了门,反锁上,又转回来轻轻搂着她,闻着她头发上乌润的烟火气,多熟悉的烟火气呀,熟悉得荡气回肠。

你该早点跟我说,他责备道,这么多天,你是怎么熬过来的?

付晓冉笑起来,说就像死了一回呗,现在不又活过来了。对了,给你们家小王的礼物,她喜欢吗?

喜欢。

其实送皮手套已经很久了。穆成泽意识到她是在提醒什么,便认真地看着她的眼。那里雾霭苍然,却也明亮得吓人。付晓冉轻轻推开他,说把门打开吧,就咱们俩在,多不好。

她走的时候,全处聚餐给她送行。退了休的老范、老金和老赵也都来了。聚会的气氛很融洽,也有些伤感。作为告别,付晓冉跟每一个同事拥抱,而跟穆成泽拥抱的时间,也并不比任何人多一秒。

付晓冉考上了北京一所大学的博士,入校之后,她给他发了一张照片,秀了一下她的校园卡。卡是淡蓝色的背景,上面是学校名字,照片在右侧。照片上的付晓冉笑得很开心。他回复了两个字:显摆。

这两个字,也是他们第一次见面时,她对他说的,好像是在郊区公园义务植树的时候。好几年前了。不久他到北京出差,付晓冉请他在学校东门吃烤串喝啤酒,还带了男朋友,也是博士,也比她小六岁。回到宾馆,他实在想给她发个信息,却终于什么都没有发。

这时候已经是年底了。皮婚就要过去了。他特意上网查了一下,皮婚之后是丝婚,据说比皮婚还要不牢靠。他倒不这样想。其实皮婚这一年,他的婚姻才是九死一生。他决定送给王雅琳一条围巾,冬天了,能让她暖和一些。

从商场出来,穆成泽提着袋子,围巾盒就装在袋子里。他想时间还早,是直接去省直一幼呢,还是先回家等她?这时他手机响了,屏幕上显出一张照片。他就回拨过去,接电话的是个男人,两人约好了见面的地点,一个他不常去的咖啡馆。

男人头发很长,脑门的却不多,其余的在脑后扎起,下巴和嘴角都是灰灰的胡子,年龄要大他很多。他和男人面对面坐下,气氛一时很沉闷。还是他先开了口,说你是哪位?

你见过我的,男人的声音很厚,像是从胸口发出来的,三年前,你和王雅琳的结婚照就是我拍的。

他皱眉想了想,终于有了印象,点头说是的,你是她班里孩子的家长。

对,我想告诉你的是,那时她肚子里的孩子,是我的。

嗯,我知道了,他平静地看着男人,说你还有什么要说的吗?

男人很奇怪地看着他,半天才说,我现在离婚了,请你把王雅琳还给我。

你去找过她了?

男人摇了摇头,说我觉得应该先找你,请你把她还给我。

这是不可能的。他摇头笑起来,又郑重地重复了一遍,说这是不可能的。还有,如果你敢去纠缠她,我会杀了你。

男人走了之后,穆成泽想抽烟,这才记起为了要孩子,戒了好久了。他就打开手机,告诉王雅琳他在一个咖啡馆,晚上一起吃饭,他还有新年礼物要给她。王雅琳正给孩子们排练元旦联欢的节目,显然很惊喜,马上说她这就过来,让生活老师先带着孩子们排节目,她迫不及待要见他。

他挂了电话,又翻出来那张照片。只有她一个人,应该是他出去抽烟的时候吧,那个时候她能和摄影师单独相处,能肆无忌惮地望着她孩子的父亲。照片上的她穿着婚纱,两只手本能地护着肚子,一脸的憔悴和凄苦,眼睛亮亮的,应该是蓄满了哀求的泪水。他从未见过一个女人能如此悲伤难过,如此深情绵邈。

他删掉了图片,给付晓冉打了个电话。她那边气喘吁吁的,兴奋地高声叫着你知道吗,北京下雪了,我跟同学们在打雪仗呢!

他笑着,眼泪却流下来,说那好,别说了,手冷。

王雅琳来了之后,穆成泽让她打开礼物盒,她欢喜得像个分到糖果的孩子。他亲手给她系上围巾。旁边的人讶异地看着这个刚才无声地痛哭,现在又柔情万端的男人。他本想点一瓶红酒,王雅琳不让,脸红着小声说今天是排卵期。他就懂了。晚上回到家,云收雨住,她又是把腿支在墙上,还搓热了手,反复揉着小肚子。他一边翻着书,一边看着她笑,这个女人该是多么想给他生个孩子啊。

她忽然说,老林儿子表现得不错,得了小红花,明天上班记得跟老林说一下。

他说是啊,老林现在最爱听的就是这个,还是老婆能干。对了,后天我不在家,陪老林下地市一趟。

王雅琳就笑了笑,把手搭在他的腿上,热乎乎的。穆成泽又翻了会儿书,再看她时,却发现她睡着了,已经有了浅浅的、幸福的鼾声,两条腿却还高高地架在墙上。她的脚尖指向了那个皮雕相框。三年了,相框和照片都有些发乌泛黄。

二〇一六年五月三十一日
人大红 3 楼

图书在版编目（CIP）数据

天蝎/南飞雁著.-上海：上海文艺出版社.2018.6
ISBN 978-7-5321-6647-3
Ⅰ.①天… Ⅱ.①南… Ⅲ.①中篇小说－小说集－中国－当代
Ⅳ.①I247.5
中国版本图书馆CIP数据核字(2018)第095402号

发 行 人：陈　征
责任编辑：乔　亮
封面设计：储　平

书　　名：天　蝎
作　　者：南飞雁
出　　版：上海世纪出版集团　上海文艺出版社
地　　址：上海绍兴路7号　200020
发　　行：上海文艺出版社发行中心发行
　　　　　上海市绍兴路50号　200020　www.ewen.co
印　　刷：常熟市华顺印刷有限公司
开　　本：890×1240　1/32
印　　张：11.5
插　　页：2
字　　数：247,000
印　　次：2018年6月第1版　2018年6月第1次印刷
ＩＳＢＮ：978-7-5321-6647-3/I・5295
定　　价：39.00元
告 读 者：如发现本书有质量问题请与印刷厂质量科联系　T:0512-52605406